Dick Francis

Verrechnet

Roman
Aus dem Englischen von
Malte Krutzsch

Diogenes

Titel der 1996 bei
Michael Joseph Ltd., London,
erschienenen Originalausgabe:
›To the Hilt‹
Copyright © 1996 by Dick Francis
Umschlagzeichnung von
Tomi Ungerer

Alle deutschen Rechte vorbehalten
Copyright © 1998
Diogenes Verlag AG Zürich
200/98/8/1
ISBN 3 257 06167 6

*Mehr braucht man nicht zu wissen,
bevor man aufbricht zu jener plötzlichen Reise,
als was der Seele zugerechnet wird,
an Gutem und an Bösem, nach dem Sterbetag.*

Bedes Sterbelied

I

Ich glaube nicht, daß mein Stiefvater noch sehr am Leben hing. Daß er mich beinah mit in den Tod nahm, war eigentlich nicht seine Schuld.

Meine Mutter schrieb mir eine Karte – »Ich wollte es Dir nur sagen, Dein Stiefvater hatte einen Herzanfall« –, die ich ungläubig vor der abgelegenen schottischen Poststelle las, bei der ich alle zwei Wochen meine Briefe abholte. Die Karte war vor etwa zehn Tagen gekommen.

Obwohl mein Stiefvater mir nicht sehr nahestand, ging ich bestürzt wieder in den kramigen kleinen Laden und bat, telefonieren zu dürfen.

»Gegen Erstattung der Gebühr, Mr. Kinloch?«

»Selbstverständlich.«

Mit dem Kopf nickend klappte der mürrische alte Donald Cameron die Schranke an der Theke hoch und ließ mich an sein eifersüchtig gehütetes Wandtelefon. Er war es gewohnt, Kunden bei sich telefonieren zu lassen, denn der eigens für die wenigen Bewohner der Gegend aufgestellte Münzfernsprecher draußen überstand keine Reparatur länger als eine halbe Stunde. Da Donald fürs Anrufen immer einen Aufpreis verlangte, glaubte ich insgeheim, daß er den nicht so rentablen Fernsprecher vor seiner Tür regelmäßig selbst außer Betrieb setzte.

»Mutter?« sagte ich, als ich sie schließlich in London erreichte. »Hier ist Al.«

»Alexander«, verbesserte sie unwillkürlich, da ihr die Kurzform mißfiel, »bist du in Schottland?«

»Ja. Was ist mit dem alten Herrn?«

»*Dein Stiefvater* ruht«, sagte sie zurechtweisend.

»Ehm... wo ruht er? Im Krankenhaus? In *Frieden*?«

»Im Bett«, sagte sie.

»Er lebt also?«

»Natürlich lebt er.«

»Aber nach deiner Karte...«

»Kein Grund zur Aufregung«, sagte sie ruhig. »Er hatte Schmerzen in der Brust und war zur Untersuchung und Stabilisierung acht Tage im Krankenhaus, und jetzt ruht er sich hier zu Hause aus.«

»Soll ich kommen?« fragte ich. »Brauchst du Hilfe?«

»Er hat einen Pfleger«, sagte sie.

Manchmal kam es mir vor, als beruhe die unerschütterliche Gelassenheit meiner Mutter auf einer angeborenen Gefühlsarmut. Noch nie hatte ich sie weinen sehen, nie Tränen in ihrer Stimme gehört, nicht einmal, als ihr erster Mann, mein Vater, bei der Jagd im Moor versehentlich erschossen wurde, als ich siebzehn war. Mich hatte sein plötzlicher Tod zutiefst verstört. Meine Mutter ermahnte mich trockenen Auges, mich zusammenzunehmen.

Ein Jahr später hatte sie ernst und würdevoll Ivan George Westering geheiratet, Baronet, Bierbrauer, Stütze des britischen Jockey-Clubs, meinen Stiefvater. Kein herrischer Mensch, eher großherzig; aber er mißbilligte, wie ich lebte. Wir waren höflich zueinander.

»Wie krank ist er?« fragte ich.

»Du kannst kommen, wenn du willst«, sagte meine Mutter. »Es liegt ganz bei dir.«

Trotz des beiläufigen Tons, der sorgsam gewahrten Zurückhaltung klang das mehr nach einer Bitte, als ich es gewohnt war.

»Morgen bin ich da«, sagte ich kurz entschlossen.

»Bestimmt?« Von Erleichterung, von Freude jedoch keine Spur.

»Bestimmt.«

»Na gut.«

Ich drückte Donald das Wuchertelefongeld in die aufgehaltene Klaue und ging raus zu meinem vollgeladenen, verbeulten alten Geländewagen. Er hatte einen guten Vierradantrieb, gute Bremsen, gute Reifen, aber nicht mehr viel Lack auf dem Blech. Im Augenblick enthielt er Lebensmittel für zwei Wochen, eine große Flasche Butangas, Batterien, Tafelwasser, Insektenvertilger und drei braune Postpakete mit Material, das ich für meine Arbeit benötigte.

Ich war Maler. Ich lebte in einer verfallenen ehemaligen Schäferhütte an einem schottischen Berghang mit viel Wind und ohne Strom. Meine Haare gingen bis auf die Schultern. Ich spielte den Dudelsack. Meine zahlreichen, ziemlich wohlgeborenen Verwandten hielten mich für komisch.

Mancher kommt als Sonderling zur Welt, mancher lernt erst, es zu sein, anderen wird die Rolle aufgedrängt. Mir waren Einsamkeit und Farben lieber als der trickreiche Lachsfang oder die Pirsch auf irgendwelches Wild; die Künste und Fertigkeiten meiner ländlichen Vorfahren lagen mir nur unvollkommen im Blut. Ich war der neunundzwanzigjährige Sohn des (toten) vierten Sohns eines Grafen und besaß keine unverdienten Reichtümer. Ich hatte drei Onkel, vier Tanten und einundzwanzig Vettern und Cousinen. In einer so großen (und konventionellen) Familie mußte irgend jemand komisch sein, und offenbar hatte es mich getroffen.

Mir war es gleich. Der verrückte Alexander: kleckst mit Farben herum. Und noch nicht mal mit Öl, Herrschaften, sondern mit hundsgemeinem Acryl.

Hätte Michelangelo Acrylfarben haben können, sagte ich immer, dann hätte er sie mit Freuden verwendet. Acryl war unendlich vielseitig und verblaßte nicht. Es war dem Öl in jeder Hinsicht überlegen.

Mach dich nicht lächerlich, Alexander!

Ich gab meinem Onkel (dem jetzigen Grafen, »Höchstselbst« genannt) als Miete für die Bruchbude, die ich auf seinem Land bewohnte, pro Jahr ein Gemälde. Das Motiv durfte er frei wählen. Meistens wollte er Bilder von seinen Pferden und Hunden. Ich malte sie ihm gern.

Meinen Papierkram erledigte ich an diesem bedeckten, trockenkalten Septembermorgen gleich vor dem Postamt in meiner jeepähnlichen alten Kiste. Es waren nur ein paar Briefe durchzusehen und zu beantworten. Dazu kamen zwei Schecks für verkaufte Arbeiten, die ich meiner Bank schickte, und aus Amerika war wieder eine Eilbestellung für sechs Bilder mitgekommen – je schneller, je lieber. Der verrückte, lächerliche Alexander war auf seine komische Art ganz gut im Geschäft; doch das posaunte er nicht aus.

Als die Schreibarbeit getan war, fuhr ich Richtung Norden, zuerst auf normaler Straße, dann auf grobem Schotter und schließlich einen langen, nur an seinen Furchen erkennbaren Weg hinauf, der nirgendwo hinführte außer zu meiner namenlosen Hütte in den Monadhliathbergen. »Zwischen Loch Ness und Aviemore«, erklärte ich immer; und, nein, das Ungeheuer sei mir noch nicht begegnet.

Die unbekannten Erbauer meiner uralten Schutzhütte hatten ihren Standort gut gewählt: Sie war direkt in einen gewinkelten Granitfelsen hineingebaut, der sie nach Norden und Osten abschirmte, so daß die Schneestürme im Winter meist über sie hinwegfegten. Nach vorn zu lag ein kleines Felsplateau mit einem Steilabfall am anderen Ende und freier Sicht auf Täler, Hügel und die Landstraße tief unten.

Der Haken an der Landstraße war, daß sie mich immer wieder an die real existierende Außenwelt erinnerte, denn meine Behausung war von dort unten aus zu sehen, und viel zu oft fanden Fremde den Weg zu mir, kurzbehoste Wanderer mit Landkarten, zentnerschweren Bergstiefeln und unerschöpflicher Energie. Kein Fleckchen Erde war vor Neugierigen sicher.

Als ich mit Mutters Postkarte nach Hause kam, schnüffelte gleich ein ganzes Quartett ungehemmt dort herum. Männer. Blaue, rote, orangefarbene Rucksäcke. Brillen. Südenglischer Dialekt.

Die Zeiten, da ich Besucher zu gemütlicher Plauderei bei einer Tasse Tee eingeladen hatte, waren längst vorbei. Gereizt hielt ich vor den Störenfrieden auf dem Plateau, schaltete den Motor aus, zog den Schlüssel ab und ging auf meine Haustür zu.

Die vier Männer hörten auf herumzuschnüffeln und bauten sich im Zickzack vor mir auf.

»Keiner zu Hause«, rief einer von ihnen. »Alles dicht hier.«

»Was wollen Sie denn?« fragte ich ruhig.

»Wir wollen zu dem, der hier wohnt«, gab einer zurück.

»Sind Sie das vielleicht?« sagte ein anderer.

Irgend etwas kam mir plötzlich merkwürdig vor. Die drucksten nicht herum wie ertappte Eindringlinge. Keiner trat von einem Bein aufs andere. Ihre Mienen baten nicht um Verständnis oder Entschuldigung, sondern waren grimmig konzentriert.

Ich blieb stehen und fragte noch einmal: »Was wollen Sie?«

Der mich zuerst angesprochen hatte, sagte: »Raus damit.«

Ich verspürte den starken Drang, Reißaus zu nehmen, und wünschte hinterher, ich hätte auf die uralte Stimme der Vorsicht gehört, aber so ganz erschienen kniezeigende Wandersleute irgendwie nicht als Bedrohung.

»Ich weiß nicht, was Sie meinen«, sagte ich und beging den Fehler, ihnen den Rücken zu kehren und wieder in Richtung Jeep zu gehen.

Ihre schweren Treter knirschten hinter mir auf dem steinigen Boden, aber wirklich Unheil schwante mir erst, als sie mich dann packten und rumdrehten und gezielt und entschlossen auf mich einschlugen. Wie aus wechselnden Facetten zusammengesetzt sah ich die bösen Gesichter, den Widerschein grauen Tageslichts auf ihren unpassenden Brillen, die hammerhart fliegenden Fäuste und das wegkippende Panorama der unbeteiligten Berge, als ich mich, schwer in den Unterleib getroffen, vor Schmerzen krümmte.

Nackenschlag. Kurze Haken in die Rippen. Das klassische Muster. Wieder und wieder. Zack, zackzack, zack.

Ich trug Jeans, Hemd und Pullover: als Panzerung so gut wie Pauspapier. Von ernsthafter Gegenwehr konnte keine Rede sein. Ich kam nicht zu Atem. Wütend schlug ich um mich, aber sie waren ein vielarmiger Krake. Pech.

Einer der Männer sagte beharrlich immerzu: »Raus damit! Raus damit!«, aber seine Kollegen nahmen mir die Möglichkeit, zu fragen, womit.

Meinten sie Geld? Ich hatte nur wenig bei mir. Das durften sie gern haben, dachte ich benommen, wenn sie mich dafür in Ruhe ließen. Mein schmaler Schlüsselbund flog mir aus der Hand, und schon hatte ihn sich einer gekrallt.

Irgendwie stand ich plötzlich mit dem Rücken am Jeep: es ging nicht weiter. Einer der vier griff mir in die Haare und knallte meinen Kopf aufs Blech. Ich zerkratzte ihm die Backe und bekam dafür einen Kopfstoß, der von meinem Schädel direkt in die wegknickenden Knie fuhr.

Alles verschwamm. Ich ging mit dem Gesicht voran zu Boden. Sah aus nächster Nähe graues Granitgestein und kümmerliche dürre Grashalme, mehr braun als grün.

»Raus damit!«

Ich gab keine Antwort. Rührte mich nicht. Schloß die Augen. Ließ mich treiben.

»Der ist weg«, sagte eine Stimme. »Habt ihr ja toll hingekriegt.«

Unsanft wurden meine Taschen durchsucht. Widerstand hätte mir nur noch mehr blaue Flecke eingebracht. Ich war nicht bei vollem Bewußtsein und blieb still liegen, wie eingelullt, wütend, aber saft- und kraftlos, zur Untätigkeit verurteilt.

Nach einer Zeit des Dahintreibens spürte ich ihre Hände wieder auf mir.

»Lebt er noch?«

»Ja, auch wenn ihr nichts dafür könnt. Er atmet.«

»Lassen wir ihn liegen.«

»Schmeißt ihn da runter.«

Mit »da runter« meinten sie den Rand des Plateaus, aber das begriff ich erst, als sie mich über den Boden geschleift, mich gepackt und hinuntergeworfen hatten. Schnell und immer schneller rollte ich den Steilhang hinab, prallte fast wie ein Ball von Fels zu Fels und konnte mir noch immer nicht helfen, den Fall nicht bremsen, spürte nur undeutlich, wie Strudel von Schmerz mich durchströmten.

Ich schlug auf einem größeren Fels auf und blieb halb auf der Seite, halb auf dem Bauch dort liegen. Die Freude war gering. Ich fühlte mich gerädert. Erschlagen. Benommen. Blendete mich aus.

Eine verrückte Art von Bewußtsein stellte sich bald wieder ein, aber die Übersicht kam erst viel später.

Verdammte Wanderer, dachte ich schließlich. Unvergessene Gesichter. Ich konnte sie zeichnen. Es waren Dämonen in einem Traum.

Dann wußte ich auch wieder, wer ich war und wo ich war.

Ich versuchte aufzustehen. Ein Fehler.

Mit der Zeit ging es vielleicht wieder. Laß dir Zeit.

Die Wanderer waren real gewesen, begriff ich, ob Dämonen oder nicht. Ihre Fäuste waren real. »Raus damit!« war real. Trotz allem mußte ich ein wenig lächeln. Sie hatten vielleicht gar nicht genau gewußt, was sie wollten. »Damit« konnte alles sein, was dem Opfer am Herzen lag. Und auch wer damit herausrückte, konnte noch in den Abgrund geworfen werden.

Sieh nach, wie spät es ist, dachte ich. Ich schaute auf mein linkes Handgelenk, aber die Uhr war fort.

Gegen elf war ich von der Post zurückgekommen...

Ach du Schreck, dachte ich plötzlich. *Mutter. Ivan. Herzanfall.* Ich wollte doch nach London. Lichtjahre entfernt.

Gar nichts zu fühlen, überlegte ich, wäre das Schlimmste. Ich fühlte.

Mit einer Willensanstrengung stellte ich fest, daß ich die Finger und die Zehen bewegen konnte. Alles andere tat mir zu weh. Die geschundenen Muskeln verkrampften sich in Notwehr, daß es mir den Atem nahm.

Warten. Still liegen. Frieren.

Wie konnte sich jemand vor der eigenen Haustür überfallen lassen? Peinlich. Ich war keine wehrlose alte Oma, aber ich hatte verdammt alt ausgesehen.

Die Kaltschnäuzigkeit der Wanderer erschien mir extrem. Es war ihnen offenbar gleich, ob ich starb oder am Leben blieb – sie hatten es dem Zufall überlassen. So durften sie dann mit Recht sagen: »Als wir weg sind, hat er noch gelebt.« Mit »Mord« konnte ihnen niemand kommen.

Ein wenig erholte sich mein Körper. Ich konnte mich wieder bewegen, ohne Krämpfe zu bekommen. Jetzt brauchte ich mich nur noch vom Berg loszureißen und in den Zug zu steigen. Schon der Gedanke machte mich fertig.

Nach einiger Zeit war ich sicher, daß ich unerhört

Schwein gehabt und mir bei dem rasenden Sturz nichts gebrochen hatte. Wie eine Stoffpuppe. Kleinkinder fallen mitunter glücklich, weil sie sich nicht wehren. Wahrscheinlich war es das gleiche Prinzip.

Mit einem kläglichen Stöhnen kniete ich mich auf den Felsvorsprung und sah mir an, wo ich heruntergekommen war. Der Rand des Plateaus war hinter Felsblöcken verborgen, doch erschreckend weit oben. Der Blick nach unten war fast noch schlimmer, aber da ich seit fünf Jahren dort lebte, wußte ich sofort, wie ich wieder zur Schutzhütte kam. Wenn ich mich rechts hielt und nicht den Halt verlor und noch weiter abstürzte, konnte ich den holprigen Kletterpfad erreichen, der von der Straße unten zu meiner Hütte hinaufführte: den halb versteckten, herausfordernd steilen Weg, der Wanderer an meine Tür brachte.

Die vier Wanderdämonen waren sicher auch dort heraufgekommen. Auf keinen Fall wollte ich ihnen bei ihrem Abstieg begegnen. Wahrscheinlich waren aber Stunden vergangen. Ich wußte, daß ich lange hilflos auf dem Vorsprung gelegen hatte. Sie mußten längst weg sein.

Realistisch gesehen gab es für mich nur den freien Fall in die Tiefe oder den Kletterpfad. Wanderer hin, Wanderer her, es war der einzige Ausweg. Den Weg auf der anderen Seite erreichen zu wollen, der vom Postamt heraufführte, war illusorisch, denn dazwischen lagen eine Felswand und ein Überhang, für die man eine Kletterausrüstung brauchte.

Ich war oft allein in den Bergen unterwegs, und ich paßte immer auf. Was mir jetzt bevorstand, hätte ich normalerweise nicht ohne Pickel und Steigeisen riskiert und schon gar nicht mit diesen bei jeder Bewegung schmerzenden

Knochen, aber aus Angst vor einem weniger glimpflichen Sturz, vor einem Beinbruch oder Schlimmerem wurde ich zur Klette, grub die Fingernägel in jedes herausstehende Stück Fels und rückte zentimeterweise vor. Steine lösten sich und rasselten in die Tiefe. Das bißchen Erde bot kaum Halt. Der Fels war alles.

Ich bewältigte den Weg im Sitzen, die Augen auf dem Steilabfall ins Tal, die Hacken in die Wand gestemmt, sachte, sachte... *sachte.*

Der Pfad, endlich erreicht, war im Vergleich damit ein Boulevard.

Matt und froh verschnaufte ich auf einer der Felsstufen: schlang die Arme um die Knie, ließ den Kopf hängen, suchte Gelassenheit in einem Streß- und Schmerzzustand, der keineswegs leicht auszuhalten war.

Diese *Schweine,* dachte ich. Die ohnmächtige Wut aller Verbrechensopfer packte mich. In was für einer jämmerlichen Verfassung ich war! Hätte ich mich bloß gewehrt!

Von meinem Platz aus konnte ich den größten Teil des Wegs hinab zur Straße überblicken. Keine roten, blauen oder orangefarbenen Rucksäcke in Sicht. Der Teufel hol sie, dachte ich; verdammtes Pack; so eine *Scheiße.*

Hinter mir und über mir war es still, da schien niemand zu sein. Daß mir gar keine andere Möglichkeit blieb als nachzusehen, machte den Weg zwar kaum angenehmer, aber ich konnte nicht ewig bleiben, wo ich war.

Mit zaudernden Muskeln und bangen Befürchtungen rappelte ich mich hoch und kletterte weiter.

Keine üblen Visagen grinsten vom Rand des Plateaus. Mein Eindruck, allein zu sein, erwies sich als richtig, und ich kroch das letzte Stück auf allen vieren und riskierte einen vorsichtigen Blick, ohne daß jemand schreiend angehechtet kam und mich mit einem Tritt wieder bergab beförderte.

Für die Stille und die Abwesenheit der Angreifer gab es eine augenfällige Erklärung: mein Jeep war fort.

Ich trat auf das Plateau und stöhnte innerlich. Nicht nur, weil ich meinen Wagen los war, sondern weil die Hüttentür weit offenstand und Sachen von mir draußen lagen – ein Sessel, Kleider, Bücher, Bettzeug. Verdrossen überquerte ich den Platz und fand in der Hütte das reinste Chaos.

Wie alle, die bewußt allein leben und nicht auf Besuch eingestellt sind, hatte ich nur wenig Hausrat. Ich aß meist direkt aus der Pfanne und trank alles aus demselben Becher. Da ich keinen Strom hatte, besaß ich die von Langfingern begehrten Dinge nicht, wie Fernseher, Stereoanlage oder Computer, und auch kein Mobiltelefon, da ich die Batterien nicht aufladen konnte. Ich hatte lediglich einen tragbaren Radiorecorder, um mitzubekommen, ob noch Frieden herrschte zwischen den Sternen, und gelegentlich Musik vom Band zu hören, aber viel wert war er nicht. Ich hatte kein Tafelsilber. Keine Chippendalestühle.

Nur Farben hatte ich. Als ich vor fünfeinhalb Jahren eingezogen war, hatte ich einzig den großen Mittelteil der dreigeteilten baufälligen Hütte hergerichtet. Der Raum, fünf mal drei Meter, hatte ein stabiles neues Dach bekommen, ein großes Doppelglasfenster, und Fußboden und Wände waren gut gegen Feuchtigkeit isoliert. Für Licht, Herd und Heizung hatte ich Gas. Fließendes Wasser lieferte mir ein sauberer kleiner Bach im nahen Gefels, und als Toilette diente mir ein verwittertes Aborthäuschen, das etwas entfernt stand. Ursprünglich hatte ich nur die langen nordischen Sommertage auf dem Berg verbringen wollen, damals im ersten Jahr, doch dann hatte ich meine Abreise immer weiter hinausgeschoben, bis die ewigen Dezembernächte schließlich wieder kürzer wurden, hatte einem eiskalten Januar und Februar getrotzt und seither nicht mehr ans Weggehen gedacht.

Zum Wohnen ein Bett, ein kleiner Tisch, eine Kommode und ein bequemer Sessel, zum Arbeiten drei Staffeleien, Hocker, Leinwände sowie ein Wandregal und ein Küchentisch voller Farbtöpfe und -tuben und anderem Zubehör wie Krügen mit Pinseln und Federmessern und Gläsern mit klarem oder verschmutztem Wasser.

Schon der Raummangel und meine Veranlagung geboten Ordnung und Sauberkeit, aber mehr noch waren es die Acrylfarben selbst, die eine strenge Organisation erforderten: An der Luft trockneten sie so schnell, daß man die Töpfe und Tuben einfach verschließen mußte, immer nur kleine Mengen auf die Palette geben durfte, ständig die Pinsel ausspülen, die Messer abwischen, die Hände waschen mußte. Ich hatte Eimer mit Wasser und Schmutzwasser unterm Tisch stehen und verbrauchte Unmengen Papiertücher in meinem Malerhaushalt.

Bei aller Sorgfalt hatte ich kaum ein Kleidungsstück, auf dem keine Farbflecke waren, und ab und zu mußte ich den Holzfußboden abschmirgeln, um ihn von einer kunterbunten Acrylschicht zu befreien.

Das Chaos, das die vier Dämonen angerichtet hatten, war abscheulich.

Ich hatte auf allen drei Staffeleien angefangene Gemälde stehen gehabt, denn ich malte oft drei Bilder gleichzeitig. Alle drei lagen jetzt mit der Bildseite am Boden, im Wasser aus den umgekippten Eimern. Mein Arbeitstisch lag auf der Seite, Töpfe, Pinsel, Farben rings verstreut. Farbe aus plattgetretenen, geplatzten Tuben. Mein Bett hatten sie umgeschmissen, die Kommode durchwühlt, Aktenordner und Bücher von den Regalen gerissen, sämtliche Schachteln und Dosen ausgeleert, Pulverkaffee und Zucker im Raum verteilt.

Schweine.

Ich stand schlapp in der Tür, sah mir deprimiert den Schaden an und überlegte, was tun. Die Sachen, die ich trug, waren zerrissen und verdreckt, und ich war voller Kratzer und Schrammen. Soweit ich sah, war alles, was ich zu Geld hätte machen können, aus der Hütte verschwunden. Meine Brieftasche und meine Uhr ebenso. Mein Scheckheft war im Jeep gewesen.

Ich hatte gesagt, ich käme nach London.

Also würde ich verdammt noch mal auch fahren.

Der verrückte Alexander. Wozu hatte ich den Ruf?

Abgesehen von dem Sessel und den anderen Sachen, die draußen lagen und die ich wieder reinstellte, ließ ich fast alles, wie es war. Ich suchte mir nur die saubersten Jeans, Hemd und Pullover aus dem verstreuten Kommodeninhalt heraus und zog mich am Bach um, nachdem ich mir mit dem klaren kalten Wasser die blutverkrusteten Schrammen ausgewaschen hatte.

Mir tat alles weh.

Sauhunde.

Ich ging zum Abort, doch da gab es nichts zu stehlen, und sie hatten ihn verschont. Von den verfallenen Seitenteilen der Hütte selbst hatte einer ein Wellblechdach mit grauem Tarnanstrich und diente als Autounterstand; in dem dachlosen anderen standen geschützt die Gasflaschen und ungeschützt die jetzt leeren Mülleimer, denn die Abfallsäcke hatte ich zur Entsorgung an diesem Morgen mit auf die Poststelle genommen. An einer der verfallenen Wände sah man noch Reste eines Kamins mit einem kleinen Backofen daneben. Es mochte einmal eine Küche oder Backstube dort gewesen sein, aber ich kochte lieber in meinem Wohnraum.

In den beiden Seitenteilen war nichts angerührt worden. Glück gehabt.

Ich hob einen zerbrochenen Kohlestift vom Boden der guten Stube auf, steckte ihn in meine Hemdtasche, fand noch einen Skizzenblock mit freien Seiten in dem Durcheinander, und so mit dem Nötigsten versehen verließ ich die Hütte und machte mich auf den Weg zur Landstraße.

Die Monadhliath Mountains, steil ansteigend auf achthundert bis tausend Meter, sind eher wellig als zerklüftet, aber baumlos und von einem schroffen, abweisenden Grau. Der Kletterpfad führte zu heidekrautbewachsenen Hängen und schließlich zu ein paar Kiefern und Grasflächen hinunter. Für mich war der Weg ins Tal immer eine Luftveränderung in mehr als einer Hinsicht: Die rauhen Granitberge standen für ein einfaches, karges, vollkommenes Leben. Dort konnte ich konzentriert arbeiten. Die Anforderungen des Alltags im Tal verstellten mir den Sinn für etwas Wesentliches, auf das die urtümliche Stille der Berge mich einstimmte und das ich in Malerei umsetzte – dabei waren die Arbeiten, mit denen ich mein Brot verdiente, durchaus farbenfroh und beschwingt, und es waren vorwiegend Bilder vom Golfspiel.

Bis ich die Straße erreichte, lag schon mehr als ein Hauch von Abenddämmerung im Licht. Es war die Zeit, um die ich immer aufhörte zu malen. Da wir September hatten, wußte ich auch ohne Uhr, daß es auf halb sieben zuging.

Die Straße war trotz der sie entlastenden A9 von Inverness nach Perth so gut befahren, daß ich ohne weiteres trampen konnte, aber es störte mich dann doch ein wenig, daß die Fahrerin, die anhielt, um den langhaarigen fremden jungen Mann in Jeans mitzunehmen, eine erwartungsvoll blickende Frau in den Vierzigern war, deren Hand nach einer halben Meile zärtlich auf meinem Knie lag.

»Ich muß nur bis zum Bahnhof in Dalwhinnie«, sagte ich lahm.

»Ein Langweiler, hm?«

»Undankbar«, gab ich ihr recht. Und müde und gerädert, aber auch belustigt. Achselzuckend nahm sie die Hand weg. »Wo soll's denn hingehen? Ich könnte Sie bis Perth mitnehmen.«

»Dalwhinnie reicht.«

»Sind Sie schwul?«

»Ehm«, sagte ich. »Nein.«

Sie sah mich von der Seite an. »Haben Sie sich den Kopf gestoßen?«

»Mhm«, sagte ich.

Sie gab es auf mit mir und setzte mich einen halben Kilometer vor den Zügen ab. Wehmütig dachte ich im Weitergehen an das Angebot, das ich ausgeschlagen hatte. Ich lebte schon zu lange enthaltsam. Ich hatte mich daran gewöhnt. Trotzdem schwach, sich so eine Gelegenheit entgehen zu lassen. Meine Rippen schmerzten.

Als ich zum Bahnhof kam, gingen bereits überall die Lichter an, und ich war froh, mich wenigstens in dem kahlen Schalterraum unterstellen zu können, da die Temperatur jetzt am Abend stark abfiel. Fröstelnd und mir auf die Finger blasend führte ich ein Telefongespräch, unendlich froh darüber, daß der Anschluß funktionierte und nicht in der Gewalt eines zweiten Donald Cameron war.

Ein R-Gespräch über die Vermittlung.

Am anderen Ende sprudelte eine vertraute Stimme los, erst an die Vermittlung, dann an mich gewandt: »Selbstverständlich bezahle ich das Gespräch... Sind Sie das wirklich, Al? Was zum Teufel treiben Sie in Dalwhinnie?«

»Ich warte auf den Zug nach London. Den Royal Highlander.«

»Der geht doch erst in Stunden.«

»Ja... Was tun Sie gerade?«

»Ich mache gleich Schluß im Büro, fahre heim zu Flora und esse was Gutes zu Abend.«

»Jed...«

Er hörte mehr in meiner Stimme als nur seinen Namen. »Al? Was ist los?« fragte er scharf.

»Ich, ehm... bei mir ist eingebrochen worden«, sagte ich. »Ich wäre froh, wenn Sie... mir helfen könnten.«

Nach einer kurzen Stille sagte er nur: »Ich bin unterwegs« und legte auf.

Jed Parlane war der Liegenschaftsverwalter meines Onkels, zuständig für die schottischen Ländereien der Kinlochs. Er machte das zwar erst seit vier Jahren, doch wir hatten uns angefreundet und konnten uns aufeinander verlassen. Er würde kommen. Einen anderen hätte ich nicht gefragt.

Jed war sechsundvierzig, ein stämmiger, untersetzter Tieflandschotte aus Jedburgh (daher sein Name), dessen praktischer Sinn meinem Onkel nach der Unruhe und dem Unfrieden, die sein überheblicher Vorgänger gestiftet hatte, wie gerufen kam. Jed hatte die aufgebrachten Pächter beruhigt und mit Geld und guten Worten viele neue Türen geöffnet, und seither lief das ganze riesige Unternehmen für alle Seiten zufriedenstellend. Der gerissene Tiefländer Jed verstand den stolzen Eigensinn der Hochländer und nutzte ihn, und mir hatte er, vielleicht ohne es zu ahnen, oft genug gezeigt, wie man seinen Willen durchsetzte.

Er kam mit langen Schritten in die Bahnstation von Dalwhinnie, zwanzig Kilometer von seinem Büro, sah mich auf der braunen Bank vor der cremefarbenen Wand sitzen und blieb breit vor mir stehen.

»Sie sind ja im Gesicht verletzt«, stellte er fest. »Und Sie frieren.«

Ich erhob mich steif, wobei die Schmerzen mir sicher anzumerken waren. »Funktioniert Ihre Heizung?«

Er nickte wortlos, und ich folgte ihm hinaus zu seinem Wagen. Ich setzte mich auf den Beifahrersitz, er ließ den Motor an und drehte die Heizung auf, und ich schauderte unwillkürlich vor Erleichterung.

»So«, sagte er und knipste die Innenbeleuchtung an, »was ist denn nun mit Ihrem Gesicht passiert? Sie kriegen ein dickes blaues Auge. Ihre Stirn ist links ganz geschwollen, bis an die Schläfe...« Er schwieg unsicher. Ich sah wohl wirklich nicht so frisch und munter aus wie sonst.

»Ich habe einen Kopfstoß bekommen«, sagte ich. »Man hat mich angefallen, mich verprügelt und beraubt, aber lachen Sie nicht.«

»Wie käme ich dazu?«

Ich erzählte ihm von den Pseudo-Bergwanderern und der Verwüstung der Hütte.

»Die Tür ist nicht abgeschlossen«, sagte ich. »Die haben meine Schlüssel kassiert. Vielleicht könnten Sie also morgen mal mit Ihrem Schlüssel rauffahren – wenn da auch nichts mehr ist, was sich zu stehlen lohnt...«

»Ich nehme die Polizei mit«, versprach er entgeistert.

Ich nickte zerstreut.

Jed zog Kuli und Notizbuch aus der Jackentasche und bat mich, die Sachen aufzuzählen, die ich vermißte.

»Meinen Jeep«, sagte ich düster und nannte ihm das Kennzeichen. »Mit allem, was drin war... Lebensmittel, Haushaltsbedarf und so weiter. Aus der Hütte haben sie mein Fernglas und meine Kamera mitgenommen, meine ganze gefütterte Winterkleidung, vier fertige Gemälde, mein Kletterzeug, eine Flasche Glenlivet... und meine Golfschläger.«

»Al!«

»Na ja, es gibt auch einen Lichtblick. Mein Dudelsack wird gerade in Inverness ausgebessert, und mein Paß liegt zur Verlängerung auf dem Amt.« Ich schwieg. »Sie haben mein Bargeld geklaut und meine Kreditkarte... die Nummer weiß ich nicht, aber die haben Sie im Büro. Würden Sie das melden? Und die alte goldene Uhr von meinem Vater ist auch weg«, sagte ich abschließend. »Könnten Sie mir mit Ihrer Kreditkarte ein Ticket nach London besorgen?«

»Ich bringe Sie ins Krankenhaus.«

»Nein.«

»Dann kommen Sie mit zu Flora und mir. Sie können bei uns schlafen.«

»Danke, nein.«

»Und wieso *London*?«

»Ivan Westering hatte einen Herzanfall.« Ich ließ ihm etwas Zeit, das zu verdauen. »Sie wissen, daß meine Mutter mich nie um Hilfe bitten würde... aber so gut kennen Sie sie vielleicht auch wieder nicht. Jedenfalls hat sie nicht gesagt, ich solle bleiben, wo ich bin, und das ist so gut wie ein SOS-Ruf – deshalb fahre ich.«

»Die Polizei will sicher eine Aussage von Ihnen.«

»Die Hütte spricht für sich.«

»Fahren Sie nicht, Al.«

»Leihen Sie mir das Fahrgeld?«

Er sagte: »Ja, aber...«

»Danke, Jed.« Ich kramte den Kohlestift aus der Hemdtasche und schlug meinen Skizzenblock auf. »Ich zeichne Ihnen die Leute. Das ist besser, als wenn ich sie nur beschreibe.«

Er sah zu, wie ich damit anfing, und sagte ein wenig verlegen: »Haben die etwas Bestimmtes gesucht?«

Ich warf ihm halb lächelnd einen Blick zu. »Der eine rief dauernd: ›Raus damit!‹«

»Und?« fragte er bang. »Mit Erfolg?«

»Natürlich nicht.«

»Dann hätten sie vielleicht aufgehört, Sie zu schlagen.«

»Vielleicht wären sie aber auch erst weg, nachdem sie mir den Rest gegeben hätten.«

Ich zeichnete die vier nebeneinander, von vorn: Knie, Stiefel, Brillen, bedrohliche Mienen.

»Jedenfalls haben sie nicht gesagt, was sie suchen«, erläuterte ich. »Sie sagten nur, raus damit. Da konnte sonstwas gemeint sein. Vielleicht war es nur auf den Busch geklopft, damit ich rausrücke, was mir lieb und wert ist. Was mir am wertvollsten ist, verstehen Sie?«

Er nickte.

»Sie haben mich nicht beim Namen genannt«, fuhr ich fort. »Jetzt wissen sie ihn, denn er stand auf allen möglichen Sachen im Jeep.« Ich schloß das Gruppenporträt ab und schlug eine neue Seite auf. »Erinnern Sie sich an die Wanderer letztes Jahr im Lake District, die Urlauber bestohlen haben? Wohnwagen und Wohnmobile haben die ausgeräumt.«

»Die Polizei hat sie geschnappt«, nickte Jed. »Aber diese Wanderer haben keine Leute verprügelt oder den Berg runtergestürzt.«

»Könnte trotzdem so was sein. Bloß Gelegenheitsdiebstahl.«

Ich zeichnete den Kopf des »Raus damit«-Mannes, da ich mich an ihn am deutlichsten erinnerte. Die Brille ließ ich weg.

»Das ist ihr Anführer«, erklärte ich und schraffierte Schatten in das knochige Gesicht. »Mit Dialekten kenne ich mich nicht so aus, aber ich würde sagen, er hatte einen derben südostenglischen Einschlag. Die anderen auch.«

»Harte Burschen?«

»Sicher mit Boxclub-Erfahrung. Kurze Haken wie am Punchingball.« Ich schluckte. »Da hab ich alt ausgesehen.«

»Al...«

»Ich bin mir wie der letzte Idiot vorgekommen.«

»Das ist doch Unsinn. Niemand kann es mit vier Leuten gleichzeitig aufnehmen.«

»Es aufnehmen? Nicht einen Schlag habe ich gelandet.« Die Erinnerung ließ mich verstummen. »Einem habe ich das Gesicht zerkratzt... Das war der mit dem Kopfstoß.« Ich blätterte um und zeichnete ihn, und sein Gesicht entstand mitsamt zerkratzter Wange, funkelndem Blick hinter runden Brillengläsern und einer Gemeinheit, die in die Augen sprang.

»Sie würden ihn wiedererkennen«, sagte Jed beeindruckt.

»Jeden von ihnen.«

Ich gab ihm den Skizzenblock. Bedrückt und mitfühlend sah er die Zeichnungen durch.

»Kommen Sie mit zu Flora und mir«, sagte er. »Sie sehen schlecht aus.«

Ich schüttelte den Kopf. »Morgen geht's mir wieder gut.«

»Der Tag danach ist immer der schlimmste.«

»Sie können einen so richtig aufheitern.«

Nach einer Weile seufzte er schwer, ging in den Bahnhof und kam mit Fahrkarten zurück.

»Für heute nacht haben Sie einen Schlafwagenplatz, und die Rückfahrkarte gilt unbegrenzt. Abfahrt hier um zweiundzwanzig Uhr eins, Ankunft Bahnhof Euston morgen früh sieben Uhr dreiundvierzig.«

»Danke, Jed.«

Er gab mir noch Bargeld. »Rufen Sie mich morgen abend an.«

Ich nickte.

Er sagte: »Sie haben hier im Warteraum die Heizung angestellt.«

Ich drückte ihm dankbar die Hand und ließ ihn heim zu seiner kuscheligen Flora fahren.

2

Die Nacht konnte man vergessen.
Das Gesicht, das mir aus dem länglichen Spiegel entgegenblickte, als der Zug ratternd in Euston einfuhr, genügte den hohen Ansprüchen meiner Mutter zweifellos noch weniger als sonst. Das blaue Auge bläute sich unerbittlich, mein Kinn war stachlig, und einen Kamm hätte ich selbst auch nicht schlecht gefunden.

Mit Hilfe von Jeds Bargeld und der Bahnhofsdrogerie versuchte ich zu retten, was zu retten war, doch wie vorauszusehen, musterte Mama mich mit gespitzten Lippen, bevor sie mich an ihrer Wohnungstür kurz an sich drückte.

»Wirklich, Alexander«, sagte sie. »Hast du denn gar nichts ohne Farbspritzer zum Anziehen?«

»Wenig.«

»Du siehst mager aus. Du... na, komm erst mal rein.«

Ich folgte ihr in die blitzblanke Diele des architektonischen Juwels, das sie und Ivan am Park Crescent beim Regent's Park bewohnten.

Sie selbst sah wie immer hübsch, gepflegt, feminin und beherrscht aus, mit kurzem, schimmerndem braunem Haar und Wespentaille, und wie immer wollte ich ihr sagen, wie sehr ich sie liebte, und ließ es sein, weil sie solche Gefühlsäußerungen übertrieben fand.

Ich war großgewachsen wie mein Vater, und er hatte mir von klein auf beigebracht, mich um seine zierliche, liebenswürdige Göttin zu kümmern, ihr zu dienen, für sie dazusein und es nicht als meine Pflicht, sondern als Vergnügen anzusehen. Ich erinnerte mich an sein herzhaftes Lachen und ihr stilles kleines Lächeln in meiner Kinderzeit, und er hatte lange genug gelebt, um sich mit ihr darüber zu wundern, daß der Junge, den sie auf die besten Schulen geschickt und auch in den alten Hochlandkünsten der Pirsch und des Fischfangs unterwiesen hatten, völlig aus der Art zu schlagen schien.

Mit sechzehn hatte ich eines Tages gesagt: »Pa... ich möchte nicht studieren.« *(Ketzerei)* »Ich möchte malen.«

»Ein schönes Hobby, Al«, hatte er stirnrunzelnd erwidert. Jahrelang hatte er mein Zeichentalent gelobt, ohne es je ernst zu nehmen. Er nahm es bis zu seinem Tod nicht ernst.

»Nur damit du Bescheid weißt, Pa.«

»Weiß ich, Al.«

Daß ich gern für mich allein war, hatte ihn nicht gestört. Einzelgänger sind in Großbritannien nicht so schlecht angesehen wie etwa in den USA, wo bereits im Vorschulalter jedem eingetrichtert wird, es sei besser, dazuzugehören, und wo Einzelgänger sein bedeutet, neben der Spur zu sein. Vielleicht war ich also neben der Spur, aber alles andere erschien mir verkehrt.

»Wie geht's Ivan?« fragte ich meine Mutter.

»Möchtest du Kaffee?« sagte sie.

»Kaffee, Rührei, Toast... alles.«

Ich folgte ihr hinunter in die Souterrain-Küche und bereitete mir ein rundes Frühstück, nach dem es mir gleich besser ging.

»Ivan?« sagte ich.

Sie wandte den Blick ab, als wollte sie die Frage nicht hören, und sagte statt dessen: »Was ist mit deinem Auge passiert?«

»Ich bin gegen eine... na, ist doch egal. Erzähl mir von Ivan.«

»Ich, ehm ...« Sie war auffallend unsicher. »Die Ärzte sagen, er müßte langsam seine gewohnte Tätigkeit wiederaufnehmen...«

»Aber?« sagte ich, als sie schwieg.

»Aber er tut es nicht.«

Nach einer Pause sagte ich: »Erzähl.«

Das war er dann für uns, der feine Punkt, wo sich das Verhältnis der Generationen umkehrt und das Kind zum Elternteil wird. Nur, daß es bei uns vielleicht früher als bei anderen Familien dazu kam, weil ich seit langem darin geübt war, für sie dazusein, eine Aufgabe, die nach ihrer Heirat mit Ivan zurückgestellt worden war, der ich mich jetzt aber verstärkt widmen mußte. Ich sagte: »James James Morrison Morrison Weatherby George Dupree...«

Sie lachte und ergänzte: »War erst drei, doch er vernachlässigte seine Mutter nie.«

Ich nickte. »James James sprach, zu seiner Mutter sprach James James: ›Vor finsteren Straßen hüte dich, oder geh wenigstens nicht ohne mich.‹«

»Oh, *Alexander*.« Ihre Stimme bebte vor lebenslanger Zurückhaltung, doch die aufgestauten Gefühle brachen nicht durch.

»Nun erzähl mal«, sagte ich.

Schweigen. Dann sagte sie: »Er ist so deprimiert.«

»Ehm... klinisch deprimiert?«

»Da kenne ich mich nicht aus. Aber ich weiß nicht, wie ich damit umgehen soll. Er liegt die meiste Zeit im Bett. Zieht sich nicht an. Er ißt kaum was. Ich möchte, daß er wieder ins Krankenhaus geht, aber das will er auch nicht, da gefällt's ihm nicht, sagt er, und Dr. Robbiston weiß anscheinend auch kein Mittel.«

»Tja... hat er einen triftigen Grund, deprimiert zu sein? Ist sein Herz arg angegriffen?«

»Bypässe oder einen Schrittmacher braucht er nicht, haben sie gesagt. Sie haben lediglich seine Herzarterie mit einem Katheter erweitert. Und natürlich muß er Tabletten nehmen.«

»Hat er Angst, daß er stirbt?«

Meine Mutter runzelte die glatte Stirn. »Er sagt mir nur, ich soll mir keine Gedanken machen.«

»Soll ich, ehm... raufgehen und ihn begrüßen?«

Sie blickte auf die große Küchenuhr an der Wand über dem riesigen Herd. Fünf nach neun.

»Jetzt ist sein Pfleger bei ihm«, sagte sie. »Eigentlich braucht er keinen, aber er schickt ihn nicht weg. Der Pfleger – Wilfred heißt er, und er ist mir zu unterwürfig – schläft hier im Obergeschoß, in der alten Dachstube, und Ivan hat eine Sprechanlage installieren lassen, damit er ihn rufen kann, wenn er nachts Schmerzen in der Brust spürt.«

»Hat er oft nachts Schmerzen in der Brust?«

»Das weiß ich nicht«, sagte meine Mutter verblüfft. »Ich glaube nicht. Bei dem Herzanfall natürlich schon. Da ist er früh um vier mit Schmerzen aufgewacht, aber er dachte, es sei nur starkes Sodbrennen.«

»Hat er dich geweckt?«

Sie schüttelte den Kopf. Sie und Ivan schliefen getrennt in nebeneinanderliegenden Zimmern. Nicht aus Mangel an Zuneigung; es war ihnen einfach lieber so.

Sie sagte: »Ich bin zu ihm, um guten Morgen zu sagen und ihm die Zeitung zu bringen wie immer, und er war naßgeschwitzt und preßte sich die Hand auf die Brust.«

»Du hättest mich gleich benachrichtigen sollen«, sagte ich. »Jed hätte mir Bescheid geben können. Dann wärst du nicht ganz auf dich gestellt gewesen.«

»Patsy kam...«

Patsy war Ivans Tochter. Falsche Augen. Sie war besessen von der Angst, Ivan könnte sein Vermögen und seine Brauerei nicht ihr selbst, sondern meiner Mutter vermachen. Ivans gegenteilige Versicherungen nützten wenig; und Patsys Gefühle für mich als den potentiellen Erben meiner Mutter hätten Schwefelsäure zum Gerinnen gebracht. Ich schenkte ihr immer ein freundliches Lächeln.

»Was hat Patsy gemacht?« fragte ich.

»Ivan war schon im Krankenhaus, als sie herkam. Sie hat telefoniert.« Meine Mutter legte eine Kunstpause ein.

»Mit wem?« fragte ich entgegenkommend.

Die dunklen Augen meiner Mutter glitzerten belustigt. »Mit Oliver Grantchester.«

Oliver Grantchester war Ivans Rechtsanwalt.

»War sie unverschämt?« fragte ich.

»Unverschämt direkt, mein Lieber.« Patsy redete alle Leute als ihre Lieben an. Vermutlich würde sie auch »Tut mir leid, mein Lieber« sagen, wenn sie jemandem ein Stilett ins Herz stieß. »Sie hat Oliver erklärt«, schmunzelte meine Mutter, »falls Ivan auf die Idee komme, sein Testament zu ändern, werde sie es anfechten.«

»Und sie wollte, daß du das hörst.«

»Sonst hätte sie ihn ja von woanders anrufen können. Und im Krankenhaus war sie natürlich zuckersüß. Die liebende Tochter. Das liegt ihr.«

»Und sie hat dir gesagt, du brauchtest mich nicht extra aus Schottland kommen zu lassen, sie würde sich schon um alles kümmern.«

»O je, du weißt ja, wie sie auftritt...«

»Wie eine Flutwelle.«

Höflichkeit war oft ein Fluch, fand ich. Patsy mußte einmal auf den Kopf zu gesagt bekommen, sie solle aufhören, die Umwelt mit ihrer honigsüßen Tour zu tyrannisieren; aber beim geringsten Widerstand konnte sie so überzeugend das arme Seelchen spielen, daß man, statt Kritik zu üben, sie unversehens tröstete. Mit vierunddreißig hatte Patsy einen Mann, drei Kinder, zwei Hunde und ein Kindermädchen, die alles daransetzten, es ihr recht zu machen.

»Außerdem«, sagte meine Mutter, »gibt es irgendwelche ernsten Schwierigkeiten in der Brauerei, und ich glaube, der Cup bereitet ihm auch Sorgen.«

»Welcher Cup?«

»Der King-Alfred-Cup, was sonst?«

Ich runzelte die Stirn. »Meinst du das Rennen?« Der King-Alfred-Goldcup, gestiftet von Ivans Brauerei als Werbung für ihr King-Alfred-Goldbier, war ein jeweils im Oktober abgehaltenes großes Hindernisrennen über zwei Meilen und längst fester Bestandteil des Rennjahres.

»Es kann das Rennen sein, es kann der Pokal sein«, sagte meine Mutter. »Ich weiß es nicht genau.«

Das stand noch so im Raum, als plötzlich zwei Damen mittleren Alters die eiserne Außentreppe zum Souterrain herabgepoltert kamen, wie selbstverständlich die Tür aufschlossen und zu uns hereinplatzten.

»Morgen, Lady Westering«, sagten sie. Ein Duo. Vielleicht Schwestern. Sie sahen erwartungsvoll von meiner Mutter zu mir, als hätten sie Anspruch nicht bloß auf eine Vorstellung, sondern eine Erklärung. Meine Mutter ließ sich allzuleicht einschüchtern.

Ich stand auf und sagte freundlich: »Ich bin Lady Westerings Sohn. Und Sie?«

Meine Mutter antwortete: »Edna und Lois. Edna kocht für uns. Lois macht sauber.«

Edna und Lois starrten mich an, ohne ihr Mißfallen in arbeitsplatzgefährdender Weise hervorzukehren. Mißfallen? Ich fragte mich, ob Patsy am Werk gewesen war.

Edna beäugte kritisch die Spuren meiner in ihr Aufgabengebiet eingreifenden Kocherei. Pech. Sie würde sich daran gewöhnen müssen. Mein Vater und ich hatten aus Spaß an der Sache seit jeher gekocht. Angefangen hatte es damit, daß meine Mutter sich das Handgelenk brach: Als es wieder heil war, lag das Kochen für uns drei endgültig in anderen Händen; und da ich die Kochkunst früh erlernt hatte, brachte ich jederzeit ein gutes Essen auf den Tisch.

Meine Mutter und Ivan hatten von Anfang an eine Köchin gehabt, aber Edna – und auch Lois – kannte ich von meinem letzten Besuch noch nicht.

»Trotz Wilfred gehe ich jetzt mal rauf zu Ivan«, sagte ich zu meiner Mutter. »Du bist dann sicher gleich oben in deinem Zimmer.«

Edna und Lois waren sichtlich zwischen Treuepflichten hin und her gerissen. Ich schenkte ihnen mein fröhlichstes, friedfertigstes Lächeln, und meine Mutter folgte mir dankbar die Treppe hinauf in das jetzt ruhige Erdgeschoß, das mit einem Eßzimmer und einem großen Salon für Empfänge ausgestattet war.

»Sag mir nichts«, zog ich sie auf, sobald man uns von der Küche aus nicht mehr hören konnte. »Patsy hat sie eingestellt.«

Sie stritt es nicht ab. »Sie sind sehr tüchtig.«

»Seit wann arbeiten sie hier?«

»Seit einer Woche.«

Sie kam mit mir in den ersten Stock, wo sie und Ivan jeder ein Schlafzimmer mit Bad und einen Tagesraum hatten, in seinem Fall ein kombiniertes Arbeitszimmer und Büro, in ihrem ein meist von beiden genutzter Rückzugsort, gemütlich in Grün und Rosa, mit dicken Armsesseln und Fernseher.

»Lois putzt sehr gründlich«, seufzte meine Mutter auf dem Weg dahin, »aber sie stellt Sachen um. Mir kommt es fast vor, als ob sie absichtlich umräumt, um mir zu zeigen, daß sie Staub gewischt hat.«

Sie stellte zwei Vasen an ihren angestammten Platz links und rechts auf dem Kaminsims zurück. Silberne Kerzenständer kamen wieder neben die Uhr.

»Verbiete es ihr doch einfach«, sagte ich, aber das würde sie genau nicht tun. Sie fuhr Leuten nicht gern an den Karren: das Gegenteil von Patsy.

Ich ging zu Ivan hinüber, der blaß in seinem Arbeitszimmer saß, während nebenan offenbar das Bett gemacht und Flaschen weggeräumt wurden.

Er trug einen karminroten Morgenmantel und braune Lederpantoffel und wunderte sich nicht, mich zu sehen.

»Vivienne sagte, daß du kommen wolltest«, meinte er mit unbeteiligter Stimme. Vivienne war Mutter.

»Wie geht's dir?« Ich setzte mich auf einen Stuhl ihm gegenüber und stellte betroffen fest, daß er älter, grauer und viel magerer aussah als bei meinem letzten Besuch im Frühjahr. Damals war ich auf dem Weg in die Staaten gewesen, mit dem Kopf ganz bei der kommerziellen Seite meines Lebens. Jetzt fiel mir ein, daß er mich unerwartet um Rat gebeten hatte und daß ich zu sehr in Gedanken, zu ungeduldig und ihm gegenüber zu skeptisch gewesen war, um richtig zuzuhören. Es hatte etwas mit seinen Pferden, seinen in Lambourn trainierten Steeplern zu tun, und von da hielten mich außer dringenden Geschäften noch andere Gründe fern.

»Wie geht's dir?« wiederholte ich meine Frage.

Er sagte lediglich: »Warum läßt du dir nicht die Haare schneiden?«

»Keine Ahnung.«

»Locken sind was für Mädchen.«

Er selbst hatte den kurzen Haarschnitt, der zum Geschäftsmann, zum Baronet und zu einem Mitglied des Jockey-Clubs gehörte. Ich wußte, daß er redlich, gerecht und angesehen war, ein Mann immerhin, der von einem Vetter einen kleinen Adelstitel, von seinem Vater die Brauerei geerbt und aus beidem das Beste gemacht hatte.

Es betrübte ihn, daß er keinen Sohn und keine männlichen Verwandten hatte; der Baronetsrang würde wohl mit ihm sterben.

»Was macht das Bier?« hatte ich ihn oft im Scherz gefragt, aber an diesem Morgen erschien mir das unpassend. »Kann ich etwas für dich tun?« fragte ich statt dessen – und bereute es, noch bevor es ganz ausgesprochen war. Nicht Lambourn, dachte ich. Alles, nur das nicht.

Doch das erste, was er sagte, war: »Kümmre dich um deine Mutter.«

»Klar.«

»Ich meine... wenn ich tot bin.« Seine Stimme war ruhig und gefaßt.

»Du bleibst uns noch erhalten.«

Er sah mich mit der gewohnten Nüchternheit an und meinte trocken: »Hast dich mit Gott besprochen, ja?«

»Noch nicht.«

»Du wärst gar nicht so übel, Alexander, wenn du von deinem Berg runterkämst und wieder unter die Menschen gingest.«

Bei der Heirat mit meiner Mutter hatte er mir angeboten, mich in der Brauerei unterzubringen und im Geschäft einzuarbeiten, und ich mit meinen achtzehn Jahren und meinem in unablässigem Farbenrausch schwelgenden inneren Auge hatte Grundlektion eins für den harmonischen Umgang mit Stiefeltern gelernt – wie man höflich nein sagt.

Ich war weder undankbar noch hatte ich etwas gegen ihn; wir waren nur völlig verschieden. Meine Mutter und er waren dem Anschein nach recht glücklich miteinander, und er ließ es ihr an nichts fehlen.

Er sagte: »Warst du dieser Tage schon bei deinem Onkel Robert?«

»Nein.«

Mein Onkel Robert war der Graf – »Höchstselbst«. Er kam immer Ende August nach Schottland, um zu jagen und zu fischen und sich die Highland Games anzusehen. Jedes Jahr lud er mich bei der Gelegenheit zu sich ein, doch obwohl ich von Jed wußte, daß er wieder da war, hatte er sich bis jetzt noch nicht gemeldet.

Ivan schürzte die Lippen. »Ich dachte eigentlich, er wollte mit dir sprechen.«

»Kommt sicher noch.«

»Ich habe ihn gebeten –«, er unterbrach sich. »Das wird er dir selbst sagen.«

Ich empfand keine Neugier. Höchstselbst und Ivan kannten sich seit über zwanzig Jahren; nach wie vor verband sie die Freude am Besitz von Rennpferden. Sie ließen ihre Steepler vom gleichen Stall in Lambourn trainieren.

Höchstselbst hatte die Heirat zwischen Ivan und der Witwe seines geliebten jüngsten Bruders gutgeheißen. Er hatte bei der Trauung neben mir gestanden und mir gesagt, ich solle zu ihm kommen, wenn ich jemals Hilfe brauchte; und das von einem Mann zu hören, der sich um fünf eigene Kinder und um einen halben Clan weiterer Nichten und Neffen zu kümmern hatte, war für mich Vaterlosen damals schon ein großer Trost, der mir viel Sicherheit gab.

Ich war allein zurechtgekommen, aber ich hatte gewußt, daß er *da* war.

»Mutter glaubt, du machst dir Sorgen wegen des Cups«, sagte ich.

Er zögerte mit der Antwort, dann fragte er: »Was soll damit sein?«

»Sie weiß nicht, ob er dir zu schaffen macht und du darunter leidest.«

»Deine liebe Mutter!« Er seufzte tief.

»Ist etwas mit dem diesjährigen Rennen?« fragte ich. »Habt ihr nicht genug Nennungen oder so?«

»Kümmre dich um sie.«

Mit der Depression hatte sie recht gehabt. Ein Unwohlsein der Seele, äußerlich erkennbar an den müden Handbewegungen und der matten Stimme. Ich konnte da wohl wenig ausrichten, wenn selbst sein Arzt keine Abhilfe wußte.

Wie aufs Stichwort kam ein geschäftiger dünner Schnauzbart in den Fünfzigern hereingefegt, der einen dunklen Schlabberanzug trug und erklärte, sich auf dem Weg ins Krankenhaus schnell einmal seinen Patienten ansehen zu wollen. »Morgen, Ivan, wie geht's?«

»Nett, daß Sie hereinschauen, Keith.«

Da Ivan schlaff mit der Hand zu mir hin winkte, stand ich brav auf und ließ mich als »mein Stiefsohn« vorstellen.

Dr. Keith Robbiston stieg in meiner Achtung, als er mich scharf ansah und unverblümt fragte: »Was nehmen Sie, damit das Auge nicht so weh tut?«

»Aspirin.« Aus der Drogerie im Bahnhof Euston, genau gesagt.

»Ha!« Verachtung. »Haben Sie eine Medikamentenallergie?«

»Nicht, daß ich wüßte.«

»Nehmen Sie sonst noch was?«

»Nein.«

»Dann versuchen Sie es hiermit.« Er zog eine kleine Schachtel Tabletten aus der Innentasche seines Jacketts und reichte sie mir. Ich nahm sie dankbar an.

Ivan fragte verwirrt, was los sei.

Sein Arzt antwortete ohne Umschweife, während er ein Stethoskop und ein Blutdruckmeßgerät aus der Jacke zog. »Ihr Stiefsohn – Name?«

»Alexander Kinloch«, sagte ich.

»Ihr Stiefsohn kann sich nur unter Schmerzen bewegen.«

»Was?«

»Haben Sie das nicht bemerkt? Nein, wahrscheinlich nicht.« Und zu mir gewandt: »Schmerztherapie ist mein Spezialgebiet. Solche Schmerzen lassen sich nicht überspielen. Was ist passiert? Organisch kann's nicht sein, wenn Sie keine Medikamente nehmen. Autounfall?«

»Vier Schläger«, sagte ich mit einem Anflug von Belustigung.

»Tatsache?« Er hatte einen klaren Blick, sehr wache Augen. »Pech.«

»Wovon redet ihr?« fragte Ivan.

Ich bat Dr. Robbiston mit einem Kopfschütteln, zu schweigen, und er untersuchte zügig seinen herzkranken Patienten, ohne noch auf meinen Zustand einzugehen.

»Sieht gut aus, Ivan«, meinte er vergnügt und steckte

seine Instrumente weg. »Die Pumpe tuckert wie bei einem Baby. Muten Sie sich aber nicht zuviel zu. Bißchen im Haus herumlaufen sollten Sie schon. Gestützt auf Ihren kräftigen Stiefsohn. Was macht die liebe Frau?«

»Sie ist in ihrem Zimmer«, sagte ich.

»Gut.« Er verschwand so plötzlich, wie er gekommen war. »Halten Sie die Ohren steif, Ivan.«

Im Hinausgehen lächelte er mir flüchtig zu. Ich setzte mich wieder Ivan gegenüber und nahm eine der Tabletten, die mir der Arzt gegeben hatte. Seine Diagnose war ein Volltreffer gewesen. Punchingbälle hatten es nicht leicht.

»Er ist schon ein guter Arzt«, sagte Ivan, als müsse er ihn verteidigen.

»Sehr gut«, stimmte ich bei. »Was stört dich an ihm?«

»Er hat es immer eilig. Patsy will, daß ich mir einen anderen nehme...« Er ließ den Satz in der Luft hängen; von der unternehmerischen Entschlossenheit, die ihn sonst auszeichnete, schien nicht mehr viel übrig.

»Wozu einen anderen?« fragte ich. »Er will, daß du gesund wirst, und er macht Hausbesuche, wo gibt's das heute noch?«

Ivan runzelte die Stirn. »Patsy geht alles zu hurtig bei ihm.«

»Nicht jeder denkt oder agiert so schnell«, räumte ich ein.

Ivan nahm ein Papiertaschentuch aus der flachen Schachtel auf dem Tisch, putzte sich die Nase und warf das benutzte Tuch in den bereitstehenden Papierkorb. Immer sauber, immer ordentlich.

Er sagte: »Wo würdest du etwas verstecken?«

Ich sah ihn verständnislos an.

»Nun?« hakte Ivan nach.
»Ehm... es kommt drauf an, was.«
»Etwas Wertvolles.«
»Wie groß?«
Er antwortete nicht direkt, aber was er dann sagte, fand ich ungewöhnlicher als alles, was ich je von ihm zu hören bekommen hatte.

»Du bist ein Querdenker, Alexander. Sag mir ein sicheres Versteck.«

Sicher.

»Hm«, sagte ich, »wer sucht denn?«
»Alle. Wenn ich tot bin.«
»Du stirbst schon nicht.«
»Jeder stirbt.«
»Auf alle Fälle muß man jemand einweihen, wo man etwas versteckt hat, sonst geht es vielleicht für immer verloren.«

Ivan lächelte.

»Reden wir von deinem Testament?« fragte ich.

»Wovon wir reden, ist erst mal egal. Dein Onkel Robert sagt, du weißt, wie man Sachen versteckt.«

Das verschlug mir den Atem. Wie konnten sie nur? Ohne Böses dabei zu denken, hatten die beiden offensichtlich irgendwo irgendwem etwas gesagt, das dazu geführt hatte, daß ich windelweich geprügelt und einen Berg hinuntergestürzt worden war... Mit unleugbaren Schmerzen verlagerte ich mein Gewicht in dem kultivierten Raum und sagte mir, daß sie bei aller Weltläufigkeit keinen Begriff von dem gefräßigen Dschungel der Brutalität und Habgier hatten, den man gemeinhin die Menschheit nennt.

»Ivan«, sagte ich, »leg es in einen Banktresor und schreib deinen Anwälten eine Verhaltensanweisung.«

Er schüttelte den Kopf.

Gib bloß mir nichts, dachte ich. Bitte. Laß mich da raus. Ich will nicht noch etwas verstecken. Jeder meiner geschundenen Muskeln protestierte dagegen.

»Und wenn es ein Pferd ist?« fragte er.

Ich starrte ihn an.

»Ein Pferd«, sagte er, »geht nicht in einen Banktresor.«

»Was für ein Pferd?«

Keine Antwort. Er sagte: »Wie würdest du ein Pferd verstecken?«

»Ein Rennpferd?« fragte ich.

»Sicher.«

»Dann« – ich zögerte kurz – »in einem Rennstall.«

»Nicht in einer gottverlassenen alten Scheune hinterm Mond?«

»Auf keinen Fall. Pferde müssen versorgt werden. Regelmäßige Fahrten zu einer gottverlassenen Scheune sind wie ein Schild, auf das du schreibst, hier gibt es was zu holen.«

»Du hältst es für besser, etwas so zu verstecken, daß jeder es vor Augen hat, weil man es gerade deshalb übersieht?«

»Der Haken dabei ist, daß zuletzt doch immer jemand draufstößt. Irgendwer entdeckt den seltenen Stempel auf dem Brief. Irgendwer entdeckt die echten Perlen, wenn die Beeren am Mistelzweig welken.«

»Trotzdem würdest du ein Rennpferd unter Rennpferden verstecken?«

»Und oft den Stall wechseln«, sagte ich.

»Und der Haken dabei?«

»Der Haken ist«, sagte ich entgegenkommend, »daß man das Pferd nicht laufen lassen kann, ohne seinen Standort preiszugeben. Man müßte schon wie ein Gauner mit vertauschten Pferden arbeiten, und das wäre nicht dein Stil, Ivan.«

»Vielen Dank, Alexander.« Dies mit trockenem Humor.

»Und wenn du es nicht laufen ließest«, fuhr ich fort, »würdest du sein Leben und seinen Wert vergeuden, bis sich schließlich das Versteckspiel nicht mehr lohnte.«

Ivan seufzte. »Sonst noch Haken?«

»Pferde sind so unverwechselbar wie Menschen. Sie haben Gesichter.«

»Und Beine...«

Nach einer Pause sagte ich: »Soll ich für dich ein Pferd verstecken?« und dachte bei mir, was zum Teufel rede ich da?

»Würdest du es tun?«

»Wenn du einen triftigen Grund hättest.«

»Gegen Bezahlung?«

»Unkostenerstattung.«

»Warum?«

»Warum ich es tun würde?«

Er nickte.

»Weil es für dich wichtig ist«, sagte ich lahm, aber es konnte ja seine Schwermut wirklich nur lindern, wenn ihn etwas von seiner Krankheit ablenkte. Ich würde ihm helfen, weil sich meine Mutter um ihn sorgte.

»Und wenn ich dich bäte, ein Pferd zu *suchen*?« sagte Ivan.

Er spielt mit mir, dachte ich.

»Dann würde ich es wohl suchen«, gab ich zur Antwort.

Das Telefon auf dem Tisch neben ihm klingelte, doch er starrte nur apathisch darauf und machte keine Anstalten, nach dem Hörer zu greifen. Er wartete einfach, bis das Klingeln aufhörte, und reagierte müde und gereizt, als meine Mutter hereinkam und ihm sagte, es gehe um eine Angelegenheit der Brauerei.

»Ich bin krank. Die wissen doch, daß sie mich nicht stören sollen.«

»Es ist Tobias Tollright, Schatz. Er sagt, er muß dich unbedingt sprechen.«

»Ach was.«

»Bitte, Ivan. Er hört sich sehr besorgt an.«

»Ich will nicht mit ihm sprechen«, sagte Ivan matt. »Alexander soll es machen.«

Meiner Mutter und mir erschien das abwegig, doch nachdem Ivan es sich einmal in den Kopf gesetzt hatte, ließ er nicht mehr mit sich reden. Schließlich ging ich ans Telefon und erklärte, wer ich war.

»Aber ich muß Sir Ivan selbst sprechen«, sagte eine aufgeregte Stimme. »Sie wissen doch gar nicht Bescheid.«

»Nein«, stimmte ich bei, »aber wenn Sie mir sagen, worum es geht, gebe ich es zur Stellungnahme an ihn weiter.«

»Das ist doch absurd.«

»Ja, aber ... ehm, legen Sie los.«

»Wissen Sie, wer ich bin?« fragte die Stimme.

»Leider nicht.«

»Ich bin Tobias Tollright, Teilhaber einer Wirtschaftsprüfungsgesellschaft. Wir prüfen die Bücher der King-Alfred-Brauerei.«

»Gut«, sagte ich.

»Es gibt da Unstimmigkeiten... Also wirklich, Sir Ivan ist der geschäftsführende Direktor und Mehrheitsaktionär... es verbietet sich, daß ich mit Ihnen statt mit ihm rede.«

»Mhm«, sagte ich, »das sehe ich ein. Vielleicht wäre es besser, Sie würden ihm schreiben.«

»Dafür ist die Angelegenheit zu dringend. Erinnern Sie ihn doch bitte daran, daß eine AG nur arbeiten darf, solange sie zahlungsfähig ist... und so leid es mir tut, deshalb sind jetzt sofort Maßnahmen notwendig, die niemand außer ihm veranlassen kann.«

»Gut, Mr. Tollright, ehm... ich erkläre es ihm; bleiben Sie dran.«

»Was ist?« fragte meine Mutter besorgt. Ivan schwieg, sah aber zutiefst erschöpft aus.

Er wußte Bescheid.

»Es gibt Sachen, die nur du entscheiden kannst«, sagte ich ihm.

Ivan schüttelte den Kopf.

Ich wandte mich wieder an Tollright: »Läßt sich mit Ihren Sofortmaßnahmen die Situation retten?«

»Das muß ich mit Sir Ivan besprechen. Möglich wär's.«

»Und wenn er mich bevollmächtigt, ihn zu vertreten? Kämen wir dann weiter?«

Er zögerte. Rechtlich mochte es angehen, aber es gefiel ihm nicht.

»Sir Ivan muß erst noch richtig gesund werden«, meinte ich.

In Ivans Beisein konnte ich schlecht sagen, daß zuviel Aufregung vielleicht sein Tod wäre, aber Tobias schaltete offenbar sehr schnell. Ohne weitere Einwendungen fragte er, wann er mich sprechen könne.

»Morgen?« schlug ich vor.

»Heute nachmittag«, widersprach er entschieden. »Kommen Sie nach Reading in unser Hauptbüro.« Er nannte mir die Anschrift. »Es ist dringend.«

»Dringendst?«

Er räusperte sich und wiederholte das Wort, als gebrauchte er es zum ersten Mal. »Jaja... dringendst.«

»Einen Moment, ja?« Ich ließ den Hörer sinken und wandte mich an meinen unwilligen Stiefvater. »Wenn du mich dazu ermächtigst, kann ich Sachen unterschreiben. Möchtest du das wirklich? Ich meine, du setzt damit großes Vertrauen in mich.«

Er sagte müde: »Du hast mein Vertrauen.«

»Aber das geht schon... sehr weit.«

Er wedelte bloß mit der Hand.

Ich sagte in den Hörer: »Mr. Tollright, ich komme zu Ihnen, sobald ich kann.«

»Gut.«

Dann legte ich auf und erklärte Ivan, so viel Vertrauen sei unklug.

Er lächelte matt. »Dein Onkel Robert meinte, dir könnte ich mein Leben anvertrauen.«

»Das hast du praktisch gerade getan.« Dann stutzte ich. »*Wann* hat er das gesagt?«

»Vor ein paar Tagen. Er wird es dir erzählen.«

Und wem hatten sie es noch erzählt? Alexander weiß, wie man Sachen versteckt... *Mist.*

»Ivan«, sagte ich, »es ist sicherer, wenn eine Handlungsvollmacht vor Zeugen und vor einem Anwalt unterschrieben wird.«

»Ruf Oliver Grantchester an. Ich rede mit ihm.«

Er sagte aber seinem Anwalt nichts Genaues, sondern lediglich, daß er eine Vollmacht ausstellen wolle. Allerdings betonte er, es sei äußerst dringend, und bat Oliver, wegen seines noch immer angegriffenen Zustands zu ihm nach Hause zu kommen, damit sie alles sofort erledigen könnten.

Oliver Grantchester war offenbar gern dazu bereit, doch Ivans Stimmung verdüsterte sich trotzdem. Wie zum Teufel, fragte ich mich, aber nicht ihn, war eine so bekannte Brauerei wie King Alfred in Geldverlegenheit geraten?

Die King-Alfred-Brauerei vor den Toren von Wantage, dem uralten Geburtsort des großen Königs, belieferte fast ganz Südengland und die halben Midlands mit King Alfred's Gold (einem vorzüglichen leichten Bier) und King Alfred's Bronze (einer herberen Sorte), die in schäumenden Strömen durch zufriedene Kehlen flossen.

Ivan hatte mich in seiner Brauerei herumgeführt. Ich hatte das Reich und die Krone, auf die ich verzichtete, gesehen. Er hatte sie mir ein zweites und ein drittes Mal angeboten und nicht verstehen können, daß ich jedesmal zurück in meine Berge ging.

Nach dem Telefongespräch schien Ivan froh, als ein magerer Mann in einer kurzen weißen Baumwolljacke aus dem angrenzenden Schlafzimmer hereinkam und sagte, es sei alles aufgeräumt und für den Tag hergerichtet. Der unterwürfige Wilfred, nahm ich an.

Im Flur draußen begann ein Staubsauger zu heulen. Für Ivan mit seiner niederen Toleranzschwelle erwies sich das Geräusch als schiere Zerreißprobe. Wilfred ging hinaus auf den Flur. Der Staubsauger verstummte, doch dafür hörte man die gekränkte Stimme einer Frau: »Das ist ja alles gut und schön, aber ich muß schließlich auch meine Arbeit tun.«

»O je«, sagte meine Mutter und ging die Wogen glätten.

»Das hält doch keiner aus«, meinte Ivan.

Er stand auf, schwankte unsicher und stieß versehentlich den Taschentuchspender vom Tisch. Ich hob die Schachtel auf und bemerkte, daß auf der Unterseite Zahlenreihen notiert waren, darunter eine, in der ich Höchstselbsts schottische Rufnummer erkannte.

Als er meinen Blick sah, sagte Ivan: »Neben dem Telefon liegt ein Stift, aber den Notizblock räumt die neue Putzfrau dauernd auf den Schreibtisch. Es ist zum Auswachsen. Deshalb schreib ich alles auf die Schachtel.«

»Sag ihr doch Bescheid.«

»Tja, das sollte ich wohl.«

Ich bot ihm meinen Arm als Stütze.

»Bis Oliver kommt, ruhe ich mich noch aus«, sagte er, und ich führte ihn nach nebenan, wo er sich in Morgenmantel und Pantoffeln auf das breite, frisch gemachte Bett legte und die Augen schloß.

Ich setzte mich behutsam wieder in den Sessel in seinem Arbeitszimmer. Dr. Robbistons Tablette hatte die starken Schmerzanfälle in meinen Gliedern wenigstens zurückgehen lassen. Ich spürte nur noch ein allgemeines körperliches Unbehagen, und das linke Auge tat mir weh. Denk an etwas anderes, sagte ich mir. Überleg dir, wie man eine Pleite vertuscht...

Ich war *Maler*, verdammt! Kein Ausputzer. Kein Fels in der Brandung. Ich mußte noch viel besser lernen, nein zu sagen.

Meine Mutter kam zurück. Der Staubsauger blieb stumm. Sie setzte sich in Ivans Sessel und sagte: »Siehst du? Siehst du?«

Ich nickte. »Ich sehe einen Mann, der dich liebt.«

»Darum geht's nicht.«

»Darum geht's. Er weiß, daß seine Brauerei in Schwierigkeiten steckt, daß sie vielleicht am Ende ist. Die Brauerei ist seine Lebensgrundlage. Es kann sogar sein, daß die Probleme der Brauerei für den Herzanfall verantwortlich sind. Vielleicht sieht er darin einen Prestigeverlust. Oder er glaubt, dich enttäuscht zu haben. Das kann er nicht ertragen.« Ich schwieg. »Er meinte, ich soll mich um dich kümmern.«

Sie starrte mich an. »Wenn wir arm wären, würde ich doch genauso bei ihm bleiben und ihn trösten.«

»Vielleicht mußt du ihm das mal sagen.«

»Aber –«

»Ich weiß, es fällt dir schwer, Gefühle in Worte zu fassen, aber jetzt solltest du es tun.«

»Vielleicht...«

»Nein«, sagte ich, »ich meine jetzt gleich. Auf der Stelle. Er redet vom Sterben, als wäre es eine Erlösung. Zweimal hat er mir gesagt, ich soll mich um dich kümmern. Das tu ich schon, aber wenn es dir damit nicht eilt, geh zu ihm und nimm ihn in den Arm. Ich glaube, er schämt sich wegen der Brauerei. Er ist ein guter Mensch – man muß ihm helfen.«

»Ich weiß nicht...«

»Geh zu ihm und hab ihn lieb«, sagte ich.

Sie warf mir einen wirren Blick zu und ging in Ivans Schlafzimmer, als wäre ihr nicht ganz wohl dabei.

Ich blieb sitzen wie auf Abruf, wartete schon auf den nächsten Schicksalsschlag und wünschte mir, ich brauchte an diesem Tag einzig und allein zu entscheiden, ob ich für das Gras am achtzehnten Loch in Pebble Beach Hookersgrün oder Smaragdgrün nehmen sollte. Beim Golf ging es friedlich und gesittet zu, und es war ein Härtetest für die eigene Integrität. Ich malte ebensosehr die Leidenschaften wie die Schauplätze des Golfspiels, und meiner Erfahrung nach verkauften sich die Bilder wegen der bloßliegenden Gefühle, der inneren Kämpfe, die sie zeigten. Auf schön gemalten Landschaften, die mich innerlich kalt ließen, wäre ich wahrscheinlich sitzengeblieben. Meine Abnehmer waren Golfer, und sie kauften die Sachen wegen der Spannung, die darin zum Ausdruck kam.

Die vier aus der Berghütte gestohlenen fertigen Gemälde waren durchweg Bilder vom Spiel auf den großartigen Bahnen im kalifornischen Pebble Beach gewesen und standen nicht nur für Zeitaufwand und bare Münze, sondern auch für durchlittene Qualen, die ich nicht messen oder erklären konnte. Zusammen mit Leinwand und Farbe hatten die Wanderdämonen auch seelische Energie entwendet; ich konnte zwar immer wieder Neues und Ähnliches schaffen, aber nie mehr genau diese Pinselstriche, diese schrägen Schatten, diese Veranschaulichung der letzten Konzentration vor dem Schlagen des Balls.

Die halbe Stunde relativer Ruhe endete mit dem Eintreffen Oliver Grantchesters und seiner zerbrechlich wirkenden jungen Begleiterin, die mit Computer, Drucker und einer Tasche Büroutensilien bepackt war.

Oliver Grantchester und ich waren uns im Lauf der Jahre höchstens zwei oder drei Mal begegnet und glaubten beide nicht, etwas verpaßt zu haben. Als er mich jetzt in Ivans Arbeitszimmer vorfand, wurde er steif und blickte finster, statt zu lächeln.

Statt »guten Morgen« sagte er: »Ich dachte, Sie seien in Schottland.«

Ivan und meine Mutter kamen beim Klang seiner Stimme aus dem Schlafzimmer und bereiteten ihm den freundlichen Empfang, den ich ihm vorenthalten hatte.

»Oliver!« rief meine Mutter aus und bot ihm die Wange zum Begrüßungskuß. »Nett, daß Sie gekommen sind.«

»Ja, wirklich nett«, stimmte Ivan leise bei und setzte sich in seinen Stammsessel.

»Ist doch klar, Ivan«, sagte Oliver Grantchester gewichtig. »Das wissen Sie.«

Des Anwalts ausladender, grau betuchter Körper und seine gebieterische Stimme nahmen ziemlich viel Raum ein und ließen das Zimmer kleiner erscheinen. Er war um die Fünfzig, hatte eine Stirnglatze mit einem Kranz angegrauter brauner Haare, einen großen, dicklippigen Mund und das dazu passende Doppelkinn. Ich hätte ihn weiß Gott nicht als gütigen, herzlich blickenden Menschenfreund porträtieren können, aber das lag vielleicht daran, daß ich ihm umgekehrt auch kein Lächeln entlockte.

Er stellte seine Gehilfin beiläufig als Miranda vor, und meine Mutter war es, die sie bat, sich doch an Ivans Schreibtisch zu setzen, und ihr einen Platz für die tragbaren Büromaschinen freiräumte.

»Eine Vollmacht möchten Sie ausstellen?« sagte Grantchester zu Ivan. »Sehr vernünftig, meine ich, bei Ihrem Gesundheitszustand. Ich habe einen Vordruck mitgebracht. Ist der parat, Miranda?« Miranda nickte brav. Grantchester fuhr fort: »Es ist bedauerlich, daß viele Leute nicht so überlegt handeln wie Sie, mein alter Freund. Das Leben muß weitergehen. Eine einstweilige Vertretungsvollmacht vereinfacht die Dinge, bis Sie wieder auf dem Damm sind.«

Ivan stimmte ihm brav zu.

»Wer soll Sie also vertreten?« fragte Grantchester. »Es wäre mir natürlich eine Ehre, Ihnen in jeder Weise behilflich zu sein. Aber Patsy ist Ihnen vielleicht doch lieber. Ja, Ihre Tochter wäre ausgezeichnet. Sie haben das sicher schon mit ihr besprochen.« Er blickte im Zimmer umher, als müßte sie jeden Moment auftauchen. »Also dann Patsy.« Und erläuternd, zu Miranda: »Stellen Sie die Urkunde aus für Mrs. Patsy Benchmark, Sir Ivans Tochter.«

Ivan räusperte sich und sagte zu ihr: »Nein, nein. Nicht für Mrs. Benchmark. Mein Stiefsohn bekommt die Vollmacht. Schreiben Sie Alexander Kinloch.«

Oliver Grantchester riß den Mund auf, brachte aber keinen Ton hervor. Er sah völlig verblüfft und auch verärgert aus.

»Alexander Robert Kinloch«, wiederholte Ivan für Miranda und buchstabierte meinen Nachnamen, um Fehler auszuschließen.

Der Anwalt sagte, als er schließlich wieder sprechen konnte: »Das geht doch nicht!«

»Wieso nicht?« fragte Ivan.

»Der ist doch... der ist... sehen Sie ihn sich doch an!«

»Er hat lange Haare«, räumte Ivan ein. »Ich wünschte, die würde er sich schneiden lassen. Trotzdem –«

»Und Ihre Tochter«, fiel Grantchester ein, »was sagt die dazu?«

Was Patsy dazu sagen würde, ließ Sorgenfalten auf Ivans Stirn erscheinen. Er warf mir einen langen, unsicheren Blick zu, den ich ruhig erwiderte, denn die Entscheidung sollte ganz bei ihm liegen. Wenn die rührige Patsy erst einmal für ihn handelte, dachte ich, würde er nie mehr etwas zu melden haben.

Ivan sah meine Mutter an. »Vivienne, was meinst du?«

Sie fand offensichtlich genau wie ich, daß er allein entscheiden sollte. »Es ist deine Entscheidung, Schatz. Du kannst das am besten beurteilen.«

Ivan sagte zu mir: »Alexander?«

»Wie du willst.«

»Ich empfehle Mrs. Benchmark«, sagte Oliver Grantchester mit fester Stimme. »Sie ist die natürliche Person. Sie ist Ihre Erbin.«

Ivan zauderte. Der herzanfallgeschwächte Ivan zauderte, wo er sich sonst behauptet hätte. Die Brauereikrise hatte ihn zutiefst verunsichert.

»Alexander«, sagte er schließlich. »Ich möchte dich.«

Ich nickte in stillschweigendem Einverständnis.

»Alexander«, sagte er zu Grantchester. »Er bekommt die Vollmacht.«

»Geben Sie sie doch beiden«, erwiderte sein Anwalt verzweifelt. »Sie könnten sich von beiden gemeinsam vertreten lassen.«

Wobei er selbst einsah, daß dieser Weg ins Chaos führen würde.

»Nur Alexander«, sagte Ivan.

Doch kampflos gab sich sein Anwalt nicht geschlagen. Ich hörte mir die gewichtigen juristischen Argumente an, mit denen er Ivan von seinem Entschluß abzubringen versuchte, und dachte belustigt, daß Oliver es noch viel weniger als mein Stiefvater mit einer tobenden Patsy zu tun bekommen wollte.

Ivan, immerhin ein Stück weit noch der alte, ließ sich nicht umstimmen. Miranda stellte die Urkunde auf meinen Namen aus, und Grantchester legte sie mir mißmutig zur Unterzeichnung vor. Ivan unterschrieb natürlich ebenfalls.

»Machen Sie beglaubigte Kopien davon«, sagte Ivan. »Gleich zehn.«

Gereizt ließ der Anwalt Miranda die Vollmacht zehnmal auf ihrem tragbaren Faxgerät kopieren. Grantchester unterschrieb eigenhändig alle zehn Kopien und beglaubigte damit offenbar ihre Rechtmäßigkeit.

»Außerdem«, sagte Ivan müde, »teile ich dem Prokuristen der Brauerei noch brieflich mit, daß Alexander mein Stellvertreter ist, dann kann er auch im geschäftlichen, nicht nur im privaten Bereich in meinem Namen handeln und entscheiden, soweit die Vollmacht reicht.«

»Das geht doch nicht!« stieß Oliver Grantchester hervor. »Er hat doch keine Ahnung vom Geschäft.«

Ivan sah mich gelassen an. »Ich denke schon«, sagte er.

»Aber er ist... *Maler.*« Grantchester sprach das Wort geradezu verächtlich aus.

Ivan sagte unbeirrt: »Alexander wird mein Stellvertreter. Ich schreibe den Brief unverzüglich.«

Der Anwalt blickte finster. »Das wird böse enden«, sagte er.

3

Meine Mutter gab mir ihre National-Westminster-Bankkarte zum Geldabheben am Automaten und nannte mir ihre Geheimnummer: ein enormer Vertrauensbeweis.

Ich hob Geld ab und kaufte mir einen Fahrschein nach Reading, trotz ihrer Bitte aber nichts »Anständiges« zum Anziehen für meinen Besuch bei Pierce, Tollright & Simmonds. Bei mir trug ich einen Aktendeckel aus Ivans Büro mit der Vollmacht, den beglaubigten Kopien und einer Kopie des handgeschriebenen Briefs, mit dem Ivan mich zu seinem Stellvertreter ernannte.

Tobias Tollright musterte mich, prüfte die Vollmacht und Ivans Brief und rief meine Mutter an.

»Diesen Ihren Sohn«, sagte er, »würden Sie ihn bitte mal beschreiben?«

Da sein Telefon auf Konferenzschaltung lief, konnte ich ihre resignierte Antwort hören.

»Er ist eins fünfundachtzig, dünn, brünett. Die Haare sind wellig und gehen ihm bis auf die Schultern. Ach ja, und er hat ein blaues Auge.«

Tobias dankte ihr und legte auf, betrachtete mich aber immer noch mit quasi nicht vorhandener Begeisterung, wie ich das von Anzugträgern gewohnt war.

»Was ist in der Brauerei los?« fragte ich ohne Umschweife. Nachdem er sich mit meinem Aussehen abgefunden hatte, erwies er sich als scharfsinnig und hilfsbereit. Ich wiederum ignorierte seine leidige Angewohnheit, sich schnalzenderweise mit einer Stafette von Zahnstochern im Gebiß herumzubohren, und konzentrierte mich auf die halblaut genäselten Worte, die mit der Säuberung einhergingen. Meiner Schätzung nach war er knapp zehn Jahre älter als ich. Ein zu geringer Altersunterschied, als daß er hätte Kapital daraus schlagen können. Nach den ersten zehn Minuten verstanden wir uns bestens.

Sein Büro war ein öder, funktionaler Kasten mit Blick auf Eisenbahngleise aus einem vorhanglosen Fenster und mit grellem Neonlicht, das noch den jüngsten Augen Tränensäcke unterschob. Interessant zu malen (ein Hauch Ultramarin vielleicht auf Ockergelb), aber im Alltag schwer erträglich.

»Auf den Punkt gebracht«, sagte er, »hat der für die Finanzen der Brauerei zuständige Mann die Kuh gemolken und sich nach Brasilien oder sonst einem schönen Land abgesetzt, mit dem wir kein Auslieferungsabkommen haben. Deshalb kann die Brauerei ihren Verbindlichkeiten nicht nachkommen. Die Gläubiger sind gelinde gesagt unruhig, und ich als Buchprüfer kann unter den gegebenen Umständen schlecht zulassen, daß King Alfred die Geschäfte fortführt.«

Gründe genug für Ivans Herzanfall.

»Wieviel fehlt denn?« fragte ich.

Er lächelte. »Wie groß ist ein Nebel?«

»Heißt das, Sie wissen es nicht?«

»Unser Unterschlager war der *Direktor der Finanzabteilung*. Er hat den Drei-Karten-Trick gebracht. Such die Dame... bloß ist die längst auf einem hübschen Nummernkonto verschwunden, und übrig sind nur noch Schulden.«

Ich runzelte die Stirn. »Könnten Sie sich etwas genauer ausdrücken?«

»Voriges Jahr habe ich Sir Ivan darauf hingewiesen, daß mir in seinen Finanzen irgendwo ein Loch zu sein schien, aber er wollte es nicht glauben. Jetzt ist er so krank, daß er es immer noch nicht wahrhaben will. Tut mir leid, aber so sieht es aus. Und nach Möglichkeit würde er den Diebstahl lieber vertuschen, als offen zuzugeben, daß er – und daß sein ganzer Vorstand – nachlässig und richtiggehend dumm gewesen ist.«

»Da wäre er wohl nicht der erste.«

»Bei weitem nicht.«

»Und wie lauten Ihre Rettungsmaßnahmen?«

Er stocherte erst wieder einmal in den Zähnen. »Ich kann Sie beraten«, sagte er, »aber ich kann nicht für Sie handeln. Als Prüfer muß ich zu den Angelegenheiten meiner Klientel auf Distanz bleiben. Letztlich kann ich Ihnen nur mögliche Schritte vorschlagen.«

»Dann tun Sie das bitte.«

Er widmete sich seinen Zähnen, und ich fühlte mich zerschlagen, bettreif und auch im Kopf unausgeschlafen.

»Ich würde Ihnen empfehlen«, sagte er gedehnt, »einen Insolvenzfachmann hinzuzuziehen.«

»Einen was?«

»Insolvenzfachmann. Jemand, der für Sie verhandelt.«

»Ich wußte gar nicht, daß es solche Leute gibt.«

»Sie Glücklicher.«

»Wie kommt man da dran?«

»Ich gebe Ihnen einen Namen. Das darf ich immerhin.«

»Und«, fragte ich dankbar, »was wird er tun?«

»Sie.«

»Auch gut. Was wird sie tun?«

»Sie wird unabhängig von uns die finanzielle Verfassung prüfen, und wenn sie zu dem Schluß gelangt, daß die Brauerei zu retten ist – daß noch Leben im Kadaver steckt –, wird sie einen freiwilligen Vergleich anstreben.«

Er sah in mein Gesicht. »Ein freiwilliger Vergleich«, erklärte er geduldig, »ist ein Abkommen mit den Gläubigern. Mit anderen Worten, sie beruft eine Gläubigerversammlung ein. Sie legt den Umfang der Verluste dar, und wenn sie die Gläubiger überzeugen kann, daß sich die Brauerei noch mit Gewinn betreiben läßt, erarbeitet man gemeinsam einen Plan für die allmähliche Rückzahlung der Schulden. Die Möglichkeit nutzen Gläubiger immer, denn eine endgültige Liquidation herbeizuführen bringt ihnen kaum etwas.«

»Das leuchtet mir ein.«

»Wenn also«, fuhr Tobias fort, »der Gläubigerausschuß mir in Absprache mit der Brauerei ein Budget und eine Prognose vorlegen kann, die mich als Prüfer überzeugen, daß sie weiter lebensfähig ist, kann ich die Bilanz testieren, und die Firma kann im Geschäft bleiben.«

»Tja...« Ich überlegte ein wenig. »Wie stehen die Chancen?«

»Einigermaßen.«

»Nicht besser?«

»Das hängt von den Gläubigern ab.«

»Und, ehm... wer ist das?«

»Das übliche. Die Bank. Das Finanzamt. Die Pensionskasse. Die Zulieferer.«

»Die Bank?«

»Der Finanzdirektor hat ein Darlehen zur Firmenvergrößerung aufgenommen. Das Geld ist weg. Es gibt keine Vergrößerung, und auf der Bank ist nichts, um den Kredit zu bedienen. Nicht mal, um die Zinsen zu zahlen. Die Bank hat mitgeteilt, daß sie keine Schecks mehr annimmt.«

»Und das Finanzamt?«

»Die Brauerei hat seit sechs Monaten die Sozialversicherungsbeiträge für ihr Personal nicht bezahlt. Das Geld ist verschwunden. Auch die Pensionskasse hat sich in Luft aufgelöst. Die Zulieferer sind dagegen kleine Fische, aber die Dosenmacher laufen Amok.«

»Schöne Bescherung«, sagte ich. »Gibt es denn keine, ehm... Vermögenswerte?«

»Klar. Die Brauerei selbst. Aber auch die ist belastet, und der Kredit kann nicht bedient werden. Die Bank würde ihre Grundschulden mit Verlust verwerten.«

»Und die Pubs, die der Brauerei gehören?« fragte ich.

»Die Vertragsgaststätten? Der Finanzdirektor hat sie alle hypothekarisch belastet. Kurz, das Geld ist auch weg.«

»Das klingt ja aussichtslos.«

»Ich habe schon Schlimmeres erlebt.«

»Und der King-Alfred-Cup?«

»Ah.« Er konzentrierte sich auf sein Gebiß. »Sie könnten mal Sir Ivan fragen, wo der ist.«

»In Cheltenham«, sagte ich verwirrt. »Er findet Samstag in vier Wochen in Cheltenham statt.«

»Ah«, sagte er nochmals, »Sie reden von dem Rennen.«

»Ja. Wovon sonst?«

»Von dem Pokal selbst«, sagte er ernst. »Dem King-Alfred-Goldpokal. Dem Kelch. Mittelalterlich, soweit ich weiß.«

Ich fuhr mir mit der Hand übers Gesicht. Die blauen Flecke machten sich bemerkbar.

»Er ist außerordentlich wertvoll«, sagte Tobias. »Sir Ivan sollte wirklich überlegen, ob er ihn nicht verkauft, um einen Teil der Schulden zu begleichen. Es bestehen aber gewisse Zweifel, ob er der Brauerei gehört oder Sir Ivan persönlich, und... nanu?« unterbrach er sich. »Geht's Ihnen gut?«

»Ja.«

»Sie sehen aber nicht so aus. Möchten Sie einen Kaffee?«

»Sehr gern.«

Er wuselte ein wenig herum und organisierte statt Kaffee schließlich Tee.

Ich nahm noch eine von Keith Robbistons Tabletten und hörte langsam wieder auf zu schwitzen. Der Tee tat gut. Um den freundlich besorgten Tobias zu beruhigen, lächelte ich ein wenig und erklärte, ich sei die ganze Nacht mit dem Zug gefahren, was ihm als Begründung für die Schwäche am Nachmittag offenbar genügte, auch ohne das Veilchenauge.

»Ich dachte mehr an das Rennen als an den Preis«, sagte ich, als ich mich wieder zusammengerauft hatte. »Das Ansehen der Brauerei wird davon mitgetragen. Es steht für ihren Erfolg. Würden die, ehm... die Gläubiger der Durchführung zustimmen, damit der Brauerei das Vertrauen der Öffentlichkeit erhalten bleibt, auch wenn die Geldpreise und ein Festzelt sowie Speisen und Getränke für rund hundert Gäste bereitgestellt werden müssen? Dieses Rennen ist das Aushängeschild der Brauerei. Es jetzt noch abzublasen, wo alle Nennungen schon eingegangen sind, hieße in die Welt hinausposaunen, daß es schlecht um die Firma steht... und etwas Schlimmeres könnte ihr kaum passieren.«

Er starrte mich an. »Das müssen Sie dem Ausschuß sagen.«

»Kann das nicht die... Ihre Insolvenzfrau tun?«

Sein Blick ging über meine Haare und zu den farbbespritzten Jeans hinunter, und ich sah ihm an, daß er dachte, mit einem konventionelleren Fürsprecher stünden die Überlebensaussichten des Rennens besser.

»Sie müssen sie überzeugen.« Er lächelte kurz. »Mich haben Sie überzeugt.« Er schwieg. »Übrigens zählt zu den möglichen Vermögenswerten der Brauerei auch ein *Rennpferd*. Oder vielmehr, es ist wiederum unklar, ob das Tier der Brauerei oder Sir Ivan selbst gehört. Ich wäre Ihnen verbunden, wenn Sie das klären könnten.«

»Ich?«

»Sie sind doch für alle Fragen zuständig. Das geht aus Ihren umfassenden Vollmachten eindeutig hervor.«

»Oh.«

»Sir Ivan muß unbedingtes Vertrauen zu Ihnen haben.«

»Trotz meines Aussehens?«

»Hm...« Er grinste mich plötzlich an. »Da Sie es schon ansprechen, ja.«

»Ich bin Maler«, erklärte ich, »und so sehe ich eben aus. Maler in Nadelstreifen sind eher selten.«

»Wahrscheinlich.«

Ich trank noch eine Tasse Tee und fragte nebenbei: »Wie heißt denn das Pferd?«

Wie versteckt man ein Pferd, Alexander...?

Ein Pferd verstecken. Du lieber Himmel.

»Es heißt Golden Malt«, sagte Tobias.

Gestern morgen noch, dachte ich mürrisch, hatte ich ein zwar exzentrisches, aber ruhiges Leben geführt als Chronist des ebenso exzentrischen Dranges, einen kleinen weißen Ball eine achtel oder viertel Meile weit zu pfeffern und ihn über liebevoll gestaltete Rasenflächen zu befördern, bis er in ein kleines rundes Loch fiel. Von diesem harmlos verrückten Gestern trennten mich jetzt ein Raubüberfall, schmerzende Glieder, ein Stiefvater, der mit einem Bein im Grab stand, die schwierigen Verhältnisse in seinem Haus und die ausufernden anderen Sorgen, die er mir aufgebürdet hatte.

Ivan wollte offensichtlich das Pferd vor dem Zugriff des Pleitegeiers verstecken. Ivan hatte mir das Recht verliehen, etwas Unrechtmäßiges zu tun.

»Woran denken Sie?« fragte Tobias.

»Hm... wie entlohnt die Brauerei denn diese Woche ihre Arbeiter?«

Er seufzte. »Wieder ins Schwarze getroffen. Das ist ein Problem.«

»Wird die Bank zahlen?«

»Sie sagt, nein. Keinen Penny mehr.«

»Muß ich sie beknien?«

»Ja«, sagte er mitfühlend.

Es war Mittwochnachmittag. Die Löhne wurden in der Brauerei wie in den meisten Unternehmen freitags ausgezahlt. Über Tollrights Telefon engagierte ich die Fachfrau zur Beratung und vereinbarte einen Termin mit der Bank am nächsten Morgen.

Ich fragte Tobias, wieviel Geld die Firma brauchte, um sich bis zur – erhofften – Rettungsaktion der Gläubiger über Wasser zu halten, und er warf entgegenkommend einen Blick in King Alfreds Hauptbuch und nannte eine Zahl, die mir Ivans Herzanfall als verständliche Reaktion erscheinen ließ.

»Sie können nur tun, was in Ihren Kräften steht«, bemerkte Tobias zahnstochernd. »Sie trifft an all dem ja keine Schuld. Scheint nur, man hat es Ihnen voll auf den Buckel gepackt.«

Ich wußte nicht, ob ich über das Bild lächeln oder seufzen sollte. Einen Teil des Ganzen trug ich schon gut fünf Jahre auf dem Buckel. Fünf Jahre hatte es gedauert, bis die Dämonen zu mir fanden.

»Das Pferd«, sagte ich, »Golden Malt heißt es, ja? Wieso bestehen Zweifel, wem es gehört?«

Tobias runzelte die Stirn. »Da müssen Sie Sir Ivan fragen. Es wird nicht direkt als Vermögenswert der Brauerei geführt. Keine jährliche Abschreibung wie auf Betriebsausstattung, aber die Brauerei hat die Trainingsgebühren bezahlt und sie als Werbekosten von der Steuer abgesetzt. Wie gesagt, das müssen Sie klären.«

In der nächsten Stunde ging er Punkt für Punkt mit mir die Bücher des Vorjahres durch. Wie er mir zeigte, hätte das Biergeschäft, wenn der Geldfluß nicht von einem Betrüger gesteuert worden wäre, durchaus die üblichen hohen Erträge abgeworfen.

»Der Braumeister ist Ihr größtes Plus«, sagte Tobias. »Verlieren Sie ihn nicht.«

»Ich habe keine Ahnung vom Bierbrauen«, sagte ich hilflos.

»Das brauchen Sie auch nicht. Sie sind der Generalstratege. Ich gebe Ihnen nur meinen Rat als Außenstehender, und der Marktanteil der Brauerei ist jedenfalls deutlich gestiegen, seit sie diesen Braumeister hat.«

»Vielen Dank.«

»Sie sehen wirklich erschöpft aus«, meinte er.

»Rechnen war nie meine Stärke.«

»Sie kommen schon klar.«

Er legte mir Papiere zur Unterschrift vor. Ich las sie zwar durch und bemühte mich, sie zu verstehen, vertraute aber weitgehend auf seine Redlichkeit. Ganz wie Ivan seinem Finanzdirektor vertraut hatte.

»Viel Glück mit der Bank morgen«, sagte Tobias, indem er die Papiere zusammenraffte und auf seinen Zahnstocher biß. »Lassen Sie sich nicht über den Tisch ziehen.«

Vom Berg gestürzt und über den Tisch gezogen, dachte ich. »Können Sie mich begleiten?«

Er schüttelte den Kopf. »Das ist Ihre Sache, nicht meine. Ich wünsche Ihnen alles Gute.«

»Eine Frage noch«, sagte ich.

»Ja?«

»Wie kommt man heutzutage ohne Auto von hier nach Lambourn?«

»Mit dem Taxi.«

»Und wenn man knapp bei Kasse ist?«

»Ah«, sagte er. »Genau wie immer. Mit dem Bus nach

Newbury. Von dort mit dem Bus nach Lambourn.« Er ließ sich aus dem Vorzimmer einen Fahrplan bringen. »Der Bus nach Lambourn geht ab Newbury um Viertel vor sechs.«

»Danke.«

»Was Ihnen guttäte«, sagte er, »wäre eine ambulante Behandlung im Royal-Berkshire-Krankenhaus.«

Ich ging geradewegs zum Bus. In Newbury blieb mir sogar noch Zeit, vom Geld meiner Mutter neue Jeans zu kaufen und die farbbefleckten alten in der Herrentoilette am Busbahnhof zu deponieren. So klopfte ich dann etwas manierlicher gekleidet an eine Tür in Lambourn, der ich lieber ferngeblieben wäre.

Die Pferde meines Stiefvaters, inklusive Golden Malt, und auch die Pferde von Höchstselbst wurden im Rennsportzentrum Lambourn von einer jungen Frau namens Emily Jane Cox trainiert.

»Was zum Teufel tust du hier?« sagte sie, als sie mich erblickte.

»Ich besuche die Slums.«

»Ich hasse dich, Alexander.«

Das Problem war, daß sie es nicht tat, sowenig wie umgekehrt meine Gefühle für sie auf Lust oder Liebe hinausliefen. Liebe und Haß wären nicht so schlimm gewesen wie die fast völlige Resignation, zu der wir gelangt waren.

Ich war mit bleiernen Schritten zu Fuß vom Bus zu dem Stall in der Upper Lambourn Road gegangen. Sie hatte gerade die abendliche Stallkontrolle beendet, als ich ankam, und sich vom Wohlergehen der rund fünfzig ihr anvertrauten Pferde überzeugt.

Es stimmte zwar, daß sie den Hof, wie böse Zungen immer wieder betonten, als gutgehenden Betrieb von ihrem berühmten Vater übernommen hatte, aber es war allein ihrem Können zuzuschreiben, daß aus dem Stall Cox nach wie vor Sieger kamen.

Sie liebte das Leben hier. Sie liebte die Pferde. Sie war geachtet und erfolgreich. Vielleicht hatte sie auch einmal Alexander Kinloch geliebt, aber ein aktives, erfülltes Berufsleben gegen die Einsamkeit eines kargen, kalten Berges einzutauschen kam für sie nicht in Frage.

»Wenn du mich liebst«, hatte sie gesagt, »bleib in Lambourn.«

Fast ein halbes Jahr hatte ich in Lambourn mit ihr zusammengelebt – und nichts gemalt, was der Rede wert war.

»Ist doch egal«, hatte sie mich gleich zu Anfang getröstet. »Heirate mich und laß es dir gutgehen.«

Ich hatte sie geheiratet und sie nach einiger Zeit verlassen. Sie hatte nie meinen Namen angenommen, sondern sich einfach Mrs. Cox genannt.

»Was tust du hier?« wiederholte sie.

»Ehm... Ivan hatte einen Herzanfall.«

Sie runzelte die Stirn. »Ja, das weiß ich aus der Zeitung. Aber es geht ihm doch wieder gut, oder? Ich habe angerufen. Kein Grund zur Beunruhigung, meinte deine Mutter.«

»Gut geht's ihm nicht. Er sagte, ich solle mich um seine Pferde kümmern.«

»Du? Um sie kümmern? Du hast doch kaum Ahnung von Pferden.«

»Er wollte aber...«

Sie zuckte die Achseln. »Ach, was soll's. Wenn's ihn beruhigt, dann komm halt mit.«

Schon drehte sie sich um und ging über den Stallhof zu einer offenen Tür, durch die ein Pfleger gerade einen Eimer Wasser trug.

Sie hatte einen dunklen Pagenkopf und eine Figur, die in Hosen gut aussah. Wir waren fast auf den Tag gleich alt und hatten mit dreiundzwanzig ohne Bedenken geheiratet.

Ihre schon immer energische, gebieterische Art zu reden hatte sich mit den Jahren der Verantwortung und des Erfolgs noch verstärkt.

Ich hatte ihre Willenskraft bewundert, ja geliebt, dabei selbst aber an Willenskraft verloren. So begehrenswert sie war, ich hätte mich ihrer dominanten Persönlichkeit nicht auf Dauer unterordnen können. Wir hätten uns zerstritten, wenn ich geblieben wäre. Wir hätten uns gefetzt, wenn ich versucht hätte, zurückzukommen. So lebten wir in dauerndem, unangefochtenem Waffenstillstand. Seit meinem Weggang hatten wir uns viermal wiedergesehen, aber nie allein und nie in Lambourn.

Ivan hatte drei Pferde bei Emily in Training. Sie zeigte mir zwei wenig bemerkenswerte Rappen und einen Hellfuchs, Golden Malt. Zu meiner gelinden Bestürzung sah er auffallend gut aus, hatte zwei weiße Fesseln und eine durchgehende Blesse: einprägsam als Brauereireklame, aber nicht so günstig für ein spurloses Verschwinden.

»Er ist für den King-Alfred-Goldcup genannt«, sagte Emily stolz und klopfte ihm den glänzenden Hals. »Ivan möchte sein Rennen nach Hause holen.«

»Und schafft er das?«

»Den Sieg?« Sie schürzte die Lippen. »Sagen wir, Golden Malt läuft wegen des Nachrichtenwerts. Er wird sich nicht blamieren; weiter möchte ich nicht gehen.«

Ich sagte abwesend: »Er schlägt sich sicher gut.«

»Was ist mit deinem Auge?«

»Ich bin überfallen worden.«

Sie lachte beinah, hielt sich aber zurück. »Willst du was trinken?«

»Gern.«

Ich folgte ihr ins Haus, durch die vielbeanspruchte Küche und an ihrem kleinen, funktionalen Büro vorbei in das größere Wohnzimmer, in dem sie Besitzer und wohl eben auch wiederkehrende Ehemänner empfing.

»Immer noch Campari?« fragte sie, die Hände über einem Tablett mit Flaschen und Gläsern.

»Bitte.«

»Ich hole Eis.«

»Muß nicht sein«, sagte ich, aber sie ging trotzdem in die Küche.

Ich schlenderte durch das unveränderte Zimmer mit seinen karierten Sofas und dunklen Eichentischchen und blieb vor einem Gemälde stehen, das sie an die Wand gehängt hatte. Es zeigte einen windgepeitschten Golfplatz mit einem silbernen Streifen Meer im Hintergrund; unter tieftreibenden Wolkenfetzen stemmten zwei Golfer sich eisern gegen die Bö und zogen ihre Schläger auf Caddies hinter sich her. Im Vordergrund, wo hohes, trockenes Gras sich unter dem Wind bog, lag, noch unsichtbar für die Spieler, ein kleiner weißer Ball.

Ich hatte ihr das Gemälde als eine Art Friedensangebot

geschickt; es war als eins der ersten in der Berghütte entstanden, und als ich es jetzt wieder vor mir sah, erlebte ich nicht nur die Pinselstriche wieder neu, sondern das ganze trotz Schuldgefühlen mich beflügelnde Freiheitsbewußtsein von damals.

Emily sagte hinter mir: »Einer von meinen Besitzern war vor ein paar Wochen mit einem Bekannten hier, der hat das Bild von der Tür aus gesehen und gesagt: ›Nanu, ist das ein Alexander?‹«

Ich drehte mich um. Sie hielt zwei Gläser mit Eis in den Händen und schaute auf das Bild. »Du hast es nur mit Alexander signiert«, sagte sie.

Ich nickte. »Das tu ich doch immer.«

»Und dabei bleibt's?«

»Alexander ist lang genug.«

»Jedenfalls hat er es erkannt. Ich war ganz erstaunt, aber es stellte sich raus, daß er Kunstkritiker war irgendwo. Er kannte ziemlich viele Arbeiten von dir.«

»Wie hieß er?«

Sie zuckte die Achseln. »Weiß ich nicht mehr. Ich sagte, du würdest immer Golf malen, und er meinte, Irrtum, was du malst, sei die Ausdauer und Unbeugsamkeit des menschlichen Geistes.«

Gott, dachte ich und fragte noch einmal: »Wie hieß er?«

»Ich sage doch, ich hab's vergessen. Ich konnte ja nicht wissen, daß wir uns so bald wiedersehen, oder?« Sie ging zu den Flaschen hinüber und goß Campari und Soda auf das Eis. »Er meinte auch, aus dir könnte noch ein großer Künstler werden. Du hättest die Technik und den Mut dazu. Also wirklich! Ich fragte ihn, was denn Golfbilder malen mit

Mut zu tun hat, und er meinte, Mut gehört zu jedem Erfolg. Wie beim Training mit Pferden, sagte er.«

»Ich wünschte, du wüßtest seinen Namen noch.«

»Bedaure. Es war so ein kleiner Dicker. Ich sagte ihm, daß ich dich kenne, und er schwärmte davon, wie du die winzigen roten Tupfer in die dürren Grashalme im Vordergrund gezaubert hast.«

»Hat er es dir erklärt?«

»Nein.« Sie zog die Stirn kraus. »Ich glaube, der Besitzer wollte wissen, wie es seinem Pferd geht.«

Sie goß sich einen Gin Tonic ein, setzte sich und bedeutete mir, auf einem Sofa Platz zu nehmen. Es war ein überaus merkwürdiges Gefühl, Gast im ehemals »eigenen« Haus zu sein. Das Haus war immer ihres gewesen, denn sie hatte es vom Vater geerbt, doch als ich dort wohnte, hatte ich es auch als mein Zuhause empfunden.

»Dieser Kunstexperte«, sagte Emily nach einem großen Schluck Gin, »meinte auch, deine Bilder seien im Moment zu gefällig, um ernst genommen zu werden.«

Ich lächelte.

»Macht dir das nichts?« fragte sie.

»Nein. Häßlich ist *in*. Häßlich gilt als realistisch.«

»Ich möchte aber keine häßlichen Bilder an den Wänden haben.«

»Nun... in der Kunstszene ernte ich Spott, weil meine Bilder sich verkaufen. Ich kann Porträts malen, ich male auf Bestellung, ich kann zeichnen – eins so verpönt wie das andere.«

»Es scheint dich nicht zu kümmern.«

»Ich male, was mir gefällt. Ich lebe davon. Ein Rembrandt werde ich nie. Ich bleibe bei meinen Leisten, und wenn ich anderen damit Freude bereite, ist das immerhin besser als nichts.«

»Als du hier warst, hast du so was nie gesagt.«

»Da standen zuviel Gefühle im Weg.«

»Tatsache ist« – sie stand auf und kehrte zu dem Bild zurück –, »nach dem Sonntagmorgen habe ich mir das Gras noch mal angesehen. Wie hast du also die roten Tupfen in die Halme gekriegt? Und die braunen und die gelben, wenn wir schon dabei sind?«

»Es würde dich langweilen.«

»Überhaupt nicht.«

Der Campari schmeckte bittersüß, wie das Leben. Ich sagte: »Nun, als erstes habe ich die ganze Leinwand knallrot gemalt.«

»Sei nicht albern.«

»Es stimmt«, versicherte ich ihr. »Durchgehend in leuchtendem Kadmiumrot.« Ich ging zu ihr. »In dem Silber vom Meer schimmert das waagerecht angelegte Rot noch durch. Ein bißchen sogar im Grau der Wolken. In den zwei Figuren auch. Alles andere ist mit den Farben übermalt, die du jetzt siehst. Das ist das Schönste am Acryl. Es trocknet so schnell, daß man Schicht auf Schicht malen kann, ohne erst Tage warten zu müssen wie beim Öl. Wenn man Öl zu früh übermalt, vermischen sich die Farben, und es gibt Schmiererei. Aber das Gras ... das habe ich einmal mit Umbra übermalt – einem erdigen Dunkelbraun – und dann mit verschiedenen Ockertönen, und danach habe ich mit einem Kamm in die Farbschichten hineingekratzt.«

»Mit *was*?«

»Einem Kamm. Ich habe mit den Zinken bis ins Rot reingekratzt. Die Kratzer laufen schräg wie im Wind... das sind die Halme. Die roten und braunen Tupfen ergeben sich aus den Schichten. Und einen Teil des Ockers habe ich noch ganz leicht mit Purpur lasiert, wodurch der Welleneffekt entsteht, wie bei hohem Gras, das der Wind bewegt.«

Sie blickte schweigend auf die Leinwand, die seit über fünf Jahren an ihrer Wand hing, und sagte schließlich: »Ich habe es nicht gewußt.«

»Was hast du nicht gewußt?«

»Wieso du weggegangen bist. Wieso du hier nicht malen konntest.«

»Em...« Die zärtliche alte Kurzform kam von selbst wieder.

»Du hast versucht, es mir zu erklären. Ich war zu sehr verletzt. Und zu jung.« Sie seufzte. »Und es hat sich nichts geändert, oder?«

»Eigentlich nicht.«

Sie lächelte lebhaft, ohne Bitterkeit. »Dafür, daß sie nur vier Monate gehalten hat, war unsere Ehe gar nicht so schlecht.«

Ich empfand eine große, ganz unverdiente Erleichterung. Lambourn war für mich tabu gewesen: Aus Schuldbewußtsein, und um Emily, so wenig nachtragend sie auch schien, nicht unnötig zu reizen, hatte ich einen Bogen um den Ort gemacht. Die Erinnerung an den verständnislosen Ausdruck ihrer Augen ging mir zu nah.

Was hatte sie für einen harten Ton angeschlagen damals. »Na schön, wenn du auf einem Berg leben willst, zieh Leine.« Aber ihre Augen baten mich zu bleiben.

»Wenn dir das Malen wichtiger ist als ich«, hatte sie gesagt, »zieh Leine.«

Jetzt, mehr als fünf Abstand schaffende Jahre später, sagte sie: »Auf keinen Fall hätte ich das Trainieren aufgegeben.«

»Ich weiß.«

»Und du konntest das Malen nicht aufgeben.«

»Nein.«

»Na siehst du. Aber jetzt sind wir doch miteinander im reinen, nicht?«

»Du hast ein großes Herz, Em.«

Sie grinste. »Ich liebe es, unendlich nachsichtig zu sein. Willst du was essen?«

Früher hatte ich meistens gekocht, aber jetzt war sie es, die uns in der Küche Omeletts mit Pilzen machte.

Wir aßen am Küchentisch. Sie stand immer noch auf Eiscreme. An diesem Abend gab es Erdbeer.

Sie sagte: »Willst du die Scheidung? Bist du deshalb gekommen?«

Verblüfft sagte ich: »Daran hatte ich überhaupt nicht gedacht! Willst du sie?«

»Eigentlich«, sagte sie ruhig, »finde ich es manchmal ganz nützlich, von meinem Mann reden zu können, auch wenn er nie da ist.« Sie schleckte das Eis vom Löffel. »Ich bin mein eigener Herr. Ich lege offen gesagt keinen Wert mehr auf einen Mann im Haus.«

Sie stellte das Geschirr in die Spülmaschine und sagte: »Warum bist du gekommen, wenn du nicht die Scheidung willst?«

»Wegen Ivans Pferden.«

»Das ist Quatsch. Danach hättest du dich am Telefon erkundigen können.«

Die Emily, die ich kannte, war offen und ehrlich. Sie hatte sich von einigen der Besitzer ihres Vaters getrennt, weil die von ihr verlangt hatten, ihren Jockeys zu sagen, daß sie nicht siegen sollten. Sie fand, es sei ein himmelweiter Unterschied, ob man einem Jungpferd ein leichtes Rennen gibt, um es auf den Geschmack zu bringen, oder ob man das Rennsportpublikum betrügt, indem man ein Pferd verlieren läßt, damit es beim nächsten Start höhere Quoten bekommt. »Meine Pferde laufen auf Sieg« war ihr Grundsatz, und dafür genoß sie das Vertrauen der Rennwelt.

Nur zögernd sagte ich daher: »Ivan möchte, daß ich Golden Malt verschwinden lasse.«

»Sag mal, wovon redest du? Willst du einen Kaffee?«

Sie machte den Kaffee in einer Maschine, die ich noch nicht kannte.

Ich erklärte, in welch einem finanziellen Debakel die Brauerei steckte.

»Die Brauerei«, sagte Emily scharf, »schuldet mir vier Monate Trainingsgebühren für Golden Malt. Kurz vor seinem Herzanfall habe ich Ivan deshalb geschrieben. So ungern ich meckere, aber ich will mein Geld.«

»Das kriegst du auch«, versprach ich. »Er möchte aber, daß ich das Pferd von hier wegschaffe, damit es nicht kassiert und voreilig verkauft wird.«

Sie runzelte die Stirn. »Ich kann es dir doch nicht einfach so geben.«

»Doch... du kannst.«

Ich nahm den mitgebrachten Aktendeckel vom Tisch,

gab ihr eine beglaubigte Kopie von Ivans Vollmacht und erklärte, daß sie mich dazu berechtigte, nach meinem Gutdünken mit seinem Eigentum, also auch mit Golden Malt, zu verfahren.

Sie las die Urkunde mit ernster Miene und sagte schließlich nur: »Na schön. Was hast du vor?«

»Ich will morgen früh, wenn es im Ort und auf den Downs in allen Richtungen von Pferden wimmelt, mit ihm von hier wegreiten.«

Sie starrte mich an. »Also zunächst mal reitet er sich nicht leicht.«

»Und ich würde abgeworfen?«

»Könnte passieren. Und zweitens, wo willst du hin?«

»Wenn ich dir das sage, steckst du tiefer drin, als dir vielleicht lieb ist.«

Darüber dachte sie nach. Sie sagte: »Ohne meine Hilfe kommst du doch nicht weit. Zumindest muß ich ja den Pflegern sagen, daß es kein Grund zur Beunruhigung ist, wenn eins von den Pferden verschwindet.«

»Wenn du hilfst, geht alles leichter«, gab ich zu.

Schweigend tranken wir den Kaffee.

»Ich mag Ivan«, sagte sie schließlich. »Formell sind er und Vivienne ja immer noch meine Schwiegereltern. Ich treffe sie auf der Rennbahn. Wir verstehen uns gut, auch wenn sie nicht aus sich rausgeht. Wir schicken uns Weihnachtskarten.«

Ich nickte. Ich wußte es.

»Wenn Ivan das Pferd verstecken will«, sagte Emily, »dann helfe ich dir dabei. Wo willst du also hin?«

»Ich habe in Newbury eine *Horse and Hound* gekauft«,

sagte ich, indem ich die Zeitschrift aus dem Aktendeckel nahm und die Kleinanzeigen aufschlug. »Auf der anderen Seite der Downs gibt's einen Mann, der Jagdpferde in Pension nimmt und sie auf Jagd- und Querfeldeinrennen vorbereitet. Den wollte ich anrufen, ob er für ein paar Wochen mein Pferd aufnimmt. Für vier Wochen, genau gesagt, bis ein oder zwei Tage vor dem King-Alfred-Goldcup. Das Pferd müßte ja wieder hierher, damit es unter dir als Trainer laufen kann, oder?«

Sie nickte zerstreut und sah, wo mein Finger hinzeigte.

»Der kriegt Golden Malt nicht«, rief sie aus. »Das ist ein Tyrann, der verdirbt die Pferde, und er hält sich für einen gottgesandten Frauentröster.«

»Oh.«

Sie überlegte kurz. »Ich habe eine Bekannte, die den gleichen Service anbietet und ungleich besser ist.«

»Kommt man zu Pferd dahin?«

»Acht Meilen über die Downs. Du würdest dich auf den Downs aber verirren.«

»Ehm... du hattest doch immer eine Karte von den Reitwegen und Trainingsgeländen.«

»Mhm, die Generalstabskarte. Nur ist die bestimmt schon sieben Jahre alt. Es gibt lauter neue Straßen.«

»Straßen ändern sich vielleicht, aber die Wege sind sieben*tausend* Jahre alt. Die gibt's schon noch.«

Sie lachte, holte die Karte aus dem Büro und breitete sie auf dem Tisch aus. »Ihr Stall liegt westlich von hier.« Emily zeigte mit dem Finger. »Das ist ein ganzes Stück entfernt von Mandown, wo die meisten Pferde aus Lambourn bewegt werden. Sie sitzt da, siehst du, außerhalb von Foxhill.«

»Da käme ich schon hin«, sagte ich.

Emily guckte skeptisch, rief aber ihre Freundin an.

»Mein Hof ist voll«, sagte sie, »könntest du mir für ein, zwei Wochen ein Pferd abnehmen? Es muß in Form bleiben, weil es noch laufen soll... Du kannst? Gut... ich lasse es dir morgen früh von einem Pfleger bringen. Wie es heißt? Ach, sag einfach Bobby zu ihm. Und schick mir die Rechnung. Wie geht's den Kindern?«

Nach dem kleinen Plausch legte sie auf.

»Bitte sehr«, sagte sie, »ein Zauberkunststück auf Bestellung.«

»Du bist großartig.«

»Das will ich meinen. Wo schläfst du?«

»Ich nehme mir im Ort ein Zimmer.«

»Damit ganz Lambourn weiß, daß du da bist? Du hast hier ein halbes Jahr gewohnt, vergiß das nicht. Die Leute kennen dich. Wir sind in der Dorfkirche getraut worden. Ich will nicht, daß es heißt, ich hätte dich wieder. Du kannst schön hier draußen auf dem Sofa schlafen.«

»Wie wär's mit deinem Bett?« fragte ich impulsiv.

»Nein.«

Ich versuchte nicht, sie zu überreden. Statt dessen rief ich meine Mutter an, daß ich über Nacht wegbleiben würde, morgen aber gute Nachrichten für Ivan mitzubringen hoffte, und telefonierte mit Jed Parlane in Schottland.

»Wie geht's Ihnen?« fragte er besorgt.

»Habe alle Hände voll zu tun.«

»Ich meinte... jedenfalls war ich mit der Polizei in der Hütte. Was für ein *Chaos*.«

»Mhm.«

»Ich habe den Beamten Ihre Zeichnungen gegeben. Der Polizei sind hier sonst keine Fälle von räuberischen Wanderern bekannt.«

»Das überrascht mich nicht.«

»Höchstselbst möchte Sie sprechen, sobald Sie zurück sind. Ich soll Sie am Bahnhof abholen und Sie umgehend aufs Schloß bringen. Wann kommen Sie wieder?«

»Wenn alles klappt, mit dem Highlander morgen nacht. Ich gebe Ihnen noch Bescheid.«

»Wie geht's Sir Ivan?«

»Nicht gut.«

»Dann geben Sie auf ihn acht«, meinte er. »Bis demnächst.«

Emily sagte, als ich auflegte, nachdenklich: »Mein Futtermeister kann morgen wie gewohnt das erste Lot bewegen, aber ich werde ihm sagen, er soll Golden Malt hierlassen. Das Pferd bräuchte eine Heilkur für die Beine und müßte eine Weile weg. Es hat zwar nichts an den Beinen, aber meine Leute widersprechen mir nicht.«

Hatten sie noch nie, überlegte ich. Und sie blieben ihr treu. Sie trainierte Sieger; das Personal verdiente gut und hörte auf sie.

Wie immer notierte sie auf einer Liste, welcher Pfleger welches Pferd reiten sollte, wenn das erste Lot von rund zwanzig Tieren um sieben ausrückte, und wer welches Pferd im zweiten Lot nach dem Frühstück und wer später am Morgen die noch nicht bewegten Pferde übernehmen sollte. Sie beschäftigte etwa zwanzig Pfleger und Pflegerinnen für die Pferde, dazu zwei Schreibkräfte, eine Haushälterin und einen Mann, der den Hof in Ordnung hielt.

Jockeys kamen zum Frühstück und zum Einspringen der Pferde. Tierärzte schauten vorbei. Futter und Heu wurde gebracht und Stallmist abgefahren. Besitzer kamen zu Besuch. Ich hatte leidlich reiten gelernt. Das Telefon klingelte ununterbrochen. Elektronische Nachrichten schwirrten ein und aus. Niemand saß lange still.

Ich war als Koch, Laufjunge und Mädchen für alles in den Betrieb aufgenommen worden und hatte mich auch eingefügt, so gut es ging, aber mein Eigenleben war dabei auf Null geschrumpft. Wochenlang hatten mich Selbstzweifel geplagt, Bedenken, ob mein Drang zu malen bloße Selbstsucht sei, mein Talent nur Einbildung, und ob ich mich gegen meine innere Stimme damit begnügen sollte, ein für allemal Emilys rechte Hand zu sein.

Jetzt, über fünf Jahre später, steckte sie die neu geschriebene Liste für den Futtermeister in den Briefkasten an der Hintertür. Sie ließ ihre beiden Labradors noch einmal laufen und sah im Stallhof nach dem Rechten. Dann kam sie herein, pfiff den Hunden, die sich wieder in ihre Körbe in der Küche legten, und schloß zur Nacht die Haustür ab.

Alles so vertraut. So lange her.

Sie gab mir zwei warme Reisedecken für aufs Sofa und sagte ruhig: »Gute Nacht.«

Ich legte zögernd die Arme um sie. »Em?«

»Nein«, sagte sie.

Ich küßte sie auf die Stirn und hielt sie fest. »Em?«

»Ach«, sagte sie gereizt. »Also gut!«

4

Sie schlief nicht mehr in unserem großen gemeinsamen Schlafzimmer, sondern im alten Gästezimmer, in einer geräumigen, für flüchtige Liebschaften idealen Schmuseburg.

In den einstigen Ankleideraum ihres Vaters hatte sie ein luxuriöses Bad einbauen lassen. Nur unten war das Haus geblieben, wie ich es in Erinnerung hatte; oben nicht.

»Das ist jetzt kein Präzedenzfall«, sagte Emily, indem sie das Hemd über dem BH aus weißer Spitze aufknöpfte. »Und ich halte es auch nicht für klug.«

»Dann ist es eben dumm.«

»Du hast offensichtlich nicht genug bekommen.«

»Nein.« Ich löschte das Licht und zog die Vorhänge zurück, wie wir es immer getan hatten. »Und du?«

»Ich gelte als Drachen. Nicht viele haben den Mumm eines Sankt Georg.«

»Leider?«

Sie streifte ihre übrigen Kleider ab und glitt nackt zwischen die Laken, so daß ihre Rundungen sich einen Moment lang gegen das gestirnte Fensterrechteck abzeichneten. Ich zog mich aus.

»In Lambourn verbreiten sich Gerüchte wie die Pocken«, sagte sie. »Ich passe höllisch auf, wen ich in dieses Zimmer lasse.«

Wir hörten auf zu reden. Besonders einfallsreich oder experimentierfreudig waren wir im Bett wohl nie gewesen. Wozu auch? Bauch an Bauch, mit Händen, Lippen, Zungen hatten wir die Schauder starker sinnlicher Erregung erlebt, und wenigstens daran hatte sich nichts geändert. Ihren Körper zu berühren, so lange so nah, so lange schon fern, war wie die Rückkehr zu einem verlassenen Haus: eine neu zu entdeckende Brust, die vertraute Höhlung des Bauchs, der feste Schamberg, das dunkle, warme, weiche Geheimnis darunter, das nur im Verborgenen erkundet werden durfte, denn so offen und direkt sie in der Öffentlichkeit auftrat, so scheu war sie privat. Ich tat, was ihr gefiel, und wie immer war für mich am schönsten, was sie am schönsten fand. Das Eindringen war leicht, ihr Schoß empfangsbereit. Die Bewegung stark und rhythmisch, ein instinktives Zusammengehen. Als ich den Puls tief in ihr fühlte, wartete ich einen langen Augenblick; manchmal war es früher schon so gut gewesen, aber nicht immer. Offenbar waren wir auch in dieser Hinsicht reifer geworden.

»Du hast mir gefehlt«, sagte sie.

»Du mir auch.«

Wir schliefen friedlich Seite an Seite, und erst am Morgen unter der Dusche betrachtete sie ungläubig meine vielen blauen Flecke.

»Du weißt doch«, sagte ich nur. »Ich bin überfallen worden.«

»Eher von einer Kuhherde überrannt, wie das aussieht.«

»Stierherde.«

»Na schön, dann eben Stierherde. Komm erst runter, wenn das erste Lot weg ist.«

Beinah hatte ich vergessen, daß ich dort war, um ein Pferd zu stehlen. Ich wartete, bis die knirschenden Hufe draußen in der Ferne verschwunden waren und ging hinunter zu Kaffee und Toast.

Emily kam vom Hof herein. »Ich habe Golden Malt gesattelt und aufgezäumt. Du kannst los mit ihm, aber er ist ganz schön frech. Paß um Himmels willen auf, daß er nicht bockt und dich abwirft. Auf keinen Fall möchte ich, daß er allein über die Downs läuft.«

»Ich habe mir überlegt, wie er unerkannt bleiben kann«, sagte ich und bestrich eine Scheibe Toast mit Honig. »Hast du noch die Nachtmützen, die du ihnen bei großer Kälte über den Kopf ziehst? Mit so einer Kappe wäre die auffallende Blesse auf der Nase verdeckt. Dann vielleicht noch Gamaschen für die weißen Fesseln...«

Sie nickte belustigt. »Und du nimmst dir am besten eine Sturzkappe und was du sonst noch brauchst.«

Ich dankte ihr und ging in den großen Garderobenraum, wo sich immer ein Sammelsurium von Jacken, Schuhen, Handschuhen und Reitkappen zum Ausstaffieren von Besuchern fand. Ich suchte mir ein Paar passende Stiefeletten (zweckmäßiger als Turnschuhe) und band mir mit einem Schuhriemen die Haare hoch, bevor ich sie unter einer leuchtend blauen Sturzkappe versteckte. Ich hängte mir eine große Rennbrille um den Hals, wie sie zum Schutz gegen Schlamm und Regen verwendet wird... ideal, um ein Veilchen zu verbergen.

Emily meinte immer noch belustigt, kein Mensch würde mich mehr erkennen. »Und nimm dir eine Parka mit. Morgens ist es kalt in den Downs.«

Ich griff mir eine der dunklen, gefütterten Jacken und sagte: »Falls jemand wegen des Pferdes vorbeikommt, sag ihm, ich sei berechtigt gewesen, es abzuholen, und hätte es weggebracht, du wüßtest nicht, wohin.«

»Meinst du denn, es kommt jemand?« Sie schien eher neugierig als beunruhigt.

»Hoffentlich nicht.«

Golden Malt beäugte mich skeptisch unter seiner Nachtkappe hervor. Emily warf mich ihm auf den Rücken und sah plötzlich aus, als schwante ihr nichts Gutes.

»Wann hast du denn zuletzt auf einem Pferd gesessen?« fragte sie stirnrunzelnd.

»Ehm... schon länger her.« Aber ich brachte meine Füße in die Steigbügel und nahm halbwegs ordentlich die Zügel auf.

»Wie oft bist du effektiv geritten, seit du hier warst?« wollte sie wissen.

»Reine Willenssache«, sagte ich. Golden Malt tänzelte unbekümmert umher. Der Boden war ziemlich tief unten.

»Du bist ein verdammter Narr«, sagte sie.

»Ich ruf dich an, wenn was schiefgeht... und danke, Em.«

»Ja. Schieb ab. Zieh Leine.« Sie lächelte. »Ich bring dich um, wenn du ihn abhauen läßt.«

Ich hatte mir bei meinen Reitkünsten die ersten dreihundert Meter am schwierigsten vorgestellt, denn sie führten über eine Landstraße zu dem Feldweg in die Downs; aber zu meinem Glück war die Straße kaum befahren, und die wenigen Autos bremsten für Rennpferde. Ich tippte mir wiederholt dankend an die Kappe und blamierte uns nicht allzusehr.

Niemand drehte das Fenster runter und rief mich beim Namen oder brachte das getarnte Pferd mit Emily in Verbindung. Ich saß einfach auf einem von vielen hundert Lambourner Pferden, unübersehbar und unsichtbar.

Golden Malt glaubte zu wissen, wo es hinging, und das war anfangs zwar günstig, doch später nicht mehr. Er schlug vergnügt mit dem Kopf und trabte munter den ausgefahrenen Weg zu den Downs hinauf, dem Hügelland, das sich fünfzig Meilen quer über Südengland erstreckt – von den Chilterns bis zur Salisbury Plain. In den Hügeln fühlte ich mich wohler als in Lambourn selbst, aber auch dort war man selten allein: Stränge von Pferden an jedem Horizont, und hinter ihnen rumpelten die Landrover der Trainer her. Lambourns Wirtschaft lebte hier auf dem weiten grünen Hügelland, im Wind der vorzeitlichen Morgenstunden. Ich hatte geglaubt, das sei Welt genug, auch ich könnte dort leben und arbeiten... und ich hatte mich geirrt.

Golden Malt widersetzte sich, als ich ihn auf der Höhe oben nach Westen lenkte statt weiter in östlicher Richtung. Er lief rückwärts, drehte kleine Kreise, weigerte sich hartnäckig, den Weg einzuschlagen, den ich ihm vorgab. Ich wußte nicht, ob gestandene Reiter mit eisenharten Schenkeln ihm über kurz oder lang ihren Willen aufgezwungen hätten; ich sah nur, daß ich nicht weiterkam.

Plötzlich fiel mir ein, wie Emily und ich eines Tages beim Pferderennen vom Trainerstand aus gesehen hatten, wie ein Pferd von ihr sich weigerte, an den Start zu gehen. Das Pferd war rückwärts, seitwärts und im Kreis gelaufen, hatte jede Anweisung mißachtet und seine immense Muskelkraft dazu benutzt, den schmächtigen Mann auf seinem Rücken lächerlich zu machen. Und dieser Mann war ein ausgefuchster Jockey gewesen.

Über die Jahre hinweg hörte ich Emilys aufgebrachten Kommentar: »Warum sitzt der blöde Hund nicht ab und *führt* ihn?«

O *Em,* dachte ich. Meine liebe Frau. Hab Dank.

Ich sprang vom Rücken des sturen Viehs, warf ihm die Zügel über den Kopf und *ging* Richtung Westen, und wie durch Zauberei zockelte Golden Malt friedlich neben mir her, so daß ich nur noch achtzugeben brauchte, daß er mir nicht in die Hacken trat.

Emilys Sorge, ich könnte mich in dem baumlosen weiten Grasland verirren, war unbegründet bei einem, der als Kind gelernt hatte, ohne Karte dem Rotwild im schottischen Moor nachzustellen. Grundregel Nummer eins hieß, die Windrichtung prüfen und die Nase in den Wind drehen. Einen Hirsch kann man nur gegen den Wind anpirschen, denn so bekommt er keine Witterung.

An diesem Septembertag wehte der Wind gleichmäßig von Norden. Ich steuerte erst einmal genau hinein, schwenkte, als sich Golden Malt an ihn gewöhnt hatte, ein wenig nach links und stapfte selbstbewußt durch das gleichförmige Grasmeer, als wäre ich bestens orientiert.

Weiter unten konnte ich Ortschaften sehen, aber keine Pferde. Als ich etwa eine Meile gelaufen war, versuchte ich es wieder mit Reiten, hievte mich ungeschickt in den Sattel und nahm die Zügel auf – und als wäre er durch die Isolation von seinen Artgenossen verunsichert, ging Golden Malt jetzt brav, wohin ich wollte.

Ich wagte einen Trab.

Kein Problem. Ich kreuzte den einen oder anderen Pfad und kam an ein paar Gehöften vorbei, wo Hunde anschlugen. Allzu genau brauchte mein Kurs in diesem Streckenabschnitt nicht zu sein, denn irgendwo vor mir lag der älteste Weg Englands, der Ridgeway, der heute noch von Goring Gap an der Themse im Osten nach West Kennet, einem Ort südwestlich von Swindon verläuft. Mehr ist davon nicht übrig, aber die Druiden waren auf diesem Weg wahrscheinlich nach Stonehenge gereist. Seinem Namen – Gratweg – getreu führte er die Hügelkämme entlang, da in der alten Zeit, noch bevor mit Julius Cäsar die Römer kamen, die Täler bewaldet waren und von Bären unsicher gemacht wurden.

Im Automobilzeitalter lockte der Ridgeway Wanderer an, und für einsame Pferdediebe war es eine Traumstraße.

Als ich hinkam, verpaßte ich ihn beinah – trabte glatt darüber weg und begriff mit Verspätung, daß ich etwas Aufwendigeres als einen einfachen, ausgefahrenen Weg erwartet hatte. So machte ich kehrt, ließ Golden Malt erst einmal rasten und schaute mich nach hilfreichen Wegweisern um, fand aber keine. Ich war ganz oben. Dem Wind zufolge verlief der Weg von Ost nach West. Und er war ausgefahren. Es mußte der richtige sein.

Achselzuckend wagte ich es, wandte mich nach links, Richtung Westen, und trabte hoffnungsvoll voran. Schließlich führten alle Wege *irgendwohin,* wenn auch nicht nach Stonehenge.

Ich hatte eine längere Strecke als nötig gewählt, um Straßen zu vermeiden, und der Ridgeway war keinesfalls die kürzeste Verbindung von A nach B, aber da ich nicht nach dem Weg fragen und Aufmerksamkeit auf mich lenken wollte, nahm ich den Umweg und die Mehrzeit gern in Kauf.

Der Weg machte ungefähr da, wo ich es erwartet hatte, einen Knick nach Südwesten, kreuzte ein paar kleine Straßen und führte mich, da es gottlob der richtige war, nach Foxhill.

Emilys Bekannte war auf mein Kommen vorbereitet.

»Mrs. Cox«, sagte ich, »kommt in ein paar Tagen vorbei und holt Sattel und Zaumzeug ab.«

»Alles klar.«

»Ich bin dann wieder weg.«

»Gut. Vielen Dank. Wir kümmern uns um den Knaben.« Sie klopfte den Fuchshals mit geübter mütterlicher Zärtlichkeit und nickte mir zum Abschied gutgelaunt zu, ohne meine Behauptung, ich wolle per Anhalter zurück nach Lambourn, in Frage zu stellen.

Statt dessen trampte ich nach Swindon, nahm den Zug nach Reading und sprach bei einem hochstehenden Bankmenschen vor, der nicht auf jemand mit Parka, Stiefeletten, leuchtend blauer Sturzkappe und Rennbrille eingestellt war.

»Ehm…«, sagte er.

»Ja. Nun, ich bedaure den Aufzug, aber ich vertrete meinen Stiefvater, Sir Ivan Westering, und das hier ist sonst nicht meine Welt.«

Ich reichte ihm eine beglaubigte Kopie meiner Vollmacht und Ivans zur Verhinderung eines Rauswurfs immer noch guten Stellvertreterbrief, der inzwischen etwas verknittert war, da er den Überlandausflug in meiner Hemdtasche mitgemacht hatte, und der wendige Bankdirektor ließ sich höflich von mir auseinandersetzen, daß die Löhne der Brauereiarbeiter für die laufende Woche und auch die Pensionen wie üblich gezahlt werden sollten, während die Insolvenzfachfrau Mrs. Morden eine Gläubigerversammlung einberufe, um zu einem freiwilligen Vergleich zu kommen.

Er nickte. »Mrs. Morden hat mich bereits darauf angesprochen.« Ein nachdenkliches Zögern, dann: »Ich habe mich auch mit Tobias Tollright unterhalten. Er meinte, Sie kämen auf Knien zu mir.«

»Wenn Sie wollen, knie ich.«

Ein winziges Lächeln zuckte in seinen Augen auf und verschwand. Er sagte: »Was haben Sie persönlich von der Sache?«

Ich war so überrascht, daß ich nichts darauf zu sagen wußte und schwieg – ein Schweigen, das ihn nicht zu stören schien.

»Hm.« Er zog die Nase hoch. Er sah auf seine Finger. Er sagte: »Na schön. Die Lohnschecks für die Woche werden eingelöst. Den Pensionsempfängern lassen wir fünfundsiebzig Prozent. Dann schauen wir mal.« Er stand auf und hielt mir eine glatte weiße Hand hin. »Es war mir ein Vergnügen, Mr. Kinloch.«

Ich schlug ein und atmete auf dem Weg nach draußen erleichtert auf.

Da mir bis zu der gefürchteten Verabredung mit Mrs. Margaret Morden, der guten Fee bankrottgefährdeter Aschenputtel, anderthalb Stunden Zeit blieben, kaufte ich mir ein paar Einmalrasierer, ein Tübchen Rasiercreme, einen neuen Kamm – das Zeug aus Euston war noch in London – und versuchte mich in einem Pub herauszuputzen. Gegen das blaue Auge half aber nur die Zeit. Ich trank ein kleines King Alfred Gold, um die Bekanntschaft mit dem, was ich retten wollte, zu erneuern, und klopfte pünktlich bei der Dame an.

Offenbar hatte man sie vorgewarnt, denn sie wußte gleich, wer ich war, und empfing mich, ohne mit der Wimper zu zucken. Die Vollmacht wurde wiederum sorgfältig studiert, eine beglaubigte Kopie dankend zu den Akten genommen, und Ivans Brief wurde wie schon bei Tollright und auf der Bank fotokopiert. Dann gab Mrs. Morden mir Ivans Sesam-öffne-dich zurück und bat mich, ihr eine Vollmacht auszustellen, die sie ermächtigte, für die Brauerei zu handeln. Hier zählten nicht Handschlag oder stillschweigende Übereinkünfte, sondern verbriefte Verantwortung.

Mrs. Margaret Morden sah nach einer zeitlos jungen Vierzigerin aus und war nicht die strenge Geschäftsfrau, die ich erwartet hatte. Sie trat zwar selbstbewußt auf, und ehrfurchtgebietende Intelligenz strahlte aus den ruhigen grauen Augen, doch sie trug kein Kostüm, sondern ein wadenlanges, rosa und violett gemustertes Seidenkleid mit Rüschenkragen.

Ich lächelte unwillkürlich und sah an dem zufriedenen Gesicht, mit dem sie mein Lächeln quittierte, daß eben darin der Zweck der Kleidung lag – zu ermutigen, Vorurteile abzubauen, zu vermitteln, zu überzeugen.

Ihr Büro war geräumig, eine Kombination von funktionalem Grau und ledergebundenen juristischen Büchern, dazu eine über die ganze Länge einer Wand gehende Bank mit sechs oder sieben Computerbildschirmen, die verschiedene Informationen zeigten. Ein Stuhl auf Rollen stand bereit, sie von Monitor zu Monitor zu bringen.

Sie setzte sich in einen großen schwarzen Sessel hinter einem Chefschreibtisch und wies mir den (etwas kleineren) Besuchersessel ihr gegenüber zu. Auf dem Tisch waren schon Brauereiunterlagen ausgebreitet: Sie und Tobias hatten offensichtlich keine Zeit verloren.

Sie sagte: »Wir stehen hier vor einer ernsten Situation...«
Die ernste Situation wurde abrupt verschlimmert durch ein zielbewußtes Geschoß von einem Mann, der zur Tür hereinplatzte, während eine aufgeregte Sekretärin (wie in tausend Drehbüchern) hinter ihm her quäkte: »Verzeihen Sie, Mrs. Morden, ich konnte ihn nicht aufhalten.«

Der Eindringling stapfte in die Bühnenmitte, wies mit spitzem Finger auf mein Gesicht und sagte: »Sie haben kein Recht, hier zu sein. *Hinaus!*« Er schwenkte den Finger in Richtung Tür. »Wenn für die King-Alfred-Brauerei verhandelt werden muß, übernehme *ich* das.«

Er bebte vor Zorn, ein dünner, weitgehend erkalteter Mann in den Fünfzigern, der grimmig durch eine große Brille mit silberglänzender Metallfassung starrte. Sein Hals war dürr, sein Adamsapfel spitz und seine innere Energie gewaltig. Noch einmal forderte er mich auf zu gehen.

Mrs. Morden fragte ruhig: »Wer sind Sie denn?«
»Madam«, sagte er wütend, »in der Abwesenheit von Sir Ivan Westering leite ich die Brauerei. Ich bin der stellvertretende Geschäftsführer. Dieser elende junge Mann ist in keiner Weise befugt, herumzulaufen und unseren Buchprüfer und unsere Bank auszufragen, wie er das offenbar getan hat. Ignorieren Sie ihn bitte und lassen Sie ihn gehen, denn ich werde entscheiden, ob wir, was ich bezweifle, wirklich Ihrer Dienste bedürfen.«

Mrs. Morden fragte unverfänglich: »Ihr Name?«

Er schnappte nach Luft, als sei er verblüfft, daß sie ihn nicht kannte. »Finch«, sagte er scharf. »Desmond Finch.«

»Ah ja.« Mrs. Morden schaute auf ihre Unterlagen. »Da sind Sie aufgeführt. Aber es tut mir leid, Mr. Finch, Mr. Kinloch ist einwandfrei berechtigt, Sir Ivan zu vertreten.«

Sie wies mit der Hand auf die beglaubigte Vollmacht, die auf ihrem Tisch lag. Finch schnappte sich die Urkunde, warf einen Blick darauf und riß sie entzwei. »Sir Ivan ist zu krank, um zu wissen, was er tut«, erklärte er. »Diese Posse muß ein Ende haben. *Ich* und ich allein führe die Geschäfte der Brauerei.«

Mrs. Morden legte den Kopf schräg und bat mich, dazu Stellung zu nehmen. »Mr. Kinloch?«

Ivan, überlegte ich, hatte Desmond Finch bewußt übergangen, indem er mir sein Vertrauen schenkte, und ich fragte mich, warum. Es wäre normal gewesen, den zweiten Mann als Vertreter einzusetzen. Da er dies nicht getan hatte, und zwar mit voller Absicht nicht, war ich meinem Stiefvater unbedingt verpflichtet.

»Setzen Sie bitte Ihre Arbeit fort, Mrs. Morden«, sagte ich ruhig. »Ich werde Sir Ivan noch einmal fragen, und wenn er nicht möchte, daß ich mich weiter mit seinen Angelegenheiten befasse, werde ich es selbstverständlich lassen.«

Ich lächelte Finch gütig an.

»Damit ist es nicht getan«, fauchte er. »Ich möchte, daß dieser ... dieser Usurpator hier verschwindet. Jetzt gleich. Auf der Stelle. Mrs. Benchmark besteht darauf.«

Mrs. Morden warf mir einen fragenden Blick zu und sah zweifellos, daß mir ein Licht aufgegangen war.

»Mrs. Benchmark«, erklärte ich, »ist Patsy Benchmark, die Tochter von Sir Ivan. Ihr wäre es lieber, ich käme im Leben ihres Vaters nicht vor. Ich würde, ehm ... mich in Luft auflösen.«

»Nur damit wir uns richtig verstehen«, sagte Margaret Morden geduldig, »Sir Ivan ist Mrs. Benchmarks leiblicher Vater, und Sie sind sein Stiefsohn?«

Ich nickte. »Sir Ivan hatte eine Tochter, Patsy, mit seiner verstorbenen ersten Frau. Er hat meine verwitwete Mutter geheiratet, als ich achtzehn war, also bin ich sein Stiefsohn.«

»Und jetzt«, fügte Finch laut und giftig hinzu, »will er Sir Ivans Vermögen an sich reißen und Mrs. Benchmark um ihr Erbe bringen.«

»Nein«, sagte ich.

Daß Margaret Morden unsicher aussah, konnte ich ihr nicht verdenken. Patsys Ängste waren zwanghaft, aber echt.

»Bitte versuchen Sie die Brauerei zu retten«, sagte ich zu Mrs. Morden. »Sir Ivans Gesundheit hängt vielleicht davon ab. Außerdem wird die Brauerei einmal Patsy gehören. Erhalten Sie sie ihr, nicht mir. Und Ihnen, Mr. Finch, wird sie es nicht danken, wenn alles in die Binsen geht.«

Das brachte sie beide zum Schweigen.

Finch lief offenen Mundes zur Tür, stockte dann, drehte sich um und warf mir an den Kopf: »Mrs. Benchmark sagt, Sie haben den King-Alfred-Cup gestohlen. Sie haben den Goldpokal gestohlen und halten ihn versteckt, und wenn es sein muß, holt sie ihn sich mit Gewalt wieder.«

Ach du Schreck. *Raus damit!*

Meine Rippen schmerzten.

Der King-Alfred-Goldcup. *Danach* hatten die Dämonen gesucht. Nicht nach dem, was ich hatte, sondern nach etwas, das ich nicht hatte.

»Sie sehen müde aus, Mr. Kinloch«, sagte Mrs. Morden.

»*Müde!*« Finch war voller Sarkasmus. »Wenn er müde ist, kann er heim nach Schottland gehen und eine Woche durchschlafen. Einen ganzen Monat!«

Gute Idee, dachte ich. Ich sagte: »Stand der Pokal in der Brauerei?«

Desmond Finch öffnete den Mund und schloß ihn wieder, ohne zu antworten.

»Wissen Sie das nicht?« fragte ich interessiert. »Gab es eine Razzia mit handschellenschwingenden Polizeibeamten? Oder hat Patsy Ihnen nur gesagt, ich hätte den Pokal geklaut? Sie versteht es blendend, den Leuten das Denken auszutreiben.«

Der zweite Mann der Brauerei verschwand so plötzlich, wie er gekommen war. Als nach seinem Abgang wieder Ruhe einkehrte, fragte Mrs. Morden, ob ich vielleicht noch eine beglaubigte Vollmacht hätte, und es war schon ein Glück, daß mir Ivan in weiser Voraussicht gleich zehn ausgestellt hatte. Ich gab ihr eine; blieben noch fünf.

»Ich brauche weitere Anweisungen«, sagte sie.

»Bleiben Sie dran und so?«

»Dazu bin ich gern bereit, wenn Sie mir handschriftlich zusichern, daß ich mich für nichts, was ich in Ihrem Auftrag tue, vor Gericht verantworten muß. Das wird zwar normalerweise nicht verlangt, aber so normal scheint mir die ganze Insolvenz hier nicht zu sein.«

Ich ließ mir die Entlastung von ihr diktieren und unterschrieb, und sie ließ ihre Sekretärin als Zeugin unterschreiben und legte das Blatt zu den Vollmachten, die ich ihr bereits gegeben hatte.

»Am Montag kann ich die Hauptgläubiger der Brauerei hoffentlich an einen Tisch bringen«, sagte sie. »Rufen Sie mich morgen an, ob das klargeht.«

»Vielen Dank, Mrs. Morden.«

»Margaret«, sagte sie. »Was nun die deprimierenden Zahlen hier betrifft...«

Ich ging wieder zu Pierce, Tollright & Simmonds, einigte mich mit dem Prüfer auf die Anrede Tobe und Al und lud ihn zu einem Bier ein.

Als ich ihm von Desmond Finchs Auftritt bei Margaret Morden erzählte, kaute er zwar heftig auf einem unschuldigen Zahnstocher herum, wahrte sonst aber ein diplomatisches Schweigen.

»Kennen Sie ihn?« hakte ich nach.

»Klar. Habe ihn schon öfter gesehen.«

»Was halten Sie von ihm?«

»Im Vertrauen?«

»Alles hier«, sagte ich, »bleibt unter uns.«

Trotzdem legte er sich die Antwort vorsichtig zurecht. »Desmond Finch ist fleißig. Er ist ein sehr guter Macher. Ein Programm, hinter dem er steht, zieht er unbeirrbar durch. Seine Energie hält die ganze Brauerei in Gang, und mit seiner Beharrlichkeit sorgt er dafür, daß alles, was zu tun ist, getan wird.«

»Sie finden ihn also gut?«

Er grinste. »Seine Arbeit schon. Den Mann kann ich nicht ausstehen.«

Ich lachte. »Gott sei es gedankt.«

Wir tranken brüderlich. »Was für ein Mensch war Norman Quorn?« fragte ich. Norman Quorn, der mit der Kasse durchgebrannte Finanzdirektor. »Sie kannten ihn doch sicher gut.«

»Dachte ich mal. Ich hatte jahrelang mit ihm zu tun.« Tobias nahm den Zahnstocher aus dem Mund und trank Bier. »Der letzte, dem ich so etwas zugetraut hätte. Aber das sagt man dann ja immer.«

»Wieso der letzte?«

»Oh. Er stand vor der Pensionierung. Fünfundsechzig. Ein grauer, äußerst genauer Buchhalter. Kein Funke Humor. Vertrocknet. Jedes Jahr sind wir die Geschäftsbücher zusammen durchgegangen. Keine Kommastelle, die nicht saß. Ich muß ja Stichproben aus den Faktura entnehmen und prüfen, ob die angegebene Transaktion wirklich stattgefunden hat, und in Quorns Büchern gab es niemals die kleinste Unstimmigkeit. Ich hätte mich für seine Ehrlichkeit verbürgt.«

»Er hat sich alles für den großen Coup aufgehoben.«

Tobias seufzte. Wieder mußte ein Zahnstocher dran glauben. »Er war schlau, das gebe ich zu.«

»Wie konnte er denn überhaupt so viel stehlen? Die Zahlen bei Margaret Morden haben mich umgehauen.«

»Er ist nicht mit einem Sack in die Bank spaziert, falls Sie das meinen. Er hat nicht die Kohle in einen Koffer geschaufelt und sich durch den Kanaltunnel verkrümelt. Auf die moderne Tour hat er's gemacht, per Draht.« Er schnalzte laut. »Er hat das Geld auf elektronischem Weg überwiesen, es über die internationalen Bankleitzahlen sonstwohin verteilt und die mit den richtigen Codes versehenen Vollmachten gleich mitgefaxt. Er kannte sich einfach zu gut aus. Ich dachte, mir entgeht keine Spur, aber irgendwo in Panama habe ich ihn verloren. Das ist ein Fall fürs Betrugsdezernat, auch wenn Sir Ivan das Ganze vertuschen will und sie deshalb nicht verständigt, und die Brauerei würde das natürlich auch nicht retten. Da ist und bleibt Margaret Morden unsere Hoffnung. Unsere einzige, würde ich sagen.«

Düster bestellten wir noch zwei kleine Bier.

Ich sagte zögernd: »Halten Sie es für möglich, daß Quorn den King-Alfred-Cup gestohlen hat? Den goldenen Kelch?«

»Was?« Er war verblüfft. »Nein, nicht sein Stil.«

»Aber elektronische Überweisungen *waren* sein Stil?«

»Ich verstehe, was Sie meinen.« Er seufzte tief. »Trotzdem...«

»Desmond Finch sagt, daß Patsy Benchmark – kennen Sie Ivans Tochter? – *mich* beschuldigt, den Cup gestohlen zu haben. Sie weiß, wie man andere überzeugt. Womöglich lande ich noch im Kittchen von Reading.«

»Und dichten Balladen wie Oscar Wilde?«

»Scherzen Sie nur.«

»Ich kenne sie.« Er überlegte einen Zahnstocher lang. »Wenn niemand zu wissen scheint, wo der unschätzbar wertvolle mittelalterliche Goldkelch abgeblieben ist, heißt das noch nicht, daß er gestohlen wurde.«

»Ich trinke aufs klare Denken.«

Er lachte. »Sie gäben einen guten Buchprüfer ab.«

»Malen liegt mir mehr.«

Ich betrachtete sein harmlos freundliches Gesicht und stellte mir vor, daß die analytischen Rädchen in seinem Kopf sich ebenso schnell drehten wie bei mir. Gütige Varianten von Onkel Joseph Stalins verschlagenem Grinsen verbargen bei Bauern wie Staatsoberhäuptern und allem, was dazwischen lag, die unfreundlichsten Absichten. Aber irgendwo mußte das Vertrauen oder wenigstens die Bereitschaft dazu ja anfangen.

»Was kam zuerst?« fragte ich. »Norman Quorns Verschwinden, Ihre Erkenntnis, daß die Bücher frisiert waren, oder der Herzanfall meines Stiefvaters? Und seit wann wird der Cup vermißt?«

Er runzelte die Stirn, während er sich zu erinnern suchte. »Das fällt alles ungefähr in dieselbe Zeit.«

»Es kann doch nicht gleichzeitig passiert sein.«

»Nein.« Er schwieg. »Den Cup hat anscheinend schon ewig keiner mehr gesehen. Die drei anderen Sachen... Vor ungefähr zwei Wochen habe ich Sir Ivan – er war daheim in London – mitgeteilt, daß die Brauerei zahlungsunfähig ist und wieso. Er bat mich, es zu vertuschen und Stillschweigen zu bewahren. Quorn war da schon ein paar Tage auf Urlaub – so jedenfalls die Sekretärin in der Brauerei. Am gleichen Nachmittag hatte Sir Ivan den Anfall. Danach konnte ich von niemandem Anweisungen bekommen, bis Sie daherkamen. Das ganze Finanzchaos wurde einfach immer schlimmer während Sir Ivans Krankenhausaufenthalt, weil nur er Entscheidungen treffen konnte und für mich nicht zu sprechen war. Aber die Bank wollte nicht länger warten.«

»Was ist mit Desmond Finch?«

»Was soll mit ihm sein?« fragte Tobias zurück. »Er ist wie gesagt ein prima Macher, aber er braucht jemanden, der ihm sagt, was er machen soll. Auch wenn er jetzt von Verantwortung redet – hätte Mrs. Benchmark ihn nicht auf Trab gebracht, würde er sagen, was er mir die ganzen vierzehn Tage gesagt hat: daß er auf Weisung von Sir Ivan warten muß.«

Irgendwie reimte sich das alles.

Ich sagte: »Margaret Morden meint, an der Gläubigerversammlung am Montag muß ich nicht teilnehmen.«

»Besser nicht. Wenn die jemand überzeugen kann, dann ist sie es.«

»Ich habe sie gebeten, sich für das Rennen starkzumachen.«

»Das Rennen? Ach so, den King-Alfred-Goldcup. Nur ohne Cup.«

»Der Sieger bekommt sowieso immer nur ein vergoldetes Duplikat. Nie den echten Pokal.«

»Das Leben«, sagte er, »nimmt einem jede Illusion.«

Als ich zu dem Haus am Park Crescent kam, war Dr. Keith Robbiston gerade im Begriff zu gehen, und wir unterhielten uns auf der Treppe draußen, während meine Mutter lächelnd in der offenen Tür wartete.

»Tag«, begrüßte Robbiston mich rasch und munter. »Wie geht's?«

»Ihre Tabletten habe ich aufgebraucht.«

»So? Möchten Sie noch welche?«

»Ja, gern.«

Schon zog er eine neue Schachtel hervor; anscheinend

hatte er sie immer auf Vorrat. »Wann sind Sie noch mal den Dieben in die Hände gefallen?«

»Vorgestern.« Es kam mir eher wie ein Jahrzehnt vor. »Wie geht's Ivan?«

Der Arzt blickte zu meiner Mutter und sagte, offensichtlich weil sie mithörte, nur: »Er braucht Ruhe.« Seine Augen konzentrierten sich wieder auf mich. »Vielleicht können Sie als kräftiger junger Mann dafür sorgen, daß er sie bekommt. Ich habe ihm ein starkes Sedativ gegeben. Er muß schlafen. Einen schönen Tag noch.« Er wedelte zum Abschied mit der Hand und eilte davon, ein Mann, der im Laufschritt lebte.

»Wie hat er das mit der Ruhe gemeint?« fragte ich meine Mutter, indem ich sie kurz drückte und mit ihr ins Haus ging.

Sie seufzte. »Patsy ist da. Mit Surtees.«

Surtees war nicht der große Erzähler gleichen Namens aus dem neunzehnten Jahrhundert, sondern Patsys Mann, dessen Eltern Büchernarren gewesen waren. Surtees Benchmark, groß, schlank und spezialisiert auf die Rolle des liebenswerten Dummkopfs, konnte jemandem unter tausend Entschuldigungen ein Bein stellen, nicht viel anders als seine Frau. Er sah mich mit ihren Augen. Seine blieben kalt, wenn er lächelte.

Meine Mutter und ich gingen nach oben. Patsys Stimme war aus dem ersten Stock zu hören.

»Ich *bestehe* darauf, Vater. Er muß gehen.«

Ein undeutliches Brummen als Antwort.

Da ihre Stimme aus Ivans Arbeitszimmer kam, ging ich, gefolgt von meiner eleganten Mutter, gleich dorthin.

Patsy reagierte auf mein Erscheinen natürlich erbost. Auch sie war groß und schlank und konnte betörend schön sein, wenn sie es darauf anlegte. Sie brauchte bloß »Mein Lieber!« zu sagen, schon öffneten sich ihr die Herzen; nur wer sie näher kannte, war auf der Hut, Surtees nicht ausgenommen.

»Ich habe Vater klargemacht«, sagte sie energisch, »daß er die blöde Vollmacht, die er dir erteilt hat, widerrufen muß und daß sie *mir* zusteht.«

Statt zu widersprechen, sagte ich freundlich: »Er kann selbstverständlich tun, was er für richtig hält.«

Ivan sah erschreckend matt und blaß aus, wie er da im dunkelroten Morgenmantel in seinem imposanten Sessel saß. Das starke Beruhigungsmittel drückte ihm schon auf die Augenlider, und ich ging zu ihm, bot ihm den Arm und schlug vor, er solle sich aufs Bett legen.

»Laß ihn in Ruhe«, sagte Patsy scharf. »Dafür hat er einen Pfleger.«

Ivan legte jedoch beide Hände auf meinen dargebotenen Arm und zog sich hoch. Er schien mir hinfälliger als am Tag zuvor.

»Hinlegen«, sagte er abwesend. »Gute Idee.«

Er ließ sich von mir in sein Schlafzimmer führen, und ohne handgreiflich zu werden, konnten Patsy und Surtees mich nicht zurückhalten. Vier erprobte Schläger waren über meine Kampfkraft gegangen, aber mit Patsy und ihrem Mann hätte ich es aufgenommen, und das sahen sie auch ein.

Als ich an ihm vorbeiging, sagte Surtees trotzig: »Das nächste Mal wirst du *schreien*.«

Meine Mutter riß erstaunt die Augen auf. Patsy drehte ruckartig den Kopf und stutzte ihren Mann zurecht: »Halt gefälligst deinen blöden Rand!«

Ich brachte Ivan nach nebenan, dann halfen meine Mutter und ich ihm aus dem Morgenmantel und in das breite Bett, wo er sich dankbar ausstreckte, die Augen schloß und murmelte: »Vivienne... Vivienne.«

»Ich bin bei dir.« Sie streichelte ihm die Hand. »Schlaf, mein Schatz.«

Bei einem so starken Medikament hätte er gar nicht wach bleiben können. Als er gleichmäßig atmete, kehrten meine Mutter und ich ins Arbeitszimmer zurück und sahen, daß Patsy und Surtees gegangen waren.

»Was sollte das vorhin?« fragte sie verblüfft. »Wieso hat Surtees gesagt: ›Nächstes Mal wirst du schreien‹?«

»Ich wage nicht daran zu denken.«

»Nach einem Scherz klang es nicht gerade.« Sie sah unsicher und beunruhigt aus. »Surtees hat irgend etwas an sich, das... o je... das nicht normal ist.«

»Liebste Mama«, zog ich sie auf, »normal ist so gut wie niemand. Sieh dir bloß deinen Sohn an.«

Ihre Besorgnis löste sich in einem Lachen auf und schlug in sichtbare Freude um, als ich dann vom Arbeitszimmer aus Jed Parlane anrief und ihm mitteilte, ich würde noch einen Tag länger im Süden bleiben.

»Ich nehme morgen den Nachtzug«, sagte ich. »Der kommt leider erst um Viertel nach sieben in Dalwhinnie an. Samstag früh.«

Jed protestierte ein wenig. »Höchstselbst möchte, daß Sie sobald wie möglich wiederkommen.«

»Sagen Sie ihm, meine Mutter braucht mich.«
»Die Polizei braucht Sie auch.«
»Ihr Pech. Bis dann, Jed.«
Meine Mutter und ich aßen die vorzügliche Mahlzeit, die Edna gekocht und bereitgestellt hatte, und verbrachten einen selten ruhigen und wohltuenden Abend miteinander in ihrem Zimmer, verstanden uns ohne viel Worte.
»Ich war bei Emily«, sagte ich irgendwann beiläufig.
»So?« Sie nahm es gelassen. »Wie geht's ihr?«
»Gut. Viel zu tun. Sie hat sich nach Ivan erkundigt.«
»Ja, sie rief auch an. Nett von ihr.«
Ich lächelte. Meine Mutter hatte auf meine Trennung von Emily gefaßt wie immer reagiert und sie hingenommen, ohne zu werten. Als ob sie sagen wollte, es sei unsere eigene Angelegenheit. Und ich nahm an, sie hatte mich auch verstanden. Gesagt hatte sie mir nur: »Einzelgänger sind nie allein«, eine unerwartete Erkenntnis, die sie nicht ausführen oder erläutern mochte, aber sie war mit dem einzelgängerischen Wesen ihres Sohnes, das ich vergebens zurückzudrängen versucht hatte, seit langem vertraut.

Am Morgen, als wir alle gut ausgeschlafen waren, unterhielt ich mich wesentlich länger als vorher mit Ivan.
Er sah besser aus. Er trug zwar noch Schlafanzug, Morgenmantel und Pantoffeln, aber er hatte Spannkraft und Farbe im Gesicht und einen klaren Kopf.
Ich erzählte ihm ausführlich, was ich an den beiden Tagen in Reading getan und in Erfahrung gebracht hatte. Widerwillig stellte er sich der Plünderung der Brauerei in ihrem ganzen erschreckenden Ausmaß und war einverstan-

den mit der Einsetzung Margaret Mordens als Lotsin, die das beinah gestrandete Schiff retten sollte.

»Ich bin selbst schuld, daß es so schlimm gekommen ist«, seufzte er. »Aber ich konnte nicht glauben, daß Norman Quorn die Firma ausnimmt, verstehst du? Ich kenne ihn seit Jahren, habe ihn aus der Buchhaltung geholt, ihn zum Finanzdirektor gemacht, ihn in den Vorstand gesetzt... ich habe ihm *vertraut*. Auf Tobias Tollrights Gerede habe ich nichts gegeben. Ich werde meinem Urteil nie mehr trauen können.«

Um ihn zu trösten, sagte ich: »So was passiert Jahr für Jahr in der Wirtschaft.«

Er nickte schwer. »Je größer das Vertrauen, desto unbedenklicher der Zugriff, heißt es. Aber Norman ... wie konnte er nur?«

Er war vor allem persönlich getroffen und nahm den Verrat, die Zurückweisung schwerer als den finanziellen Verlust; die Brutalität des Vertrauensbruchs war es, die er nicht ertragen konnte.

»Ich wünschte«, sagte er mit Nachdruck, »du würdest die Leitung der Brauerei übernehmen. Mir war immer klar, daß du das kannst. Als du diese tüchtige und attraktive junge Frau geheiratet hast, hoffte ich, du würdest dich besinnen und zu mir kommen. Es war so günstig. Du hättest bei ihr in Lambourn leben und die Brauerei in Wantage leiten können, ganze zehn Kilometer von ihrem Rennstall entfernt. *Ideal.* Die meisten jungen Leute würden sich um so ein Leben reißen. Aber du, nein, du bist anders. Du mußt abhauen und für dich allein wohnen und malen.« Sein Ton war nicht gerade verächtlich, doch er fand meine Neigungen völlig abwegig. »Deine liebe Mutter scheint dich zu verstehen. Sie meint, Bergnebel läßt sich nicht in einem Käfig halten.«

»Es tut mir leid«, sagte ich hilflos. Vernünftig fand ich den Lebensweg, den er mir angeboten hatte, schon. Ich wußte nicht, warum ich ihn nicht gehen konnte. Ich wußte nur, daß ich dabei auf der Strecke bleiben würde.

Ich wechselte das Thema und sagte, ich hätte Margaret Morden gebeten, die Gläubiger nach Möglichkeit für die Durchführung des Rennens in Cheltenham zu gewinnen; sie sollte ihnen klarmachen, daß der nunmehr siebzehnte King-Alfred-Goldcup das allgemeine Vertrauen in die Brauerei stärken und den Umsatz fördern würde, der allein das für die Sanierung erforderliche Geld bringen könne.

Ivan lächelte. »Der Teufel hätte dich lieber für als gegen sich.«

»Es ist doch wahr.«

»Die Wahrheit kann subversiv sein«, sagte er. »Ich wünschte, du wärst mein Sohn.«

Das verschlug mir die Sprache. Er sah aus, als sei er selbst überrascht, daß er es gesagt hatte, doch er ließ es stehen. Die Stille dehnte sich.

Schließlich sagte ich zögernd: »Golden Malt...?«

»Mein Pferd.« Er sah mir scharf ins Gesicht. »Hast du es versteckt?«

»Sollte ich das nicht?«

»Doch, sicher. Ich hoffte, du würdest es tun, aber...«

»Aber«, ergänzte ich, als er schwieg, »du bist im Jockey-Club und kannst dir keinen Fehltritt leisten, und die Gläubiger betrachten Golden Malt vielleicht als Aktivposten, den man verkaufen kann. Ich habe ihn also aus Emilys Stall entführt, aber jeder Spürhund, der den Namen verdient, könnte ihn finden, und wenn er für mehr als acht Tage verschwinden soll, muß ich ihn woanders hinbringen.«

»Wo ist er?«

»Was du nicht weißt, kannst du keinem sagen.«

»Wer weiß es außer dir?«

»Momentan nur Emily. Wenn ich ihn umquartiere, dann zu ihrem Schutz.« Ich schwieg. »Hast du irgendeinen Nachweis, daß er dir persönlich gehört? Eine Verkaufsurkunde?«

»Nein. Ich habe ihn als Fohlen bar gekauft, um einem Freund aus der Klemme zu helfen. Er hat den Gewinn nicht versteuert.«

»Na!«

»Ich konnte ja nicht ahnen, daß sich so eine Gefälligkeit nach sechs Jahren ungünstig auswirken würde.«

Das Telefon klingelte neben ihm, und er bedeutete mir ranzugehen. Ich sagte: »Hallo«, und Tobias Tollright war am anderen Ende.

»Sind Sie das, Al?« fragte er. »Hier ist Tobe.« Unsicherheit und Nervosität in der Stimme.

»Tag, Tobe. Was gibt's?«

»Ich habe einen Anruf bekommen von jemand, daß Sir Ivan Ihre Vollmacht widerrufen hat.«

»Von wem?«

»Von einem Oliver Grantchester. Rechtsanwalt. Er sagt, er besorgt jetzt Sir Ivans Angelegenheiten.«

»Er hat die Vollmachten selbst beglaubigt«, sagte ich. »Was stimmt denn damit nicht?«

»Die seien ein Mißverständnis gewesen. Offenbar beruft

sich Patsy Benchmark auf eine solche Äußerung von Sir Ivan.«

»Warten Sie«, sagte ich, »da frage ich meinen Stiefvater.« Ich legte den Hörer ab und erklärte Ivan, um was es ging. Er ergriff den Hörer und fragte: »Mr. Tollright, wie schätzen Sie den Geschäftssinn meines Stiefsohns ein?«

Lächelnd lauschte er der Antwort und sagte dann: »Ich stehe zu jedem Wort, das ich unterschrieben habe.« Er hörte zu. »Nein, meine Tochter hat Mr. Grantchester falsch unterrichtet. Alexander handelt mit meiner Vollmacht, und sonst setze ich in niemand mein Vertrauen, damit das klar ist.« Er gab mir wieder den Hörer, und ich fragte Tobias: »Okay?«

»Mein Gott. Diese Frau. Die ist gefährlich, Al.«

»Mhm... Tobe, kennen Sie eine gute, ehrbare und diskrete Privatdetektei?«

Er lachte leise. »Gut, ehrbar und diskret? Momentchen...« Blätter raschelten. »Haben Sie was zum Schreiben?«

Ein Stift lag auf dem Tisch, aber kein Schreibblock. Ich drehte die Schachtel Papiertaschentücher wie Ivan um und notierte auf der Unterseite Name und Rufnummer einer Firma in Reading. »Danke, Tobe.«

»Nichts zu danken, Al.«

Ich legte auf und sagte zu Ivan: »Patsy erzählt auch herum, ich hätte den Pokal gestohlen, den King-Alfred-Cup.«

»Aber«, meinte er gelassen, »den hast du doch auch, oder nicht?«

5

Nach einem Augenblick inneren Fröstelns fragte ich vorsichtig: »Wie kommst du darauf, daß ich den Cup habe?«

Er sah mich erstaunt, aber noch immer nicht beunruhigt an. »Na, weil ich ihn dir geschickt habe. Robert meinte, du seist gut im Verstecken. Da wollte ich, daß du ihn in Verwahrung nimmst.«

Ach du Schreck, dachte ich. Du lieber Gott.

Ich sagte: »Wie? Wie hast du ihn mir geschickt?«

Endlich schien ihm aufzugehen, daß mit seinen schönen Plänen nicht alles ganz glatt gelaufen war. Er runzelte die Stirn, blieb aber ruhig. »Robert sollte ihn dir geben. Das heißt, ich habe ihm gesagt, wo er ihn findet. Hörst du zu? Sieh mich nicht an wie ein Ölgötze. Dein Onkel Robert sollte ihn mit nach Schottland nehmen und deiner Obhut übergeben. Erzähl mir also nicht, daß du ihn nicht hättest.«

»Ehm...«, sagte ich, mich räuspernd, »wann ist er nach Schottland gekommen?«

»Ich weiß es nicht.« Er winkte ab, als wären die Einzelheiten unwichtig. »Frag Robert. Wenn du den Cup nicht hast, hat er ihn.«

Ich atmete langsam durch und sagte: »Wer wußte außer dir noch, daß du mir den Cup schicken wolltest?«

»Niemand. Was liegt daran? Robert wird ihn dir schon geben, wenn du nach Schottland zurückkommst, und dann verwahrst du ihn für mich, bis mit der Brauerei alles geregelt ist, denn der Cup gehört mir genauso wie das Pferd, und ich möchte nicht, daß er als Vermögenswert der Brauerei geschluckt wird und vergeudet als ein Tropfen auf den heißen Stein.«

»Verkaufsurkunde?« fragte ich ohne Hoffnung.

»Sei nicht albern.«

»Gut.«

Ich fragte mit gekünstelter Ruhe: »Wann war das alles? Wann hast du Höchstselbst gesagt, er soll den Cup mit nach Schottland nehmen?«

»Na ja, vergangene Woche irgendwann.«

»Vergangene Woche... als du noch im Krankenhaus warst?«

»Natürlich war ich noch im Krankenhaus. Hast du eine lange Leitung, Alexander! Es ging mir sehr schlecht, und ich war so voller Medikamente und Spritzen, daß ich alles doppelt sah und mir der Kopf schwirrte, und Robert kam zu Besuch, als ich noch von Tobias Tollrights Eröffnung unter Schock stand, und als Robert dann meinte, er wolle am nächsten Tag für die Jagd- und Angelsaison und die Highland Games nach Schottland fahren, lag es nahe, ihm den Cup anzuvertrauen, und er sagte, er werde ihn mitnehmen, aber am besten aufgehoben sei er bei *dir*. Ich fragte ihn, ob er denn so viel Vertrauen zu dir habe... und er sagte, dir würde er sein Leben anvertrauen.«

Himmel, dachte ich und fragte: »An welchem Tag war das?«

»Weiß ich wirklich nicht mehr. Was ist dir so wichtig daran?«

Seine Krankheit war schmerzhaft und traumatisch gewesen, aber er hatte keine Batterie von Fäusten in die Rippen und den Bauch bekommen, bis er kaum noch atmen konnte, keinen Kopfstoß, um dann halb bewußtlos einen Berg hinabgestürzt zu werden; er hatte nicht drei Tage lang vor blauen Flecken gestöhnt, sich leid getan und Keith Robbistons Tabletten geschluckt, um nicht das Handtuch zu werfen.

An diesem Freitagmorgen hatten sich die Wellen körperlichen Unbehagens gelegt; nur einzelne Stellen taten noch weh. Ich fühlte mich halbwegs normal.

Nächstes Mal wirst du schreien.

Ich streckte mich in meinem Sessel aus und fragte im Plauderton: »Hast du Patsy gesagt, daß ich den Cup verwahren soll?«

»Ich wünschte, du und Patsy würdet euch vertragen. Deine liebe Mutter und ich sind uns so zugetan, aber eine glückliche Familie sind wir mit unseren Kindern nicht. Es ist schade, daß zwei, die so einen starken Charakter haben wie Patsy und du, sich nicht anfreunden können.«

»Es tut mir auch leid«, sagte ich, und das stimmte. Eigentlich hätte ich gern eine Schwester gehabt. »Sie hat aber Desmond Finch erzählt, ich hätte den Cup gestohlen«, fuhr ich fort, »und er trägt es leider Gottes weiter.«

»Ach, Desmond«, sagte Ivan nachsichtig. »In vieler Hinsicht ein wirklich guter Mann. Ich brauche ihn, damit der Laden läuft, verstehst du? Er ist tüchtig, und das läßt sich heute nicht von allzu vielen Leuten sagen. So kann ich in dieser schweren Zeit wenigstens sicher sein, daß Produktion und Umsatz geregelt weitergehen.«

»Ja«, sagte ich. Ivans morgendlicher Genesungsschub ebbte ab, und wir saßen still zusammen und ließen es sehr, sehr ruhig angehen. Ich fragte ihn, ob ich ihm etwas bringen könne, Kaffee vielleicht, doch er lehnte dankend ab.

Nachdem er kurz eingenickt war, sagte er schließlich matt: »Patsy hätte zu mir im Krankenhaus nicht lieber sein können. Sie kam jeden Tag, weißt du. Sie hat sich um meine Blumen gekümmert – was habe ich für Blumen bekommen, alle waren so nett! Das ganze Krankenhaus hat mir zu meiner schönen, lieben, aufmerksamen Tochter gratuliert ... und vielleicht war sie auch da, als Robert kam, aber ich wüßte nicht, wie sie darauf kommen sollte, du hättest den Cup gestohlen. Da mußt du dich irren.«

»Mach dir keine Gedanken darüber«, sagte ich.

Die Taschen voll von Mutters Bargeld, fuhr ich mit der Bahn wieder nach Reading und ging zu Young & Uttley, der von Tobias empfohlenen Detektei. Am Telefon hatte mir eine wenig anziehende Männerstimme eine Zeit und einen Ort genannt, und der Ort erwies sich als ein seelenloser Büroverschlag – Vorraum, Hauptraum, Kleiderständer, Tische, Aktenschränke, Computer –, dessen Insasse, ein Mann etwa in meinem Alter, Jeans, Springerstiefel, ein schmuddeliges ärmelloses Unterhemd und einen von Nieten strotzenden, breiten schwarzen Gürtel trug. Er hatte kurzgeschorenes braunes Haar, an seinem rechten Ohr baumelte ein Ring, und das Wort HASS in schwarzer Blockschrift zierte die Finger beider Hände.

»Ja?« sagte er, als ich eintrat. »Sie wünschen?«
»Ich suche Young und Uttley. Ich habe angerufen –«
»Ja«, sagte die Stimme, die ich am Telefon gehört hatte. »Also, Young und Uttley sind Partner. Ihre Konterfeis hängen an der Wand da. Zu wem wollen Sie?«

Er wies auf zwei glänzende 18 × 24 cm-Schwarzweißfotos, die mit Reißzwecken auf ein Korkbrett an der schmutzigen Wand geheftet waren. Daneben hing eine gerahmte Urkunde, die Young und Uttley das Recht bescheinigte, sich detektivisch zu betätigen, obwohl meines Wissens eine solche Lizenz in England weder erforderlich noch üblich war. Sie sollte wohl nur ahnungslose Kunden beeindrucken.

Mr. Young und Mr. Uttley waren a) ein gesetzter, dunkel gekleideter Herr mit dickem Schnauzbart, Hut und gestreifter Krawatte, und b) ein Naturbursche in einem hellblauen Jogginganzug, mit Lederball und Trillerpfeife, der aussah wie ein Vollblutlehrer auf dem Weg zum Fußballtraining.

Lächelnd drehte ich mich um und sagte zu dem mich beobachtenden Skinhead: »Ich nehme Sie, wie Sie sind.«

»Was heißt das denn?«

»Sie sind der Mann auf beiden Fotos.«

»Schwer auf Draht, was?« meinte er bissig. »Hab ich von Tobe schon gehört.«

»Ich wollte jemanden, der gut, ehrlich und diskret ist.«

»Sie haben ihn. Um was geht's?«

Ich sagte: »Wo haben Sie Ihr Handwerk gelernt?«

»Besserungsanstalt. Diverse Knäste. Wollen Sie mich oder nicht?«

»Die Diskretion ist mir am wichtigsten.«

»Ehrensache.«

»Dann möchte ich, daß Sie jemanden beschatten und feststellen, ob er sich mit vier anderen Personen trifft oder weiß, wo die sich aufhalten.«

»Geht klar«, sagte er einfach. »Wer sind die Leute?«

Ich zeichnete sie ihm mit Blei und Kuli, da mein Kohlestift mir irgendwie abhandengekommen war. Er betrachtete die Skizzen, eine von Surtees Benchmark und je eine von meinen vier Angreifern.

Ich nannte ihm Surtees' Namen und Anschrift. Von den anderen, sagte ich, wüßte ich nur, daß sie boxen könnten.

»Haben die Ihnen das Auge verpaßt?«

»Ja. Sie haben mich zu Hause in Schottland überfallen, aber sie sprechen wie Südostengländer.«

Er nickte. »Wann war das?«

»Dienstag morgen.«

Er nannte sein Honorar, und ich zahlte ihm einen Wochenvorschuß, gab ihm Jeds Telefonnummer und bat ihn, Bericht zu erstatten.

»Wie rede ich Sie an?« fragte ich.

»Young oder Uttley, wie Sie wollen.«

»Ad libitum also.«

»Wer so schlau ist, lebt gefährlich.«

Grinsend ging ich zum Zug.

Den Spätnachmittag verbrachte ich mit Einkaufen, begleitet von meiner geduldigen Mutter, die alles mit ihren Kreditkarten bezahlte.

»Du warst nicht zufällig versichert«, fragte sie zwischendurch, »gegen den Verlust deiner Winterkleidung, deiner Kletterausrüstung und deiner Farben?«

Ich sah sie belustigt von der Seite an.

Sie seufzte.

»Der Jeep war versichert«, sagte ich.

Immerhin das.

Am Park Crescent zog ich mir einige der neuen Sachen an, deponierte Reitstiefel, Parka, Sturzkappe und Rennbrille zur gelegentlichen Rückgabe an Emily und berichtete Ivan (nach Rücksprache mit Margaret Morden), daß die Gläubiger der Brauerei sich erste Heiligenscheine verdient und alle eingewilligt hatten, sich am Montag zu treffen.

»Warum bleibst du nicht hier?« fragte er etwas gereizt. »Deine Mutter würde sich freuen.«

Ich hatte ihm nichts von dem Überfall auf die Hütte erzählt, um ihn nicht zu beunruhigen, und er hatte nicht weiter gefragt, wie ich zu dem Veilchen gekommen war. Ich begründete meine Abreise auf die einzige Art, die ihn zufriedenstellen würde.

»Höchstselbst will mich sehen... und ich sollte mich auch um den Cup kümmern.«

Er nickte entspannt. »Paß auf ihn auf.«

Zu dritt aßen wir geruhsam ein von Edna zubereitetes Abendbrot, dann gab ich Ivan die Hand, drückte herzlich meine Mutter, schleppte meine Taschen und Tüten nach Euston, nahm den Royal Highlander und schlief den ganzen Weg nach Schottland.

Selbst die Luft in Dalwhinnie roch anders. Roch nach zu Hause. Frisch. Kalt. Ein Gruß von den Bergen.

Jed Parlane stapfte auf und ab, um sich zu wärmen, und blies sich auf die Finger. Er half mir, mein Zeug hinaus zum Auto zu tragen, und sagte, er sei froh, mich zu sehen, und wie es mir ginge.

»Bin so gut wie neu.«

»Das kann man von der Hütte allerdings nicht behaupten.«

»Haben Sie sie abgeschlossen?« fragte ich, nur scheinbar ruhig.

»Keine Bange. Ich habe sogar ein neues Schloß angebracht. Es fehlt nichts, was bei Ihrer Abreise noch da war. Höchstselbst schickt mich jeden Tag rauf zum Nachsehen. Da schnüffelt meines Erachtens auch niemand herum. Die Polizei will Sie natürlich noch befragen.«

»Bei Gelegenheit.«

Jed fuhr mich nicht zur Berghütte, sondern geradewegs nach Kinloch Castle zu Höchstselbst.

Das Schloß war kein Fantasiegebilde mit Disneytürmchen und Zuckerwerk, sondern wie alle alten schottischen Schlösser massiv gebaut zum Schutz vor Feind und Witterung. Es bestand aus dickem, hochkant stehendem grauem Stein, mit einigen wenigen schmalen Fenstern, die ursprünglich Schießscharten für die Bogenschützen gewesen waren. Auf einer Anhöhe errichtet, um das Tal drunten zu überblicken, sah es selbst an Sonnentagen düster, abweisend und bedrohlich aus, und bei bedecktem Himmel erregte es Schauder.

Mein Vater war dort aufgewachsen, und ich hatte als Enkel des alten Grafen dort gespielt, bis es für mich jeden Schrecken verlor; doch die Zeiten hatten sich geändert, und das Schloß gehörte nicht mehr der Familie Kinloch, sondern war Eigentum Schottlands, verwaltet und für den Tourismus erschlossen von einer Gesellschaft zur Denkmalspflege. Höchstselbst hatte die Übereignung für nötig gehalten, weil die Instandhaltung der Dächer und die Heizkosten selbst die Mittel der Kinlochs überstiegen, und er hatte den Rückzug in einen bescheideneren Wohnbereich, den ehemaligen Küchenflügel samt den Unterkünften für das vielköpfige Personal, ausgehandelt.

Hin und wieder kleidete sich Höchstselbst in historische Hochlandgewänder und bewirtete hochherrschaftliche Gäste im großen Speisesaal des Schlosses, und vor etwa sechs Jahren hatte nach einem solchen Bankett eine Bande einfallsreicher Diebe in Dienerlivreen ein unersetzliches goldenes Eßservice für fünfzig Personen mitgehen lassen. Kein Teller, keine Platte war davon wiederaufgetaucht.

Als noch kein Jahr darauf dem Schloß durch einen zweiten Diebstahl mehrere Wandbehänge verlorengingen, hatte Höchstselbst schleunigst ein sicheres Versteck für den bekanntesten und kostbarsten der vielen Kinloch-Schätze, den juwelenbesetzten goldenen Griff des Zeremonialschwertes von Prinz Charles Edward Stuart, bekannt auch als Bonny Prince Charlie, gesucht.

Dazu hatte er den Griff natürlich aus dem angeblich diebstahlsicheren Schaukasten herausnehmen und ihn durch ein Duplikat ersetzen müssen. Der Schloßverwaltung zu verraten, wo sich das in Sicherheit gebrachte Original befand, hatte Höchstselbst sich höflich, aber standhaft geweigert. Es gehöre *ihm*, behauptete er, da es seinem Vorfahren, dem damaligen Grafen Kinloch, persönlich von Prinz Charles Edward überreicht worden und in direkter männlicher Linie auf ihn, den jetzigen Grafen, übergegangen sei.

Genau wie das Schloß, meinte die Verwaltung. Der Schwertgriff gehöre dem Volk.

Von wegen, widersprach Höchstselbst. Die Übertragungsurkunde für das Schloß beziehe sich nicht auf Privateigentum und nehme den Schwertgriff sogar explizit aus.

In Presse und Fernsehen waren heftige Diskussionen darüber entbrannt, ob und wann etwas einer Privatperson Geschenktes Allgemeineigentum werden könne.

Höchstselbst wies darauf hin, daß der Schwertgriff eine Anerkennung für dankbar angenommene Gastfreundschaft, Pferde und Verpflegung gewesen sei. Die Umstände waren verbürgt. Prinz Charles Edward hatte auf dem langen Rückzug gen Norden (nach seinem knapp gescheiterten Kampf um die englische Krone) zwei Nächte auf Schloß Kinloch verbracht, wo er neben Kost, Quartier und moralischer Unterstützung auch Proviant und frische Pferde für sein Gefolge erhielt und dem damaligen Grafen dafür den Griff seines Zeremonialschwertes überließ, dessen Klinge durch ein Mißgeschick abgebrochen war.

Das Schwert hatte nie als Waffe gedient oder dienen sollen: es war zu schwer und überladen, ein reines Symbol der Macht und Herrlichkeit. Geplatzte Träume, geborstener Stahl: Der Prinz war ohne das Schwert weitergeritten nach Inverness, der endgültigen Niederlage seines Heeres in Culloden entgegen.

Stärker zeigte er sich auf der berühmten Flucht quer durch Schottland zu den Hebriden, von wo aus er heil nach

Frankreich gelangte. Der weniger glückliche Graf Kinloch wurde (wie der bedauernswerte dicke alte Lord Lovat) für seine Treue von den Engländern enthauptet, aber da hatte er den herrlichen Schwertgriff schon seinem Sohn vermacht, der ihn wiederum dem seinen vermachte und so fort durch die Generationen. Der Griff wurde als »die Ehre der Kinlochs« bekannt, und Höchstselbst, der jetzige Graf, hatte zwar sein Schloß abgeben müssen, vor Gericht aber die (noch immer umstrittene) Entscheidung erwirkt, daß der Schwertgriff auf Lebenszeit ihm gehöre.

Nachdem er den Griff hatte verschwinden lassen, war aus dem Schloß noch eine Sammlung erlesener Hochland-Artefakte entwendet worden: Schilde, Breitschwerter und Broschen. Höchstselbst, der sich zum Zeitpunkt dieses Einbruchs in London aufhielt, hatte sarkastisch dazu bemerkt, daß Bürokraten eben nicht als Schatzhüter zu gebrauchen seien. Dicke Luft und böses Blut. Die gekränkte Schloßverwaltung setzte jetzt alles daran, den Schwertgriff zu finden als Beweis, daß Höchstselbst auch kein besserer Hüter war als sie.

Unter dem Vorwand, das Schloß inklusive des Flügels von Höchstselbst zu renovieren und neue Leitungen zu verlegen, suchten sie überall mit Sonden nach dem Versteck. Höchstselbst hatten sie lediglich die Zusicherung abringen können, daß die Ehre der Kinlochs seinen Grund und Boden nicht verlassen habe. Das böse Blut blieb, und die Suche ging weiter.

Als Jed mich vor der selten verschlossenen Tür des Privatflügels absetzte, ging ich hinein und fand meinen Onkel im Eßzimmer, wo er sich, trotz der frühen Stunde schon in Tweed, Kaffee aus einer Kanne auf dem Sideboard einschenkte.

Wie immer, wenn wir uns nach längerer Zeit wiedersahen, begrüßte er mich mit meinem vollständigen Namen und ich ihn ungezwungen mit der traditionellen Anrede.

»Alexander.«

»Mylord.«

Er nickte, lächelte ein wenig und deutete auf den Kaffee.

»Frühstück?«

»Danke, gern.«

Er trug seine Tasse zum Tisch hinüber und begann Toast zu essen. Der Tisch war für zwei gedeckt, und er bot mir den freien Platz an.

»Das ist für dich«, sagte er. »Deine Tante ist in London geblieben.«

Ich setzte mich hin, nahm mir Toast, und er fragte mich, ob ich eine angenehme Reise gehabt hätte.

»Ich habe den ganzen Weg geschlafen.«

»Gut.«

Er war ein hochgewachsener Mann von fünfundsechzig, einen halben Kopf größer als ich, und breit und ausladend, ohne dabei dick zu wirken. Graues Haar, in dem man schon das Weiß ahnte, kräftige Nase, starkes Kinn und Augen, die wenig preisgaben. Seine Bewegungen waren eher unkoordiniert und linkisch, sein Verstand stark und festgefügt wie eine Eiche. Wenn er Ivan wirklich gesagt hatte, er würde mir sein Leben anvertrauen, dann galt das an sich auch umgekehrt, nur war er wie viele gute Menschen zu vertrauensselig, und ich hätte nicht die Hand dafür ins Feuer gelegt, daß er etwas strikt für sich behielt, selbst wenn er sich vielleicht nur verplapperte.

Er strich Marmelade aufs Brot. »Jed hat mir erzählt, was in der Hütte passiert ist.«

»Wüst.«

Da er Einzelheiten hören wollte, ging ich, wenn auch widerstrebend, näher darauf ein. Und ich erzählte ihm von Ivans Vollmacht und von dem, was ich in Reading erlebt hatte.

Er trank drei Tassen Kaffee und griff wie in Gedanken nach immer neuen Scheiben Toast.

Schließlich fragte ich ihn ruhig: »Hast du also den King-Alfred-Cup? Ist er hier?«

Er antwortete grübelnd: »Ich sagte Ivan, du könntest gut Sachen verstecken.«

»Mhm.« Ich schwieg. »Wahrscheinlich hat euch jemand gehört.«

»Gott, Al.«

»Ich glaube, was die Männer in der Hütte gesucht haben, war der Kelch, nicht der Schwertgriff. Aber man hat ihnen wohl nicht genau gesagt, um was es ging. Sie riefen immer nur: ›Raus damit!‹, ohne zu sagen, womit. Ich bezog es damals auf den Schwertgriff, weil ich nicht wußte, daß Ivan dir den Kelch gegeben hatte; aber es hätte auch sein können, daß sie einfach auf den Busch klopften, um zu sehen, was ich Wertvolles habe.« Ich seufzte. »Jetzt bin ich mir sicher, daß sie auf den Cup aus waren.«

»Jed meinte, sie haben dich bös verletzt«, sagte er ernst.

»Das war Dienstag. Jetzt ist Samstag, und mir geht's gut. Mach dir keine Gedanken.«

»War es meine Schuld?«

»Schuld war der Finanzdirektor, weil er mit der Brauereikasse getürmt ist.«

»Ich aber auch, weil ich dich Ivan vorgeschlagen habe.«

»Das ist Schnee von gestern.«

Er zögerte. »Ich habe noch nicht entschieden, was mit dem vermaledeiten Goldkelch werden soll.«

Nicht, daß ich mich freudig erboten hätte, ihn in Verwahrung zu nehmen. Er lauschte meinem Schweigen und schüttelte kläglich den Kopf.

»Dir kann ich ihn wohl schlecht andrehen«, sagte er.

Nächstes Mal wirst du schreien... Es würde kein nächstes Mal geben.

»Patsy hat schon einigen Leuten erzählt, ich hätte den Cup«, sagte ich. »Ich hätte ihn aus der Brauerei gestohlen.«

»Das ist doch Unsinn!«

»Man glaubt es ihr.«

»Aber du warst doch gar nicht in der Brauerei. Schon Jahre nicht mehr.«

»Seit Jahren nicht«, stimmte ich zu.

»Jedenfalls«, sagte mein Onkel, »hat Ivan den Cup selbst aus der Brauerei geholt, am Tag vor seinem Herzanfall. Er sagte mir, er sei fix und fertig. Sein Buchprüfer – wie heißt er noch... Tollright? – hatte ihm gesagt, er stände vor dem Ruin. Und du kennst Ivan ja – er hatte Angst, seine Belegschaft könnte ihre Arbeit verlieren und er selbst sein Gesicht und seine Glaubwürdigkeit. Er nimmt die Baronetswürde und den Sitz im Jockey-Club sehr ernst... er konnte es nicht ertragen, sein Lebenswerk scheitern zu sehen.«

»Es war doch nicht seine Schuld.«

»Er hat Norman Quorn die Finanzabteilung unterstellt. Er sagt, er traut dem eigenen Urteil nicht mehr. Er nimmt zuviel Schuld auf sich.«

»Ja.«

»Den Bankrott und die Schande vor Augen, ist er dann einfach mit dem Cup hinausspaziert. Er sei ganz krank gewesen, sagte er. Ganz krank.«

Armer Ivan, dachte ich. Armes krankes Herz.

»Hat er den Kelch zum Park Crescent gebracht? Hast du ihn da abgeholt?«

Mein Onkel lachte fast. »Ivan hatte Angst, am Park Crescent wäre so leicht an ihn ranzukommen wie in der Brauerei. Er wollte ihn aus der Aktivmasse heraushalten, und da er kein Bankfach mieten oder sonst eine Papierspur hinterlassen wollte, hat er das teure Stück – du wirst lachen – in einem Pappkarton an der Garderobe seines Clubs abgegeben. Zu Händen des Portiers.«

»Ach du Schreck.«

»Ich habe es dann im Club abgeholt. Dem Pförtner ein Trinkgeld gegeben und den Cup hier heraufgebracht – James und ich sind wie immer mit dem Wagen gefahren. Die Familie ist natürlich geflogen.«

James war sein ältester Sohn, sein Erbe.

»Ich habe ihm nichts von dem Kelch gesagt«, bemerkte er nachdenklich. »Geheimnis ist für James ein Fremdwort.«

James, ein patenter Kerl, redete gern. Leben hieß für meinen Cousin James vor allem, Spaß haben. Er hatte eine hübsche Frau und drei unbändige Kinder, »die noch acht Tage auf Segeltour sind«, erklärte Höchstselbst, »obwohl die Schule wieder angefangen hat.«

Mein Onkel und ich verließen das Eßzimmer und spazierten, wie er es gern tat, einmal um den alten Gebäudekomplex, unsere Schritte leise auf dem von Schafen abgeweideten Gras.

»Ich habe Ivan gefragt, wieviel der King-Alfred-Cup eigentlich wert sei«, sagte er. »Immer heißt es, unschätzbar, aber das ist er natürlich nicht. Nicht wie der Schwertgriff.«

»Und was hat Ivan gesagt?«

»Er meinte, es sei ein Symbol. Für ein Symbol lasse sich kein Preis nennen.«

»Da hat er wohl recht.«

Wir gingen eine Weile schweigend, dann sagte er: »Ich habe Ivan gesagt, ich wolle den Cup schätzen lassen. Wenn ich ihn dir zur Verwahrung geben solle, müsse ich wissen, was er wert sei.«

»Was meinte er dazu?«

»Er geriet außer sich. Er sagte, wenn ich damit zu einem renommierten Schätzer ginge, sei er ihn so gut wie los. Der Cup sei viel zu bekannt. Er kam ganz aus der Puste vor Aufregung. Ich mußte ihm versichern, daß ich zu niemand gehe, der von dem Cup weiß.«

»Aber«, sagte ich, »sonst kann man sich doch auf keine Schätzung verlassen.«

Er lächelte. Wir bogen um die südlichste Ecke und drehten unsere Gesichter in den unentwegten Wind.

»Heute nachmittag«, sagte er laut, »werden wir sehen.«

Der ins Schloß bestellte Schätzer war weder ein Auktionator noch ein Juwelier, sondern eine achtzigjährige pensionierte Englischdozentin von der St Andrew's University,

Dr. Zoe Lang, mit einem Kometenschweif fachlicher Qualifikationen hinter dem Namen.

Mein Onkel erklärte, er habe sie bei »irgend so einem Empfang« kennengelernt, und als die etwas exaltierte, aber hochintelligente Dame eintraf, winkte er vage in meine Richtung und stellte mich als »Al, einer von meinen vielen Neffen« vor.

»Guten Tag«, sagte Dr. Lang höflich und gab mir mit abgewandtem Blick fest die knochige Hand. »Kalt heute, nicht wahr?«

Höchstselbst machte geübt Konversation und führte uns ins Eßzimmer, wo er seinen Gast ritterlich am Tisch plazierte.

»Al«, sagte er zu mir, »rechts im Sideboard steht ein Karton. Stellst du ihn uns bitte auf den Tisch?«

Ich fand einen mit Klebeband bepflasterten, großen braunen Pappkarton, auf dem in handgeschriebenen Blockbuchstaben stand: BÜCHER. EIGENTUM SIR I. WESTERING, und brachte ihn herüber.

»Öffne ihn, Al«, befahl Höchstselbst ruhig. »Schauen wir mal, was drin ist.«

Dr. Lang sah höflich interessiert drein, mehr nicht.

»Ich muß Sie noch einmal darauf hinweisen, Lord Kinloch«, sagte sie, »daß so gut wie keine bedeutenden Goldschmiedearbeiten aus dem 9. Jahrhundert in England erhalten sind. Ich habe Ihre Anfrage wie gewünscht vertraulich behandelt, und das ist mir auch leichtgefallen, denn Spott dürfte das letzte sein, was Sie auf sich ziehen möchten.«

»Gewiß«, versicherte er ernst.

Dr. Zoe Lang hatte glattes, zu einem lockeren Knoten zurückgebundenes graues Haar. Sie trug eine Brille, Lippenstift und Kleider, die für ihre dünne Gestalt zu weit waren. Eine kleine Goldbrosche, aber keine Ringe. Etwas an ihr ließ dennoch nicht zu, sie als vertrocknete alte Jungfer anzusehen.

Ich riß das Klebeband ab, öffnete den Karton und fand tatsächlich Bücher darin, und zwar eine alte Dickens-Ausgabe.

»Pack aus, Al«, sagte mein Onkel.

Ich nahm die Bücher heraus und stieß darunter auf einen grauen Stoffbeutel mit Zugschnur, der einen Kasten enthielt. Auch ihn nahm ich heraus.

Der Kasten war ein Würfel, Kantenlänge etwa dreißig Zentimeter, aus schwarzem Leder mit goldenen Schließen. Zwischen den Schließen stand in feiner Goldprägung: MAXIM, LONDON. Ich nahm ihn aus dem Stoffsack und schob ihn Höchstselbst zu.

»Dr. Lang«, sagte er höflich, indem er den Kasten zu ihr hinschob, »darf ich bitten?«

Ohne Umschweife öffnete sie die Schließen, klappte den Deckel zurück und saß dann wie zu Marmor erstarrt, während ihre Überraschung sich mir in spürbaren Wellen mitteilte.

»Na, so was«, sagte sie schließlich, und noch einmal: »So was...«

In dem Kasten lag auf einem satinbezogenen Kissen der King-Alfred-Goldcup. Ich hatte ihn noch nie gesehen, und seinem Gesichtsausdruck nach mein Onkel auch nicht.

Kein Wunder, dachte ich, daß Ivan diesen Kelch für sich behalten wollte. Daß er ihn an einem sicheren Ort aufbewahrt wissen wollte. Dieser Pokal mußte ihm so viel bedeuten wie Prinz Charles Edwards Schwertgriff den Grafen von Kinloch, ein privat verwalteter Schatz, der nicht irgendwelchen namenlosen grauen Männern in die Hände fallen durfte, die keine – und schon gar keine jahrzehntelange – Beziehung dazu hatten.

Der Pokal war größer, als ich ihn mir vorgestellt hatte, eine flache runde Trinkschale mit starkem Hals und ausladendem Fuß. Der Rand der Schale war kreneliert wie die Mauern vieler Schlösser (Windsor etwa, aber nicht Schloß Kinloch); der ganze Pokal glitzerte ringsum von roten, blauen, grünen eingelegten Steinen und erstrahlte in dem unverkennbaren warmen Glanz von mindestens zweiundzwanzigkarätigem Gold.

Fast ehrfürchtig nahm Dr. Lang das erstaunliche Gefäß heraus und stellte es auf den polierten Tisch, und es schien wie von einem inneren Licht erfüllt.

Dr. Lang räusperte sich und sagte, wie um sich auf die Erde zurückzuholen: »König Alfred hat das natürlich nie zu Gesicht bekommen. Es ist geformt wie ein Kelch, aber wenn König Alfred jemals aus so etwas das Abendmahl empfangen hat, dann bestimmt aus einem, der viel handlicher und leichter war. Dieser Pokal hat mindestens seine fünf Pfund. Nein ... so leid es mir tut ... der Pokal ist neu.«

»*Neu?*« wiederholte Höchstselbst überrascht.

»Keinesfalls mittelalterlich«, bedauerte die Expertin. »Mit ziemlicher Sicherheit viktorianisch. Achtzehnhundertsechzig oder so. Sehr gelungen. Richtig schön. Aber nicht alt.«

Oben unter dem krenelierten Rand und um das untere

Drittel der Schale waren Ornamente eingraviert. Dr. Lang betrachtete die Muster aufmerksam und lächelte sichtlich angetan.

»Da ist ein angelsächsisches Gedicht eingraviert«, sagte sie. »Wirklich aufwendig gemacht. Trotzdem viktorianisch. Und ich bezweifle, daß die farbigen Steine Smaragde und Rubine sind, aber da müssen Sie noch ein Gutachten einholen.«

»Können Sie das Gedicht lesen?« fragte ich.

Sie warf mir einen Blick zu. »Klar. Angelsächsisch habe ich jahrelang gelehrt. Wunderbar lebendige Dichtung, so wenig auch davon erhalten ist. Gab ja noch keinen Buchdruck damals.« Sie betastete die Inschrift. »Das ist Bedes Sterbelied. Sehr berühmt. Bede starb 735, lange vor Alfreds Geburt.« Sie drehte den Pokal und suchte mit ihren Fingern den Versanfang. »Wörtlich übersetzt heißt das: ›Mehr braucht man nicht zu wissen, bevor man aufbricht zu jener plötzlichen Reise, als was der Seele zugerechnet wird, an Gutem und an Bösem, nach dem Sterbetag.‹«

In der alten Stimme schwangen die Jahre des Dozierens mit, die Autorität selbstbewußter Gelehrsamkeit. Mit siebzehn war ich zum Nachteil meiner Bildung vor diesem etwas didaktischen Ton geflüchtet, und auch nach all den Jahren noch ging ihr völlig berechtigtes Bewußtsein größeren Wissens mir unwillkürlich gegen den Strich.

Schäm dich, Al, dachte ich. Üb dich in Demut. Bede empfahl in seinem Sterbelied, sich über die guten und bösen Taten im Leben klarzuwerden, weil nach dem Tod die Hölle wartete. Viele, viele Jahrhunderte nach Bede glaubte ich, daß die einzig wahre Hölle hier auf Erden war und meistens unverdient – und darüber wollte ich nicht mit Zoe Lang diskutieren.

Ich ging davon aus, daß Ivan wußte, welche Lehre in seinen Pokal eingraviert war. Er hatte geurteilt und sich für schuldig befunden, und er war um so strenger mit sich, als er so hohe Maßstäbe an seine Redlichkeit anlegte. Ich hätte gern gewußt, ob er den Pokal mehr wegen seiner Inschrift schätzte oder wegen seines wirklichen Wertes.

»Wie hoch«, fragte Höchstselbst seine Expertin, »sollte man den Pokal denn nun versichern?«

»Versichern?« Sie warf die Lippen auf. »Man könnte ihn wiegen und das Gewicht mit dem derzeitigen Goldpreis multiplizieren; man könnte sagen, es ist ein wertvolles und interessantes Beispiel für den viktorianischen Romantizismus; man könnte auch sagen, man gäbe sein Leben dafür.«

»Nicht doch.«

»Die Menschen schützen ihr Eigentum andauernd mit dem Leben. Das ist ein mächtiger Instinkt.« Sie nickte bekräftigend. »Ich glaube, der Pokal wäre nur für seinen Goldwert zu versichern.«

Sein Goldwert würde weder die Brauerei retten noch auch nur die Schuldenlast maßgeblich verringern.

Mein Onkel packte den Pokal nachdenklich wieder ein und verschloß den Kasten. Der ganze Raum wirkte gleich ein wenig dunkler.

»Geschichten wie die von dem Backwerk, das König Alfred hat anbrennen lassen, oder daß er an Hämorrhoiden litt, sind Quatsch«, sagte Dr. Lang in ihrem Dozentinnenton. »Alles angedichtet. Tatsache bleibt, daß er als einziger britischer König den Beinamen ›der Große‹ trägt. Alfred der

Große. Geboren zu Wantage in Berkshire. Und zwar als fünfter Sohn. Die Erstgeburt war nicht entscheidend. Man nahm den Geeignetsten. Alfred war ein Gelehrter. Er konnte lesen und schreiben, sowohl lateinisch wie in seiner Muttersprache, dem Angelsächsischen. Er hat Südengland – Wessex – von der Herrschaft der dänischen Invasoren befreit, zuerst durch Beschwichtigung und listiges Verhandeln, dann mit Waffengewalt. Er war *klug*.« Ihr altes Gesicht strahlte. »Heute versucht man einen umsichtigen Sozialarbeiter aus ihm zu machen, der Schulen gegründet und gute neue Gesetze erlassen hat, und beides stimmt wahrscheinlich auch, aber nur im Kontext seiner Zeit. Er starb 899, und kein anderer historisch verbürgter König des ersten Jahrtausends wird so in Ehren gehalten. Schade, daß dieser bemerkenswerte Goldkelch kein echtes Stück aus dem neunten Jahrhundert ist, aber als solches wäre es entweder gestohlen worden oder verlorengegangen, als Heinrich VIII. die Kirchen plündern ließ. In den Fünfzehnhundertdreißigern wurden viele alte Kostbarkeiten sicherheitshalber vergraben, und ihre Besitzer starben oder wurden umgebracht, ohne die Schatzverstecke preiszugeben, so daß noch heute Bauern in ganz England Gold unter ihren Äckern finden. Aber nicht dieser Pokal. Der hat die Zeiten Heinrichs VIII. nicht miterlebt. Eigentlich finde ich, er gehört in ein Museum. Da sind solche Schätze am besten aufgehoben.«

Sie schwieg. Höchstselbst, der anderer Meinung war, dankte ihr herzlich für ihre Mühe und fragte, ob er ihr Wein oder Tee anbieten dürfe.

»Wenn ich darf«, sagte sie, »würde ich gern einmal den Schwertgriff der Kinlochs sehen.«

Höchstselbst kniff die Augen zusammen. »Davon liegt nur ein Duplikat aus.«

»Das Original«, bat sie. »Zeigen Sie mir das Original.«

Nach nicht ganz drei Sekunden sagte er: »Das müssen wir vor Heinrich VIII. schützen.«

»Wie soll ich das verstehen?«

»Wir mußten es vergraben, um es zu behalten.« Er schlug einen scherzhaften Ton an, so daß sie gezwungen lächelte und sich mit einer Besichtigung der Kopie zufriedengab.

Wir gingen den langen Gang hinunter, durch den einst Scharen von Dienern mit dampfenden Schüsseln von der Küche zum großen Saal geeilt waren, und Höchstselbst sperrte die mächtige Tür auf, durch die man das eigentliche Schloß betrat.

Die Wände des großen Saals waren nach dem Diebstahl der Gobelins jetzt weitgehend kahl und trostlos. Die Vitrinen waren seit dem Verschwinden des unschätzbar wertvollen Eßservices unbeleuchtet und leer. Die lange Tafel, an der einst ein halbes Hundert Gäste fürstlich zu speisen pflegten, war von einer dünnen Staubschicht überzogen. Wortlos ging mein Onkel durch den langen Raum mit der hohen, gewölbten Decke zu der vergitterten Schauvitrine am anderen Ende, die früher die echte Ehre der Kinlochs beherbergt hatte.

Höchstselbst drückte einen Schalter. Die Vitrinenbeleuchtung flammte auf und strahlte den goldfarbenen Gegenstand im Innern an.

Diese Nachbildung des Schwertgriffs lag auf schwarzem Samt, und auch wenn man wußte, daß es nur eine Kopie war, wirkte sie eindrucksvoll.

»Diese Nachbildung ist vergoldet«, sagte ihr Eigentümer. »Die roten Steine sind Spinelle, keine Rubine. Die blauen sind Lapislazuli, die grünen Chrysolith. Ich habe sie in Auftrag gegeben und bezahlt, und niemand bestreitet, daß sie mir gehört.«

Dr. Zoe Lang betrachtete sie stumm und aufmerksam. Der Griff mit seinem mehr als faustgroßen runden Handschutz sah dem King-Alfred-Goldcup bemerkenswert ähnlich, nur daß die Krenelierung und die Inschrift fehlten. Dafür hatte er den handgerechten Knauf, und statt des runden Fußes den Hals, in dem die abgebrochene Klinge gesteckt hatte.

Das Zeremonialschwert, mit dem sich Prinz Charles Edward zum rechtmäßigen König Englands und Schottlands hatte krönen lassen wollen, war 1740 für ihn in Frankreich geschmiedet (und erstaunlicherweise von ihm selbst bezahlt) worden. Als Eigentümer war er berechtigt gewesen, es zu verschenken, und aus Verzweiflung und einer spontanen Regung der Dankbarkeit heraus hatte er es verschenkt.

Dr. Lang sagte mit unerwartetem, glühendem Eifer: »Diese Nachbildung mag Ihr Eigentum sein, aber ich teile die Auffassung der Schloßverwaltung, daß die wahre Ehre der Kinlochs Schottland gehört.«

»Finden Sie?« fragte Höchstselbst ein wenig spöttisch, aber auf den guten Ton bedacht. »Da würde ich Ihnen durchaus widersprechen, und ich würde mit allen Mitteln...« Er schwieg provozierend.

»Was?« half sie nach.

Er lächelte liebenswürdig. »Mein Eigentumsrecht verteidigen.«

6

»Al«, fragte Höchstselbst nachdenklich, als wir Zoe Lang zum Taxi gebracht hatten und wieder umkehrten, »wie weit gingest du denn wirklich, um die Ehre der Kinlochs zu verteidigen?«

»Bis zum Äußersten?«

»Ich spaße nicht, Al.«

Ich warf einen Blick auf sein ernstes, bedrücktes Gesicht.

»Die Antwort ist, ich weiß es nicht.«

Nach einer Pause fragte er: »Hättest du den Griff deinen Angreifern überlassen, wenn sie dir gesagt hätten, was sie wollten, und wenn sie mehr Gewalt gebraucht hätten?«

»Ich weiß es nicht.«

»Wie nah dran warst du denn, ihnen zu sagen, wo sie suchen sollen?«

»Weit weg«, sagte ich. »Ich mochte sie nicht.«

»Im Ernst, Al!«

»Sie haben mich geärgert. Mich zum Hampelmann gemacht. Die hätten überhaupt nichts von mir bekommen.«

»Du brauchst nicht als Hüter dieses Dings zu leiden. Wenn sie dir noch mal an den Kragen gehen, laß dir nicht weh tun. Sag ihnen, was sie wissen wollen.«

»Vor zweihundert Jahren hättest du das nicht gesagt«, scherzte ich.

»Die Zeiten ändern sich.«

Friedlich kehrten wir in sein Eßzimmer zurück, wo der schwarzlederne Kasten mit dem King-Alfred-Cup noch auf dem Tisch stand. Wir vergewisserten uns kurz, daß der goldene Pokal noch drin war, und ich fuhr mit dem Finger über die feinen Einkerbungen von Bedes Sterbelied: Bedenke, was du Böses tust auf Erden, denn es kommt der Tag der Abrechnung.

War es gut oder böse im Wandel der Zeit, für heile Knochen hienieden die ewige Ehre zu opfern?

Wo fing die Vernunft an?

Fing sie an, bevor man schrie?

Fragen, die ich nicht unbedingt aussprechen mußte. Höchstselbst – mein erlauchter Onkel, erblicher Häuptling unseres Clans – war das Produkt des gleichen alten Ethos, der gleichen alten Erziehung, die sein Bruder mir vermittelt hatte, und ich hatte wohl oder übel den Grundcharakter der Kinlochs geerbt, auch ihren Starrsinn.

Höchstselbst und ich packten den schwarzen Kasten wieder in den Beutel und verstauten ihn in dem Pappkarton, unter Dickens' Werken. Ich drückte so gut es ging das breite braune Klebeband wieder an, aber fest verschlossen war der Karton nun nicht mehr, und nur weil wir keinen besseren Platz wußten, stellten wir ihn zurück in das Sideboard.

»Ewig kann er da nicht bleiben«, sagte mein Onkel.

»Nein.«

»Traust du Dr. Lang?«

Die Frage überraschte mich, doch ich sagte: »Ich würde darauf gehen, daß sie nach ihrer Überzeugung handelt.«

»Überleg dir ein besseres Versteck für den Cup, Al.«
»Mal sehen.«

Auf seinen eigenen Wunsch hatte ich ihm nicht genau verraten, wo sich der Schwertgriff befand, sondern nur die Hütte als Anhalt genannt. Nach reiflicher Überlegung hatten wir, um nicht am Ende unser Geheimnis mit ins Grab zu nehmen wie die Schatzhinterzieher Heinrichs VIII., Jed eingeweiht.

»Wenn es sein muß«, hatte Höchstselbst ihm gesagt, »stellen Sie die Hütte auf den Kopf und nehmen Sie sie Stein für Stein auseinander. Sonst vergessen Sie, was wir Ihnen erzählt haben.«

Vergessen konnte es Jed natürlich nicht, wenn er auch nur einmal darauf zu sprechen gekommen war – um zu sagen, wie sehr er sich durch unser Vertrauen geehrt fühle. Hätte Jed uns an die Schloßverwaltung verraten wollen, hätte er es in den letzten Jahren jederzeit tun können, doch statt dessen spielte er das Versteckspiel stillschweigend auf unserer Seite mit, und das war zweifellos die Grundlage der Freundschaft zwischen ihm und mir.

Jed kam am Spätnachmittag wieder aufs Schloß, mein Zeug noch im Kofferraum seines Wagens, und fragte, ob er mich heim zur Hütte fahren könne.

»Nein«, sagte Höchstselbst entschieden. »Al bleibt heute nacht hier. Setzen Sie sich, Jed. Nehmen Sie sich was zu trinken.«

Wir waren jetzt in dem Raum, den mein Onkel als sein privates Reich ansah, ein strenges, vorwiegend braun gehaltenes Zimmer mit ausgestopften Fischen hinter Glas und Hirschgeweihen, die von lange zurückliegenden Kämpfen in den Bergen zeugten. An den Wänden hingen auch drei meiner Gemälde von seinen Rennpferden und ein Porträt seines inzwischen gestorbenen liebsten Jagdhundes.

Jed goß sich ein Glas Whisky mit Wasser ein und nahm in einem der hartgepolsterten Sessel Platz.

Höchstselbst traf wie gewohnt die Entscheidungen. »Ich sehe Al selten genug. Er wird mir zuliebe heute und morgen nacht hierbleiben, und Montag früh können Sie ihn zur Hütte und zur Polizei bringen und wohin Sie nur wollen. Ich fische nächste Woche an der Spey. Montag, Dienstag, Mittwoch habe ich Gäste. Donnerstag und Freitag geht's aufs Moor zum Jagen ...« Er umriß seine Pläne. »James kommt morgen vom Segeln zurück. Er bleibt noch hier. Seine Frau fährt mit den Kindern wegen der Schule heim. Soweit klar, Jed?«

»Ja, Sir.«

Jed und er besprachen eine Weile Gutsangelegenheiten, und ich hörte nur mit halbem Ohr zu, während ich über ein gutes Ausweichquartier für Bedes in Gold graviertes Sterbelied nachdachte.

Ich hatte Zoe Lang gebeten, das Gedicht auf Angelsächsisch vorzulesen, und sie hatte das mit Vergnügen getan, hatte den Worten der von ihr geliebten alten Sprache Gestalt und Sinn und neues Leben verliehen. Verstanden hatte ich zwar nichts, aber ich hörte den Rhythmus, den Schwung, den ausgeprägten Stabreim, und als ich ihr das sagte, meinte sie ein wenig herablassend, die angelsächsische Dichtung überhaupt sei ja entstanden, um gesprochen, nicht um gelesen zu werden. Die Erregung, ja der *Rausch* werde ebensosehr durch die Rhythmik wie durch die starke Bildkraft der Wörter erzeugt. Bei den Kriegsliedern schwinge jeder Schwertarm mit. »Der Traum vom Kreuz« bekehre jeden Atheisten zum Christentum.

Höchstselbst und ich hatten respektvoll zugehört, und mir ging durch den Kopf, wie sehr das sichtbare Alter das Bild vom Charakter eines Menschen prägen konnte. Ich wollte sie jung, eifernd, temperamentvoll malen und den Widerschein ihres jetzigen Aussehens in feinen hellgrauen Linien darüberlegen wie Spinnweben des Alters. Ich hatte entschieden den Eindruck einer kraftvollen, ausgeprägten Persönlichkeit, die mit der Zeit nicht verblaßt, sondern stärker geworden war. Wir hatten es mit dieser inneren Frau zu tun, das durften wir nicht vergessen.

Wenn ich dick in Paynesgrau mit Titanweiß gemischt untermalte, dann ausgehend von dem starken Knochenbau die Persönlichkeit genau wiedergab, ohne farbliche oder zeichnerische Mätzchen, und dann auf den Spuren der ungeahnten Zukunft in das Grau hineinkratzte... dann konnte ich mit ruhiger Hand und klarem Blick ein zum Fürchten wahres Bild hervorbringen – oder einen Schmarren, der nur für den Papierkorb taugte. Vom inneren Auge abgesehen brauchte man auch Glück.

King Alfreds Goldcup verstecken... meine Gedanken kehrten zur vorliegenden Aufgabe zurück.

Den Pokal zu verstecken war trotz seines Goldwerts Welten entfernt vom Verstecken des Schwertgriffs. Ivan schätzte den Pokal vielleicht aus guten Gründen, aber als Symbol war er weder mit der Geschichte noch mit der Enthauptung eines Grafen noch seit Generationen mit der Clansehre verknüpft. König Alfreds goldener Pokal war tausend Jahre nach der glorreichen Zeit des großen Königs geschaffen worden: eine Huldigung an ihn, gewiß, aber niemals sein persönliches Eigentum.

Für König Alfreds Pokal lohnte es sich vielleicht zu töten... aber nicht zu leiden, nicht zu sterben.

Und dennoch... wieder fragte ich mich, ob ich den Wanderdämonen diesen Pokal gegeben hätte, wenn ich gewußt hätte, was sie suchten, und wenn sie mich zur Herausgabe gezwungen hätten, und ich hielt es für ziemlich unwahrscheinlich.

Zorn... Stolz... *Sturheit.*

Verrückter, irrer, lächerlicher Alexander.

Das Schloß war als Versteck deshalb problematisch, weil Höchstselbst sich dort selten aufhielt, die Kuratoren jedoch nicht nur ständig ein und aus gingen, sondern aktiv nach Schätzen suchten. Im Privatflügel der Familie wohnte mit seiner die Wirtschaft besorgenden Frau ein ganztags beschäftigter Hausmeister, ein gewissenhafter Arbeiter, der beim Frühjahrsputz und ähnlichen Gelegenheiten sämtliche Schränke durchforstete. In dem Sideboard im Eßzimmer war keine Erdnuß lange sicher. Die Entdeckung eines Goldschatzes im Haus, auch wenn es nicht der Schwertgriff war, hätte sich in Windeseile herumgesprochen. Wenn der Pokal, wie ich annahm, nicht nur aus den Augen, sondern gleichsam aus der Welt sein sollte, dann schied das Schloß als Versteck aus.

Ebenso das Schloßgelände, wegen eines tüchtigen Gärtners.

Wohin damit?

Jeder etwaige Gedanke an einen ruhigen Abend fiel in

diesem Augenblick der erdbebenartigen Ankunft meines patenten Cousins James zum Opfer, der eine Sturm- und Regenwarnung im Radio gehört und zusammen mit seiner gern, schnell und laut lebenden Familie einen Tag früher den Hafen angelaufen hatte.

Als die Invasion zum Bettenmachen nach oben stürmte, rief ich meine Mutter an und erkundigte mich nach Ivan. Keine Verschlechterung. Die Situation der Brauerei hatte sich nicht weiter zugespitzt – die Insolvenz war ins Wochenende gegangen.

»Und Patsy?« fragte ich.

»Kein Mucks von ihr seit gestern morgen.«

»Mein Onkel Robert läßt euch grüßen.«

»Grüß ihn von uns«, sagte meine Mutter.

James, rothaarig, sommersprossig, schlenderte mit einem Gin Tonic vorbei und fragte liebenswürdig, wie es »dem alten Knaben« gehe.

»Er ist deprimiert«, antwortete ich.

»Vater sagt, jemand ist mit dem Sparstrumpf der Brauerei durchgebrannt.«

»Mit der Kasse und allen Reserven.«

»Stark, hm? Wie lange bleibst du?«

»Bis Montag.«

»Super. Vater meint immer, wir sehen dich nicht genug. Was macht die Kleckserei?«

»Pause«, sagte ich und erzählte ihm kurz von dem Ärger auf der Hütte.

»Guter Gott!« Er machte große Augen. »Daß es da überhaupt was zu klauen gab!«

»Jeep und Golfschläger und Krimskrams.«

»So ein Pech.«

Seine Teilnahme war durchaus echt. James ließ keine Wunde einfach bluten.

»Haben sie auch deinen Dudelsack mitgenommen?«

»Der ist zum Glück in Inverness. Der Windsack war undicht.«

»Nimmst du dieses Jahr an den Wettbewerben teil?«

»Ich bin nicht gut genug.«

»Du spielst zu wenig, das ist alles.«

»Da siegen fast immer die Führer von Dudelsackkapellen. Das weißt du ja. Warum erzähl ich das?«

»Ich bau eben die Leute gern auf«, sagte er strahlend; und für mich lag seine Stärke wirklich darin, wie er es verstand, andere mit ihrem Leben auszusöhnen.

Die Dudelsackwettbewerbe fanden jedes Jahr im Herbst vom hohen Norden bis hinunter nach London statt. Ein paarmal hatte ich an einem Wettspielen teilgenommen, doch war das ungefähr wie ein Abfahrtslauf gegen die Herren Klammer oder Killy gewesen, eine interessante Erfahrung, aber denkwürdig nur deshalb, weil man sich nicht völlig lächerlich gemacht hatte.

Außerdem hatte ich politische Probleme mit einigen der Pibrochs, den alten Klagen um die Toten und die Niederlagen der Geschichte. Ich konnte und wollte nicht »My King has landed at Moidart« spielen, weil der gelandete König Prinz Charles Edward war, rechtmäßiger König von England der Abstammung nach, als Katholik aber (wegen Heinrichs VIII. Bruch mit dem Papst) vom Thron ausgeschlossen. Prinz Charles Edward war in Moidart auf den Hebriden gelandet, um seinen schicksalhaften Marsch auf London anzutreten, ein Griff nach der Krone, der, wie verständlich auch immer, zum Niedergang Schottlands geführt hatte. Unmittelbar nach Prinz Charles Edwards Niederlage bei Culloden hatten die Engländer, um einem dritten Aufstand (nach den knapp gescheiterten Rebellionen von 1715 und 1745) zuvorzukommen, die Schotten von ihrem Grund und Boden vertrieben und das Nationalgefühl auszulöschen versucht, indem sie die gälische Umgangssprache, das Tragen von Schottenstoffen und das Dudelsackspiel verboten. Schottland hatte sich nie davon erholt. Gewiß waren Schottenstoffe, Dudelsack und das etwas sentimentale Volksbewußtsein wieder zurückgekehrt, aber doch nur als Touristenattraktionen, die einen künstlichen Kontrast zu den Einheitswohnsilos rings um die neu belebte moderne Handelsmetropole Glasgow bildeten.

Der direkte Nachfahr der schottischen Königin Maria Stuart hatte bis heute nachwirkendes Verderben über den größten Teil Schottlands gebracht – dabei waren sogar in Culloden sechzig Prozent derer, die gegen den *Bonny Prince* kämpften, selbst Schotten und keine Engländer gewesen; und obwohl ich meinem Onkel zuliebe das todbringende Geschenk an meinen Vorfahr hütete, konnte ich nichts als Wut empfinden für den ungeschickten, eitlen, egoistischen und letztlich feigen Prinzen. Ich spielte Klagelieder für die, denen er geschadet hatte. Beklagte den von ihm angerichteten Schaden. Ich hatte für den Mann nie viel übriggehabt.

Der Samstagabend endete in dem Tohuwabohu, das James' Familie mit sich brachte, und als ich am Morgen auf der Suche nach Kaffee hinunter ins Eßzimmer kam, stand dort Höchstselbst verblüfft vor einem leeren Pappkarton, abgewetzten alten Dickens-Lederbänden, einem leeren schwarzen Kasten mit einem weißen Satinkissen und einem grauen Stoffbeutel, die kreuz und quer über den Boden verteilt lagen.

Die Sideboardtür stand offen. Der King-Alfred-Cup war weg.

Aus der Küche nebenan kam Geschrei. Kindergeschrei. Hohe Stimmen.

Benommen öffnete mein Onkel die Verbindungstür, und ich folgte ihm in die große, nicht modernisierte Küche, einen schwarzweiß gekachelten Raum, der in alten Schloßplänen noch die Schälküche hieß. Hier wurde früher das Gemüse zubereitet. Heute brachte meist ein Gastroservice das Essen zum Schloß, in Folie verpackt und tafelfertig.

James lehnte am Spülstein, Kaffeetasse in der Hand, nachsichtiges Lächeln im Gesicht.

Seine drei unbändigen Kinder – zwei Jungen, ein Mädchen – krabbelten auf dem Fußboden herum und hatten große Kochtöpfe mit nach hinten weisendem Stiel auf den Köpfen. Die Hüter des Weltalls, wurde uns erklärt.

Auch der King-Alfred-Cup stand – verkehrt herum – auf dem Boden. Mein Onkel beugte sich aus der Hüfte vor, um ihn aufzuheben, und staunte über sein Gewicht.

»He«, wandte sein ältester Enkel ein, indem er sich vor ihn hinstellte, »das ist der Kern der Galaxie M 100 einschließlich ihrer Cepheiden, wie du an den roten Steinen siehst. Wir müssen sie vor dem Saugtrupp der Schwarzen Löcher bewahren.«

»Da bin ich ja beruhigt«, meinte sein Großvater trocken.

Der Junge – Andrew – war elf und bereits ruppig und rebellisch, mit harten Augen. Wenn alles seinen normalen Lauf nahm, würde er eines Tages James als Graf nachfolgen. James war vielleicht sanfter Überredung zugänglich, aber bei seinem Sohn wollte ich es genau wissen.

Ich sagte: »Andrew, wenn du ein Lieblingsspielzeug hättest, eins, an dem dir wirklich was liegt, und jemand wollte es dir unbedingt wegnehmen... er würde dir sogar drohen, dich zu verletzen, wenn du es ihm nicht gibst – was würdest du dann tun?«

Als fände er die Frage läppisch, sagte er prompt: »Dem würde ich die Fresse polieren.«

Mein Onkel lächelte. James konnte das nicht so stehenlassen. »Andy, du würdest darüber reden und einen Handel eingehen.«

Sein Sohn wiederholte stur: »Ich würde ihm die Fresse polieren. Kriegen wir den Cepheiden-Monitor jetzt zurück?«

»Nein«, sagte sein Großvater. »Ihr hattet ihn gar nicht auszupacken.«

»Wir haben was gesucht, wofür es sich zu kämpfen lohnt«, sagte Andrew.

James verteidigte ihn. »Sie haben ja nichts dran gemacht. Was ist denn das überhaupt? Wird ja wohl nicht echt Gold sein.«

Höchstselbst drückte mir den Cup in die Arme, und wieder staunte ich über sein Gewicht. »Tu ihn gut weg«, sagte er.

»Okay.«

»Das ist ein Rennsportpokal«, erklärte mein Onkel gelassen seinem Sohn. »Ich darf ihn nur ein Jahr behalten und muß ihn unverbeult zurückgeben.«

Die Erklärung genügte James völlig, und er wies seine Kinder an, sich ein anderes Milchstraßenjuwel zu suchen.

Auf eine spontane Regung hin fragte ich ihn, ob er Lust hätte, im Lauf des Tages mit mir Golf zu spielen. Wir waren beide im Lokalclub, und ich spazierte mit wechselndem Erfolg zwar relativ oft hinter dem unberechenbaren weißen Ball her, doch wir kamen selten zusammen auf den Platz.

Er sah erfreut aus, sagte aber: »Ich denke, deine Schläger sind geklaut worden.«

»Kaufe ich mir eben neue.«

»Alles klar.«

Er rief den Club an, bekam noch eine Startzeit am Nachmittag, und wir fuhren zeitig hin, so daß ich mir im Pro-Shop bessere Schläger, als ich sie vorher hatte, besorgen konnte; und weil ich schon dabei war, kaufte ich mir noch schicke schwarzweiße Schuhe mit Spikes, Handschuhe, Bälle, Schirme, eine wasserdichte Golftasche und einen Wagen wie den von James, um das Ganze herumzukarren. Solchermaßen neu ausstaffiert, stürzte ich mich mit meinem Cousin in den vom Wetterdienst vorhergesagten Wind und Regen, und trotz der Schirme wurden wir naß bis auf die Haut, was uns aber nicht störte.

»Malst du ein Bild davon?« fragte James, durchs nasse Gras patschend.

»Ja, klar.«

»Du bist gar nicht so komisch, wie wir alle meinen, hm?«

Ich puttete den Ball an den Rand eines Lochs, wo er stur liegenblieb.

»Ich male Frust«, sagte ich und versetzte dem Ball einen Tritt.

James lachte, und gutgelaunt brachten wir die achtzehn Löcher hinter uns und fuhren zur Stärkung aufs Schloß zurück.

Die Golfpraxis fand ich für meine Arbeit unerläßlich. Nicht, daß ich viel gekonnt hätte, aber in mancher Hinsicht waren die Schlappen aufschlußreicher als der Erfolg; und mit James, der immer unbekümmert lachte, ob er gewann oder verlor, spielte ich besonders gern.

Der einzige richtig warme Raum im ganzen Schloß (abgesehen von der Hausmeisterwohnung) war der mit dem gewaltigen Heißwassertank, wo eine Batterie von Trockengestellen zur Austreibung des schottischen Dauerregens bereitstand. James und ich duschten also, zogen uns um, hängten unsere nassen Sachen einschließlich meiner durchweichten neuen Schuhe und der Golftasche zum Trocknen auf und begaben uns durstig ins Eßzimmer.

James' Kinder waren dort. Der King-Alfred-Cup lag, wenngleich noch auf sein weißes Satinkissen gebettet, im vollen Licht eines Kronleuchters auf dem polierten Tisch.

»Du hast nicht gesagt, wir dürften ihn uns nicht ansehen«, wehrte sich Andy gegen die Vorhaltung seines Vaters. »Sonst war einfach nichts zu finden, das einen Weltraumkrieg wert ist.«

Ich sagte zu James: »Und der Schwertgriff?«

»Ach ja.« Er dachte darüber nach. »Wir bekämen aber doch nur die Kopie zu sehen, und ich darf die Kinder auch gar nicht rüber ins Schloß lassen. Habe ich Höchstselbst versprochen.«

»Fragen wir ihn«, sagte ich. Wir fanden ihn in seinem Zimmer, fragten ihn, und so kam es, daß Höchstselbst, James mit Frau und Kindern und ich geschlossen durch den großen Saal wanderten, uns um den vergitterten Schaukasten gruppierten und auf die angestrahlte Kostbarkeit starrten.

»Dafür«, meinte Andrew, »könnte man schon mal einen Sternenkrieg vom Zaun brechen. Wenn es das Original wäre.«

»Und du, James«, fragte Höchstselbst, »würdest du dafür kämpfen?«

James, nicht dumm, antwortete, obwohl er sich bestimmt ungern so festlegte: »Wenn es sein müßte, schon.«

»Gut. Hoffen wir, daß es niemals nötig sein wird.«

»Wo ist das Original?« fragte Andrew.

Sein Großvater sagte: »Das müssen wir vor dem Saugtrupp der Schwarzen Löcher bewahren.«

Andys Gesicht war eine jeden Porträtmaler herausfordernde Mischung aus Freude und Verstehen. Ein Junge, für den es sich zu kämpfen lohnte, dachte ich.

Höchstselbst hütete sich, mich auch nur einmal anzusehen.

Am Montagmorgen regnete es immer noch. James brachte seine Familie zum Flughafen, Höchstselbst holte seine Angelgesellschaft zum Fischefangen an der Spey ab, und Jed kam, um mein Leben wieder in gewohnte Bahnen zu lenken.

Er brachte das neue Scheckheft und die neue Kreditkarte mit, die er für mich angefordert hatte, und wußte aus Inverness, daß mein Dudelsack abholbereit war. Außerdem hatte er einen gutseigenen Landrover vorläufig zu meinem Gebrauch reserviert und lieh mir ein frisch geladenes Funktelefon, mit dem ich mich über die Ereignisse in London und Reading würde auf dem laufenden halten können. Der Empfang in den Bergen sei schlecht, meinte er, aber besser als nichts.

»Danke, Jed«, sagte ich, um Worte verlegen, und er schüttelte nur den Kopf und grinste.

»Die Hütte hat wie gesagt ein neues Schloß, dafür sind hier zwei Schlüssel«, sagte er und gab sie mir. »Den dritten habe ich. Mehr gibt es nicht.«

Ich nickte und sah, als ich mit ihm nach draußen ging, daß er die Kartons aus London, die am Samstag abend in seinem Wagen geblieben waren, schon in den Landrover verfrachtet hatte. Zu Höchstselbst war ich nur mit einer Tragetüte voll Kleidern gekommen, und die nahm ich getrocknet jetzt in einem schweren Matchsack aus dem Jagdzimmer wieder mit. Der Matchsack roch nach Patronen, Moor und altem Tweed: sehr edwardianisch, unwiederbringlich.

Ich hätte ja neue Schläger, bemerkte Jed.

»Ja, aber in Zukunft bleibt meine Ausrüstung im Clubhaus«, sagte ich. »Wüßten Sie was, wo ich meinen Dudelsack verwahren kann?«

»Haben Sie Angst, daß die Räuber wiederkommen?«

»Hätten Sie keine?«

»Sie können gern bei Flora und mir wohnen.«

»Wußten Sie, daß Erdbebengeschädigte – selbst an der

berüchtigten San-Andreas-Linie – ihre Häuser gern an Ort und Stelle wieder aufbauen? Oder Hurrikangeschädigte?«

»Das muß doch nicht sein.«

»Nennen Sie es blindes Vertrauen.«

»Für mich ist das Starrsinn.«

Ich grinste. »Gut erkannt. Aber keine Sorge. Diesmal baue ich mir eine Alarmanlage.«

»Da ist doch kein Strom.«

»Blechbüchsen an Schnüren mit Steinen, die scheppern.«

Jed schüttelte den Kopf. »Sie sind verrückt.«

»So sagt man.«

Er gab es auf. »Die Polizei erwartet Sie. Fragen Sie nach Detektivsergeant Berrick. Er war mit mir in der Hütte. Er weiß, wie die da gehaust haben.«

»Okay.«

»Passen Sie auf sich auf, Al. Ernstlich.«

»Werde ich tun«, sagte ich.

Wir fuhren zusammen los, trennten uns aber am Schloßtor, da ich den Weg zur Hütte einschlug und nur einmal noch kurz anhielt, um meine neue Golfausrüstung per Scheck zu bezahlen und sie, wie ich es auch früher schon hätte tun sollen, in einem Schließfach zu verstauen.

Die neuen Hüttenschlüssel verschafften mir Zugang zu dem alten Chaos, das ich sechs Tage vorher zurückgelassen hatte. Gut war nur, daß ich mich wenigstens ohne Schmerzen bewegen konnte; eigentlich war das sogar mehr als gut. Seufzend kramte ich aus dem Durcheinander eine unbenutzte Mülltüte hervor und füllte sie statt mit den üblichen farbverschmierten Reinigungstüchern mit Acrylfarbenschrott und Scherben aller Art.

Draußen regnete es immer noch. Drinnen rochen meine Matratze und mein Bettzeug nach dem Eimer schmutzigen Malwassers, der darüber ausgeschüttet worden war. Was sie mit meinem Sessel gemacht hatten, wußte ich nicht genau, aber auch er roch ekelhaft.

Schweine.

Aus Gewohnheit hatte ich den Landrover, als ich ankam, aus dem Regen in den Unterstand gefahren, aber jetzt holte ich ihn wieder heraus und stellte Stück für Stück meinen zerstörten Hausrat dort unter, wobei ich intensiv nach Dingen Ausschau hielt, die nicht mir gehörten, sondern von meinen Angreifern zurückgelassen worden sein könnten. Als ich fertig war, stand im Raum nur noch das blanke eiserne Bettgestell samt Sprungrahmen, die (leere) Kommode, ein Bord mit heilgebliebenen Büchern, eine Bratpfanne mit Besteck und eine Staffelei (zwei waren kaputt). Ich fegte den Fußboden, schaufelte Kaffee, Zucker und anderen Kehricht in einen Mülleimer und betrachtete düster die bunt durcheinanderlaufenden Fußspuren auf meinem Boden, die von Turnschuhen stammten, wie sie millionenfach im Land verkauft wurden, so daß sie zur Identifizierung der Rohlinge kaum taugten.

Obwohl ich sorgfältig suchte, war das einzige Unbekannte, das ich fand, nicht etwa ein praktisches, halbleeres Streichholzheft mit Anschrift und Rufnummer einer Boxhalle, sondern eine Brille mit Plastikgestell.

Ich setzte sie auf, und alles um mich herum verschwamm. Zum Weitsehen war sie gut.

Die Dioptrienzahl war in einen Bügel gestanzt: −2.

Solche Brillen gab es weltweit vom Drehständer weg zu

kaufen. Es war eine, wie meine Angreifer sie zur Tarnung getragen hatten. Ein Requisit. Ich wickelte sie in ein Stück Alufolie von der Rolle, die ich immer im Haus hatte, weil man daraus Einwegpaletten machen konnte: Statt alte Farben herunterzukratzen, knüllte man das Ganze einfach zusammen und warf es weg. Mit Armut geschlagene Maler benutzten sogar alte Telefonbücher dafür.

Ich schleppte die Tüten und Kartons vom Wagen in die Hütte und stapelte alles ungeöffnet auf dem Bettgestell. Dann schloß ich die Hütte ab, setzte mich in den Landrover, überlegte eine Weile und fuhr los, um Detektivsergeant Berrick einen Besuch abzustatten.

Innerhalb von fünf Minuten nach meiner Ankunft hatte mir der Kriminalbeamte klargemacht, daß er eins auf den Tod nicht leiden konnte, nämlich Drogenhändler, Strichmädchen, Engländer, das Celtic-Glasgow-Fußballteam, die Konservativen, alles, was mehr als zehn Jahre zur Schule ging, seine Vorgesetzten, seine Schreibarbeit, das Prügelverbot im Verhör und langhaarige Typen – insbesondere Langhaarige, die in den Bergen lebten und sich zusammenschlagen ließen, während sie die Brosamen von Leuten aßen, deren Titel abgeschafft gehörten. Kurz, Detektivsergeant Berrick erwies sich als ein typisch gutmütiger, bärbeißiger Schotte mit einem ausgeprägten Gerechtigkeitssinn.

Er war dünn, ging stark auf die Vierzig zu und wurde sicher bald von einem der Vorgesetzten, die er verachtete, befördert. Mir gegenüber benahm er sich gewollt korrekt und etwas selbstgerecht, weit entfernt von den väterlichen Neigungen seines freundlichen alten Vorgängers am Ort, der jahrelang aus bösen Jungs gute Bürger gemacht hatte, aber jetzt im fernen Perth an den Schreibtisch gefesselt war, mattgesetzt durch die Altersbestimmungen und die Umwertung von Väterlichkeit zu einem Schimpfwort.

Meine Sachen würde ich wohl nicht wiedersehen, meinte Sergeant Berrick.

»Vielleicht haben Sie ja mit den Gemälden etwas Glück«, sagte ich.

»Was für Gemälde?« Er sah auf eine Liste. »Ach ja. Vier gemalte Golfsportszenen.« Er blickte auf. »In Ihrer Wohnung war alles voller Farbe.«

»Ja.«

»Lassen sich die Gemälde identifizieren?«

»Sie haben Aufkleber oben links auf der Rückseite«, sagte ich. »Copyrightaufkleber mit meinem Namen, Alexander, und der Jahreszahl.«

»Aufkleber kann man entfernen«, sagte er.

»Die nicht. Der Klebstoff verbindet sich mit der Leinwand.«

Er sah mich genervt an, holte aber meine Akte auf den Bildschirm eines Computers.

»Copyrightaufkleber auf der Rückseite«, sagte er laut und gab es ein. Er zuckte die Achseln. »Man kann nie wissen.«

»Danke«, sagte ich.

»Man könnte die Aufkleber überkleben«, sagte er.

»Schon«, gab ich zu, »aber nur Sie und ich wissen, daß mein Name in einer Farbe gedruckt ist, die im Röntgenbild sichtbar wird.«

Er starrte mich an. »Ein Fuchs, hm?«

»Die Welt ist schlecht«, sagte ich und bekam dafür ein spontanes Lächeln.

»Wir schauen mal, was sich machen läßt«, versprach er. »Einverstanden?«

»Wenn Sie meine Bilder finden, porträtiere ich Sie.«

Er breitete die Skizzen, die ich auf dem Bahnhof Dalwhinnie von meinen Angreifern gezeichnet hatte, auf dem Schreibtisch aus und zeigte sich plötzlich nicht mehr herausfordernd, sondern ernsthaft interessiert.

»Malen Sie meine Frau«, sagte er.

»Abgemacht.«

Nicht weit von der Polizeistation gab es der Touristen wegen einen großen Campingausstatter, bei dem ich mir einen Schlafsack und das Nötigste kaufte, um es in der leergeräumten Hütte auszuhalten, dann machte ich den weiten Umweg zu Donald Camerons abgelegener Poststelle für den Fall, daß in der Vorwoche etwas für mich gekommen war, und um mich wie gewohnt mit Lebensmitteln und frischem Gas einzudecken.

»Müssen Sie telefonieren, Mr. Kinloch?« fragte Donald hoffnungsvoll. »Mit dem Apparat draußen stimmt etwas nicht.«

Mit Sicherheit, dachte ich; aber um es dem alten Gauner recht zu machen, rief ich von seinem Anschluß aus die Dudelsackbauer an, ob sie mein Instrument an Jed Parlane oder an Donald Camerons Laden schicken könnten.

Donald riß mir praktisch den Hörer aus der Hand und sagte den Leuten, er komme am Mittwoch nach Inverness und werde meinen Dudelsack persönlich abholen; und so verblieben sie. Als Donald den Hörer auflegte, strahlte er mich erwartungsvoll an.

»Was macht das?« fragte ich resigniert und rückte ein kleines Vermögen heraus.

»Stets zu Diensten, Mr. Kinloch.«

Es regnete den ganzen vermatschten Weg hinauf zur Hütte. Oben angekommen, blieb ich, weil es gemütlicher war, vor der verschlossenen Tür im Landrover sitzen und nutzte die Vorzüge von Jeds Funktelefon. Schlechter Empfang, aber immerhin.

In Reading wurde noch gearbeitet. Ich rief mit Angst und Bangen Tobias Tollright an, doch er konnte mich halbwegs beruhigen.

»Mrs. Morden möchte Sie sprechen. Die Gläubigerversammlung ist über die Bühne. Zumindest waren alle da.«

»Ist das gut?«

»Es läßt hoffen.«

Ich sagte: »Tobe...«

»Was ist?«

»Young und Uttley.«

Tobias lachte. »Der ist genial. Warten Sie's ab. Ich würde ihn nicht jedem empfehlen und umgekehrt auch ihm nicht jeden, aber ihr paßt zusammen. Ihr denkt beide quer. Ihr versteht euch schon. Geben Sie ihm eine Chance.«

»Hat er Ihnen gesagt, daß ich ihn engagiert habe?«

»Ehm...« Sein schuldbewußter Ton ließ mich Schlimmes befürchten.

»Er hat Ihnen doch wohl nicht gesagt, was er für mich tun soll?« fragte ich.

»Ehm...«

»Soviel zur Diskretion.«

Tobias wiederholte unbekümmert: »Geben Sie ihm eine Chance, Al.«

Für etwas anderes, dachte ich traurig, war es ohnehin zu spät.

Ich rief Margaret Morden an und lauschte ihrer energischen Stimme.

»Ich habe die Zahlen offengelegt. Die Gläubiger brauchten Riechsalz. Norman Quorn hat jeden Penny kassiert, der zu kriegen war, dazu gehört schon was. Aber ich habe die Bank und das Finanzamt überredet, nach Lösungen zu suchen, und wir treffen uns am Mittwoch wieder; bis dahin wollen beide mit ihrer Hauptverwaltung sprechen. Als Bestes läßt sich sagen, daß die Brauerei grundsätzlich noch mit Gewinn arbeitet und dies, sofern ihr Desmond Finch und der jetzige Braumeister erhalten bleiben, wohl auch weiterhin tun wird.«

»Haben Sie... die Gläubiger auf das Rennen angesprochen?«

»Man versteht Ihren Standpunkt. Das wird am Mittwoch erörtert.«

»Es besteht also Hoffnung?«

»Man möchte aber Sir Ivan wieder am Ruder sehen.«

»Das will ich doch auch«, sagte ich inbrünstig.

»Einstweilen können Sie noch für ihn unterschreiben. Er besteht darauf, daß Sie es tun und kein anderer.«

»Auch nicht seine Tochter?«

»Ich habe ihn selbst gefragt. Ein kurzes Gespräch zur Klärung. Alexander, sagte er. Sonst keiner.«

»Dann können Sie in allem auf mich zählen – und, Margaret...«

»Ja?«

»Was tragen Sie heute?«

Sie zog die Luft ein, dann lachte sie. »Kaffeebraun und Beige.«

»Warm, weich und hübsch?«

»Das wirkt unterschwellig. Mittwoch nehme ich ein dezentes, praktisches Dunkelblau mit einem Tick Weiß. Geschäftsmäßig, aber nicht bedrohlich.«

»Das Aussehen hilft.«

»Kann man so sagen...« Sie stockte und schwieg. »Aber irgend etwas kommt mir komisch vor.«

»Woran?«

»An den Büchern der Brauerei.«

Bestürzt sagte ich: »Was ist daran komisch?«

»Ich weiß es nicht. Ich komme nicht drauf. Kennen Sie das, wenn man etwas riecht, aber nicht sagen kann, was es ist? So in der Art.«

»Sie machen mir Spaß«, sagte ich.

»Wahrscheinlich bedeutet es gar nichts.«

»Ich vertraue Ihrem Riecher.«

Sie seufzte. »Tobias Tollright hat die Revision gemacht. Wenn es da Ungereimtheiten gäbe, wäre ihm das aufgefallen.«

»Sagen Sie bloß den Gläubigern nichts«, bat ich.

»Die interessiert nur die Zukunft. Wie sie an ihr Geld kommen. Was mich stört – mir komisch vorkommt –, liegt in der Vergangenheit. Ich werde darüber schlafen. Lösungen finden sich oft nachts.«

Ich wünschte ihr nützliche Träume und wurde mir in dem regentriefenden Landrover auf meiner schottischen Berghöhe darüber klar, wie wenig ich mich doch auskannte und wie sehr ich auf Tobe und Margaret und Young (respektive Uttley) angewiesen war, um Antworten auf Fragen zu finden, die ich nicht einmal zu stellen wußte.

Ich wollte malen.

Sie waren wieder da, die Eingebung, das körperliche Verlangen nach dem Umgang mit Farbe, die sich immer einstellten, immer zusammenkamen, bevor ich etwas Ansehenswertes malte – der geheimnisvolle Antrieb, den man schöpferisch nennen mußte, ob das Ergebnis nun danach ausfiel oder nicht.

In der Hütte hatte ich eine alte Staffelei und das neue Malzeug aus London, und ich mußte mich streng ermahnen, daß erst noch zwei Telefongespräche zu führen waren, bevor ich darangehen konnte, im Licht einer Lampe (aus dem Campingladen) für morgen eine Leinwand aufzuspannen.

Leinwand auf einen Keilrahmen tackern. Dreimal gut mit Kreide grundieren, trocknen lassen. Paynesgrau mit Titanweiß gemischt auftragen. Arbeitsskizzen machen. Planen. Schlafen. Träumen.

Ich rief meine Mutter an.

Ivan ging es weder besser noch schlechter. Er hatte sich »mit irgendeiner Frau« über die Rettung der Brauerei unterhalten, wollte aber nach wie vor, daß ich ihn vertrat, da er sich noch nicht stark genug fühlte.

»Okay«, sagte ich.

»Das Schlimmste im Moment«, sagte meine Mutter, »ist Surtees.«

»Wieso?«

»*Paranoid* ist er. Patsy ist wütend auf ihn. Sie ist auf alles wütend. Ich wünschte, du kämst wieder her, Alexander, du bist der einzige, der sich nicht von ihr tyrannisieren läßt.«

»Tyrannisiert sie Ivan?«

»Sie triezt ihn fürchterlich, aber das sieht er nicht ein. Er hat Oliver Grantchester gesagt, daß er einen Testamentsnachtrag schreiben möchte, und nachdem Oliver das offenbar Patsy gegenüber erwähnt hat, will sie jetzt wissen, was das mit dem Nachtrag soll, und das will Ivan nicht mal mir sagen, und, Herrgott, es macht ihn so fertig. Sie wohnt praktisch hier, dauernd rückt sie ihm auf die Pelle.«

»Und Surtees? Wieso ist er paranoid?«

»Er sagt, er wird auf Schritt und Tritt von einem Skinhead verfolgt.«

»Was?« sagte ich schwach.

»Eben. So ein Quatsch. Sonst hat noch keiner diesen Skinhead gesehen. Surtees sagt, der Skinhead verschwindet, wenn andere Leute dabei sind. Patsy ist stinksauer auf ihn. Ich wünschte, die kämen nicht dauernd hier an. Ivan braucht Ruhe und Frieden. Komm... komm doch wieder her, Alexander.«

Die offene, untypische Bitte war fast zuviel für mich. Zu viele Leute wollten zu viel von mir. Ich sah ein, daß sie jemanden brauchten, der Entscheidungen traf – Ivan, meine Mutter, Tobias, Margaret, sogar mein Onkel Robert –, aber ich fühlte mich nicht stark genug, um ihnen allen Kraft zu geben.

Ich wollte *malen*.

»Ich komme bald«, sagte ich zu meiner Mutter.

»Wann?«

Du lieber Himmel, dachte ich und sagte hilflos: »Donnerstag früh.«

Wir verabschiedeten uns, und als letztes rief ich Jed an.

Er sagte: »Im Schloß ist die Hölle los.«

»Wieso die Hölle?«

»Andy – der Enkel von Höchstselbst – ist mit dem King-Alfred-Goldcup abgehauen.«

7

Ich lachte.
»Na ja«, sagte Jed, »irgendwie ist es schon lustig.«
»Was ist denn eigentlich passiert?«

Offenbar war, kurz nachdem Höchstselbst mit seinen Gästen zu einem guten schottischen Nachmittagstee mit Alkohol und warmen Milchbrötchen aufs Schloß zurückgekehrt war, Dr. Zoe Lang überraschend noch einmal vorbeigekommen und hatte einen Fachmann für Edel- und Halbedelsteine mitgebracht. Ihre halbfertige Schätzung des King-Alfred-Pokals, sagte sie, lasse ihr keine Ruhe.

Höchstselbst, Dr. Lang, der Juwelier und die Angelfreunde waren geschlossen zur Wahrheitsfindung ins Eßzimmer geströmt.

Der Pappkarton wurde aus dem Schrank geholt, die Dickensbände herausgenommen, der schwarzlederne Würfel ans Licht gebracht, die goldenen Schließen geöffnet, und auf dem weißen Kissen lag – nichts.

Mein Cousin James, der aus Glasgow, wo er seine Familie in den Flieger nach London gesetzt hatte, zurückgekommen war, schimpfte los, er werde seinem von dem Pokal begeisterten Ältesten die Ohren langziehen, doch der Hüter des Weltalls konnte zur Sache nicht gleich befragt werden, da ihn seine Mutter, die kein Telefon im

Auto hatte, zu dem Zeitpunkt bereits zurück ins Internat fuhr.

Jed sagte: »Ich wollte mit Höchstselbst Gutsangelegenheiten besprechen, und da hielt ihm diese alte Dame ziemlich grob vor, daß der Schwertgriff der Kinlochs bei ihm wohl kaum vor Dieben sicher sei, wenn er nicht mal etwas vor seinem Enkel schützen könne, und Höchstselbst stand bloß da und pflichtete ihr gütig lächelnd bei, was sie nur noch mehr zu ärgern schien. Nachdem sie gegangen war, bat er mich jedenfalls, Sie zu fragen, ob er sich Ihrer Meinung nach um Andrew Sorgen machen muß – also, was meinen Sie?«

»Nein.«

Jeds Seufzer war fast ein Lachen.

»Ich sagte Höchstselbst, daß Sie mit einem seiner großen alten Matchsäcke zum Schloß hinausspaziert seien, und da strahlte er. Aber was soll denn das alles? Ich denke, der Pokal ist ein Ehrenpreis. Ist er wirklich so viel wert?«

»Das kommt auf den Standpunkt an«, sagte ich. »Er ist aus Gold. Für einen Reichen ist es bloß teurer Kram. Für einen Dieb ist er Mord und Totschlag wert. Dazwischen ist es eine Frage der Gier und der Risikobereitschaft.«

»Und für Sie? Für Höchstselbst? Für Sir Ivan?«

Als ich nicht gleich antwortete, sagte er: »Al, sind Sie noch da?«

»Ja... ich weiß die Antwort nicht, und ich will sie auch nicht wissen.«

Am Dienstagmorgen reinigte eine Kaltfront unversehens den Himmel, verscheuchte den grauen Regen und hinterließ ein blaßblaues Firmament mit einem Hauch gelben Sonnenlichts im Norden. Die Hütte ging nach Westen, so daß ich vormittags oft lange ein fast ideales Licht zum Malen hatte und dann nachmittags ein wärmeres, das ich anfangs unbewußt in einen lasierenden Schmelz übersetzt hatte und später bewußt in meine Bilder hineinnahm, weil sie sich damit am besten verkauften. Ich lebte ja vom Malen, und ich verdiente Geld, damit ich ganz zum eigenen Vergnügen malen konnte, wenn mir danach war.

An diesem Dienstag zeichnete ich auf den grauweißen Untergrund leicht mit Blei den Kopf einer noch jungen Frau mit sehr ausgeprägten, charakteristischen Zügen, einem guten Gesichtsschädel und intelligentem, entschlossenem Ausdruck. Sie blickte nicht geradeaus, sondern als sähe sie etwas zu ihrer Rechten, und ich zeichnete sie weder lächelnd noch mißbilligend, noch arrogant oder verlegen, sondern ließ sie einfach *dasein*.

Als die Proportionen und der Ausdruck dem entsprachen, was mir vorschwebte, malte ich den ganzen Kopf in helldunklen Abstufungen von Ultramarin, meist durchscheinend, mit Wasser verdünnt. Ich malte dunkelblaue Schatten um die Ränder der Leinwand, ließ um den Kopf helle Flächen stehen und legte dunkle Schatten um die Augen und unter das Kinn, bis ich ein ziemlich vollständiges monochromes Porträt in Blau auf Hellgrau hatte.

Sie sah so aus, wie ich mir Dr. Lang vor vierzig Jahren vorstellte.

Ich hatte mein Metier bei vier verschiedenen Malern gelernt, einem in Schottland, einem in England, einem in Rom und einem in Kalifornien, und ich hatte zugeschaut, mitgedacht und geübt, bis ich wußte, was mit Farbe möglich war und was nicht. Da ich mir die Kunstschule nicht leisten konnte nach dem Tod meines Vaters und der erneuten Heirat meiner Mutter, die ihr eigenes Leben neu aufbaute, verdingte ich mich den vier Meistermalern nacheinander als Koch, Putzhilfe, Handlanger und Laufbursche und verlangte als Lohn nichts als Kost, einen Schlafplatz, Papier und Farbe.

Nach drei Jahren solcher gewinnbringenden Plackerei kam überraschend eine Anfrage meines Onkels: Was ich mir zu meinem einundzwanzigsten Geburtstag wünschte? Ich bat ihn, den baufälligen Schuppen im bergigen Teil seines Gutes benutzen und hin und wieder eine Runde auf dem nächsten Golfplatz (der ihm gehörte) spielen zu dürfen. Er überließ mir den Schuppen, in dem früher zur Ablammzeit Schafhirten übernachtet hatten, nahm mich als Vollmitglied in den Golfclub auf und legte noch Geld für Farben dazu. Zwei Jahre später schickte er mich dann nach Lambourn, um zwei seiner Pferde zu porträtieren, die von Emily Jane Cox trainiert wurden.

Nach meiner Flucht aus Lambourn hatte er mich von dem Schuppen in die robustere, aber verfallene Berghütte umquartiert und sie instandsetzen lassen; und ein Jahr darauf hatte er mich gebeten, die Ehre der Kinlochs in Verwahrung zu nehmen.

Ich hätte nicht nein sagen können, selbst wenn ich es gewollt hätte, was nicht der Fall war.

Als ich jünger war, hatte ich immer eine große Scheu vor ihm gehabt. Erst in den letzten fünf Jahren hatte ich eine erwachsenere Einstellung zu ihm gefunden. Er war zwar an die Stelle des verlorenen Vaters getreten, viel mehr aber noch zum Freund, Partner und Verbündeten geworden – eine Ehre, die ich ihm oder der Familie gegenüber niemals ausnützen würde.

Ich brütete über meiner blauen Dame, aß ein Käse-Chutney-Sandwich und übermalte am Nachmittag den Hintergrund mit Braun- und Rottönen, wobei ich die Farben lasierte und vertrieb, bis ich einen tiefen, satten Hintergrund hatte, der nicht erkennbar blau, braun oder rot war, sondern ins Bildinnere zurückwich, während das Gesicht verblüffend nah und klar hervortrat.

Dienstag nacht schlief ich wieder im Schlafsack auf dem Fußboden und träumte von Farben, und Mittwoch früh, sobald es hell war, begann ich die blauen Linien des Gesichts mit Substanz zu füllen, arbeitete von Hell nach Dunkel und legte Kraft und Verstand hinein, aber keine pfirsichfarben leuchtende Schönheit. Am Nachmittag war es eine Frau, die sich sowohl im akademischen Bereich hervortun als auch einen starken Mann im Bett verwöhnen konnte... jedenfalls sah ich sie so.

Um die Zeit, wo Jed immer in der Gutsverwaltung die tägliche Schreibarbeit erledigte, rief ich ihn an.

»Geht's Ihnen gut?« fragte er.

»Was gehört von Andrew und dem Pokal?«

»Der Ärmste schwört, daß er ihn nicht angerührt hat. Höchstselbst sagt, er glaubt ihm. Jedenfalls scheint das Ding verschwunden zu sein.«

»Sind Sie allein im Büro?« fragte ich.

»Richtig geraten. Bin ich nicht.«

»Hören Sie zu. Ich fahre heute abend wieder mit der

Bahn nach London. Können wir uns in Dalwhinnie treffen, und wenn ja, wann? Und würden Sie ein altes Bettlaken mitbringen?«

»Ehm...«

»Ein Bettlaken«, wiederholte ich. »Wer mich in London sieht, weiß, daß ich nicht in der Hütte bin. Dann braucht einer nur mit dem Vorschlaghammer auf das hübsche neue Schloß zu hauen.«

»Al!«

»Ich arbeite an einem Bild, das auf keinen Fall zerstört oder mir gestohlen werden soll. Bringen Sie bitte ein Laken mit, um es einzuwickeln? Würden Sie es für mich aufbewahren?«

»Ja, natürlich«, sagte er zögernd, »aber was ist mit... den anderen Sachen?«

»Sonst findet da keiner was. Ich möchte bloß das Bild nicht verlieren.«

Nach einer ganz kurzen Pause sagte er: »Wie wär's um halb zehn?«

»Ideal. Könnten Sie für die Heimfahrt Flora mitbringen? Ich gebe Ihnen den Landrover vom Gut zurück.«

»Wie lange bleiben Sie weg?«

»Wie lang ist ein Stück Schnur...?«

Zuverlässig wie immer kam er mit Flora und einem Bettlaken zum Bahnhof und nahm im Landrover das gut verpackte Bild, meine neuen Wintersachen, Klettersachen, Farben (alles im Matchsack) und auch meinen Dudelsack mit, den ich von dem alten Wucherer Donald Cameron freigekauft hatte, als er aus Inverness zurückgekommen war.

Jed gelobte beim Grab seiner Mutter (sie lebte noch), auf

meine Habe aufzupassen, und Flora gab mir lachend einen Kuß, und mit leichtestem Gepäck ratterte ich noch einmal den Schienenstrang hinunter und umarmte meine Mutter vor dem Frühstück.

Das Haus am Park Crescent war so platzangstverdächtig wie in der Woche davor. Die Putzhilfe Lois saugte stieren Blickes erbarmungslos Staub. Sie und Ivans Pfleger Wilfred warfen nur noch den Kopf zurück, wenn sie sich über den Weg liefen. Köchin Edna mißbilligte mein selbstbereitetes Pfannenfrühstück. Meine Mutter nahm das alles hin, anstatt die ganze Bande hinauszuwerfen.

Obwohl seit Ivans Herzanfall jetzt über drei Wochen vergangen waren, brachte er noch immer nicht den Willen oder die Kraft auf, sich anzukleiden. Als wäre die Zeit seit meiner Abreise stehengeblieben, fand ich ihn wieder in Morgenmantel und Hausschuhen und unverändert erschöpft in seinem Sessel vor. Das matte Lächeln, mit dem er mich begrüßte, war auch ein Aufatmen darüber, die anstehenden Entscheidungen mir aufbürden zu können.

»Diese Frau will dich sprechen«, sagte er und wies auf die Papiertaschentuchschachtel, auf deren Unterseite ich Margaret Mordens Telefonnummer fand, neben der Kurzbotschaft SOFORT.

Ich rief sie sofort an.

»Sir Ivan sagte, Sie kämen nach London.«

»Da bin ich.«

»Ach so.« Sie hörte sich erleichtert an. »Können Sie bei mir vorbeischauen?«

»Wie lief es gestern?«

»Ganz gut. Ich brauche Sir Ivans Einwilligung. Falls er

nicht herkommen kann, um zu unterschreiben, könnten Sie ihm die Sachen ja vielleicht nach London bringen.«

»Gute Idee«, meinte ich, doch Ivan wedelte abwehrend mit der Hand und sagte in den Hörer, als ich ihm den reichte: »Alexander unterschreibt. Beraten Sie ihn, wie Sie mich beraten würden. Er versteht schon...« Damit hielt er mir wieder den Hörer hin, und Margaret Morden sagte in mein Ohr: »Aber Ihre Tochter...«

»Sie sprechen mit Al«, sagte ich. »Was ist mit Patsy?«

»Sie und der Geschäftsführer Desmond Finch hätten gestern beinah die Verhandlungen zum Scheitern gebracht, weil sie einfach in die Gläubigerversammlung geplatzt sind. Und sie hatte ihren Mann dabei... der ist gemeingefährlich. Ich sollte es nicht sagen, aber wenn die Brauerei bestehen bleibt, dann bleibt sie das *trotz* Mrs. Benchmark. Ich verstehe sie nicht. Sie bekommt die Brauerei, da müßte sie doch als erste wollen, daß die Rettungsaktion Erfolg hat.«

»Sie wollte, ich wäre tot.«

»Das ist nicht Ihr Ernst«, protestierte Margaret Morden.

»Jedenfalls will sie nicht, daß ich an der Rettung beteiligt bin.«

»Da gebe ich Ihnen recht. Wann können Sie hier sein?«

»In anderthalb Stunden.«

»Gut«, sagte sie, »ich habe dann alles fertig.«

Ich blieb noch über eine halbe Stunde bei Ivan, der mich wiederholt bat, ihn mit Einzelheiten (zum Beispiel, ob seine Brauerei sich halten könne) zu verschonen und mich auf die Hauptsache zu konzentrieren (nämlich den Schutz seines besten Pferdes und seines Goldpokals).

»Bedes Sterbelied«, sagte ich beiläufig und sah erstaunt, wie sich die Augen meines Stiefvaters mit Tränen füllten.

»Kümmre dich um deine Mutter«, sagte er.

»Du wirst nicht sterben.«

»Doch.« Er wischte die Tränen mit dem Finger weg. »Ich glaube schon.«

»Nein. Sie braucht dich.«

»Ich will einen Testamentsnachtrag machen«, sagte er. »Laß nicht zu, daß mich jemand davon abhält.«

»Mit ›jemand‹ meinst du Patsy?«

»Patsy«, nickte er. »Und Surtees und Oliver.«

»Oliver Grantchester?« fragte ich. »Dein Anwalt?«

»Patsy zieht ihm Sachen aus der Nase.«

Ich sagte bestürzt: »Hast du Oliver Grantchester gesagt, du wolltest einen Nachtrag aufsetzen, und er hat es Patsy erzählt?«

»Ja.« Es klang nach resignierter Hinnahme. »Oliver sagt, sie gehört zur Familie.«

»Den sollte man aus der Anwaltskammer ausschließen.«

»Tut ja doch keiner. Ich habe ihn für morgen früh herbestellt, deshalb meine Bitte, Alexander...«

»Ich werde hier sein«, versprach ich stirnrunzelnd, »aber –«

»Sie ist so *stark*«, unterbrach er. »So lieb und nett. Aber immer setzt sie ihren Kopf durch.«

»An deiner Stelle«, sagte ich, »würde ich jetzt gleich ein Blatt Papier nehmen, eigenhändig aufschreiben, was du willst, Wilfred und Lois als Zeugen hinzuholen, natürlich nur, wenn sie keine Begünstigten sind« – er schüttelte den Kopf –, »und damit wäre der Nachtrag perfekt und rechtskräftig, dann müßtest du dir morgen keine Diskussionen anhören.«

Einfache Lösungen waren seine Sache nicht. Er brauchte Buchhalter, Anwälte und Formalitäten. So nahm er meinen Vorschlag zunächst gar nicht ernst, und erst nach ungefähr fünf schweigsamen Minuten gingen ihm, ohne daß ich ihm weiter zugeredet hätte, die Vorzüge des schnellen Handelns auf.

»Wichtig ist nur«, sagte ich, »daß du *mir* nichts vermachst. Sonst wird der Nachtrag ungültig, weil Patsy behaupten wird, ich hätte dich beeinflußt.«

»Aber...«

»Laß es«, sagte ich.

Er schüttelte den Kopf.

»Ich will nicht, daß du stirbst«, sagte ich. »Bleib am Leben und vermach mir nichts. Gib mir dein Wort darauf.«

Er lächelte matt. »Du kommandierst genauso gern wie Patsy.«

Ich holte Papier und Stift aus seinem Schreibtisch und sah von der anderen Zimmerseite aus zu, wie er knapp eine halbe Seite schrieb.

Dann rief ich Wilfred und Lois, und Ivan selbst bat sie ruhig, bei einer Urkunde, die er aufgesetzt habe, seine Unterschriftszeugen zu sein.

Ivan setzte Datum und Unterschrift unter den Nachtrag und hielt seinen Arm über den Text, damit die Zeugen keine Einzelheiten lesen konnten, während sie selbst unterschrieben; und auf seinen Wunsch fügten sie ihre Privatanschriften hinzu.

Ivan bedankte sich höflich, ohne von ihrer Gefälligkeit

viel Aufhebens zu machen. Er konnte von Glück sagen, dachte ich, wenn Lois nicht innerhalb von fünf Minuten Patsy anrief.

Als Wilfred und Lois (voreinander die Köpfe zurückwerfend) gegangen waren, gab ich Ivan ein Kuvert für seinen Nachtrag, und vorsichtig wie gewohnt unterschrieb er noch zweimal mit Datum quer über die Umschlagklappe des zugeklebten Kuverts.

Er hielt es mir hin.

»Paß darauf auf«, sagte er.

»Ivan...«

»Wer sonst?«

»Wenn du mir versprichst, daß ich nicht drinstehe.«

»Du stehst nicht drin.«

»Also gut.« Ich nahm den Umschlag. Pferd, Pokal, Testamentsnachtrag, was noch?

Ich kam eine Viertelstunde später als angekündigt zu Margaret Morden, aber dazu sagte sie nichts. Sie trug ein rotblau gemustertes Wollkleid, das ihr schönes, lose fallendes blondes Haar ebenso zur Geltung brachte, wie der breite Gürtel ihre schlanke Taille betonte.

Die Gläubiger, berichtete sie, hatten sich auf einen Zahlungsplan geeinigt. Ihre Bedingungen waren hart, wie nicht anders zu erwarten, aber erfüllbar, wenn sich der Umsatz hielt. Die Gläubiger räumten ein, daß gute Umsätze vom Ruf der Brauerei abhingen, und hatten die Kosten für die Austragung des King-Alfred-Goldcups in ihre Berechnungen einbezogen.

»Fabelhaft«, sagte ich. »Sie sind brillant.«

»Ja, aber sie möchten die Zusicherung, daß im Fall eines Einnahmenrückgangs innerhalb der nächsten sechs Monate Sir Ivan den Cup selbst zur Verfügung stellt. Der Goldpokal soll dann als Vermögenswert der Brauerei verkauft werden dürfen.«

»Ist das eine annehmbare Regelung?«

»Denke ich schon. Ich habe zugestimmt, falls Sie dafür sind. Das gleiche gilt für das Pferd, Golden Malt.« Sie schwieg. »Einige der Gläubiger wollten, daß der Pokal und das Pferd sofort verkauft werden, aber weil das mit Sicherheit schlechte Presse gibt, warten sie doch lieber. Außerdem scheint niemand in der Brauerei so recht zu wissen, wo das Pferd und der Pokal geblieben sind.«

»Wer sucht denn danach?«

»Desmond Finch. Er beklagt sich bitter über die Gläubigerbedingungen. Wie gesagt, er kam einfach in die Versammlung. An ihm ist es, die Sparmaßnahmen durchzuführen. Die Gläubiger wollen Personal einsparen. Abspecken, wie das moderne Wort für Entlassungen heißt. Desmond Finch sagt, mit weniger Leuten kommt die Brauerei nicht aus. Er will den Cup verkaufen.«

»Hm.«

»Sie sehen nicht überzeugt aus.«

»Nun, als Ivan den Pokal aus der Brauerei holte, hat er ihn quasi zum Spielball gemacht. Ich meine, wer ihn zu fassen kriegt, kann ihn in vertrauenswürdige Hände geben, die ihn ihrerseits weiterreichen, aber dabei kann er auch an jemand geraten, der ihn wegen seines Geldwerts behalten möchte. Die Schulden der Brauerei lassen sich mit dem Pokal nicht bezahlen, aber ihn zu klauen lohnt sich schon.«

Margaret hörte regungslos zu.

»Ivan hat den Pokal an sich genommen und einen Herzanfall bekommen«, fuhr ich fort, »darum hat er das teure Stück seinem alten Freund, meinem Onkel Robert Kinloch, anvertraut. Die beiden kamen überein, daß ich den Pokal verwahren sollte, doch vertrauensvoll, wie sie sind, haben sie in Gegenwart Dritter davon gesprochen, mit dem Erfolg, daß vier Männer bei mir anklopften, um den Pokal zu stehlen.«

»Er ist also weg?«

»Nein. Er war nicht da. Ich hatte ihn noch nicht. Die vier haben mich aber, ehm... etwas grob angefaßt.«

»Das Veilchen vorige Woche? Ihr Zusammenzucken?«

»Mhm... Der Pokal ist sozusagen noch im Spiel, und ich würde nicht die Hand dafür ins Feuer legen, daß Desmond Finch ihn der Brauerei zurückgibt, falls er ihn in die Finger bekommt.«

»Wenn das mal nicht üble Nachrede ist – was soll er denn damit?«

»Ich denke, er würde es für vertretbar oder sogar für richtig halten, ihn Patsy Benchmark auszuhändigen.«

Margaret Morden staunte mit offenem Mund.

Ich seufzte. »Patsy hat gehört, wie ihr Vater und mein Onkel übereinkamen, mir den Pokal zu geben.«

»Mein Gott. Aber... sie würde Ihnen doch wohl keine Schläger auf den Hals schicken.«

»Kann sein. Kann auch nicht sein. Aber was ist mit Surtees, ihrem Mann?«

Margaret sagte mit entsetztem Augenausdruck: »Wie der sich bei der Versammlung gestern aufführte, wäre ihm alles zuzutrauen. Aber merkwürdigerweise haben seine verbalen Ausfälle und Mrs. Benchmarks böses Urteil, daß Sie nichts als ein raffgieriger Abenteurer ohne Skrupel seien, *gegen* die beiden und *für* Sie gearbeitet. Als sie fort waren, hat sich der Vorstandsvorsitzende der Bank voll hinter Sie gestellt, und er hat auch auf die Durchführung des Rennens gedrängt. Die Bank würde die Mittel bereitstellen.«

Ich wußte nicht, was ich sagen sollte.

»Zum Glück übersteigen King Alfreds Außenstände diese Woche die Betriebskosten. Die Lohnschecks gehen raus und werden eingelöst. Sie müssen die Beschlüsse, die gestern getroffen wurden, noch unterschreiben, aber dann kann Tobias Tollright die Bilanz testieren, und die King-Alfred-Brauerei bleibt im Geschäft.«

Ich stand auf, ohne etwas zu sehen, trat an ihr Fenster und hörte ihre Stimme hinter mir: »Al?«

»Mhm?«

»Ich dachte, Sie würden sich freuen.«

Da ich ihr nicht antwortete, kam sie fragend zu mir. Ich legte die Arme um sie und drückte sie an mich und fand schließlich auch die Worte, um ihr in einer mehr geschäftsmäßigen Form zu danken.

Sie sagte: »Der Bankdirektor meint, Sie handeln ohne jeden Eigennutz.«

»Er irrt sich. Was der Brauerei nützt, nützt Ivan, was Ivan nützt, nützt meiner Mutter, und das nützt mir.«

»Ja wenn das so ist«, sagte sie mit gespieltem Ernst.

Sie breitete die Vertragsurkunden auf dem Tisch aus, zeigte mir, wo ich unterschreiben sollte, und holte ihre Sekretärin als Unterschriftszeugin hinzu. Alle Gläubiger, sagte sie, würden eine mit meinen Initialen abgezeichnete Kopie davon erhalten, ebenso wie Ivan und Tobias und die Brauerei in Gestalt von Desmond Finch.

Während die Kopien abgezogen wurden, fragte sie mich, wieso Ivan und mein Onkel beschlossen hatten, den Pokal mir anzuvertrauen. Wieso Alexander auf seinem Berg?

Ich sagte, daran sei vermutlich Prinz Charles Edwards Schwertgriff schuld, und erzählte ihr von der alten Ehre der Kinlochs und den laufenden Meinungsverschiedenheiten zwischen meinem Onkel und der Schloßverwaltung.

»Ich fürchte«, sagte ich leichthin, »wegen der Unvorsichtigkeit zweier Männer, die mir niemals wissentlich schaden würden, hat es sich inzwischen herumgesprochen, daß ich vielleicht weiß, wo der King-Alfred-Goldcup steckt, vielleicht auch nicht, daß ich auf jeden Fall aber den ungleich wertvolleren goldenen Schwertgriff der Kinlochs in Verwahrung habe, der nicht bloß historisch einmalig ist, sondern nur so von Smaragden und Rubinen strotzt.«

»Al!«

»Es scheint also an der Zeit, den an jemand anders weiterzugeben.«

»Auf der Stelle!«

Auf der Stelle. Aber an wen?

Nicht an James; und Andrew war zu jung.

Höchstselbst mußte das entscheiden.

Margarets Sekretärin brachte die Vertragskopien, die ich allseitig mit meinen Initialen versehen sollte, und ich fragte Margaret, ob es mit dem Protokoll vereinbar sei, wenn sie mit Tobe und mir in einem Pub zu Mittag esse.

Sie sagte nicht nein, Tobe, den ich anrief, sagte ja, und so saßen wir bald an einem kleinen Tisch in einer stillen dunklen Ecke und stießen mit einem guten Bordeaux auf das Überleben der Brauerei an.

»Sie hatten angedeutet, daß Ihnen etwas komisch vorkommt«, sagte ich zu Margaret. »Darf unser Prüfer das hören?«

Margaret faßte Tobias ins Auge und nickte langsam. »Vielleicht weiß er Rat.«

»Was ist denn komisch?« fragte er, seine Taschen nach Zahnstochern durchwühlend. »Hat es mit den Aussichten der Brauerei zu tun?«

»Nein, mit ihrer Vergangenheit.«

Seine Suche war vergebens. Er ging zum Tresen und kam mit einer ganzen Dose Zahnstocher zurück. »Dann mal los«, sagte er. »Wo hakt's?«

»Ich glaube«, sagte Margaret Morden zögernd, »Norman Quorn hat einen Vorversuch gemacht.«

Tobias kniff die Augen zusammen. »Einen was?«

»Ich hatte Sie doch um die Bücher der letzten fünf Jahre gebeten, nicht wahr?«

»Und die haben Sie auch bekommen.«

Margaret nickte. »Tadellose Arbeit. Aber irgend etwas roch mir da nach einer Badetuch-Hotel-Geschichte, bloß, daß sich der Kreis damals geschlossen hat, was normalerweise eben nicht passiert und auch diesmal nicht passiert ist.«

»Da komme ich nicht mit«, sagte ich. »Was ist eine Badetuch-Hotel-Geschichte?«

Ich sah fragend zu Tobias, doch er schüttelte den Kopf. »Nie gehört.«

Margaret erklärte es lächelnd. »Die Idee kam mir eines

Tages im Urlaub, beim Sonnenbad an einem belebten Hotelpool. Die Leute legten ihr Badetuch auf einen Liegestuhl und gingen weg und ließen es da manchmal stundenlang, dann kamen sie wieder und nahmen es mit... und keinem Hotelangestellten wäre es eingefallen, zu fragen, wem das Handtuch gehört. Verstehen Sie?«

»Nein«, sagte ich, aber Tobias nickte nachdenklich.

»Angenommen, Sie sind Norman Quorn«, sagte Margaret, »und Sie wollen sich auf Ihre alten Tage jeden Luxus leisten, den Sie Ihr Lebtag entbehrt haben – nicht bloß ein Häuschen an der Südküste, wo Sie dann jeden Penny zweimal umdrehen, sondern Kreuzfahrten um die Welt, einen dicken neuen Schlitten, ein juwelenbehängtes Liebchen, Kaviar und abends eine Runde im Kasino, oder wovon ein verknöcherter alter Junggeselle sonst so träumt. Angenommen, Sie haben die glorreiche Idee, sich einen alles überstrahlenden Lebensabend zu finanzieren, und Sie wissen, wie einfach, schnell und unpersönlich sich heutzutage Geld um die Welt drahten läßt... dann eröffnen Sie hier und da ein kleines Bankkonto... Sie bestellen sozusagen Hotelzimmer... und hin und wieder lassen Sie vorübergehend ein Badetuch auf einem Liegestuhl... dann gehen Sie damit in ein anderes Hotel... und niemand achtet groß darauf, weil das Badetuch nicht verlorengeht und wieder gut zu Hause ankommt.«

»Aber eines Tages eben nicht«, sagte Tobias. »Ich habe seine Spur in Panama verloren.«

Wir tranken den kräftigen roten Wein und bestellten zu gebackenem Brie und Preiselbeeren noch eine halbe Flasche nach.

Margaret war von ihrer Arbeit fasziniert. »Fast jeder merkt, wenn die Pleite auf ihn zukommt«, sagte sie, »und fast alle machen den verhängnisvollen Fehler, ihre kostbarsten Güter beiseitezuschaffen, bevor sie den Laden anzünden. Versicherungsbetrug ist der schlechteste Weg aus dem Bankrott. Das klappt niemals. Solche Fälle übernehme ich auch nicht. Geht in den Knast, sage ich, und brummt eure Strafe ab. Die meisten Insolvenzen gehen auf Pech, falsche Geschäftsführung und den Wandel der Zeit zurück. Der Vorjahresrenner wird zum letzten Flop. Und manchmal erscheint so ein Norman Quorn. Einfallsreich, vorsichtig. Ein kleiner Probelauf, um die Hotels an die Ankunft seines Badetuchs zu gewöhnen... und sie lassen das Tuch ein, zwei Tage am Pool liegen und schicken es anstandslos weiter, wenn die Anweisung stimmt – wenn die Codenummern, die Unterschriften stimmen... klasse gemacht.«

»Und niemand stellt Fragen?« sagte ich.

»Natürlich nicht. Das sind doch weltweit Millionen von Transaktionen täglich. Hotelgäste kommen und gehen zu Hunderttausenden.«

»Und Badetücher«, grinste Tobias, »kommen in die Wäscherei.«

Ich ging zu Young & Uttley. Weder Mr. Young (Schnurrbart, Anzug, Hut) noch Mr. Uttley (Ball und Trillerpfeife) waren im Büro, und auch der Skinhead nicht. Nur eine Sekretärin saß allein an einem Computer, eine junge Frau mit lockigen braunen Haaren, einem weiten hellblauen Pullover, schwarzer Strumpfhose und kurzem schwarzen Rock, die Lippen und die Fingernägel scharlachrot.

Sie warf mir einen flüchtigen Blick zu, sagte: »Kann ich Ihnen helfen?« und arbeitete weiter.

»Tja...«, ich sah sie mir genau an, »Sie können mir mal sagen, weshalb Sie dafür gesorgt haben, daß Surtees Benchmark auch ja mitkriegt, daß Sie ihn beschatten.«

Die fleißigen Finger hielten still. Die lebhaften Augen sahen mir ins Gesicht. Die vertraute männliche Stimme sagte gereizt: »Scheiße, wie haben Sie es gemerkt?«

»An den Augenhöhlen.«

»Was?«

»Ich zeichne Leute. Da sehe ich mir die Gesichtsform an. Ihre Augenhöhlen liegen auf eine bestimmt Art schräg. Außerdem haben Sie Männerhandgelenke. Sie sollten Rüschen tragen.«

»Sie können mich mal.«

Ich lachte. »Warum haben Sie denn nun zugelassen, daß Surtees Sie sieht?«

»Zugelassen? Sie haben recht, er konnte mich gar nicht übersehen, dem wurde ganz anders. Es ist nämlich so: Wenn jemand weiß, daß er verfolgt wird, nimmt er sich schwer in acht, und wenn er dann seinen Schatten *nicht* sieht, denkt er, die Luft ist rein, und zieht sofort das Ding durch, auf das man sonst vielleicht noch Wochen hätte warten können, und sonst würde man auch gar nicht schnallen, was nach seiner Meinung jeder sehen darf und was er wirklich geheimhalten will. Richtig?«

»Leuchtet ein.«

»Also hab ich ihn auf den Skinhead angespitzt.«

»Damit er danach Ausschau hält«, vermutete ich, »und eine Sekretärin mit dunkler Perücke gar nicht bemerkt?«

»Genau.«

»Was hat die Sekretärin gesehen?«

»Ah.« Young-Uttley (und Co.) genoß die Antwort. »Der gute Surtees hat eine Frau daheim, die ihn an der kurzen Leine hält. Manche Männer lassen sich ja gerne gängeln, das bestreite ich nicht, aber mittwochnachmittags leitet die Dame offenbar die Versammlungen eines Frauenaktionskomitees am Ort, und dann braust ihr Alter nach Guildford zu seinem Geschäftspartner. Anscheinend verwaltet Surtees ein Gestüt, das zur Hälfte seiner Frau und zur Hälfte jemand anderem, eben dem Partner, gehört. Am gestrigen Mittwochnachmittag jedenfalls fährt Surtees ein paarmal im Kreis und schaut sich nach dem Skinhead um, und als er es für unbedenklich hält, kurvt er nicht zu irgendeinem Büro, sondern zu einem Reihenhaus am Guildforder Stadtrand. Das heißt, er parkt eine Straße weiter und sieht sich nach allen Richtungen vorsichtig um – blöder geht's nicht –, und dann spaziert er zu dem Häuschen und schließt sich statt zu klingeln selbst die Tür auf.«

Ich seufzte.

»Wollen Sie nichts davon hören?«

»Doch, aber mir wäre lieber, er hätte vier Schläger in einem Fitneßcenter besucht.«

»Nichts zu machen. Jedenfalls hat Mr. Young gestern dem Haus in Guildford einen Besuch abgestattet, sobald Mr. Surtees wieder draußen war.«

»Mr. Young mit Anzug, Hut und Schnäuzer?«

Er nickte. »In vollem Staat.«

»Und?«

»Und da wohnt ein armes Luder, das sich von Pfeifen

wie Surtees vor dem Geschlechtsverkehr übers Knie legen läßt.«

»Verdammt.«

»Nicht, was Sie sich erhofft haben?«

»Zu einfach.«

»Soll ich weitermachen?«

»Ja.« Ich zog ein in Folie gewickeltes Päckchen aus der Tasche und gab es ihm. »Die Brille hier hat einer der vier Räuber liegenlassen. Der Stärke nach ist das so eine, die man zum Lesen abnimmt. Viel bringen wird's kaum, aber sonst haben sie nichts dagelassen.«

Er/sie packte bedächtig die Brille aus.

»Schauen Sie auch mal«, sagte ich, »was Sie über einen Goldschmied namens Maxim in Erfahrung bringen können, der um 1850 oder 60 herum in London tätig war.«

Nach einem kurzen Aufblicken sagte er: »Sonst noch was?«

»Taugen Sie auch als Leibwächter?«

»Das kostet extra.«

Ich zahlte ihm noch einen Wochenvorschuß. Spesen und Zulagen, sagte er, kämen zum Schluß drauf.

8

Als Ivan die Gläubigerbeschlüsse auf dem Tisch ausbreitete und sie Blatt für Blatt auf den Schoß nahm, um sie durchzulesen, schien er nur wenig erleichtert.

Als dann aber meine Mutter ins Zimmer kam, hob er den Kopf und lächelte sie an, und zum erstenmal seit seinem Anfall wichen die Sorgenfalten von ihrer Stirn. Sie erwiderte sein Lächeln mit der Vertrautheit und Verbundenheit, die eine gute Ehe auszeichnen, und ich dachte unwillkürlich, wenn der Bankhäuptling diesen Blickwechsel gesehen hätte, würde er ihn als hinreichenden Lohn für alles, was ich getan hatte, betrachten.

»Unser Sohn«, sagte Ivan (und normalerweise war ich »*dein*« Sohn), »hat die Brauerei zu bitterarmer Knechtschaft verurteilt.«

»Aber...«, fragte meine Mutter, »was freut dich daran?«

Er griff nach einem blau eingeschlagenen Packen Papier und winkte damit.

»Das«, sagte er, »ist unsere Jahresbilanz. Tobias Tollright hat sie testiert. Damit bleiben wir im Geschäft. Die Zahlungsbedingungen der Gläubiger sind hart, sehr hart, aber annehmbar. Wir sollten wieder auf die Beine kommen. Und sie haben das Rennen in Cheltenham genehmigt! Ich war sicher, das müßten wir abblasen. Der Pokal und Golden

Malt sind aber immer noch gefährdet... die gebe ich nicht her. Wir *müssen* die Zahlungen einhalten. Den Absatz steigern... Ich werde eine Vorstandssitzung einberufen.«

Man sah ihm richtig an, wie seine Entschlossenheit zurückkehrte.

»Gut gemacht, Alexander«, sagte er.

Ich schüttelte den Kopf. »Bedank dich bei Mrs. Morden. Das ist allein ihr Werk.«

Wir verbrachten einen angenehmen Abend zu dritt miteinander, doch am Morgen war Ivans Hochgefühl weitgehend verschwunden, und er beklagte, daß die Aktionäre der Brauerei in den nächsten drei Jahren kaum Dividenden erhalten würden. Dabei dachte er allerdings nicht an sich selbst, obwohl er mit Abstand die meisten Anteile besaß, sondern an die Witwen und Angehörigen verstorbener Aktionäre aus der Zeit, bevor er geerbt hatte. Einige Witwen, sagte er, lebten von ihren Dividenden.

»Wenn du bankrott gegangen wärst«, erinnerte ich ihn, »müßten sie froh sein, überhaupt was zu kriegen. Eine kleine Abfindung, und Dividenden gäbe es nie mehr.«

»Trotzdem...«

Ich hatte gehofft, er fände die Energie, sich anzuziehen, doch statt dessen bangte er um die Witwen. »Vielleicht kann ich ja ihre Heizkosten diesen Winter aus meiner Tasche bezahlen...«

Meine Mutter streichelte ihm zärtlich die Hand.

Da sein Testamentsnachtrag seit gestern stand, hatte ich angenommen, er habe seinen Anwalt benachrichtigt, doch offenbar hatte er vergessen, den Termin abzusagen, und Oliver Grantchester erschien pünktlich um zehn mit seiner

Polterstimme, seiner wuchtigen Gestalt und seiner raumfüllenden Präsenz, die geduckte Miranda im Schlepptau.

Ivan stammelte verlegen eine Entschuldigung, die an Grantchesters Ohr vorbeiging.

Der Anwalt musterte mich ungnädig und sagte Ivan, ich würde nicht gebraucht. Er deutete auf mich und dann auf die Tür, eine unmißverständliche Aufforderung. Ich wäre vielleicht sogar gegangen, doch in dem Augenblick erschien Patsy wie ein Schiff mit vollen Segeln, und Surtees zuckelte blöd hinter ihr her.

Surtees, der Zuchtmeister: armselig, schwach und bösartig.

»Wenn du einen Testamentsnachtrag schreibst, Vater, will ich sicher sein, daß Alexander« – Patsy spuckte den Namen aus – »davon nicht profitiert.«

»Mein Liebes«, erwiderte Ivan freundlich, »ich schreibe heute morgen keinen Testamentsnachtrag. Das hat sich erledigt.«

»Aber du wolltest doch... du hast doch Oliver bestellt...«

»Ja, ich weiß, und leider habe ich vergessen, ihm Bescheid zu geben, aber den Testamentsnachtrag habe ich gestern aufgesetzt. Das ist erledigt. Wir können jetzt in Ruhe einen Kaffee trinken.«

Ivan war naiv, wenn er glaubte, das Donnerwetter lasse sich mit Kaffee abwenden. Patsy und Oliver schimpften ihn aus. Meine Mutter stellte sich schützend neben ihn. Surtees starrte mich an, als hätte sein Denkapparat sich festgefressen.

»Das ist ganz einfach«, polterte Grantchester. »Sie zerreißen den Nachtrag von gestern und schreiben ihn neu.«

Ivan sah mich hilfesuchend an. »Aber ich brauche doch keinen neuen«, sagte er, »oder?«
Ich schüttelte den Kopf.
Der Beschuß ging weiter. Ivan, hart bedrängt, blieb dennoch bei seinem Standpunkt: Der Nachtrag sei geschrieben, er entspreche seinem Willen, und es sei unnötig, ihn neu zu schreiben.
»Lassen Sie mich wenigstens prüfen, ob er juristisch haltbar ist«, sagte Grantchester.
Ivan antwortete ihm mit einiger Schärfe, er könne selbst beurteilen, ob eine Urkunde ordnungsgemäß ausgefertigt sei, und sein Testamentsnachtrag sei es.
»Aber vielleicht kann ich ihn mal sehen...?«
»Nein«, sagte Ivan mit höflichem Bedauern.
»Ich verstehe Sie nicht.«
»Ich schon«, fuhr Patsy auf. »Es ist ganz offensichtlich, daß Alexander dich manipuliert, Vater, und du in deiner Blindheit siehst nicht, daß alles, was er tut, darauf abzielt, mich als deine Erbin zu verdrängen.«
Ivan sah mich so unschlüssig und gequält an, daß ich wortlos den Raum verließ, hinauf in das Zimmer ging, in dem ich geschlafen hatte, und meine paar Sachen für die Abreise zusammenpackte. Ich hatte mein Bestes für die Brauerei getan – für Ivan, für meine Mutter –, doch der größte Unterschied zwischen meinem Stiefvater und mir waren seine dauernden plötzlichen Stimmungsumschwünge und Meinungsänderungen, und mochte er auch ein guter und ehrlicher Mensch sein, so wußte ich doch morgens nicht, was er mittags von mir hielt.
Seit er krank war, hatte es so ausgesehen, als sei er von

meinen guten Absichten überzeugt, als vertraue er auf meine Redlichkeit und nutze sie, aber es war doch nur eine schwache Überzeugung gewesen.

Von unten drang immer noch Geschrei herauf, obwohl ich gedacht hatte, wenn ich weg sei, würde Patsy wenigstens aufhören, ihren Vater auszuschelten.

Ich trat ans Fenster, schaute auf den Regent's Park und merkte erst, daß meine Mutter heraufgekommen war, als ich ihre Stimme hinter mir hörte.

»Alexander, Ivan braucht dich.«

Ich drehte mich um. »Ich kann nicht. Ich streite nicht mit Patsy.«

»Es ist nicht allein Patsy. Jetzt ist auch der Geschäftsführer der Brauerei da. Desmond Finch. Ivan hält große Stücke auf ihn, aber er ist ein furchtbarer Pedant, und wegen jeder Kleinigkeit läuft er zu Patsy. Sie reden alle – brüllen alle – auf Ivan ein, daß deine Abmachungen mit den Gläubigern das letzte sind und daß sie alles besser hingekriegt hätten, und sie wollen, daß er deine Vollmacht rückwirkend widerruft, damit deine Unterschriften nichtig sind.«

»Hat Ivan gesagt, du sollst mich holen?« fragte ich.

»Nein. Aber gestern abend war er so froh...«

Ich seufzte und legte den Arm um ihre schlanke Taille. »Und«, sagte ich, »er kann meine Unterschrift nicht für ungültig erklären.«

Wir gingen nach unten. Ivan sah gehetzt aus, von der Meute bedrängt. Sie alle waren sauer über meine Rückkehr, und ich sah einen nach dem anderen an und versuchte mir ihre Feindseligkeit zu erklären.

Patsy, groß, gut aussehend, hitzig und obsessiv, war

meine unversöhnliche Feindin seit dem Tag, an dem sich ihr Vater in meine Mutter verliebt hatte. Junge Frauen, die stark an ihrem verwitweten Vater hängen, hassen für gewöhnlich die Person, die von ihm Besitz ergreift und sie verdrängt, aber Patsys Zorn hatte die harmlos liebe Stiefmutter übersprungen und sich ein für allemal auf mich gerichtet. Hätte sie jemals nüchtern darüber nachgedacht, hätte sie einsehen müssen, daß ich ihr nie etwas genommen hatte, schon gar nicht die Liebe ihres Vaters, aber sie ließ sich ganz von ihren Leidenschaften leiten, und nach zwölf Jahren permanenten Abscheus glaubte ich nicht, daß ihre Einstellung sich noch ändern würde.

Sie hatte Surtees zwei Jahre nach der Wiederheirat ihres Vaters geheiratet und mit dem schwachen, gutaussehenden Hohlkopf einen Ehepartner gewählt, der sich ihr unterordnete.

Surtees stand hinter Ivans Sessel; er war für mich ein Mensch, der immer einen solchen Schutzschild brauchte, der nie den Mut haben würde, sich offen hinzustellen und zu sagen: »Hier bin ich. Nehmt mich, wie ich bin.« Patsy hatte einen Mann geheiratet, den sie kommandieren konnte, und es war schlecht für sie beide gewesen.

Desmond Finch zu verstehen fiel mir nicht so leicht. Er stand da und starrte mich an, dünn, aggressiv, mit ruckartigen kleinen Kopfbewegungen, bei denen seine großen, silbergerahmten Brillengläser blitzten und sein Adamsapfel auf und ab hüpfte. Ich hatte keinen Grund, die allgemeine Einschätzung, daß er ein tüchtiger und engagierter Mitarbeiter sei, in Zweifel zu ziehen, aber die Einschätzung, daß man ihm sagen mußte, was zu tun war, teilte ich auch. Es schien offensichtlich, daß er nach Patsys Pfeife tanzte – und offensichtlich hatte er sich keinen objektiven Überblick über die Misere der Brauerei verschafft, obwohl von ihrer finanziellen Gesundung doch seine ganze Laufbahn abhing.

Beschränkt, dachte ich. Auch im übertragenen Sinn kurzsichtig. Jemand, der mit den Wölfen heult. Keiner, der als erster rangeht.

Und Oliver Grantchester? Er hatte mich nie gemocht; ich ihn auch nicht.

Da stand er: feindselig, massig, angehend kahl, Ivans alter Rechtsberater, klug, erfahren – und derart behext von Patsy, daß er mir immer mißtraute, schlecht von mir dachte und sich mir in den Weg stellte.

Ivan sagte matt: »Hättest du nicht mehr für die Brauerei herausholen können, Alexander?«

Ich lächelte grimmig. »Die Brauerei hängt mir zum Hals raus«, sagte ich. »Laß doch Patsy auf die Gläubiger los, Ivan. Dann macht sie eben kaputt, was sie erben soll. Was kümmert's mich? Es ist deine Brauerei. Sie ist gerettet; sie hat Probleme, die grundsätzlich gelöst sind, aber das läßt sich auch schnell wieder vermasseln. Ich bin Maler, und ich werde jetzt wieder ans Malen gehen, und damit tschüs ... und eine schöne Zeit noch.«

Ivan sagte unglücklich: »Alexander ...«

»Für dich«, sagte ich unverblümt, »habe ich meine Haut zu Markte getragen, und ich habe gebettelt, verhandelt und gefeilscht, um deinen guten Namen zu retten. Weil du mir den Pokal geschickt hast« – und ich blickte zu Patsy und Surtees, die glotzten wie Ölgötzen –, »bin ich windelweich geprügelt worden. Und jetzt reicht es mir. Für meine Mutter werde ich weiterhin alles tun, aber sonst ist jetzt Schluß. Mach, was du willst, Ivan. Nur ohne mich.«

Meine Mutter sagte kaum hörbar: »O nein... *bitte,* Alexander«, und Ivan sah völlig überfordert aus.

Grantchester sagte gewichtig: »Wir wissen von Ivan, daß daß er Ihnen den Testamentsnachtrag anvertraut hat. Nun sieht er ein, daß dies ein Fehler war. Geben Sie ihn also bitte heraus.«

In die darauf folgende Stille hinein sagte ich: »Ivan?«

Seine Augen waren ganz in ihre Höhlen eingesunken. Ich begriff, in welch unmöglicher Lage er sich befand: Sein Vertrauen zu mir war eine Absage an seine Tochter; eine Absage, die ich nicht erzwingen durfte, selbst wenn ich es gekonnt hätte.

»Ich hole ihn«, sagte ich, um ihm die Entscheidung abzunehmen. »Er ist oben.«

Ich ging hinauf, holte den zugeklebten Umschlag und gab ihn Ivan, als ich wieder nach unten kam.

»Den nehme ich«, sagte Grantchester gebieterisch, doch Ivan legte den Umschlag auf seine Knie, verschränkte die Hände über ihm und schüttelte den Kopf.

»Ich behalte ihn hier, Oliver«, sagte er.

»Aber –«

»Dann kann ich ihn zerreißen, wenn ich es mir anders überlege.«

Ich lächelte in Ivans kummervolle Augen und sagte ohne Nachdruck, ich würde noch für eine oder zwei Stunden oben sein, falls er mich brauchte.

»Er braucht dich nicht«, zischte Surtees. »Niemand braucht dich.«

Ich zuckte die Achseln, beantwortete den flehenden Blick meiner Mutter mit einem Kopfschütteln und ging nach oben, wo ich zum Fenster hinaussah und wartete.

Das Geschrei unten ging weiter, doch schließlich verließen die wütenden Stimmen Ivans Arbeitszimmer, wanderten ins Erdgeschoß und entschwanden durch die Haustür. Als alles ruhig war, ging ich über den Flur zur Treppe und sah Ivan vom unteren Flur zu mir heraufschauen. Er winkte nach seinem Arbeitszimmer, eine eindeutig auffordernde Handbewegung, und so ging ich zu ihm hinunter und setzte mich ihm gegenüber in den gewohnten Sessel.

Meine Mutter, die ebenso gebrechlich wirkte wie ihr Mann, trat zu ihm und berührte ihn, wie um ihm Kraft zu geben.

Er fragte mich: »Hast du es wirklich satt?«

Als Antwort fragte ich zurück: »Hast du die Vollmacht widerrufen?«

»Ich... ich weiß nicht, was ich tun soll.«

»Er hat nicht widerrufen«, sagte meine Mutter. »Ivan, sag Alexander... *bitte* Alexander, dich weiter zu vertreten.« Und zu mir gewandt: »Laß uns nicht im Stich.«

Vorhin erst hatte ich versichert, für meine Mutter würde ich alles tun. Und was war schon dabei, zu bleiben und ein paar Beleidigungen wegzustecken? Alles in mir sträubte sich dagegen.

»Was meintest du damit, daß man dich verprügelt hat?« fragte Ivan.

»Das blaue Auge vor acht Tagen...«

Er runzelte die Stirn. »Keith Robbiston meinte, du seist verletzt.«

Ich erzählte ihnen von dem Überfall. »Ich wollte dich nicht beunruhigen, als du so krank warst... deshalb habe ich das verschwiegen.«

»O mein Gott«, sagte er, »was habe ich bloß angerichtet?«

»Das läßt sich alles wieder ausbügeln.«

Ich goß Cognac in zwei Gläser, die auf einem Tablett bereitstanden, und gab das eine meiner Mutter, das andere Ivan. Beide tranken ohne Widerrede, als hätten sie eine Arznei bekommen.

»Wenn du alles läßt, wie es ist«, sagte ich zu Ivan, »müßte die Brauerei in drei Jahren schuldenfrei sein. Daß einige Bedingungen hart sind, weiß ich. Das geht nicht anders. Der Schuldenberg ist wirklich riesig. Mrs. Morden hat fabelhafte Arbeit geleistet, aber sie sagt, die Zukunft hängt weitgehend davon ab, daß ihr an eurem derzeitigen Braumeister und eurem tatkräftigen Geschäftsführer Desmond Finch festhaltet. Auf mich würde Desmond Finch nie und nimmer hören, aber er ist es gewohnt, deine Anweisungen zu befolgen. Also bitte, Ivan, geh wieder in die Brauerei und sag ihm, wo's langgeht.«

Mein Stiefvater nickte entschlossen. Aber wie lange, dachte ich mürrisch, würde sich diese Entschlossenheit halten?

Das Telefon klingelte. Da Ivan mir bedeutete, ranzugehen, nahm ich den Hörer ab.

Eine selbstbewußte Stimme sagte: »Kriminalassistent Thompson von der Kripo Leicestershire. Ich möchte Sir Ivan Westering sprechen.«

Ivan indessen wollte wieder, daß ich ihm die Sache abnahm. Ich erklärte, daß Sir Ivan einen Herzanfall hinter sich habe, und bot meine Dienste an.

»Und wer sind Sie, Sir?«

»Sein Sohn.« Nun ja, dicht dran.

Nach einer Pause meldete sich eine andere, ebenso selbstbewußte Stimme, die sich als Chefinspektor Reynolds vorstellte.

»Worum geht es?« fragte ich.

Die Stimme fragte zurück, ob Sir Ivan einen gewissen Norman Quorn kenne.

»Ja.«

Eine nüchterne Erklärung folgte. Ich hörte gebannt zu. Seit vierzehn Tagen sei die Polizei von Leicestershire um die Identifizierung eines Toten bemüht, und nun habe sie Grund anzunehmen, daß es sich dabei um einen Mr. Norman Quorn handelte. Um Zweifel an der Identität auszuschließen, hoffe die Polizei jetzt auf die Mithilfe von Sir Ivan Westering als Mr. Quorns langjährigem Arbeitgeber.

Mit stockendem Atem sagte ich: »Hat er denn keine Angehörigen?«

»Nur eine Schwester, Sir, und die… kann nicht. Die Leiche ist halb verwest. Die Schwester gab uns den Namen von Sir Ivan. Deshalb wären wir Ihnen verbunden…«

»Es geht ihm nicht gut«, sagte ich.

»Dann vielleicht Sie?«

»Ich habe ihn nicht gekannt.« Aber ich überlegte kurz. »Ich sage meinem Vater Bescheid. Kann ich Sie zurückrufen?« Er gab mir eine Nummer, die ich aus Gewohnheit auf die Unterseite der Taschentuchschachtel schrieb. »Gut«, sagte ich, »fünf Minuten.«

So sachlich wie möglich teilte ich Ivan die Neuigkeit mit.

»Norman!« sagte er ungläubig. »*Tot?*«

»Sie möchten Gewißheit haben. Deswegen sollst du hinkommen.«

»Dann komme ich mit«, sagte meine Mutter.

Ich rief den Chefinspektor an, sagte ihm, ich würde Ivan zu ihm bringen, und notierte die Fahrroute, die er angab, wieder auf der Taschentuchschachtel.

Schließlich fuhren wir dann zu viert mit Ivans aus der Tiefgarage geholtem Rover nach Leicestershire, Ivan und meine Mutter im Fond, Wilfred vorn neben mir, eine Notapotheke mit Herztabletten auf dem Schoß. Wilfred las die Wegbeschreibung von der Taschentuchbox ab, so daß wir am frühen Nachmittag zu einem nichtssagenden Gebäude in Leicester kamen, das eine Leichenhalle und Untersuchungslabors beherbergte.

Der Chefinspektor empfing uns, gab Ivan, meiner Mutter und mir die Hand und war von Wilfreds Präsenz und pflegerischen Vorkehrungen so beeindruckt, daß er fürsorglich wurde. Ivan sah in Schlips und Kragen fast noch grauer aus als in seinem Hausmantel.

In der kleinen Rezeption, die zugleich als Wartezimmer diente, weinte eine dicke Frau sich an der Schulter einer ebenso dicken, sie tröstenden Polizeibeamtin aus. Der Chefinspektor bat uns zu warten, während er mit Ivan zu dem Toten ging, doch da Ivan meinen Arm umklammerte und nicht ohne mich gehen wollte, gab er nach und nahm mich ebenfalls mit.

Wir bekamen Einwegkittel, Handschuhe, Überschuhe

und Mundschutz. Offenbar konnten die Toten die Lebenden anstecken.

Ich war noch nie an einem solchen Ort gewesen, doch er war von Filmen her merkwürdig vertraut. Am Ende eines Ganges kamen wir in einen weißgestrichenen, sauberen Raum mittlerer Größe, der hell erleuchtet war und nicht unangenehm nach Desinfektionsmitteln roch. Auf einem hohen, zentral stehenden Tisch lag eine stumme Gestalt unter einem weißen Laken.

Ivans Hand zitterte auf meinem Arm, doch das Bewußtsein der Bürgerpflicht siegte. Er sah ruhig auf das weiße Gesicht, das ein Leichenhauswärter mit Kittel und Mundschutz enthüllte, indem er das Laken zurückschlug, und sagte: »Ja, das ist Norman.«

»Norman Quorn?«

»Ja, Chefinspektor. Norman Quorn.«

»Danke, Sir.«

Ich fragte: »Woran ist er gestorben?«

Eine Pause entstand. Der Kriminalbeamte und der Leichenhauswärter gaben sich mit den Augenbrauen Zeichen, die ich nicht entschlüsseln konnte, dann schätzte der Inspektor Ivans und meine körperliche Verfassung ab und traf eine Entscheidung.

»Ich bringe Sie zu Ihrer Frau zurück, Sir«, sagte er, indem er Ivan elegant den Arm bot, und führte ihn weg, damit ich die Antwort auf meine Frage bekommen konnte.

Der Leichenhauswärter stellte zunächst einmal klar, daß er der Pathologe war, der die Obduktion durchgeführt hatte.

»Ach herrje«, sagte ich.

»Schon gut.« Er zog lässig den Mundschutz herunter, und ein fähiges junges Gesicht kam zum Vorschein.

»Also... woran ist er gestorben?« fragte ich.

»Wir wissen es nicht genau.« Er zuckte die Achseln. »Eine offensichtliche Todesursache haben wir nicht. Keine Schußwunde, kein Messerstich, kein Schädelbruch, keine Würgemale, kein Haushaltsgift. Kein Hinweis auf Mord. Er war seit ungefähr zwei Wochen tot, als man ihn fand. Und er ist nicht am Fundort gestorben, das war ein Müllhaufen. Ich habe ihn *in situ* gesehen. Er wurde nach dem Tod da abgeladen.«

»Tja ...«, ich runzelte die Stirn, »war er einfach nur krank? Herzanfall? Schlaganfall? Lungenentzündung?«

»Wenn, dann eher das erste oder zweite, obwohl sich das nicht mit Sicherheit sagen läßt. Aber etwas ist ungewöhnlich...« Er zögerte. »Als wir seiner Schwester das gezeigt haben, fiel sie in Ohnmacht.«

»Ich bin nicht seine Schwester.«

»Nein.«

Er schlug das Laken bis zur Taille des Toten zurück, so daß die dunklen Verfärbungen der Verwesung sichtbar wurden und die Bemühungen, die radikalen Schnitte der Leichenöffnung zu kaschieren. Ich fand es nicht verwunderlich, daß die Schwester ohnmächtig geworden war, und hoffte, ich würde es ihr nicht nachtun.

»Sehen Sie sich seinen Rücken an«, verlangte der Arzt, ergriff mit den behandschuhten Händen die Schultern des Toten und wälzte ihn halb zu sich herum.

Die dunkel verfärbte Haut wies gut ein Dutzend Reihen dunkler Male auf und einige weiße Flecke.

Der Arzt ließ die Leiche wieder sinken.

»Das Weiße – haben Sie's gesehen? – sind seine Rippen.«

Mir war übel, und ich schluckte.

Der Arzt sagte: »Die dunklen Male sind Verbrennungen.«

»*Verbrennungen?*«

»Ja. Haut und Fleisch sind an einigen Stellen bis auf die Rippen weggebrannt. Er muß bei seinem Tod auf etwas sehr Heißes gefallen sein. Etwas wie einen Rost. Es kommt vor, daß Leute so auf Heizgeräte fallen. Furchtbare Verbrennungen manchmal. So sieht das hier aus. Was denken Sie?«

Mein Hauptgedanke war, so schnell wie möglich die Leichenhalle zu verlassen.

»Er trug ein Nylonhemd«, sagte der Pathologe im Plauderton, »und das Futter und der Stoff seiner Jacke enthielten Kunstfasern. Die haben sich weitgehend in die Haut eingebrannt.«

Noch ein bißchen, dachte ich, und ich würde mich übergeben.

»Kann er an den Verbrennungen gestorben sein?« fragte ich.

»Unwahrscheinlich. Wie Sie gesehen haben, gehen die Wunden nur von unterhalb der Schulterblätter bis zur Taille. Mehrere lokale Verbrennungen, aber meines Erachtens nicht tödlich. Höchstwahrscheinlich sind sie unmittelbar nach seinem Tod entstanden, zumindest fallen sie zeitlich ungefähr damit zusammen. Ich vermute mal, er hat einen Hirnschlag erlitten, ist bewußtlos ins Feuer gestürzt und gestorben.«

»Oh.«

»Jedenfalls«, sagte der Pathologe zufrieden, »können wir jetzt, wo er zweifelsfrei identifiziert ist, die Leichenschauverhandlung ansetzen. Der Coroner wird auf ›Todesursache unbekannt‹ erkennen, und der arme Mann kann ein ordentliches Begräbnis bekommen. Ich bin ehrlich gesagt froh, wenn er hier raus ist.«

Ich verabschiedete mich erleichtert, zog die Schutzkleidung aus und stieß wieder zu der Gruppe in der Rezeption.

»Bitte sagen Sie uns«, wandte ich mich an den Chefinspektor, »wo genau Sie Mr. Quorn gefunden haben.«

Statt direkt zu antworten, erklärte er zunächst einmal, daß die noch immer leise weinende Frau Norman Quorns Schwester sei. Meine Mutter hatte die Polizistin als Trösterin abgelöst, auch wenn sie bezeichnenderweise dabei ein Gesicht machte, als hätte sie statt »Na, na« lieber »Reißen Sie sich zusammen« gesagt.

»Mr. Quorn«, teilte uns der Chefinspektor im Gesprächston mit, »wurde von Gemeindearbeitern entdeckt, die einen vermodernden Abfallhaufen beseitigen sollten, den eine Gruppe Fahrender auf dem Gelände eines Bauern hinterlassen hatte. Wir haben die Landfahrer an ihrem nächsten Aufenthaltsort eingehend befragt, aber ohne jedes Ergebnis. Das war sehr zeitaufwendig. Die Landfahrer wiesen darauf hin, daß sie alle viel jünger waren – wir hatten ihnen gesagt, der Tote sei schon älter –«

»Fünfundsechzig«, schluchzte seine Schwester.

»Andererseits haben diese Leute gewohnheitsmäßig auf selbstgebauten Bratrosten gegrillt, und es sprach einiges dafür, daß Mr. Quorn rückwärts auf so etwas gestürzt war. Keiner ihrer vorhandenen Grills paßte zu Mr. Quorns Verbrennungen, aber das war alles nicht schlüssig. Es gibt überhaupt keinen Hinweis auf ein Verbrechen. Leider läßt sich nicht immer rekonstruieren, wie etwas im einzelnen geschehen ist, und wenn keine neuen Fakten auftauchen...«

Er sprach den Satz nicht zu Ende. Weder Ivan noch meine Mutter sagten ihm, daß zusammen mit dem Leiter der Finanzabteilung das Geld der Brauerei verschwunden war, und auch ich hielt mich zurück. Ivan mußte darüber nachdenken und dann entscheiden.

Weil Wilfred dabei war, schwiegen wir auf der Rückfahrt nach London, redeten aber den ganzen Abend dann über nichts anderes.

Ivan freute sich halb, daß Norman Quorn doch nicht mit dem Geld der Brauerei durchgebrannt war.

»Wir haben ihm unrecht getan«, sagte er betrübt. »Mein lieber alter Freund...«

»Dein lieber alter Freund«, korrigierte ich mit Bedauern, »hat einwandfrei das Geld aus der Brauerei abgezogen. Ich habe Belege über sechs enorme Abhebungen kurz vor seinem Verschwinden gesehen. Es steht leider außer Zweifel, daß er das ganze Geld mit noch unbekanntem Ziel verschoben hat.«

»Aber abgehauen ist er nicht!«

»Nein. Er ist gestorben. Auf dem Müllhaufen ist er nicht gestorben. Da hat man ihn deponiert. Statt seinen Tod zu melden, hat ihn da einfach jemand abgeladen.«

Ivan, hin und her gerissen, wußte nicht, was er glauben und was er tun sollte, aber die Verluste der Brauerei, das war nach wie vor sein Hauptanliegen, durften nicht publik werden. Ob Norman Quorn tot war oder unter Palmen lebte, blieb sich gleich. Der Diebstahl war geschehen und mußte vertuscht werden.

Ich sagte: »Ist dir denn egal, wer ihn da abgeladen hat? Willst du nicht wissen, wo er gestorben ist?«

»Was spielt das schon für eine Rolle? Und da Norman Quorn homosexuell war« – Ivan sah meine Überraschung –, »wußtest du das nicht? Nein, wahrscheinlich nicht, er war immer verschwiegen... aber na ja, wenn er nun irgendwo gestorben ist, wo es für jemand *peinlich* war... verstehst du, was ich meine?«

Ich verstand.

»Und es wäre weder für Norman noch für die Brauerei gut, wenn seine sexuellen Neigungen oder, Gott bewahre, sein Diebstahl bekannt würden.«

Es erstaunte mich, daß mein zugeknöpfter Stiefvater der Homosexualität gegenüber so tolerant war, doch meine Mutter, die ihn schließlich besser kannte, nahm es für gegeben. »Ziemlich viele von Ivans Bekannten«, erzählte sie mir später einmal, »waren ›andersrum‹. Reizende Freunde. Immer unterhaltsam.«

Ivan fragte mich: »Wenn wir der Polizei sagen, daß Norman das Geld kassiert hat und schwul war, würde sich das auf die Gläubigerbeschlüsse auswirken?«

»Gute Frage. Daß er das Geld kassiert hat, wissen sie ja. In dem Wissen haben sie die Beschlüsse unterschrieben.«

»Aber?«

»Sie glauben aber, er hat sich ins Ausland abgesetzt. Sie glauben, daß er lebt. Daß das Geld bei ihm ist... und da ist es nicht.«

»Und?«

»Wo ist es also?«

Ein langes Schweigen.

Am Abend gegen zehn meinte Ivan, wir müßten jemanden um Rat fragen.

»Na schön«, stimmte ich zu, »wen?«

»Vielleicht... Oliver?«

»Oliver«, gab ich zu bedenken, »würde nach meiner Meinung fragen und dann das Gegenteil vorschlagen.«

»Aber er kennt die Rechtslage.«

Ich hatte immer darauf geachtet, Patsy vor ihrem Vater nicht herabzusetzen. Oliver war auf Patsys Seite. Desmond Finch ebenso.

»Wie stand Patsy zu Norman Quorn?« fragte ich.

»Sie konnte ihn nicht leiden. Sehr bedauerlich immer. Warum willst du das wissen?«

»Was würde sie denn jetzt von dir erwarten?«

Ivan zauderte.

Um Mitternacht, ganz das gesetzestreue Mitglied des Jockey-Clubs, hatte er entschieden, daß ich Margaret Morden fragen solle, ob der Tod von Norman Quorn für die Gläubiger etwas änderte, und daß ich auch Chefinspektor Reynolds mitteilen solle, daß der identifizierte Tote ein mutmaßlicher Veruntreuer gewesen war und im Begriff, das Land zu verlassen.

»Mutmaßlich?« wiederholte ich skeptisch.

»Wir wissen es ja nicht genau.«

Ich dachte, bis zum Morgen würde er es sich wieder anders überlegen, doch offenbar hatte meine verständige Mutter ihn in seinem auch von ihr selbst gutgeheißenen Entschluß bestärkt, und so wies Ivan, wieder in Hausmantel und Hausschuhen, mich am Morgen gegen neun an, in Leicestershire anzurufen.

Kleiner Haken. Die Nummer des Kriminalbeamten stand auf der Taschentuchschachtel. Die Schachtel war noch im Auto. Ich ging sie holen und erreichte schließlich das gewünschte Ohr.

»Sagen Sie's mir am Telefon«, verlangte er, als ich ein Treffen vorschlug.

»Lieber direkt.«

»Mittag habe ich Feierabend.«

»Dann komme ich. Wohin?«

»Finden Sie noch zum Leichenhaus? Das geht. Das liegt auf meinem Weg.«

Ich enthielt mich gerade noch der Bemerkung, daß das Leichenhaus auf unser aller Weg liege, und rief über die Auskunft Margaret Morden zu Hause an.

»Es ist Samstag«, sagte sie ungehalten.

»Ich weiß.«

»Dann sollte es wirklich wichtig sein.«

»Der Finanzdirektor der King-Alfred-Brauerei war noch in England, und er ist gefunden worden – aber tot.«

»Das«, sagte sie gedehnt, »ist allerdings eine Samstagsnachricht. Woran ist er gestorben?«

»Hirn- oder Herzschlag, meint der Pathologe.«

»Wann?«

»Um die Zeit, wo er verschwunden ist.«

Sie überlegte kurz und sagte: »Rufen Sie mich Montag im Büro an. Und informieren Sie Tobias. Aber wenn Ihre Hauptsorge den Gläubigerbeschlüssen gilt – daran wird sich meinem ersten Eindruck nach nichts ändern.«

»Sie sind ein Schatz.«

»Da sind Sie aber schiefgewickelt.«

Ich legte mit einem Lächeln auf und fuhr nach Leicester.

Die Reaktion des Chefinspektors war wie erwartet. »Warum haben Sie mir das nicht schon gestern erzählt?«

»Die Brauerei hat die Unterschlagung vertuscht.«

»Der Tote«, sagte er nachdenklich, »war mit Anzug, Hemd, Schlips, Unterhose, Socken und Schuhen bekleidet, alles Durchschnittsware. Seine Taschen waren leer.«

»Wie haben Sie ihn denn identifiziert?«

»Einer unserer aufgeweckten Nachwuchsbeamten hat sich die Kleider noch mal angesehen. Die Schuhe waren neu – auf der Sohle des einen stand der Name eines Geschäfts und der Preis. Das Geschäft war in Wantage, und man erinnerte sich an den Verkauf... Mr. Quorn war dort Stammkunde. Und ein Nachbar hatte schließlich die Adresse der Schwester.«

»Sauber.«

»Aber was hat er in Leicestershire gemacht...?« Er zuckte die Achseln. »Es kann sein, daß er im Freien gestorben ist, in einem Garten. An seiner Kleidung fanden sich ein paar Halme gemähtes Gras. Das würde ja dazu passen, daß er in einen Grill gefallen ist.«

»Nicht gerade der richtige Aufzug zum Grillen.«

Er musterte mich amüsiert. »Während Sie, Sir, ganz wie ein Landfahrer aussehen, wenn ich das sagen darf.«

Dagegen hatte ich nichts.

»Ich werde meinen Rapport um das ergänzen, was Sie mir erzählt haben«, sagte der Kriminalbeamte. »Es geschieht immer wieder, daß Leute, deren Tod ungelegen kommt, so beiseitegeschafft werden. Schönen Dank für Ihre Hilfe. Grüßen Sie Sir Ivan von mir. Er sieht schlecht aus.«

Dreieinhalb Wochen waren jetzt vergangen seit Ivans Herzanfall (und vier Wochen und ein Tag seit Quorns Abgang mit der Kasse), und was Ivan immer noch dringend brauchte und nicht bekam, war völlige Ruhe und Ungestörtheit. Ich fuhr zurück nach London und hielt für den Rest des Tages und den nächsten Tag das Haus ruhig, indem ich das Telefon an einen Anrufbeantworter anschloß und uns einfache Mahlzeiten kochte, die keinen Aufwand erforderten. Ich gab Wilfred für das Wochenende frei und übernahm seine Aufgaben; es war entspannend und heilsam und trug seinen Lohn in sich selbst.

Am Montag fuhr ich mit dem Zug wieder nach Reading und klapperte die Büros ab.

Für Tobias und Margaret war das Leben weitergegangen, sie befaßten sich schon wieder mit neuen Unglücksraben, gewährten mir aber jeweils eine halbe Stunde Zeit und Auskunft.

»Quorn tot!« rief Tobias aus. »Wo ist denn dann das Geld?«

»Ich dachte, das könnten Sie vielleicht rauskriegen«, sagte ich.

Er starrte mich mit fast unbewegter Miene an, während sein Verstand auf Hochtouren arbeitete.

»Ich habe ihn bis Panama verfolgt...«, sagte er nachdenklich.

»Wie viele Stationen waren es bis dahin?« fragte ich.

»Augenblick.« Er wandte sich seinen drei Computerbildschirmen zu, suchte eine Diskette aus einer Box, legte sie ein und drückte Tasten. »Na bitte. Telegrafische Überweisung von der Brauerei an eine Bank auf Guernsey... sechs Überweisungen an einem Tag, jeweils von einem anderen Konto der Brauerei, und die Bank dort hatte schon Order, den Gesamtbetrag – mehrere Millionen – an eine New Yorker Bank zu überweisen, die bereits Order hatte, das Geld an eine Bank in Panama zu drahten, und letztere kann uns nicht sagen, wo das Geld von da aus hin ist.«

»Kann sie oder will sie nicht?« fragte ich.

»Sehr wahrscheinlich beides. Diese Banken achten ja streng auf Geheimhaltung. Den Weg nach Panama kennen wir nur, weil Norman Quorn die ABA-Nummern auf einen Zettel gekritzelt und dann vergessen hat, ihn zu vernichten.«

»Was sind das für Nummern?«

Tobias kaute einen Zahnstocher. »Die Leitzahlen für alle Banken in den USA und umliegenden Gebieten wie der Karibik. Sie gehören zum Fedwire-System.«

»Tobe – was ist Fedwire?«

»Es gibt drei große, weltweit arbeitende Einrichtungen für den internationalen Kapital- und Nachrichtenverkehr«, sagte er. »Fedwire – inklusive ABA – ist der Apparat der Landeszentralbanken. Sie haben neunstellige Leitzahlen, und bei allen Überweisungen mit neunstelliger Codenummer kann man davon ausgehen, daß sie von Fedwire betreut werden.«

Ich seufzte.

»Dann«, sagte Tobias, »gibt es noch SWIFT, das heißt

Society for Worldwide Interbank Financial Telecommunication. Und das dritte ist CHIPS – *Clearing House Interbank Payments System;* die sitzen auch in New York und haben spezielle, hochgeheime Kennziffern, die außer ihren Kunden niemand wissen soll.«

»Gut.«

»Suchen Sie es sich aus«, sagte Tobias. »Codenummern haben sie alle. Der Code verrät Ihnen die Bank, aber nicht die Kontonummer. Wir wissen, daß das Geld der Brauerei an eine Filiale der *Global Credit* in Panama gegangen ist, aber nicht, auf welches Konto.«

»Das müssen die aber doch wissen«, sagte ich. »Ich meine, die bekommen ja nicht jeden Tag Millionen aus New York. Der Betrag, der Absender, das Datum... das muß doch festzustellen sein.«

»Ja, aber die Bank darf darüber keine Auskunft geben.«

»Auch nicht der Polizei? Dem Finanzamt?«

»Schon gar nicht der Polizei und dem Finanzamt. Wenn sie das täten, wären viele Banken weg vom Fenster.« Tobias lächelte. »Sie sind naiv, Al.«

Da hatte er wohl recht. »Aber«, sagte ich, »wenn nun das Geld für immer in Panama bleibt, jetzt wo Norman Quorn tot ist?«

»Das kann passieren«, nickte Tobias. »In der ganzen Welt liegen Milliarden und Abermilliarden, die keiner abhebt, auf irgendwelchen Bankkonten, und Sie können Gift darauf nehmen, daß die Banken daran verdienen und es mit der Suche nach den Erben nicht eilig haben.«

»Das Heinrich-VIII.-Syndrom«, sagte ich.

»Bitte?«

Ich erklärte, wie damals die Kirchenschätze auf den Feldern vergraben wurden.

»Dasselbe in Grün«, meinte er.

Ich ließ ihn mit seinen Zahnstochern und seinen anderen Sorgenkindern allein und klopfte bei Margaret Morden an. Als erstes berichtete ich ihr die wenigen mir bekannten Einzelheiten über Norman Quorns Ableben.

»Der Ärmste«, sagte sie.

»Betrachten Sie den Tod nicht als Lohn der Sünde?«

»Der bösen Tat, meinen Sie? Wo waren Sie denn die letzten fünfzig Jahre? Heutzutage ist der Lohn der bösen Tat ein paar Jahre Vollpension auf Staatskosten mit Gelegenheit zur Weiterbildung und anschließender liebevoller Aufnahme in Exknacki-Selbsthilfegruppen.«

»Zynisch.«

»Realistisch.«

»Und die Opfer?«

»Der Lohn des Opfers ist, daß ihr – denn leider ist es häufig eine Sie – wenn irgend möglich die Schuld an dem Verbrechen gegeben wird, sie aber nur selten eine Entschädigung erhält, geschweige denn Vollpension und eine Universitätsausbildung. Der Lohn des Opfers ist Armut, Vergessenheit und ein einsames Grab. Die Täter sind es, denen die Sensationsblätter mit ihren Scheckbüchern nachlaufen.«

»Margaret!«

»So, jetzt kennen Sie mich etwas besser«, sagte sie. »Norman Quorn hat arme alte Witwen um ihre kümmerlichen Dividenden gebracht, und mir ist scheißegal, wenn er an seinem schlechten Gewissen gestorben ist.«

»Arme alte Witwen sind jetzt etwas tränenrührig...«

»Nicht, wenn man selbst eine ist.«

»Na gut... wenn die Dividenden der alten Witwen irgendwo im Ausland auf einer Bank schmachten, wie finden wir sie?«

»Was liegt Ihnen daran?«

Ich sah auf meine Hände. Wie sollte ich darauf antworten? Sie würde alles, was ich sagte, mehr als tränenrührig finden.

»So meine ich das nicht, Al. Ich bin schlecht gelaunt heute. Schon wieder habe ich einen vorsätzlichen Bankrott auf dem Tisch, der keinen anderen Zweck hat als die kleinen Gläubiger zu prellen, die an dem Verlust vielleicht selbst eingehen. Die Herrschaften hauen die Zulieferer in die Pfanne, melden Konkurs an, kratzen die Kurve und fangen unter einem anderen Namen neu an.«

»Ist das denn legal?« fragte ich.

»Legal schon. Anständig auf keinen Fall. Ich bin Leute wie Sie nicht gewöhnt. Gehen Sie und lassen Sie mich mit meinem Frust allein.«

»Ich wollte Sie noch nach dem möglichen Probelauf fragen«, sagte ich. »Wissen Sie noch, welchen Weg der genommen hat?«

Sie runzelte die Stirn, zog dann wie Tobias einen ihrer Computer zu Rate und gab Befehle ein.

»Es kann sein«, sagte sie schließlich, aber ohne Vorbehalt, »daß Quorn einen kleinen Betrag an eine Bank auf den Bahamas überwiesen hat, die ihn weitergab an eine Bank auf den Bermudas, von wo er nach Wantage zurückging. Für die Transaktionen gibt es keine schriftlichen Bestätigungen, und die Hälfte der Angaben, insbesondere die

Kontonummern, fehlen. Wenn das Geld der Brauerei auf einer dieser Banken liegt, was ich bezweifle, dann finden Sie es nicht.«

»Tausend Dank.«

»Kopf hoch. Als allererstes habe ich heute morgen mit Ihrem Gläubigerausschuß gesprochen. Die mit Ihnen getroffenen Vereinbarungen werden von Norman Quorns Tod nicht berührt.«

9

In der leisen Befürchtung, sie könnte geschlossen sein, ging ich zur Detektei Young & Uttley, doch als ich anklopfte und die Klinke niederdrückte, öffnete sich die Tür.

Ich trat ein. Die Festung hielt diesmal weder ein Skinhead noch eine Sekretärin, noch ein schnauzbärtiger Mr. Young oder gar Uttley, der Fußballtrainer, sondern ein Mann ungefähr meines Alters, der genau wie ich Jeans, Hemd und Pullover trug; kein Schlips, unaggressive Turnschuhe, untätowierte Hände. Der Hauptunterschied zwischen uns bestand in den Haaren, seine ganz kurz und hellbraun, meine gelockt und immer noch schulterlang.

Schließlich lächelte ich ihn an und sagte: »Tag.«

»Tag.«

»Wie heißen Sie?« fragte ich.

»Chris.«

»Chris Young?«

Er nickte. »Ich habe ein bißchen für Sie rumtelefoniert«, sagte er.

Seine Aussprache war unverändert. Der Skinhead, die Sekretärin und Chris Young hörten sich alle gleich an.

»Und?« fragte ich.

»Im neunzehnten Jahrhundert gab es einen Goldschmied

namens Maxim in London. So was wie Garrard oder Asprey heute. Guter Name. Feudal. Hat ausgefallene Sachen gemacht, zum Beispiel Pfauen als Tischschmuck, Gefieder aus Goldfiligran, besetzt mit echten Steinen.«

»Tobe hat mir versichert, daß Sie gut sind«, sagte ich.

»Bloß gut?«

»Hervorragend. Genial, genau gesagt.«

Er grinste unbescheiden. »Mir hat Tobe gesagt, daß Sie ein kluger Kopf sind und ich mich von Ihrem guten Benehmen nicht täuschen lassen soll.«

»Den bringe ich um.«

»Er sagte auch, daß Sie in einem Schloß aufgewachsen sind.«

»Es war kalt.«

»Klar. Nichts gegen mein Waisenhaus. Warm.«

Wir verstanden uns gut. Ich zeichnete ihm den goldenen King-Alfred-Pokal, und er gab seinem Gewährsmann aus der Goldschmiedezunft telefonisch eine genaue Beschreibung durch. »Außerdem laufen Zierbänder drum mit scheinbar willkürlichen Zeichen, die ein angelsächsischer Gedichttext sind. Sag ich doch, angelsächsisch. Kümmern Sie sich mal drum.«

Er legte den Hörer auf. »Die Brille, die Sie mir gegeben haben«, sagte er, »die kriegt man überall.«

Ich nickte.

»Die würde ich selber als Verkleidung nehmen, wenn ich damit sehen könnte.«

»Deswegen hat der Räuber sie wahrscheinlich dann auch abgenommen.«

»Der nächste Punkt«, sagte Chris Young. »Die Boxhallen. Surtees, der Hinternversohler, kommt keiner Sportstätte auch nur in die Nähe. Der ist so schlapp wie ein angepiekster Luftballon. Ich habe ihn beschattet bis zum Gehtnichtmehr, und außerdem hat kein Fitneßcenter in der Gegend je von ihm gehört.«

»Rumtelefoniert?«

»Klar.«

»Und wenn er einen anderen Namen benutzt?«

Chris Young seufzte. »Wirklich, der steht nicht auf Sport. Bleibt mir also – ich weiß schon – nichts anderes übrig, als Ihre Konterfeis von den starken Jungs herumzuzeigen in der Hoffnung auf einen Schlag in die Magengrube.«

Ich starrte ihn an.

»Eine feindselige Reaktion«, erläuterte er mit seiner Alleskleberstimme, »deutet untrüglich darauf hin, daß man einen Nerv getroffen hat.«

»Wie gebildet.«

»Ich habe ein paarmal Prügel bezogen. Dabei lerne ich immer was. Für Sie war Ihre Abreibung doch auch lehrreich, oder?«

»Wahrscheinlich schon.«

»Sehen Sie? Wenn Sie wieder mal verprügelt werden, lernen Sie draus!«

»Ich habe nicht die Absicht, mich noch mal verprügeln zu lassen.«

»Nein? Deshalb Ihre Frage neulich bezüglich der Leibwache?«

»Ganz genau.«

Er grinste. »Ein Freund von mir ist Hindernisjockey. Er hat sich schon ungefähr zwanzig Mal die Knochen gebrochen. Das passiert mir nie wieder, sagt er. Er sagt es jedes Mal.«

»Verrückt«, gab ich zu.

»Kennen Sie Hindernisjockeys?«

»Ich war mal mit einer Trainerin aus Lambourn verheiratet.«

»Emily Jane Cox«, sagte er.

Ich war ganz still.

»Ich weiß gern, für wen ich arbeite«, sagte er.

»Und ob ich Sie anlüge?«

»Die meisten Klienten tun das.«

Ich gestand mir ein, daß ich ihn belogen haben würde, wenn ich es gewollt hätte.

Sein Telefon klingelte, und er meldete sich förmlich: »Young und Uttley, was kann ich für Sie tun?«

Er hörte zu, sagte ein halbes Dutzend mal danke, schrieb etwas auf einen Notizblock und legte auf.

»Ihr Pokal«, sagte er, »ist mit einem Vers geschmückt, der sich Bedes Sterbelied nennt. Daß ich nicht lache. Er wurde 1867 im Auftrag eines Mr. Hanworth Hill aus Wantage in Berkshire angefertigt, wahrscheinlich um die Nachbarn zu beeindrucken. Er hat ein Vermögen gekostet, denn er besteht aus massivem Gold mit eingelegten Smaragden, Saphiren und Rubinen.«

»Mit echten?« rief ich überrascht aus.

Chris sah auf seine Notizen. »Fehlerhaft, Cabochonschliff.« Er blickte auf. »Was heißt ›Cabochon‹?«

»Das sind Steine mit gewölbtem Oberteil, rund und glatt geschliffen, ohne Facetten. Deshalb funkeln sie nicht.« Ich schwieg. »Die sehen nicht echt aus. Nur groß.«

»Heißt das, Sie haben das Ding in Natur gesehen?«

»Ich glaube, es war der Grund, weshalb ich verprügelt worden bin.«

»Und wo ist es jetzt?«

»Sie werden hoffentlich verhindern, daß noch jemand versucht, diese Information aus mir herauszuprügeln.«

»Ach so.« Er kniff die Augen zusammen. »Könnte man Sie denn zum Sprechen bringen?«

»Ziemlich schnell.« Aber, dachte ich, vielleicht käme es noch darauf an, wer fragt.

»Sie würden nachgeben? Das überrascht mich.«

»Der Pokal gehört mir nicht.«

»Verstehe. Okay. Ich mach mich an die Boxhallen.«

»Seien Sie vorsichtig.«

»Klar.« Er schien unbekümmert. »Blaue Augen kosten extra.«

Er wollte wissen, ob es mir mit dem Bodyguard ernst sei, und wir waren uns einig, daß die Identifizierung meiner Angreifer vorging.

Nun ja.

Als ich per Bahn, U-Bahn und pedes zum Park Crescent zurückkam, empfing mich meine Mutter in aufgeregtem Zustand; das heißt, sie hatte nach mir Ausschau gehalten und sagte mir ruhig, aber ohne Vorrede, ich solle Emily anrufen.

»Weswegen?«

»Golden Malt ist abgehauen.«

Verdammt noch mal, dachte ich; *Scheiße*.

»Wie geht's Ivan?« fragte ich.

»Ganz gut. Ruf Emily an, ja?«

Ich rief sie an.

»Golden Malt ist auf den Downs bei Foxhill losgekommen«, sagte sie. »Wie du weißt, ist er nicht der Bravste. Er hat den Arbeitsreiter abgesetzt und sich davongemacht, und sie konnten ihn nicht wieder einfangen.«

»Aber Rennpferde kommen doch oft allein heim, oder? Er taucht sicher wieder auf –«

»Er ist schon aufgetaucht«, unterbrach sie. »Und zwar *hier*. Frag mich nicht, wie er das geschafft hat. Er war fünf Jahre hier im Stall, seit Ivan ihn als Fohlen gekauft hat, und bei der ersten Gelegenheit ist er nach Hause gekommen.«

»Mist.«

»Frage also, was mach ich jetzt?«

»Laß ihn da. Ich überleg mir was.«

»Surtees hat angerufen. Er will ihn abholen.«

»Er will *was*?«

»Er sagt, das Pferd gehört Patsy.«

Ich atmete tief durch. »Das Pferd gehört Ivan.«

»Surtees sagt, Patsy will das Pferd verkaufen, damit du es dir nicht unter den Nagel reißt. Du hättest dir den Pokal gekrallt und wolltest Patsy und die Brauerei auch noch um Golden Malt betrügen. Ich sagte ihm, das sei nicht wahr, aber er will mit einem Hänger vorbeikommen und Golden Malt zur Sicherheit auf sein Gestüt bringen.«

Ich versuchte meine wirren Gedanken zu ordnen.

»Wann erwartest du ihn?« fragte ich.

»Er wird schon unterwegs sein.«

Ich stöhnte. Reading, von wo ich gerade kam, war ganze dreißig Meilen von Lambourn entfernt, London beinah achtzig.

»Woher wußte Surtees denn, daß das Pferd wieder bei dir ist?«

»Keine Ahnung. Er weiß aber auch, daß es in Foxhill war. All meine Pfleger wissen das. Da kann ich es nicht wieder hinschicken.«

»Gut, ich komme so schnell ich kann. Laß Surtees nicht mit Golden Malt weg.«

»Wie soll ich ihn denn aufhalten?« fragte sie verzweifelt.

»Laß ihm die Luft aus den Reifen. Bau eine große Mauer. Irgendwas.«

Ich erklärte das Problem kurz meiner Mutter, die sofort sagte, ich könne Ivans Wagen nehmen.

Mit dem Wagen waren es mindestens zwei Stunden. Baustellen, Staus und Schneckentempo. Nach dem Benzinstand vom Samstag würde ich außerdem tanken müssen.

Ich entschied mich für die Bahn. Mit der Bahn fuhr ich immer ganz gut. Ich lief los, hatte Glück und erwischte prompt eine U-Bahn, einen Schnellzug, der von Paddington nach Didcot durchfuhr, und einen rasenden Taxifahrer, der mich für ein paar Pfund extra direkt nach Lambourn brachte. Ich hatte die EC-Karte und Telefonkarte meiner Mutter dabei, ihr ganzes verfügbares Bargeld, meine neue Kreditkarte, mein Scheckheft und eine Reisetasche mit den Sachen – Sturzkappe, Stiefeletten, Parka –, die ich mir zehn Tage zuvor von Emily geborgt und die meine Mutter ihr noch nicht zurückgegeben hatte.

Trotz meiner Blitzreise war Surtees vor mir da. Er hatte nicht nur einen Anhänger für das Pferd mitgebracht, sondern auch eine Pferdebegleiterin in Gestalt seiner neunjährigen Tochter Xenia.

Surtees, Emily, Xenia und Golden Malt standen zusammen auf dem Stallhof; Emily hielt das Pferd am Zaumzeug fest und stritt verärgert mit den anderen.

Emilys Landrover stand hinter Surtees' Anhänger auf der Zufahrt und versperrte ihm effektiv den Weg. Die Ausfahrt auf der anderen Hofseite, der breite Weg, auf dem die Pferde zur Arbeit ritten, war auch nicht frei, da ein Heulieferant offenbar achtlos seine Ballen dort abgeladen hatte.

Ich zahlte dem Taxifahrer sein Aufgeld und ging zögernd auf die Streitenden zu. Emily schien über meine Ankunft erleichtert, Surtees wütend. Xenia musterte mich spöttisch von Kopf bis Fuß und sagte ganz im Ton ihrer Mutter: »Wie du aussiehst!«

»Guten Tag, Surtees«, sagte ich. »Probleme?«

Surtees erwiderte mit ungebremstem Zorn: »Deine Frau soll mir aus dem Weg gehen. Das Pferd gehört Patsy, das nehme ich mit.«

Ich sagte: »Es gehört Ivan, und wie du weißt, bin ich für Ivans Angelegenheiten zuständig.«

»Geh mir aus dem Weg!«

»Das Pferd ist hier offiziell bei Emily in Training. Von deinem Gestüt aus darf es nicht starten. Die Vorschriften kennst du doch wohl.«

»Scheiß auf die Vorschriften.«

Xenia starrte mich, wie sie es von ihren Eltern gelernt hatte, unverfroren an und sagte: »Du bist ein Dieb. Das weiß ich von Mama.«

Sie trug Reithosen, eine blaue Reitjacke, blankgeputzte Stiefel und eine schwarze Samtkappe wie zum Turnier. Kein übles Kind. Blond, blauäugig, hoffnungslos verzogen.

»Warum bist du nicht in der Schule?«

»Montagnachmittags habe ich Reitunterricht«, antwortete sie mechanisch und setzte dann hinzu: »Aber das geht dich überhaupt nichts an.«

Surtees, der vermutlich zu dem Schluß kam, daß Streiten ihn nicht weiterbrachte, startete, während mein Kopf und meine Aufmerksamkeit Xenia zugewandt waren, plötzlich einen Rugby-Angriff, rammte mir die Schulter in den Bauch und warf mich um.

In unguter Absicht stürzte er sich auf mich. Für Rugby oder sonst einen Kontaktsport hatte ich nie Talent und nie etwas übrig gehabt. Ich wälzte mich mit Surtees durch Staub und Kies, rang um die Oberhand, versuchte mich loszureißen und aufzustehen.

Xenia, registrierte ich, sprang herum und schrie: »Bring ihn um, Papa! Bring ihn um!«

Das Ganze war idiotisch. Eine Farce. Surtees dachte keinen Augenblick daran, mich umzubringen, aber die Aussicht, Patsy als Symbol der Männlichkeit und Überlegenheit über ihren verhaßten Stiefbruder Golden Malt überbringen zu können, verlieh ihm eine Kraft und eine Bosheit, gegen die schwer anzukommen war.

Weder er noch ich landeten einen entscheidenden Schlag. Surtees war, wie Chris Young versichert hatte, wirklich kein Sportsmann.

Hinzu kam Xenia, die passend zu ihrer Kleidung eine Reitgerte trug, und fertig war das infantile Kampfgetümmel, mit dem ein Leibwächter schön hätte aufräumen können.

Surtees packte mich an den Haaren und versuchte, meinen Hinterkopf auf den Boden zu knallen, und ich versuchte es, ihm nacheifernd, ebenso erfolglos mit dem seinen, während Xenia um uns herumtanzte und Schläge mit der Reitgerte austeilte, die zwar meistens auf mich gingen, hin und wieder aber zu dessen brüllender Empörung auch ihren Vater trafen.

Endlich konnte ich mich aufrappeln, zog dabei jedoch Surtees mit hoch, der mich eisern umklammert hielt. Xenia schlug mir in die Beine. Surtees wollte einen gewaltigen Schwinger an meinem Kopf landen, holte aber so langsam aus, daß ich nicht nur seinem Schlag ausweichen, sondern ihn bei den Kleidern fassen und ihn mit aller Kraft wegstoßen konnte, worauf er die Balance verlor, nach hinten stolperte und im Fallen mit dem Kopf gegen die Stallmauer schlug.

Das betäubte ihn. Er ging in die Knie. Xenia schrie: »Du hast meinen Papa umgebracht!«, obwohl das offensichtlich nicht der Fall war, und ich schnappte mir die zappelnde Kleine, hob sie in die Höhe und rief Emily zu: »Ist hier irgendeine Box frei?«

»Die zwei letzten«, rief sie und hatte Mühe, den vom Lärm erschreckten, herumstampfenden Golden Malt unter Kontrolle zu halten.

An der letzten Box stand die obere Hälfte der Tür offen, die untere war geschlossen und verriegelt. Ich trug das fürchterlich strampelnde Kind hin, hob sie über die untere Türhälfte in die Box, schloß rasch die obere Hälfte und legte den Riegel vor, ehe sie rausklettern konnte.

Ich öffnete beide Türhälften der leeren Nachbarbox, packte den angeschlagenen Surtees an Kragen und Gürtel, beförderte ihn auf seinen wackligen Beinen ins Innere, schloß die Tür und warf beide Riegel vor.

Xenia kreischte und trat gegen die Tür ihrer Box. Surtees war noch nicht wieder bei Stimme. Keuchend ging ich zu Emily hinüber, die ein zugleich empörtes und lachendes Gesicht machte.

»Und jetzt?« sagte sie.

»Jetzt sperre ich dich in Golden Malts Box, damit du an allem unschuldig bist, und suche mit dem Pferd das Weite.«

Sie starrte mich an. »Ist das dein Ernst?«

»Nichts von all dem ist ernst, aber es ist auch nicht besonders lustig.«

Xenias Gezeter drang an unser beider Ohren.

»Sie regt mir die ganzen Pferde auf«, sagte Emily und streichelte Golden Malt beruhigend. »Ich hatte schon überlegt, ob du mit ihm hier noch mal losreitest. Wollte ihn gerade satteln, als Surtees kam. Der Sattel ist drüben in seiner Box.«

Ich ging den Sattel holen und legte ihn dem Pferd auf. In der Box war auch ein volles Heunetz und ein Halfter, das zum Anbinden für ein Pferd bequemer ist als sein Zaumzeug. Ich nahm beides mit, holte die Sturzkappe aus meiner Reisetasche, band dann Tasche, Halfter und Heunetz zusammen und schlang sie über den Widerrist des Pferdes wie Großvaters Satteltaschen.

Dann nahm ich Emily die Zügel ab und ging mit ihr zu der leeren Box. Sie trat hinein, und ich verriegelte die untere Türhälfte.

»Beeil dich lieber«, sagte sie ruhig. »In einer knappen halben Stunde kommen die Pfleger zur Abendstallzeit, und dann hetzt Surtees dir innerhalb von fünf Minuten die Polizei auf den Hals.«

Ich küßte sie über die Stalltür hinweg.

»Es wird bald dunkel«, sagte sie. »Wo willst du hin?«

»Weiß der Himmel.«

Ich küßte sie noch einmal, sperrte sie in ihr vorübergehendes Gefängnis, dann schwang ich mich in Golden Malts Sattel, schnallte meine Kappe fest und ritt wieder los in die Downs.

Die Kappe diente mehr als Tarnung denn als Kopfschutz. Reitkappen waren so gang und gäbe, daß ein unbedeckter Kopf in Erinnerung geblieben wäre, selbst in einem Landstrich, wo Pferde verbreiteter waren als Kühe.

Golden Malt sträubte sich zu meiner Erleichterung nicht, die Straße hinauf zu dem vertrauten Feldweg zu gehen, der zum Trainingsgelände führte, und wenn mich nicht alles täuschte, beruhigte es ihn, daß ein Reiter ihn lenkte und er nicht auf sich allein gestellt herumlaufen und nach Hause finden mußte.

Selbst um vier Uhr nachmittags waren noch andere Pferde draußen. Golden Malt wieherte laut und bekam eine Antwort aus der Ferne, die ihn gleichsam zufrieden mit dem Kopf nicken ließ; er ging munter voran und versuchte nicht, mich abzuwerfen.

Das Problem war, daß ich nicht wußte, wohin. Surtees hetzte vielleicht wirklich die Polizei auf mich, und die würde mir zwar nicht zu Pferd nachjagen wie ein Wildwestaufgebot, aber früher oder später kam ich sicher wieder auf eine offene Landstraße. Außer Sicht bleiben war angesagt.

Ich versuchte mich an die Landkarte zu erinnern, die

Emily und ich bei ihr in der Küche studiert hatten, aber da hatte ich mich auf den Weg nach Foxhill konzentriert, und dorthin konnte ich auf keinen Fall mehr. Emily hatte einen Patsy-Informanten in ihrem Stall – irgendeinen Pfleger, der sich bei Surtees etwas dazuverdiente –, und ihre Freundin in Foxhill hatte inzwischen vielleicht auch einen. Darauf durfte ich es nicht ankommen lassen.

Das hügelige Grasland um Lambourn war für mich nichtssagend. Ich war zwar öfters mit Emily im Landrover dort gewesen, aber das war fünf, sechs Jahre her. Ich blickte zurück und konnte den Weg zum Ort nicht mehr entdecken.

Denk nach.

Montag, Spätnachmittag. Die Zeit, wo alle Pferde zum Füttern in den Stall kamen und für die Nacht bereitgemacht wurden.

Unauffällig wollte ich sein; mich einfügen. Nur was aus dem Rahmen fiel, wie der unbedeckte Kopf, erregte Aufmerksamkeit, warf Fragen auf und gab Gesprächsstoff.

Ich dachte wieder an den Ridgeway. Dort würde ich mich nicht verirren.

Dort konnte man mich aber finden.

Golden Malt trottete friedlich über Mandown hinweg, sein gewohntes Trainingsgelände. Erst als ich am anderen Ende anhielt und seinen Kopf nicht wieder heimwärts dirigierte, wurde er unruhig.

Ich klopfte ihm den Hals und redete mit ihm, wie Emily es getan hätte.

»Sachte, mein Alter, hier passiert uns nichts«, murmelte ich immer wieder, und vermutlich war es die angstfreie Zuversicht in der leisen Stimme, die ihn beruhigte. Ich befürchtete, er könnte die Masche durchschauen und instinktiv meine innere Unsicherheit erfassen, doch er entspannte sich nach und nach, geduldete sich, zuckte mit den Ohren, wie unbekümmerte Pferde es tun, und legte seine Zukunft in meine Hände.

Ich hatte mich, wenn auch ungern, damit abgefunden, daß wir die Nacht auf den Downs verbringen mußten. Die andere Möglichkeit war, in einem Stall oder einer Farm um Unterbringung für das Pferd zu bitten; doch das war im Automobilzeitalter nicht mehr üblich. Es gab Motels, aber keine Reitels; jedenfalls nicht für unangekündigte Fremde auf Vollblütern.

Ein Dach.

Das Wetter war gut, wenn auch kalt. Eine Kälte, die Golden Malt zwar nichts anhaben konnte, doch er war eine gemütliche Box mit Speis und Trank gewohnt und vielleicht noch eine Decke. Ein Tier vom Kaliber eines Rennpferds hielt noch keine Stunde still, wenn man es einfach irgendwo an einen Zaun band. Es würde sich losreißen und mit den Hinterbeinen ein V zeigen, während es dem Horizont entgegenstob. Ein roter Teppich mußte nicht sein; vier Wände und Wasser waren unerläßlich.

Noch zwei Stunden bis zum Einbruch der Dunkelheit. Ich brauchte fast die ganze Zeit, um einen Platz zu finden, den Golden Malt annahm.

Es gab etliche Schuppen auf den Downs, wo das Arbeitsgerät für die Instandhaltung des Geländes aufbewahrt wurde, aber in denen war nicht Platz genug und auch kein fließend Wasser. Ich brauchte etwas wie die Hütten, die Farmer außerhalb ihrer Höfe bauen, mit Wänden und

Dächern zum Schutz gegen Unwetter und mit Tränken für ihr Vieh.

Die beiden ersten Unterstände dieser Art, zu denen ich kam, waren schmutzig im Innern, der Boden voller Mist. Vor allem rührte Golden Malt das Wasser nicht an. Er strich mit Nase und Lippen darüber hin und wandte seinen wählerischen Kopf ab, und da half kein Schimpfen: Sein Pferdeverstand mußte es wissen.

Der dritte Unterstand, zu dem ich kam, sah genauso unappetitlich aus, doch Golden Malt ging nonchalant hinein, dann kam er wieder raus und soff aus der Tränke, bevor ich noch den Kleinkram entfernen konnte, der auf dem Wasser schwamm.

Erleichtert wartete ich, bis er genug getrunken hatte, und als ich dann wieder mit ihm hineinging, entdeckte ich als zusätzlichen Komfort einen in die Wand eingelassenen Eisenring. Ich tauschte den Zaum gegen das Halfter aus, band das Pferd in seiner neuen Unterkunft an und plazierte sein Heunetz so, daß es bei Bedarf daraus fressen konnte. Ich sattelte es ab, brachte den Sattel nach draußen, damit er ihm nicht unter die Füße kam, und sah mir endlich resigniert an, wohin ich geraten war.

Wie bei den meisten Unterständen dieser Art gingen die fensterlosen Wände zum Schutz gegen die vorherrschenden Winde nach Norden, Westen und Süden. In der Ostwand war der Eingang, natürlich ohne Tür. Die Luft im Hochland ist zwar immer in Bewegung, doch an diesem Abend ging zum Glück kein starker Wind, und auch wenn jetzt die Temperatur sank, fühlte ich mich im Freien doch wohler als drinnen bei dem Pferd.

Ich griff zur Reisetasche und holte die wattierte Parka heraus, mit der allein das nächtliche Abenteuer machbar wurde. Dann faltete ich die Tasche zum Kissen zusammen, stellte den Sattel als Rückenlehne gegen die Wand und sagte mir, daß ich in den schottischen Bergen schon schlimmere Stunden erlebt hatte.

Nach Einbruch der Dunkelheit strahlten Sterne über Sterne am klaren Himmel, und Trauben ferner Lichter in den tiefer gelegenen Downs zeigten mir, daß Einsamkeit relativ war – und ich war Einsamkeit ja ohnehin gewohnt.

Im Unterstand kaute Golden Malt fortwährend sein Heu und machte mich hungrig. Ich hatte in London gefrühstückt und im Zug nach Didcot eine Tafel Schokolade verzehrt, aber ich hatte nicht daran gedacht, etwas zum Abendessen mitzunehmen.

Es ließ sich nicht ändern. Ich schöpfte eine Handvoll Wasser aus der Tränke und roch daran; es war zwar nicht das allersauberste, aber wenn das Pferd es hatte durchgehen lassen, würde es mich schon nicht umbringen. Kaltes Wasser kann den Hunger vertreiben, dieses eigenartige Gefühl, das sich nicht so sehr in einem knurrenden Magen äußert als vielmehr in allgemeiner Mattigkeit und Kopfweh.

Ich vergrub meine Hände in den Parkataschen und schlief im Sitzen, und kurz nach zwei (die billige Uhr, die mir die geklaute goldene meines Vaters ersetzte, hatte Leuchtziffern) wachte ich vor Kälte auf. In dem Unterstand war es so still, daß ich etwas erschrocken hineinschaute, aber Golden Malt stand noch schön angebunden da, dämmerte leeren Blicks mit offenen Augen vor sich hin und ruhte ein Sprunggelenk aus.

Ich vertrat mir draußen die Beine, um mich aufzulockern und zu wärmen, trank dann noch etwas Wasser und setzte mich wieder hin, um auf den Morgen zu warten.

Keiner meiner Gedanken war zum Totlachen.

Surtees' solidarische Abneigung und sein Groll gegen mich hatten sich jetzt sicher in Haß verwandelt, denn ich hatte ihn vor seiner Tochter blamiert. Es spielte keine Rolle, daß er in der unfeinen Absicht gekommen war, Ivans Pferd mitzunehmen, auch nicht, daß er mich angegriffen und zu Boden geworfen hatte, für ihn würde nur zählen, daß Xenia ihn auf der ganzen Linie hatte scheitern sehen: Der widerliche Alexander war mit dem Pferd abgezischt und hatte ihren Vater in eine Stallbox gesperrt; wie dumm er dastand!

Xenia, gegen die ich gar nichts hatte, war jetzt wohl eine Feindin fürs Leben. Die dadurch noch verstärkte Antipathie ihrer Mutter konnte einen Bodyguard wirklich erforderlich machen. Irgendwer hatte ja die Schläger zu mir geschickt.

Nächstes Mal wirst du schreien...

Zum Teufel damit, dachte ich. Auch wenn ich Ivan und seine ganzen Sorgen (und mit ihm meine Mutter) sausen ließ, würde mich das nicht unbedingt vor Patsys Besessenheit und Rachsucht bewahren.

Surtees war Ivans Schwiegersohn. Ich war Ivans Stiefsohn. Wer von uns hatte dem Recht nach eigentlich Vorrang? Gab es da einen Vorrang?

Ich brannte darauf, zu malen, wieder an meiner Staffelei zu sein, in meinem ruhigen Zimmer. Zoe Lang ging mir derart im Kopf herum, daß ich mitten in der Überlegung, ob das Wasser trinkbar sei, plötzlich die Höhlung unter ihren Wangenknochen vor mir sah und dachte: »Purpurlasur auf Türkis, mit Malmittel verdünnt.« Das Gesicht der inneren Frau mußte aus Lasuren entstehen, mußte transparent sein, nicht undurchsichtig, wie Haut wirklich war, aber dennoch unverkennbar der Mensch, der in dieser Haut steckte, der dachte, fühlte und mit Zweifeln kämpfte.

Ich hatte mir ein unerreichbares Ziel gesetzt. Die Arbeit überstieg meine Fähigkeiten. Ich empfand die selbstmörderische Verzweiflung aller, die etwas vollbringen möchten, was sie nicht vollbringen können, was nur wenigen in einem Jahrhundert gelingt, seien sie gesegnet oder verflucht. Leistung kennt keine Grenzen. Es gibt keinen höchsten Punkt. Keinen Everest, auf den man eine Flagge setzen kann. Erfolg ist die Meinung der anderen.

Ich döste, nickte ein und wachte fröstelnd im ersten grauen Morgenschimmer wieder auf. Golden Malt scharrte mit den Füßen, und seine schwer am Boden aufschlagenden Hufe ließen mich wissen, daß sein Heu zu Ende war. Ich band ihn los, führte ihn an die Tränke und fühlte mich, wenn auch nicht gerade eins mit ihm, so doch wenigstens als Mitgeschöpf auf einem einsamen Planeten.

Entschlossen, zum Frühstück mit Gras vorliebzunehmen, wanderte er mit gesenktem Kopf kauend ein wenig umher, während ich ihn am Strick hielt und an Kaffee mit Toast dachte. Als es dann heller wurde, sattelte und zäumte ich ihn im Unterstand, stieg der Optik und des besseren Reitens wegen von Turnschuhen auf Stiefeletten um, und als die ersten Lots zur Morgenarbeit unterwegs sein mußten, schwang ich mein Zeug und mich auf seinen Rücken und zog los, um uns wiederum zum Verschwinden zu bringen.

Ich ritt nach Osten, dem zunehmenden Licht entgegen. Der Ridgeway lag, ebenfalls in westöstlicher Richtung verlaufend, nördlich von mir. Bald mußte ich auf die Straße stoßen, die von Wantage südwärts nach Hungerford ging, und da wollte ich drüber, denn so viele Rennställe es im Hügelland auf der anderen Seite auch gab, die Trainer dort würden ein Pferd aus Lambourn, das hier sehr auffiel, nicht vom Sehen kennen. Weder Emily noch ich hatten diesmal in der Hast meines Aufbruchs vor dem Eintreffen der Pfleger zur Abendstallzeit daran gedacht, Golden Malts weiße Abzeichen mit Kopfkappe und Gamaschen zu tarnen.

An der Hauptstraße saß ich ab, um das Pferd hinüberzuführen, wozu ich auf beiden Seiten Gatter öffnen mußte, aber danach lag das weite Grasland südlich von Wantage vor mir, nach fast allen Seiten fünf, sechs Meilen offenes Gelände und die Gelegenheit, mir ein geeignetes Lot Pferde zu suchen, dem ich mich anschließen konnte.

Ich hielt nach einem Lot von nur vier oder fünf Tieren Ausschau, da ich mir von einem kleinen Trainer am ehesten eine gastliche Aufnahme versprach, und so kam es dann auch. Als ich schon dachte, ich hätte Pech gehabt und säße in der Tinte, traf ich auf vier heimwärts stapfende Pferde, von denen eins von einem Pfleger geführt wurde.

Ich folgte ihnen in einigem Abstand und war etwas beunruhigt, als meine Vorderleute der Mitte des nächsten Ortes zustrebten und weiter vorn das breite Band der A 34, der Hauptverkehrsader von Norden nach Süden, sichtbar wurde, ein für Pferde unüberwindbares Hindernis.

Die Straße ins Dorf führte bergab. Die Vierergruppe marschierte unverzagt weiter, und siehe da, wir gingen unter der A 34 durch und kamen in einen zweiten Ortsteil auf der anderen Seite. Am Ende dieses Ortsteils bogen die Pferde durch ein lange nicht gestrichenes Tor in einen kleinen Stallhof ein.

Ein Pferdetransporter mit dem Namen und der Rufnummer eines Trainers stand auf dem Hof. Ich ging mit Golden Malt zurück zu einer Telefonzelle im Dorf, an der wir vorbeigekommen waren, jonglierte mit Zügeln und Münzen und klingelte den Trainer von seinem Frühstück weg.

Ich sei Besitzer und zugleich Amateurrennreiter, erklärte ich. Gerade hätte ich auf den Downs einen Mordskrach mit meinem Trainer gehabt und sei wutentbrannt davongeritten, und jetzt suchte ich eine Bleibe für mein Pferd, bis die Angelegenheit geregelt sei; ob er mir helfen könne.

»Gern«, sagte er herzlich und zeigte sich auch nicht weniger begeistert, als ich kurz darauf mit einem gutaussehenden Vollblutpferd erschien und klingende Münze für seine Unterbringung und Verköstigung anbot.

Als ich den Trainer (»Sagen Sie Phil zu mir«) nach dem schnellsten Weg nach London fragte, meinte er: »Taxi nach Didcot«, und ich sah es als Ironie des Schicksals an, daß ich auf Golden Malt ein dreiviertel Oval geritten und an der Schnellstraße bei East Ilsley herausgekommen war, das eigentlich näher an Surtees' Gestüt als an Emilys Stall lag.

Ich würde mein Pferd im Lauf des Tages abholen, versprach ich Phil, und er meinte, das habe keine Eile. Er bestellte mir ein Taxi. Wir schüttelten uns einträchtig die Hand.

Wieder zurück in London, hielt ich der Besorgnis Ivans und meiner Mutter vielleicht mehr Zuversicht entgegen, als ich wirklich empfand. Golden Malt befinde sich in Sicherheit und sei gut aufgehoben, beruhigte ich sie, aber noch besser sei es, ihn ganz von den Berkshire Downs wegzubringen, da Pferdekundige ihn so leicht erkennen könnten wie einen Filmstar.

Ich bat Ivan, mir sein *Horses in Training* zu leihen, das unter anderem die Adressen aller lizenzierten Trainer und Besitzertrainer Großbritanniens enthielt, und meine Mutter bat ich, Emily anzurufen, sie solle nach Swindon oder Newbury einkaufen fahren, wie sie es gewohnt war, und dort von einer Telefonzelle aus am Park Crescent anrufen.

»Aber warum?« fragte meine Mutter verwirrt.

»Emilys Wände haben Ohren, und Surtees hört mit.« Meine Mutter sah mich ungläubig an. »Und«, setzte ich hinzu, »sag Emily bitte nicht, daß ich hier bin.«

Ohne weitere Umstände sprach sie mit Emily, die gutgelaunt sagte, sie sei schon auf dem Sprung, und eine Dreiviertelstunde später gab sie meiner Mutter die Nummer in Swindon durch, von der sie anrief. Ich lief mit der Nummer und der Telefonkarte meiner Mutter hinaus zum nächsten Kartentelefon; und Emily wollte wissen, ob diese ganze Geheimtuerei notwendig sei.

»Wahrscheinlich nicht«, sagte ich, »aber sicher ist sicher.« Ich schwieg. »Was ist passiert, als ich weg war?«

Emily lachte beinah. »Die Pfleger kamen zur Arbeit und haben uns rausgelassen. Xenia hat nur noch geheult. Surtees war außer sich vor Wut und rief die Polizei, die mit ihrem Martinshorn sämtliche Pferde verschreckt hat.

Surtees sagte ihnen, du hättest Golden Malt gestohlen, aber zum Glück waren die Polizisten schon mal hier, als es um einen Haufen gestohlener Sättel und Zaumzeug ging, und sie glaubten mir, als ich sagte, das Pferd gehöre Ivan und du seist ermächtigt, darüber zu verfügen, wie du es für richtig hieltest. Ich zeigte ihnen die Vollmacht, die du mir dagelassen hast, und sie teilten Surtees mit, daß keine Suchmeldung nach dir rausgeht; da ist er fast ausgeklinkt. Er schrie die Polizisten an, was sie keineswegs für ihn eingenommen hat, und ich bat sie zu bleiben, bis er weg war, weil er so tobte, daß ich Angst hatte, er würde auf mich oder auf die Pferde losgehen. Sie haben versucht, ihn zu beruhigen, und ihn schließlich dazu gebracht, sich mit seinem Pferdeanhänger zu verziehen, aber Xenia war hemmungslos am Heulen, und es wäre ein Wunder, wenn Surtees heimgekommen ist, ohne unterwegs einen Unfall zu bauen.«

»Er ist ein Dummkopf.«

»Ein gefährlicher Dummkopf«, sagte Emily. »Nicht mehr liebenswert und unbedarft, sondern giftig und gehässig. Nimm dich in acht, Al. Ich meine es ernst. Du hast ihn lächerlich gemacht, und das verzeiht er dir nie.«

»Ich nehme mir einen Leibwächter«, sagte ich leichthin.

»Al!« Es klang ungehalten. »Nimm dich vor Surtees in acht. Es ist mir Ernst damit.«

»Ja«, sagte ich. »Ich wollte aber mit dir über Golden Malt reden.«

»Wo ist er?«

»In Sicherheit, aber es ist besser, ich bringe ihn noch

woandershin, und dafür brauche ich deinen Rat. Ich habe mir Ivans *Horses in Training* geben lassen und vier Trainer rausgesucht, die in Frage kommen – sagst du mir deine Meinung zu denen?«

»Leg los.«

Ich las die Namen der vier vor und fragte noch einmal, was sie davon hielt.

»Zwei wären okay«, sagte sie langsam, »aber schlag mal Jimmy Jennings nach.«

Ich schlug ihn nach und wandte ein: »Er hat zu viele Pferde.« Ich zählte sie. »Sechsunddreißig.«

»Jetzt nicht mehr. Er war krank. Er hat seinen Stall halbiert und einige Besitzer gebeten, ihre Pferde vorübergehend woanders unterzubringen, aber es sieht so aus, als ob es dabei bleibt. Er und ich kennen uns gut. Am günstigsten ist bei ihm, daß er zwei Höfe hat und jetzt einer davon leersteht. Gib mir seine Nummer, dann hör ich mal, was er meint.«

Ich las ihr die Telefonnummer vor und fragte: »Kann denn das Pferd von da aus mit dir als Trainer starten?«

»Jimmy hat selbst eine Trainerlizenz, das ist kein Problem. Das Pferd könnte am Tag des Rennens bei mir vorbeigebracht werden und Farben, Sattelzeug und seinen gewohnten Pfleger mitbekommen. Ich könnte den Jockey-Club vorab informieren, und da Ivan, der Besitzer, Mitglied ist, dürfte es da keine Schwierigkeiten geben.« Sie überlegte kurz. »Was die Geheimhaltung angeht, da sind immer die Pfleger die Schwachstellen. Das ist kein vorsätzlicher Treuebruch, die reden einfach in der Kneipe.«

»Und einer von deinen Pflegern redet mit Surtees.«

Sie seufzte. »Wenn ich wüßte, wer, könnte ich ihn irreführen.«

»Wäre nicht schlecht.«

»Gib mir zehn Minuten, dann ruf ich dich zurück.«

Ich wartete eine ganze Weile in der Zelle, stand herum und wimmelte eine gereizte Frau ab, die den *letzten* Apparat in der Reihe benutzen wollte, nicht einen der freien anderen. Sie fand heftige Worte für mich. Als Emily schließlich wieder anrief, lungerte die Gereizte immer noch herum, blanke Wut in den schwarzen Knopfaugen.

»Alles in Butter«, sagte Emily. »Entschuldige, daß es so lange gedauert hat. Ich habe Jimmy das Ganze erklärt. Er ist hundert Prozent vertrauenswürdig, wenn man ihm reinen Wein einschenkt. Er will Golden Malt in seinem freien Hof unterbringen, und um die geschwätzigen Pfleger zu umgehen, wird Jimmys sechzehnjährige Tochter, die schon Amateurrennen reitet und auch den Mund halten kann, das Pferd versorgen und mit ihm arbeiten. Sein Stallpersonal braucht gar nicht zu wissen, daß Golden Malt da ist. Die Höfe sind am Ortsein- und Ortsausgang. Und viel trainiert wird in der Gegend auch nicht. Jimmys Trainingsgelände ist mäßig, was ihn aber nicht gehindert hat, allerhand Sieger auf die Beine zu stellen. Ich sagte ihm, du kämst im Laufe des Nachmittags vorbei und, ehm... es gäbe ein besonders dikkes Trainingsgeld für ihn. Jimmy wollte nichts davon hören, aber ich bestand darauf. Er kann's gebrauchen, und er ist zu stolz, um darum zu bitten.«

»Er kriegt es schon«, sagte ich.

»Ja. Ich wußte, daß du damit einverstanden wärst.«

Sie erklärte mir, wie ich zu dem Dorf in Hampshire kam;

Jimmy hatte ihr gesagt, ich solle nach einem quadratischen weißen Haus mit Bronzefackeln als Torpfosten Ausschau halten und an der Vordertür klingeln, nicht hintenherum gehen.

»Okay.«

»Ich rufe Jimmy später noch an und lasse mir berichten. Keine Sorge, ich tu's nicht von daheim aus. Und er weiß, daß er mich nicht anrufen soll.«

»Hervorragend.«

»Meinst du wirklich, mein Telefon wird abgehört?«

»Laß es nicht drauf ankommen.«

Wir sagten tschüs, und die Furie draußen stieß mich aus dem Weg, um an ihren Lieblingsfernsprecher zu kommen. Jeder nach seiner Obsession, dachte ich. Gegen fixe Ideen war kein Kraut gewachsen. Es waren sechs Apparate frei, die sie hätte benutzen können.

Ich kaufte mir auf dem Rückweg zu Ivan eine *Horse and Hound* und eine aktuelle Straßenkarte und erstaunte meine Mutter und meinen Stiefvater dann mit einer ausführlichen Schilderung des Theaters in Emilys Stall und meiner Wanderungen mit Golden Malt.

Ich sagte: »Emily hat einen befreundeten Trainer gebeten, das Pferd zu versorgen und in Form zu halten, damit es im King-Alfred-Goldcup starten kann. Wenn dir unser Plan zusagt, bringe ich Golden Malt heute nachmittag zu dem Trainer. Das Pferd wäre bestens aufgehoben bei ihm, und es müßte schon mit dem Teufel zugehen, wenn Surtees herausbekäme, wo es ist.«

Ivan sagte langsam: »Du legst dich aber ganz schön ins Zeug.«

»Es ist dein Pferd. Du hast mich gebeten, mich um deine Angelegenheiten zu kümmern, also ... ehm, gebe ich mir Mühe.«

»Deiner Mutter zuliebe.« Eine Feststellung, keine Frage.

»Ja, aber auch dir zuliebe. Du hältst zwar nichts von meiner Lebensweise, aber du warst nie kleinlich zu mir, und du hättest mich in die Brauerei hineingenommen, das vergesse ich dir nicht.«

Er sah auf seine Hände, und ich wußte nicht, was in ihm vorging, aber als ich ihn fragte, ob er mir für den Nachmittag seinen Wagen leihe, sagte er vorbehaltlos ja.

Mit Hilfe der Kleinanzeigen in *Horse and Hound,* der Straßenkarte und des Telefons organisierte ich einen Vier-Pferde-Transporter (den kleinsten einer namhaften Spedition), bestellte ihn zu Phils Stall nach East Ilsley und schickte Golden Malt von dort auf die letzte Etappe seiner Reise.

Phil und ich schüttelten uns wieder in bestem Einvernehmen die Hand, und ich fuhr wie abgesprochen dem Fahrer der Topspedition auf Nebenstraßen in südöstlicher Richtung voraus, bis wir irgendwo bei Basingstoke zu einem Ort kamen, der wirkte, als hätte er noch nie ein Rennpferd gesehen. Aber direkt an der Hauptstraße stand ein quadratisches weißes Haus mit Bronzefackeln als Torpfosten.

Ich hielt an, der Transporter kam hinter mir zum Stehen, und ich klingelte wie angewiesen an der Haustür.

Ein magerer Mann in mittleren Jahren öffnete lächelnd. Er hatte die graue, straffe Haut des unheilbar Kranken, aber sein Händedruck war fest. Ein paar Schritte hinter ihm stand ein zierliches Mädchen, das er als seine Tochter vorstellte; sie würde im Transporter mit durchs Dorf fahren, sagte er, und Golden Malt in seinem neuen Zuhause unterbringen. Beifällig sah er zu, wie sie sich in die Fahrkabine schwang, dann bat er mich ins Haus und meinte mit einem Blick auf Ivans teuren Wagen, Emily habe ihm gesagt, da sie ihm ein ganz besonderes Pferd schicke, werde ihr »Pfleger für besondere Fälle« den Transport begleiten.

Als ich lachte, fragte er mich, warum. War ich nicht Emilys »Pfleger für besondere Fälle«?

»Ich bin mit ihr verheiratet«, sagte ich.

»Tatsache?« Jimmy Jennings musterte mich. »Sind Sie der Maler, der sie sitzengelassen hat?«

»Ich kann es nicht leugnen.«

»Du lieber Gott! Kommen Sie mal mit. Kommen Sie.«

Er eilte durch den Flur, winkte mir, ihm zu folgen, und führte mich in ein Büro, das wie bei den meisten Trainern mit gerahmten Fotos vollgehängt war. Er blieb stehen und deutete stumm mit dem Finger, aber das brauchte er gar nicht: Zwischen all den Fotos hing ein Bild, das ich vor mindestens vier Jahren gemalt und verkauft hatte.

Wie immer, wenn ich eine Arbeit von mir nach längerer Zeit wiedersah, empfand ich etwas zwischen Erregung und Schock. Das Bild zeigte einen Jockey, der nach einem Sturz zur Tribüne zurückstapfte, Enttäuschung in den Schultern, einen Riß in der grasfleckigen Reithose. Ich erinnerte mich an die starken Empfindungen, die in die Pinselstriche eingegangen waren, an den Gleichmut und die Einsamkeit dieses geschlagenen Mannes.

»Jemand, für den ich trainiert habe, konnte seine Rechnung nicht bezahlen«, erklärte Jimmy Jennings. »Dafür hat er mir das Bild angeboten. Das würde mal ein Vermögen wert sein, meinte er, aber ich hab's genommen, weil es mir gefiel. Ob es Ihnen klar ist oder nicht, in dem Bild wird das ganze Leben eines Hindernisjockeys auf den Punkt gebracht. Ausdauer. Mut. Hartnäckigkeit. All diese Sachen. Verstehen Sie?«

»Freut mich, daß es Ihnen gefällt«, sagte ich lahm.

Er reckte sein Kinn vor, eine Geste des Widerstands gegen ein drohendes und unabwendbares Schicksal.

»Das Bild hält mich aufrecht«, sagte er.

Ich fuhr zurück nach London, nachdem ich kurz noch einmal bei Golden Malt vorbeigeschaut hatte, der im Glanze seiner Abgeschiedenheit von Jimmy Jennings' Tochter mit offensichtlich jahrelanger Erfahrung umhegt wurde.

Der Pferdetransportfahrer war, wie mit seiner Firma vereinbart, gleich nach dem Entladen weitergefahren. Wenn nichts dazwischenkam, war Ivans Pferd jetzt in einem sicheren Versteck.

Ich stellte Ivans Wagen in der Tiefgarage ab und erfuhr, als ich ins Haus kam, daß Patsy den Nachmittag bei Ivan verbracht und sich beklagt hatte, ich sei so brutal auf Surtees losgegangen, daß er eine Gehirnerschütterung erlitten habe, ich hätte die kleine Xenia mißhandelt und hätte Golden Malt beiseitegeschafft, um ihn für meine kriminellen Zwecke zu mißbrauchen, unter anderem zur Lösegelderpressung.

»Ich habe ihr zugehört«, sagte Ivan vorsichtig. »Ist mein Pferd in Sicherheit?«

»Ja.«
»Und forderst du Lösegeld?«
»Sei nicht albern«, sagte ich müde.
Er lachte auf. »Ich habe ihr zugehört, und sie ist meine Tochter, aber als sie gar nicht mehr davon aufhörte, wie unehrlich und hinterhältig du seist, wurde mir langsam klar, daß ich dir wirklich traue und dir immer getraut habe, daß an meiner inneren Überzeugung nicht zu rütteln ist, auch wenn ich dir manchmal vielleicht wankelmütig erschienen bin. Ich liebe meine Tochter, aber ich glaube, sie irrt sich. Aus einem Impuls heraus habe ich mal gesagt, daß ich wünschte, du wärst mein Sohn. Damals wußte ich nicht, ob ich so ganz dahinterstand. Jetzt weiß ich es.«
Meine Mutter umarmte ihn mit untypischem Entzücken, und er streichelte glücklich ihren Arm und freute sich, daß er ihr eine Freude gemacht hatte. Ich sah in beiden die jungen Gesichter, die sie hinter sich gelassen hatten, und dachte bei mir, daß ich diese Wahrnehmung vielleicht bald schon malen würde.
Es blieb uns noch Zeit, in Ruhe zu Abend zu essen, bevor ich zum Nachtzug mußte. Ivan und ich tranken uns freundschaftlich zu und waren echter Wertschätzung und bleibendem gegenseitigen Verständnis näher denn je. Aller vorausgegangenen Erfahrung zum Trotz war ich überzeugt, daß Patsy im Kopf dieses grundanständigen Mannes jetzt keine vernichtenden Zweifel mehr säen konnte.
Er bestand darauf, mir das ungeöffnete Kuvert mit seinem Testamentsnachtrag wieder anzuvertrauen.
»Widersprich nicht, Alexander«, sagte er. »Bei dir ist er am besten aufgehoben.«

»Den brauchen wir noch Jahre nicht. Bis dahin ist er überholt.«

»Ja. Mag sein. Jedenfalls habe ich mich entschlossen, dir zu sagen, was drinsteht.«

»Das mußt du nicht.«

»Doch«, sagte er – und erzählte es mir.

Ich lächelte und umarmte ihn zum allerersten Mal.

Ich umarmte meine Mutter und fuhr nach Schottland.

10

Zu meiner Überraschung erwartete mich Jed bei Tagesanbruch in Dalwhinnie. Höchstselbst habe spät am Abend meine Mutter angerufen und erfahren, daß ich auf dem Rückweg sei, sagte er. Höchstselbst wollte, daß ich vom Zug weg direkt aufs Schloß kam, ein Befehl, der selbstverständlich zu befolgen war.

Unterwegs sagte mir Jed, daß ich jetzt ein neues Bett und einen neuen Sessel (ausgesucht von ihm, bezahlt von Höchstselbst) in der Hütte hatte und daß ich eine Liste von allem, was ich sonst noch brauchte, zusammenstellen solle. Mein Onkel werde die Unkosten vorbehaltlos tragen.

»Das braucht er doch nicht«, wandte ich ein.

»Wenn Sie mich fragen, hat er ein schlechtes Gewissen. Lassen Sie ihn sühnen.«

Ich warf Jed einen Seitenblick zu. »Unter die Psychologen gegangen?« fragte ich.

»Er sagte mir, Sie fänden bestimmt nicht, daß er Sie entschädigen sollte, und verlangen würden Sie es schon gar nicht. Als ich ihm sagte, Sie hätten die Hütte leergeräumt, wollte er, daß ich den ganzen Schutt wegfahre. Ich hoffe und bete, daß der Schwertgriff nicht da drin versteckt war.«

»Ihr Gebet ist erhört worden. Wo ist das in Laken gewickelte Bild?«

»Bei mir zu Hause, mit allem anderen, was Sie mir gegeben haben.«

Ich atmete auf.

»Flora hat es sich angesehen«, sagte er. »Sie sagt, es stellt einen Geist dar.«

Flora, seine Frau, hatte »das zweite Gesicht«, die tief in der schottischen Erbmasse verankerte Gabe, mitunter in die Zukunft zu schauen.

»Geist heißt Seele«, sagte ich. »Wenn Flora da eine Seele sieht – die habe ich gemalt.«

»Sie drücken das so nüchtern aus.«

»Es ist noch nicht fertig«, sagte ich.

»Nein. Das meinte Flora auch.« Er schwieg. »Sie sagte, sie sieht einen Geist, der weint.«

»Der *weint?*«

»Sagt Flora.« Es klang, als müsse er sie verteidigen. »Sie wissen ja, was sie manchmal so von sich gibt.«

Ich nickte.

Weinen paßte nicht besonders zu Zoe Lang, und nicht Bedauern, sondern nur die Beobachtung, daß ein Mensch im Innern jung bleiben kann, während er äußerlich altert, wollte ich malen. Das war schon schwer genug. Weinen um die verlorene Jugend wäre ein Bild oder ein Kapitel für sich.

Wieder fand ich Höchstselbst in seinem Eßzimmer beim Toast. Er hob den großen Kopf, als ich hereinkam, und begrüßte mich förmlich.

»Alexander.«

»Mylord.«

»Frühstück?« Er winkte mit der Hand.

»Vielen Dank.«

An diesem Morgen lagen drei Gedecke auf, darunter ein benutztes. James, so erfuhr ich, war schon im Moor unterwegs.

»Er möchte eine Runde Golf spielen«, sagte Höchstselbst. »Wie wär's mit heute nachmittag? Morgen reist er ab. Ich habe Jed gesagt, er soll dir ein Auto besorgen und auch ein eigenes Mobiltelefon, und sag nicht, du könntest die Batterien nicht aufladen – Jed kauft dir einen Vorrat und bringt dir täglich Ersatz. Das entspricht vielleicht nicht deiner Liebe zur Einsamkeit, aber komm mir da bitte entgegen.«

Er sah in mein stummes Gesicht und lächelte. »Wie ich dich kenne, würdest du für mich als deinen Clanshäuptling dein Leben opfern. Da kannst du ein Mobiltelefon verschmerzen.«

»So gesehen...«

»Die verdammte Malerei läuft dir nicht weg.«

Resigniert aß ich Toast. Man hätte glauben können, die alten feudalen Verpflichtungen seien Geschichte, aber es gab sie noch. Die Freiheit der Bergwildnis, die ich so hochhielt, war ein Geschenk meines Onkels. Ich war ihm meiner Herkunft und seiner Großzügigkeit wegen verpflichtet, und außerdem konnte ich ihn gut leiden.

Er wollte wissen, was ich im Süden gemacht hatte, und bohrte nach immer mehr Einzelheiten. Ich erzählte ihm recht ausführlich von dem Testamentsnachtrag, von Patsys geschwätziger Zusammenarbeit mit Oliver Grantchester, von der Entdeckung der Leiche Norman Quorns und von meiner Balgerei mit Surtees bei Emily.

»Das läuft auf zweierlei hinaus«, sagte er schließlich.

»Einmal, Surtees ist gefährlich dumm – und zweitens, wo ist das Geld der Brauerei?«

»Der Prüfer kann es nicht finden.«

»Nein«, sagte er nachdenklich. »Aber kannst du es?«

»Ich?« Die Überraschung war mir sicher anzuhören. »Wenn der Prüfer und die Insolvenzexpertin sagen, daß es unmöglich zu finden ist, wie soll dann ich, der vom internationalen Geldverkehr keine Ahnung hat, da etwas ausrichten?«

»Das ergibt sich schon«, sagte er.

»Aber ich habe keinen Zugang...«

»Wozu?« sagte er, als ich innehielt.

»Nun, zu Norman Quorns Unterlagen, soweit sie noch in der Brauerei sind.«

Er runzelte die Stirn. »Meinst du denn, da ist noch was?«

»Wären nicht die Drachen am Tor, würde ich nachsehen.«

»Drachen?«

»Patsy und der Geschäftsführer, Desmond Finch.«

»Man sollte doch denken, die wollen, daß das Geld gefunden wird.«

»Aber nicht von mir.«

»Die Frau«, sagte er und meinte Patsy, »ist eine Nervensäge.«

Ich erzählte ihm von meinem freundschaftlichen Abend mit Ivan, und er meinte, mein Stiefvater sei wohl endlich zur Vernunft gekommen.

»Er ist ein guter Mensch«, bemerkte ich dazu. »Wenn dein Sohn James dir jahrelang einreden würde, daß ich mir deine Gunst und dein Erbe erschleichen will, würdest du ihm dann nicht glauben?«

Höchstselbst überlegte lange und eingehend. »Vielleicht schon«, gab er schließlich zu.

»Patsy fürchtet, die Liebe ihres Vaters zu verlieren«, sagte ich. »Nicht nur ihr Erbe.«

»Sie läuft Gefahr, das herbeizuführen, wovor sie Angst hat.«

»Das kommt vor«, stimmte ich zu.

Wir gingen einmal um das ganze Schloß und seine Flügel herum, wie er es schätzte, und fanden zum Abschluß unserer Runde vor der jetzt von der Familie benutzten Eingangstür einen kleinen weißen Wagen vor, bei dessen Anblick sich sein Gesicht verfinsterte.

»Dieses Horrorweib!«

»Wer denn?«

»Die Lang. Sie rennt mir die Bude ein. Wie konnte ich die jemals hierher einladen?«

Höchstselbst mochte es bedauern, aber mich faszinierte es, sie wiederzusehen. Sie stieg mit ihren Achtzigjahrerunzeln aus dem Auto und stellte sich uns entschlossen in den Weg.

»Sie hat sich den Denkmalschützern angeschlossen, die das Schloß verwalten«, sagte Höchstselbst. »Angeschlossen? Sie *führt sie an*. Vorige Woche hat sie sich irgendwie zum Kustos des historischen Schloßinventars ernennen lassen... und du kannst dir denken, worauf sie es hauptsächlich abgesehen hat.«

»Den Schwertgriff«, sagte ich.

»Den Schwertgriff.« Er hob die Stimme, als wir uns dem weißen Wagen näherten. »Guten Morgen, Dr. Lang.«

»Lord Kinloch.« Sie gab ihm die Hand und musterte

mich dann, kam aber offenbar nicht mehr darauf, wer ich war.

»Mein Neffe«, sagte Höchstselbst.

»Ach ja.« Sie drückte auch mir flüchtig die Hand. »Lord Kinloch, ich wollte mit Ihnen über die ›Schatzhaus Schottland‹-Ausstellung sprechen, die für die Edinburgher Festwoche im nächsten Jahr geplant ist...«

Höchstselbst führte sie mit vollendeter Höflichkeit diesmal nicht ins Eßzimmer, auch nicht in sein Studierzimmer, sondern in den recht geräumigen Salon, in dem seit der Übergabe seine feinsten Möbel standen. Dr. Lang beäugte zwei französische Kommoden, als bewundere sie einerseits ihre Schönheit, mißbillige andererseits aber, daß sie sich in Privatbesitz befanden. Später sagte sie dann auch, daß die Stücke ihrer Meinung nach hätten mitabgetreten werden müssen, obwohl ein Graf Kinloch von erlesenem Geschmack sie im 19. Jahrhundert privat erworben hatte.

Mein Onkel bot Sherry an. Dr. Lang sagte ja.

»Al?« fragte er.

»Im Moment nicht.«

Höchstselbst nahm ein Höflichkeitsschlückchen. »Der fliegende Adler«, meinte er vergnügt, »wird im Schatzhaus Schottland herrlich zur Geltung kommen.«

Der fliegende Adler stand in der großen Eingangshalle des Schlosses, eine hervorragende Marmorskulptur in dreifacher Lebensgröße mit vergoldeten Schwungfedern, die Schwingen hoch und weit gebreitet, als lande der Herr der Lüfte gerade auf der Onyxkugel zu seinen Füßen. Um den fliegenden Adler zu der Ausstellung nach Edinburgh zu schaffen, wären Kräne, Lattenkisten und ein Tieflader notwendig. Höchstselbst hatte einmal (taktlos) bemerkt, daß die Schloßverwaltung den Adler nur deshalb noch verwalte, weil er seines Gewichts wegen schwer zu stehlen sei.

»Wir müssen darauf bestehen«, sagte Dr. Lang energisch, »die Verantwortung für den Schwertgriff der Kinlochs zu übernehmen.«

»Mhm«, brummte mein Onkel unverfänglich und ließ es dabei.

»Sie können den ja nicht ewig verstecken.«

Höchstselbst sagte bedauernd: »Die Diebe werden Jahr für Jahr raffinierter.«

»Sie kennen meine Auffassung«, erwiderte sie verärgert. »Der Schwertgriff gehört Schottland.«

Zoe Lang wirkte nur halb so groß wie ihr Gegenspieler und war so flink und wendig, wie er tapsig war. Beide glaubten steif und fest an ihre Sache. Solange er seinen Schatz verborgen hielt, konnte sie keinen Anspruch darauf erheben; hatte sie ihn erst einmal gefunden, würde sie ihn nie wieder hergeben. Man merkte, wie sich die Fronten zwischen ihnen zu einem erbitterten Machtkampf verhärteten, einem tödlichen Duell bei trockenem La-Ina-Sherry in Bleikristallgläsern.

»Dürfte ich Sie vielleicht zeichnen?« fragte ich Zoe Lang.

»Mich *zeichnen*?«

»Nur eine Bleistiftskizze.«

Sie staunte. »Wozu denn?«

»Er ist Maler«, erklärte Höchstselbst beiläufig. »Das große Bild da ist von ihm.« Er zeigte kurz hin. »Al, wenn du Papier brauchst, das findest du bei mir im Zimmer, in der Schreibtischlade.«

Dankbar ging ich es holen: feines Schreibmaschinenpapier, aber es kam nicht darauf an. Ich suchte mir noch einen brauchbaren Bleistift und kehrte in den Salon zurück, wo mein Onkel und seine Widersacherin Seite an Seite vor dem düstersten Gemälde standen, das ich je hervorgebracht hatte.

»Glencoe«, sagte Dr. Lang mit Gewißheit. »Wo die Sonne niemals scheint.«

Die Lage des unseligen Tals bescherte ihm tatsächlich an den meisten Tagen eine dichte Wolkendecke, aber der graudunkle Morgen, an dem die heimtückischen Campbells ihre Gastgeber, die Macdonalds, umbrachten – siebenunddreißig Männer, Frauen und Kinder – schien für immer auf den heidekrautbewachsenen Bergen zu lasten. Ein Ort des Schauderns, des Schreckens, des Verrats.

Zoe Lang trat näher an das Bild, um es sich genauer anzusehen, und drehte sich dann zu mir um.

»Die Schatten«, sagte sie, »die dunklen Stellen um die Wurzeln des Heidekrauts, sind gemalt wie winzige Schottenmuster, das Rot der Macdonalds und das Gelb der Campbells in unregelmäßigen Flächen. Man sieht es nur, wenn man nah rangeht...«

»Er weiß das«, sagte mein Onkel ruhig.

»Oh.« Sie blickte von mir zu dem Bild und wieder zurück.

Durchscheinende Schatten lagen auf den Hängen und verdichteten sich in den Schottenmustern um das Heidekraut. Mir war die ganze Zeit unwohl gewesen, als ich es malte. Das Gemetzel von Glencoe konnte immer noch auf den Magen schlagen in einer Welt, die jede Menge schlimmere Massaker erlebt hatte.

Sie sagte: »Wo soll ich sitzen?«

»Oh.« Ich freute mich. »Am Fenster, wenn es Ihnen recht ist.«

Ich setzte sie so hin, daß das Licht im gleichen Winkel auf ihr Gesicht fiel wie auf meinem gemalten Porträt von ihr, und ich zeichnete das Gesicht mit Blei, wie ich es jetzt vor mir sah, ein altes Gesicht mit Falten und Runzeln und straffen Sehnen am Hals. Es war genau getroffen, und wie vorauszusehen, gefiel es ihr nicht.

»Sie sind grausam«, sagte sie.

Ich schüttelte den Kopf. »Die Zeit ist grausam.«

»Zerreißen Sie's.«

Höchstselbst sah auf das Bild, zuckte die Achseln und sagte zu meiner Verteidigung: »Normalerweise malt er hübsche Golfszenen mit viel Sonnenschein und Leuten, die sich's gutgehen lassen. Die verkauft er so schnell nach Amerika, daß er mit dem Malen kaum nachkommt, stimmt's, Al?«

»Wieso Golf?« wollte Zoe Lang wissen. »Wieso Amerika?«

»In Amerika werden die Golfplätze fürs Auge angelegt, mit vielen Wasserhindernissen«, antwortete ich leichthin. »Wasser sieht auf Bildern toll aus.« Ich malte wasserbespülte Steine in Metallfarben, Gold, Silber, Kupfer, und sie gingen immer gleich weg. »Amerikanische Golfer kaufen mehr Golfbilder als die britischen. Also male ich, was sich verkauft. Ich lebe davon.«

Sie machte ein Gesicht, als fände sie die kommerzielle Einstellung verfehlt; als müßten Maler irgendwie in Dachstuben verhungern. Ich fragte mich, was sie erst denken würde, wenn sie gewußt hätte, daß ich mein Einkommen noch hübsch durch Postkartentantiemen verbesserte, denn Golffreunde verschickten die kleinen Drucke meiner Bilder zu Tausenden von Plätzen wie Augusta (das Masters), Pebble Beach und Oakland Hills (die Open), aber auch von britischen Plätzen wie Muirfield, St. Andrews und The Belfry aus.

Sie plänkelte noch ein wenig mit meinem Onkel. Er bot großzügig seine Hilfe in Sachen Adler an und lächelte zu allem anderen unverbindlich. Sie fragte, ob der King-Alfred-Cup wiederaufgetaucht sei, damit ihr Bekannter den Wert des in das Gold eingelegten »Glasschmucks« (ihr Wort) bestimmen könne.

»Noch nicht«, sagte Höchstselbst unbekümmert. »Aber er wird schon in der Familie geblieben sein.«

Sie hatte für seine Sorglosigkeit kein Verständnis, und erst als sie gegangen war, sagte ich ihm, daß es sich bei dem Glasschmuck, wenn es noch die Originalstücke waren, um echte Saphire, Smaragde und Rubine handelte.

»Der King-Alfred-Goldcup«, sagte ich, »ist mit ziemlicher Sicherheit eigentlich viel mehr wert als der Schwertgriff. Er besteht aus viel mehr Gold, und die Steine haben fast doppelt soviel Karat.«

»Das ist nicht dein Ernst! Woher weißt du das?«

»Ich habe die Herstellerfirma ermitteln lassen. Er hat ein wahres Vermögen gekostet.«

»Mein Gott, mein Gott. Und der kleine Andrew hat damit in der Küche gespielt.«

»Ihn auf den Kopf gestellt«, erinnerte ich mich schmunzelnd.

»Weiß Ivan, wo er ist?«

»Nicht direkt«, sagte ich und verriet ihm das Versteck.

»Du bist ein Schlitzohr, Alexander.«

Plötzlich war er bestens aufgelegt. Er schleppte mich in sein Zimmer, um »was Vernünftiges zu trinken« – Scotch –, und ich machte ihn sprachlos mit dem Vorschlag, er solle Zoe Lang, wenn sie ihm das nächste Mal vorhalte, der Schwertgriff gehöre dem Staat, darauf hinweisen, daß der Staat bei dem Handel verliere.

»Wie meinst du das?«

»Generation für Generation, seit es Erbschaftssteuern gibt, haben die Kinlochs für diesen Schwertgriff bezahlt. Der gleiche Gegenstand, aber besteuert und wiederbesteuert nach jedem Sterbefall. Das hört nie auf. Wenn er zum Staatseigentum wird, bringt sich das Land um die Steuer. Es schlachtet die Gans... Dr. Lang denkt einfach nicht an die goldenen Steuereier.«

Er meinte nachdenklich: »James wird wenigstens keine mörderische Erbschaftssteuer für das Schloß bezahlen müssen wie ich damals. Das war mein Hauptgrund für die Übergabe.«

»Es kostet Steuern, wenn man seinem Sohn ein großes Geschenk macht« – ich lächelte –, »aber nicht, wenn man die gleiche Summe im Kasino verspielt. Oder gewinnt. Es ist verrückt. Neid und Mißgunst, weiter nichts.«

»Wie sind wir darauf gekommen?«

»Über den Schwertgriff.«

»Meinst du wirklich, wir sollten ihn hergeben?«

»Nein«, sagte ich, »aber der Hinweis auf die Steuer könnte Dr. Langs Eifer dämpfen.«

»Ich versuch's mal.« Er goß freigebig flüssiges Gold nach.
»Bei Gott, Al.«
»Wenn du mich betrunken machst«, sagte ich, »schlägt James mich beim Golf.«

James schlug mich beim Golf.
»Was hast du Höchstselbst bloß erzählt?« fragte er. »Nur wenn er einen Zehn-Kilo-Lachs aus dem Wasser zieht, ist er so sprühender Laune.«
»Er ist gut zu mir.«
»Du bringst die Sonne ins Haus.«
Der Unterschied zwischen James und Patsy war, daß mein Vetter die Selbstsicherheit besaß, über das mitunter herzliche Einvernehmen zwischen seinem Vater und mir scherzen zu können. James würde seinen Titel erben und den damit verbundenen Grund und Boden. Sein sonniges Gemüt war frei von Patsys teuflischen Zweifeln.
Wie immer absolvierten wir friedlich die achtzehn Löcher, lachend, fluchend, hoffnungslos ungeschickt, und brauchten mehr Schläge dafür, als wir jemals zugeben würden; aber wir fühlten uns auf anspruchslose Weise wohl miteinander, waren Verwandte im einfachsten Sinn, verbunden durch die Familie, den Clan.
Wir zogen die kleinen Wagen mit den Golfbags hinter uns her, und ich schob meine Schläger jedesmal behutsam wieder in die Tasche, statt sie hineinzurammen, weil ihre Griffe nicht auf dem Boden der Tasche ruhten, sondern in der breiten Schale der in graues Tuch gewickelten, juwelengeschmückten Goldschmiedearbeit des Hauses Maxim aus dem Jahre 1867.

Wir beendeten unbeschwert unsere Runde, und im Clubhaus säuberte ich meine Hölzer und Eisen und verstaute sie aufrecht in der Tasche stehend wieder im Spind, Wachtposten für König Alfreds goldenen Pokal.

Da Golftaschen in starre Fächer unterteilt sind, damit ein Schläger nicht vom anderen beschädigt wird, hatte ich mir eine kaufen müssen, deren Boden man – zum Reinigen – abnehmen konnte, und im Trockenraum des Schlosses hatte ich die Schrauben gelöst, die Tasche auseinandergenommen und den Pokal hineingesteckt. Er paßte genau hinein, und um an ihn heranzukommen, mußte man die Tasche zwar auch erst wieder auseinandernehmen, aber dafür konnte er nicht versehentlich rausfallen.

Die glatten grauen Spindtüren waren namenlos und alle gleich. Ich zog mir andere Schuhe an, stellte die schwarzweißen Spikes ins Fach, schloß alles unauffällig weg und kehrte fröhlich mit James aufs Schloß zurück.

Mitte des nächsten Vormittags hatte mein Leben in der Hütte wieder Gestalt angenommen, und was die Matratze und den Sessel anging, war es sogar bequemer geworden. Ein gemieteter Jeep stand vor der Eingangstür, das Mobiltelefon (plus Reservebatterien) war einsatzbereit, und Zoe Langs Porträt stand ausgepackt auf der Staffelei.

Froh, wieder daheim zu sein, holte ich die erforderlichen Farben heraus, fühlte ihre Struktur auf Messer und Pinsel, dunkelte den Hintergrund nach, fügte die Schattierungen hinzu, die mir unterwegs in den Sinn gekommen waren, brachte Wärme auf die Haut und funkelndes Licht in die wasserklaren Flächen der Augen.

Die Frau auf der Leinwand war so lebendig, wie ich sie nur hinbekommen konnte.

Gegen fünf, als sich das Licht kaum merklich änderte, legte ich die Pinsel weg, wusch sie zum letzten Mal für diesen Tag aus und vergewisserte mich, daß die leuchtenden Farben alle luftdicht verschlossen in ihren Dosen und Tuben waren, ein so selbstverständlicher Ablauf wie das Atmen. Dann machte ich meine Lampe an und stellte sie ans Fenster, holte meinen Dudelsack aus dem Kasten und ging damit den felsigen Berghang hinauf, bis die Hütte tief unter mir war.

Seit Wochen hatte ich den Dudelsack nicht mehr gespielt. Meine Finger lagen steif an der Melodiepfeife. Ich füllte den Sack mit Luft und stimmte die Baßpfeifen, schwang sie an meiner Schulter entlang und wartete darauf, daß mein Gehör, soweit vorhanden, wiederkam; und schließlich ertastete und erinnerte ich mich wieder an den Fingersatz eines der langen alten Klagelieder aus den Zeiten vor Prinz Charles Edward. Die Traurigkeit, die Schottland Jahrhunderte vor ihm erfüllt hatte, der unzähmbare Freiheitsdrang, an dem die historische Vereinigung nichts änderte, all die dunklen keltischen Mysterien pulsierten in den elementaren, endlos sich wiederholenden alten Weisen, die nach und nach eine Stimmung eher des Ausharrens als der Zuversicht erzeugten.

Als Junge hatte ich die Klagelieder – die Pibrochs – hauptsächlich aus dem unromantischen Grund spielen gelernt, daß ihr langsames Tempo mir Zeit ließ, die richtigen Noten zu finden. Später hatte ich auch Marschlieder gelernt, aber ein Klagelied paßte besser zu meinem Porträt von Zoe Lang, und ich stand auf den Monadhliath-Bergen, während der Mond aufging, und spielte ihr eine alte Melodie, genannt »Des Königs Steuern«, kombiniert mit einer neuen, die ich dazu improvisierte. Und es war schon ganz gut, dachte ich bei den sich einschleichenden schrägen Tönen, daß mein alter Lehrer von der Armee mich nicht hörte.

Schottische Dudelsackmusik kann über Stunden gehen, doch in meinem Fall setzte ihr gewöhnlich ganz profaner Hunger ein Ende, und ich kehrte im Dunkeln zur Hütte zurück, erfüllt von angenehmer Melancholie, nicht zu verwechseln mit Trübsinn, und kochte zufrieden Paella.

In den Bergen wachte ich immer früh auf, selbst im dunklen Winter, und am nächsten Tag setzte ich mich vor die Staffelei und beobachtete das langsam sich verändernde Licht auf dem Gesicht; es war fast, als erlebte ich die Entwicklung einer Persönlichkeit mit, und ich fragte mich, ob jemals noch jemand diese schrittweise Geburt sehen würde. Wenn das Bild gelang, wenn es einmal in einer Galerie hing, würden die Besucher vielleicht im Vorübergehen einen Blick darauf werfen und es als Vexierbild ansehen: einen Moment zeigt es Jugend, im nächsten nicht mehr.

Als es ganz taghell war, saß ich immer noch gemütlich in meinem neuen Sessel und versuchte den berühmten Mut aufzubringen, den man mir nachsagte. Sich etwas vorzustellen war eine Sache, es zu tun eine andere. Und wenn ich es nicht tat, würde ich mein Lebtag wissen, daß mir der Mut gefehlt hatte, auch wenn das Bild in seinem jetzigen Stadium als Porträt einer Unbekannten durchaus vollständig und kunstgerecht war.

Ich hatte die Küche meiner Mutter nach einem spitzen Messer durchforstet und mir schließlich nicht ein Messer, sondern ein Fleischthermometer mitgenommen. Dieses eigenartige Gerät nämlich hatte einen Dorn, der sowohl spitz als auch zum Schaben geeignet war. Den Dorn steckte man normalerweise in Bratenstücke, um an der Skalenscheibe, aus der er herausragte, die Temperatur und den Garzustand abzulesen – nicht durch, mittel, durch.

»Natürlich kannst du es mitnehmen«, hatte meine Mutter verwirrt gesagt, »aber wozu?«

»Es eignet sich zum Kratzen. Es ist fest. Die Scheibe liegt gut in der Hand. Es ist ziemlich ideal.«

Sie ließ ihrem unergründlichen Sohn seinen Willen.

Somit hatte ich das ideale Werkzeug. Ich hatte das Licht. Ich hatte die Vision.

Ich saß da und zauderte.

Ich hatte das getreue Bleistiftporträt von Zoe Lang. Ich hatte sie im gleichen Winkel gezeichnet. Wo lag das Problem?

Ich mußte das alte Gesicht über dem jungen sehen.

Ich mußte es deutlich sehen, unverkennbar, bis ins Innerste.

Ich mußte das Lied von der vergehenden Zeit spielen. Es als Tatsache, aber nicht unbedingt als Tragödie spielen. Ich mußte das Unvergängliche des Geistes im vergänglichen Fleisch herausarbeiten.

Ich konnte nicht.

Zeit verrann.

Als ich endlich das Thermometer ergriff, mich vor Zoe Lang hinstellte und den ersten Strich in das Paynesgrau hineinkratzte, war es, als hätte ich mich einer inneren Kraft gefügt.

Ich begann mit dem Hals in dem Bewußtsein, daß ich, wenn das Konzept wirklich meine Fähigkeiten überstieg, einen flauschigen Schal oder Halsschmuck darübermalen konnte, um den Patzer zu verdecken.

Ich sah die äußere Hülle größer als das innere Gesicht, so als wäre die äußere Erscheinung der Käfig, das Gefängnis des Geistes. Ich hielt die Bleistiftskizze neben das Gemälde und zeichnete die wichtigsten Bezugspunkte an: die Umrisse der Augenhöhlen, die Kanten der Kieferknochen, den hinteren Bogen des Schädels.

Fast unter Ausschaltung des rationalen Denkens zog ich den spitzen, scharfen Dorn durch mein sorgfältig angelegtes Gemälde. Ich ließ meiner Intuition freien Lauf. Ich zeichnete die alte Zoe in grauen Kratzern, als wären die Fleischfarben lediglich Hintergrund; ich ritzte die Gitterstäbe mit der Grausamkeit ein, die sie an mir wahrgenommen hatte, außerstande, das harsche Konzept zurückzunehmen oder abzuschwächen.

Sowenig wie möglich überließ ich dem Zufall. Ich führte jeden Strich im Kopf aus, bis ich die Wirkung vor mir sah, und das konnte zehn Minuten oder eine halbe Stunde dauern. Das Ergebnis mochte eine schwungvolle Linie sein, die spontan und unausweichlich wirkte, aber jedesmal wenn ich mich überwand, das Grau hineinzukratzen, tat ich es in dem Bewußtsein, daß ein Fehler nicht zu korrigieren war.

Es war ein kalter Tag, und ich schwitzte.

Gegen fünf zeichnete sich die Form von Zoe Langs altem

Gesicht deutlich über dem inneren Wesen ab. Ich legte das Thermometer weg, lockerte meine verkrampften Finger und nahm das Mobiltelefon auf einen Spaziergang mit nach draußen.

Von einem Granitblock schaute ich auf die Hütte hinab, schaute über das Tal hin auf die Straße mit den winzigen dahinkriechenden Autos und rief meine Mutter an. Schlechter Empfang: knister, knister.

Ivan schüttle endlich doch langsam seine Depression ab, versicherte sie mir. Er hatte sich angezogen. Er meinte Wilfred nicht mehr zu brauchen. Keith Robbiston hatte ihm einen seiner Blitzbesuche abgestattet und sich über den Zustand des Patienten gefreut. Sie selbst fühlte sich ruhiger und weniger bang.

»Gut«, sagte ich.

Sie wollte wissen, wie weit mein Fleischthermometerbild gediehen sei.

Halbgar, meinte ich.

Sie lachte und sagte, sie sei froh, daß Höchstselbst auf einem Telefon für mich bestanden habe.

Ich sagte ihr die Nummer.

Sie war ruhig und gefaßt, so ausgeglichen wie sonst.

Ich würde sie übermorgen, am Sonntag, wieder anrufen, sagte ich; dann sei auch das Bild fertig.

»Mach's gut, Alexander.«

»Du auch«, sagte ich.

Ich ging wieder zur Hütte hinunter, aß den Rest Paella, setzte mich hinaus in die Dunkelheit und überlegte, was noch zu tun war, um die Aussage des Bildes zu ergänzen: Vor allem durfte ich die Konturen nicht durch zu viele weitere Graukratzer verderben, ich durfte nicht mehr so tief hineingehen, nicht bis fast auf die Leinwand, nur noch bis in die Ultramarinschicht, dann wurden die Falten und altersschlaffen Hautpartien zarter, ohne zu verwischen, und wenn mir das gelang, bekam ich ein blaugraues, dunstschleierähnliches Zweitporträt, so daß man je nach dem gewählten Brennpunkt beide Porträts für sich sehen konnte, das äußere und das innere, aber auch beide zugleich als Aussage über den Lebensprozeß, die unvermeidliche Veränderung der Zellstruktur im Lauf der Zeit.

In dieser Nacht schlief ich mit Unterbrechungen und träumte viel, und am Morgen sah ich wieder zu, wie es hell wurde um Zoe Lang; dann arbeitete ich stundenlang mit streng kontrollierten Fingerbewegungen, bis Arme und Nacken mir vor Anspannung schmerzten, doch am späten Nachmittag war ich an die Grenze dessen gelangt, was ich zu begreifen und zu zeigen vermochte, und wenn jetzt dem Betrachter an dem Bild noch etwas fehlte, dann lag dieser Mangel eben in mir.

Nur die Augen des fertigen Porträts waren unerhört jung, wie immer man es sonst auch ansah. Ich deutete mit wenigen blauen Linien Tränensäcke an und zog die Oberlider leicht herunter, aber der unwandelbare Geist Zoe Langs schaute mich an, damals wie heute.

Ich konnte nicht schlafen. Ich lag eine Weile im Dunkeln und fragte mich, was ich hätte besser machen können, und mir wurde klar, daß mich das wahrscheinlich jetzt noch wochen- und monatelang beschäftigen würde, wenn nicht mein ganzes Leben.

Ich würde das Bild in sein Laken hüllen und es mit dem Gesicht zur Wand stellen und es mir erst wieder ansehen, wenn ich die Kraft, die Richtung, das Gefühl der einzelnen Pinselstriche und Kratzer vergessen hatte – denn erst wenn ich das Ganze aus einem zeitlichen Abstand betrachtete, würde ich wissen, ob ich etwas Bleibendes geschaffen oder mich getäuscht und mir von Anfang an zuviel vorgenommen hatte.

Unruhig stand ich gegen vier Uhr früh auf, schloß die Tür hinter mir ab und ging mit meinem Dudelsack in die Berge unter dem Sternenhimmel, der mit seiner Weite, seinen unbekannten leuchtenden Welten einen Einzelnen schon sehr klein, sehr unbedeutend erscheinen lassen konnte, der mich wehmütig stimmte und mich auf wenig originelle Gedanken brachte wie den, daß es viel leichter war, Schaden anzurichten als Gutes zu tun, sei es auch unabsichtlich.

Wie immer löste sich die Wehmut von selbst auf, und zurück blieb Gleichmut. Manche Menschen klammerten sich an ihre Ängste, als wären sie eine Tugend. Ich verzichtete gern darauf. Optimist mußte man sein. Flaschen waren halbvoll, nicht halbleer. Als ich im Morgengrauen den Windsack mit Luft füllte und zu spielen begann, erklangen Marsch- und Tanzlieder in der heller werdenden Stille, nicht mehr die traurigen Weisen der Piobaireachd.

Zoe Lang, die wirkliche Zoe Lang, lebte jetzt in einem alten Körper. Ihr zum Eifer neigendes inneres Wesen hatte sich durch all ihre Lebensphasen behauptet. Das Äußere war nur ein Panzer, der wuchs, hart wurde, abgeworfen wurde und von neuem wuchs. Zoe zu Ehren spielte ich jetzt Märsche.

Sie würde den Schwertgriff der Kinlochs niemals finden, wenn ich es verhindern konnte, aber ich zollte meiner Gegenspielerin (die Kapitulation ausgenommen) den größtmöglichen Respekt.

Hier oben auf den Granithöhen kümmerte mich die Zeit nicht. Das Morgengrauen wurde zum klaren blauen, lichten Tag, und zur Hütte würde ich wohl erst hinuntergehen, wenn mich der Frühstückshunger trieb. Einstweilen spielte ich den Dudelsack und marschierte im Takt und füllte die ganze Optimismusflasche mit unkomplizierter Freude darüber, leibhaftig in dieser Bergwildnis zu sein.

Zu schön, um lange zu währen.

Es fing an mit einem Summen, das zunehmend den Baßpfeifen in die Quere kam, und schon stieg ein Hubschrauber über den Bergkamm hinter mir empor und flog über mich weg, so daß außer dem Dröhnen seines Rotors nichts mehr zu hören war.

Ich hörte auf zu spielen. Der Hubschrauber stieß herab, schwenkte um, ratterte, kreiste, und während ich ihn noch wegen seines anhaltenden penetranten Lärms verfluchte und zu gern gewußt hätte, was irgend jemand in dieser verlassenen Gegend so früh an einem Sonntag zu suchen hatte, schien er wie ein Habicht eine Beute zu erspähen und schnellte zielbewußt darauf zu.

Die Beute, erkannte ich bestürzt, war die Hütte. Ich setzte mich und legte den Dudelsack auf meine Knie und beobachtete, was geschah.

Der Hubschrauber beschrieb einen Kreis und flog die Hütte von vorn an, zauderte über dem kleinen Plateau, glitt dann durch die Luft auf die Seite zu, wo mein Ersatzjeep stand, und setzte schließlich mit den langen Landekufen am Boden auf.

Der Motorenlärm erstarb, die Rotorblätter wurden langsamer.

Bis zum Äußersten angespannt, schaute ich zu. Ich war so reglos wie der Berg selbst, denn solange ich mich nicht rührte oder meinen Kopf über die Horizontlinie hob, war ich von unten gegen all die Felsen nicht zu erkennen.

Wenn die vier Schläger gekommen waren...

Wenn es die vier Schläger waren, würden sie mich in den Bergen zwar nicht kriegen, aber sie konnten wieder in mein Haus eindringen.

Sie konnten mein Bild zerstören.

Es war, als hätte ich ein Kind dort zurückgelassen. Ein schlafendes Kind. Unersetzlich. Wie hätte ich es ertragen können, wenn sie es zerstörten?

Nach einer tödlich langen Zeit kamen die Rotorblätter zum Stehen. Die Seitentür des Hubschraubers öffnete sich, und ein Mann sprang heraus. Eine kleine Gestalt, tief unter mir.

Einer.

Nicht vier.

Er blickte sich um und ging dann nach vorn, aus meinem Blickfeld, und mir wurde klar, daß er nachschaute, ob die Hüttentür offen war. Er tauchte wieder auf, sah in den Jeep, steckte den Kopf zur Hubschraubertür hinein, als rede er mit jemandem, und ging dann sichtlich frustriert zum Rand des Plateaus, von wo er auf die Straße im Tal hinuntersah.

Irgend etwas an der Haltung seiner Schultern, als er sich

wieder dem Hubschrauber zuwandte, kam mir bekannt vor, und endlich konnte ich aufatmen.

Jed, dachte ich. Es ist Jed.

Ich blies einen Schwall Luft in den Windsack auf meinen Knien, preßte ihn und spielte aufs Geratewohl vier oder fünf Töne auf der Melodiepfeife.

In der stillen, klaren Luft hörte Jed sie sofort. Er fuhr herum und blickte zu den Bergen hoch, wobei er die Augen gegen die Morgensonne abschirmte. Ich stand auf und winkte, und nach einigen Augenblicken entdeckte er mich und winkte zurück, beschwor mich mit ausladend kreisendem Arm, zu ihm herunterzukommen.

Keine gute Neuigkeit, dachte ich. Hubschrauber waren extrem.

Ich ging zu ihm hinunter, nicht gerade von Freude beflügelt.

»Wo haben Sie bloß gesteckt?« fragte er, sobald ich in Hörweite war. »Wir haben stundenlang versucht, Sie telefonisch zu erreichen.«

»Guten Morgen«, sagte ich.

»Ach, hören Sie auf. Wozu haben Sie denn eigentlich das Mobiltelefon?«

»Nicht, um es in den Bergen herumzuschleppen. Was ist passiert?«

»Nun...« Er zögerte.

»Sagen Sie's schon.«

»Es geht um Sir Ivan. Er hatte noch einen Herzanfall.«

»Nein! Ist es schlimm?«

»Er ist tot.«

Bewegungslos stand ich da und starrte ihn an.

»Er kann nicht tot sein«, sagte ich dümmlich. »Es ging ihm doch besser.«

»Es tut mir leid.«

Ich hätte nicht gedacht, daß es mir so nahegehen würde, aber es traf mich wirklich schwer. Der alte Knabe war mir in den letzten drei Wochen ans Herz gewachsen, ohne daß ich mir über die Tiefe meiner Zuneigung klargeworden wäre.

»Wann?« fragte ich. Als ob das eine Rolle spielte.

»Gestern abend spät. Ich weiß es nicht genau. Heute morgen vor sechs rief Ihre Mutter Höchstselbst an. Sie sagte, sie habe zwar Ihre Telefonnummer, aber Sie meldeten sich nicht, obwohl sie seit fünf versucht habe, Sie zu erreichen.«

Ich sagte verwirrt: »Am besten rufe ich sie gleich an.«

»Höchstselbst läßt Ihnen ausrichten, daß alle Anrufe jetzt auf den Anschluß von Sir Ivans Tochter geleitet werden und daß sie ihn nicht mehr zu Ihrer Mutter durchgestellt hat. Er sagt, Patsy hat völlig das Ruder übernommen und verhält sich uneinsichtig. Deshalb soll ich Sie mit dem Helikopter holen und Sie direkt nach Edinburgh bringen, damit Sie die nächste Maschine nach Süden nehmen. Er meinte, auf Diskussionen mit Patsy Benchmark könnten Sie verzichten.«

Da hatte er recht.

Wir gingen in die Hütte. Jed schien sprachlos über das Bild, erklärte sich aber bereit, noch einmal darauf aufzupassen, und wickelte es in sein Laken. Wir luden es in den Jeep, zusammen mit dem Dudelsack und meinen anderen Habseligkeiten. Ich packte ein paar Sachen für die Reise in den Matchsack. Wir sperrten die Hüttentür ab.

»Jed«, sagte ich verlegen in dem Bewußtsein, wieviel ich ihm schuldete.

»Gehen Sie schon.«

Mehr Worte waren wohl nicht nötig. Er bedeutete mir, in den Hubschrauber zu steigen, und sah uns nach, bis wir in der Luft kreisten, ehe er mit dem Jeep nach Hause fuhr.

11

Meine Mutter weinte.

Ich hielt sie fest, während sie von leisem Schluchzen geschüttelt wurde, in tiefem und schrecklichem Schmerz.

Ob sie jemals im stillen um meinen Vater geweint hatte, nach außen gefaßt, innerlich aber erschüttert? Ich war damals zu jung gewesen, um verständnisvoll auf sie einzugehen, und auch zu sehr mit meinen eigenen Gefühlen beschäftigt.

Als ich diesmal am Park Crescent ankam, wandte sie sich mir auf allen Ebenen zu, und es stand außer Zweifel, daß sie zutiefst aufgewühlt war.

Aus lebenslanger Gewohnheit straffte sie sich jedoch nach der aufschlußreichen ersten halben Stunde am ganzen Körper, nahm ihre Bewegungen zurück und puderte sich das Gesicht, um vielleicht nicht mir, aber doch der Welt Gelassenheit vorzuspiegeln.

Ivan war nicht mehr im Haus.

Als sie sprechen konnte, sagte sie mir, sie habe ihn am Abend vorher zur Schlafenszeit aufschreien hören und ihn dann auf der Treppe liegend gefunden.

»Es tut so weh...«

»Sprich nicht«, sagte ich.

Sie erzählte es mir nach und nach. Sie war schon im

Nachthemd gewesen und er im Schlafanzug. Sie wußte nicht, was er unten gewollt hatte. Er brauchte wegen nichts in die Küche zu gehen. Wasser und ein Glas standen an seinem Bett und ein Tablett mit anderen Getränken in seinem Studierzimmer. Er hatte ihr nicht gesagt, wieso er gerade heraufgekommen war. Er schien außer Atem zu sein, als habe er sich beeilt, aber warum hätte er sich beeilen sollen um diese Zeit, nach zehn?

Er hatte ihren Namen gesagt: »Viv... Vivienne...«
Ich drückte die Hand meiner Mutter.
Sie sagte: »Ich habe ihn geliebt.«
»Ich weiß.«
Eine lange Pause. Sie hatte große Angst ausgestanden. Wilfred hatte den Abend frei bekommen, weil es Ivan so viel besser gegangen war. Sie hatten ihm gesagt, sie würden ihn nicht mehr lange brauchen. Er hatte die Notapotheke auf Ivans Nachttisch bereitgestellt, und meine Mutter hatte sie schnell geholt. Sie hatte Ivan eine der winzigen Nitroglyzerintabletten unter die Zunge gelegt, war dann, obwohl er sie nicht gehen lassen wollte, zum Telefon geeilt und hatte wie durch ein Wunder Keith Robbiston zu Hause erreicht, der ihr sagte, er werde sofort einen Krankenwagen schikken.

Sie hatte Ivan noch eine Tablette unter die Zunge gelegt, und dann eine dritte.

Gegen die Schmerzen hatten sie nicht geholfen.
Sie saß auf der Treppe und hielt ihn fest.
Als es an der Tür klingelte, war sie hinuntergegangen, da sonst niemand im Haus war. Die Sanitäter waren sehr schnell gewesen. Sie hatten ihm eine Spritze gegeben und

Sauerstoff verabreicht, hatten ihn auf ihre Trage gelegt, ihn festgeschnallt und nach unten gebracht.

Sie hatte nur ihr Nachthemd an.

Die Männer waren freundlich zu ihr. Sie würden ihn gleich die Straße hinunter in die London Clinic bringen, da er dort Patient gewesen sei und Dr. Robbiston es so arrangiert habe. Sie kamen von einem privaten Rettungsdienst. Sie gaben meiner Mutter eine Karte.

»Eine *Karte*«, sagte sie verblüfft.

Auf dem Weg nach unten hatte sie Ivan die Hand gehalten.

Keith Robbiston war eingetroffen.

Er hatte gewartet, während sie sich anzog, und sie zu der Klinik gefahren.

Eine lange, lange Pause.

»Ich war nicht bei ihm, als er starb«, sagte sie.

Ich drückte ihre Hand.

»Keith sagte, sie hätten alles nur mögliche getan.«

»Bestimmt.«

»Er starb, bevor sie ihn in den OP bringen konnten.«

Ich hielt sie einfach fest.

»*Was soll ich nur machen?*«

Das war vermutlich der Aufschrei aller Zurückbleibenden, auf den es keine Antwort gab.

Erst am nächsten Tag, einem Montag, rauschte Patsy herein. Sie freute sich nicht, mich zu sehen, sah aber offenbar ein, daß meine Anwesenheit unvermeidlich war.

Sie war energisch, entschlossen, ganz die Managerin. Die Trauer um ihren Vater – und man mußte ihr, so überstrapaziert das Wort auch sein mochte, schon zugestehen, daß sie über seinen Tod »unglücklich« war – kam vornehmlich darin zum Ausdruck, daß sie tapfer ein weißes Papiertaschentuch zur Eindämmung der Tränen bereithielt.

»Mein lieber Vater«, gab sie bekannt und schneuzte sich leise, »wird am Donnerstag im Krematorium Cockfosters eingeäschert; um zehn ist dort ein Platz frei, weil eine andere Beisetzung verschoben wurde. Ihr wärt entsetzt, wie schwer es ist, so etwas zu regeln... also, ich habe den Termin zugesagt und hoffe, es ist dir nicht zu früh, Vivienne? Und anschließend sind natürlich alle hierher eingeladen, dafür habe ich bei einem Gastroservice Getränke und ein kaltes Büfett bestellt...«

Sie redete weiter über die Beisetzungsvorkehrungen und die Traueranzeigen und die Sitzordnung in der Kapelle, und sie hatte den Jockey-Club benachrichtigt und Ivans Kollegen zur Totenwache eingeladen, und anscheinend hatte sie das meiste davon heute morgen, während ich das Frühstück zubereitete, erledigt. Ich war zugegebenermaßen froh, mich nicht darum kümmern zu müssen, und meine Mutter sagte wie hypnotisiert einfach immer wieder: »Danke, Patsy.«

»Möchtest du Blumen?« wollte Patsy von ihr wissen. »In den Traueranzeigen habe ich stehen, ›keine Blumen‹. Auf dem Sarg nur ein Kranz von dir, meinst du nicht? Und natürlich einer von mir. Soll ich das arrangieren? Der Gastroservice bringt natürlich Blumen für das Büfett mit... Und ich muß noch rasch runter zu Lois, ihr sagen, daß sie das Silber putzt...«

Meine Mutter sah erschöpft aus, als Patsy ging.

»Sie hat ihn geliebt«, sagte sie schwach, als wollte sie sie verteidigen.

Ich nickte. »Das zeigt sie durch ihre Aktivität.«

»Wie bringst du nur Verständnis für sie auf, wo sie immer so gemein zu dir ist?«

Ich zuckte die Achseln. Meine Freundin würde sie bei noch so viel Verständnis nicht sein.

Irgendwie bewältigten wir die nächsten Tage. Ich kochte für meine Mutter; Edna warf den Kopf zurück. Als meine Mutter hilflos fragte, ob sie zur Beisetzung unbedingt einen schwarzen Hut tragen müsse – denn ihr graue vor dem Einkauf –, besorgte ich ihr einen und heftete eine große weiße Seidenrose an die breite Krempe. Zum Malen schön sah sie damit aus, obwohl ich mich gerade noch enthalten konnte, das zu sagen.

An einem Nachmittag schauten wir uns den aufgebahrten Ivan beim Bestatter an. Er sah blaß und friedlich aus; meine Mutter küßte ihn auf die Stirn und bemerkte auf dem Heimweg, er sei eisig kalt gewesen, gar nicht wie im Leben; und ich behielt für mich, daß die Kälte nicht vom Tod, sondern von effizienter Kühlung kam.

Für Donnerstag morgen bestellte ich einen Wagen mit Fahrer, der uns beide zum Krematorium und wieder zurück bringen sollte. Ich hatte eigens eine ganze Anzahl Bekannter und Geschäftsfreunde von Ivan gebeten, zum Park Crescent zu kommen, auch wenn sie der Feuerbestattung nicht beiwohnen mochten, aber schließlich hatte der alte Knabe dann doch ein volles Haus in Cockfosters, eine beredte und bewegende Huldigung an einen guten Menschen.

»Die ganze Brauerei ist hier«, sagte meine Mutter leise. »Die ganze Belegschaft.«

Wie wir erfuhren, hatten sie einen Bus gemietet und Überstunden eingeplant, um die Zeit wettzumachen.

Die Rennsportfreunde waren gekommen. Viele hohe Tiere und Besitzer. Einige ihrer Stallangestellten begleiteten Emily.

Höchstselbst kam mit seiner Gräfin. Jamie kam, aufgeräumt wie immer, mit seiner hübschen Frau.

Patsy, mit Gatte und Tochter, begegnete allen freundlich.

Meine Mutter sah ätherisch aus und vergoß keine Tränen.

Chris Young tauchte als die Sekretärin verkleidet neben mir auf, um mich auch bei diesem Anlaß vor Surtees zu schützen.

Patsy hatte sich Zeit genommen, den zuständigen Pfarrer gut einzuweisen, so daß er sachlich und fundiert über Ivans Leben sprach; und Höchstselbst, der eine Laudatio hielt, zitierte zu meiner Überraschung aus der Übersetzung von Bedes Sterbelied. »Mehr braucht man nicht zu wissen, bevor man aufbricht zu jener plötzlichen Reise, als was der Seele zugerechnet wird, an Gutem und an Bösem, nach dem Sterbetag«, sagte er und erklärte, Ivan Westering habe sich auf Erden so vorbildlich verhalten, daß ihm jetzt, nach seinem Sterbetag, nur Gutes zugerechnet werde.

Alles in allem, eindrucksvoll.

Der große Salon am Park Crescent war anschließend voll von Trauergästen, und ich sah, daß Patsy mit der von ihr geschätzten Zahl weit richtiger lag als ich. Dennoch mußte der Gastroservice zeitig Nachschub holen.

Tobias Tollright kam und auch Margaret Morden. Ich bat sie beide, zu bleiben, bis sich das Gedränge gelegt hatte, damit wir über die Brauerei beraten könnten, und wurde von Desmond Finch siegesfroh darauf hingewiesen, daß mit Ivans Tod meine sämtlichen Vollmachten erloschen waren und ich im Hinblick auf Ivan oder die Brauerei nichts mehr zu sagen hatte.

Oliver Grantchester spielte sich im Krematorium wie auch am Park Crescent als die Güte in Person auf; als wäre Ivan erst durch ihn groß geworden; als hätte er alle Erfolge und richtigen Entscheidungen ihm zu verdanken gehabt. »Natürlich hat er sich regelmäßig bei mir Rat geholt«, hörte ich ihn sagen, und er merkte, daß ich zuhörte, und warf mir einen von Patsy inspirierten, mißbilligenden Seitenblick zu. Ihn mußte ich nicht bitten, noch zu einer Besprechung zu bleiben; es sah ganz so aus, als wollte er selbst eine abhalten.

Ich hatte Lois und Edna eingeladen, an dem Schmaus teilzunehmen, doch sie blieben stur im Souterrain. Wilfred trank nur ein Glas Sekt, sprach ein paar Worte mit Patsy und ging zu ihnen hinunter. Er fand, ich hätte seine Dienste nicht hinreichend zu würdigen gewußt. Edna zufolge gab er mir die Schuld daran, daß er nicht dagewesen war, als Ivan ihn gebraucht hätte. Daß ich selbst in Schottland gewesen war, sprach mich von dem Vorwurf nicht frei.

Emilys Pferdepfleger aßen und tranken mit Blick auf die Waage, sprachen meiner Mutter verlegen, aber aufrichtig ihr Beileid aus und gingen, während Emily noch blieb.

Emily beobachtete Chris und stellte dabei offensichtlich Mutmaßungen an, nicht über seine/ihre Geschlechtszugehörigkeit, sondern darüber, ob die große, langbeinige Brünette mit den schwarzen Strümpfen, dem unpassend kurzen Rock und dem weiten schwarzen Pullover eine Freundin war, die an unserem noch bestehenden Verhältnis etwas ändern könnte.

Chris trug weiße Rüschen um die dicken Handgelenke und einen unauffälligen kleinen Rüschenkragen um den Hals. Er hatte eine kleine schwarze Handtasche dabei. Tobias versuchte ihn anzumachen. Sie konnten sich vor Lachen kaum halten. »Ihr seid auf einer Beerdigung, Herrgott noch mal«, sagte ich zu ihnen.

Keith Robbiston kam hereingestürzt, ein Auge auf der Armbanduhr, küßte meine Mutter auf die Wange, sagte ihr tröstende Worte ins Ohr, erhielt von ihr ein dankbares Lächeln. Er gab mir die Hand, nickte und verbeugte sich leicht vor Patsy, die finster dreinschaute, als wäre der Arzt für Ivans Tod verantwortlich. In den letzten Tagen hatte sie auch gesagt, daß Ivan offensichtlich noch im Krankenhaus hätte bleiben und vor Streß bewahrt werden sollen, obwohl das, als Ivan noch lebte, nicht ihre Rede gewesen war und sie selbst für erheblichen Streß gesorgt hatte.

Keith Robbiston gab Oliver Grantchester die Hand, beider Rücken steif vor Abneigung, dann hatte er seine Schuldigkeit getan, gab meiner Mutter noch ein Küßchen auf die Wange und verschwand.

Ich wanderte im Salon umher, ein Glas Sekt in der Hand, nach dem mir nicht zumute war, und dankte den Leuten, daß sie gekommen waren.

Der Sekt war gut. Die Kanapees waren gut. Patsy hatte vom Feinsten bestellt.

Eine Frau stand abseits in einer Ecke des Raums, und da sie sich mit niemand unterhielt und ein wenig verloren aussah, schlenderte ich hin, um sie einzubeziehen.

»Sie haben keinen Sekt«, sagte ich.

»Das macht nichts.«

Eine einfache Frau, die sich unter Ivans Freunden nicht wohl fühlte. Tweedrock, glänzende hellblaue Bluse, braune Strickjacke, flache Schuhe, Perlenkette. Um die Sechzig.

»Nehmen Sie mein Glas«, sagte ich und hielt es ihr hin. »Ich habe noch nicht daraus getrunken. Ich hole mir ein neues.«

»Aber das geht doch nicht.« Sie nahm jedoch das Glas, trank einen Schluck und betrachtete mich über den Rand hinweg.

»Ich bin Lady Westerings Sohn«, sagte ich.

»Ja, ich weiß. Ich habe Sie schon öfter gesehen.« Dann, auf meine Überraschung hin: »Ich wohne nebenan. Ich bin die Hausmeisterin hier. Da wollte ich Sir Ivan doch die letzte Ehre erweisen. Lady Westering hat mich eingeladen. Sie waren beide immer gut zu mir. Wirklich nette Leute.«

»Ja.«

»Es tut mir so leid, daß Sir Ivan gestorben ist. Hat er gefunden, was er gesucht hat?«

»Ehm...«, sagte ich. »Was hat er denn gesucht?«

»Richtig verzweifelt war er, der arme Mann.«

»So?« fragte ich, nur halb interessiert. »Wann denn?«

»An dem Abend, als er gestorben ist, natürlich.«

Sie merkte, wie ich plötzlich aufhorchte, und wurde nervös.

»Es ist schon in Ordnung, Mrs., ehm...«, versicherte ich ihr, um uns beide zu beruhigen. »Ich weiß leider Ihren Namen nicht.«

»Hall. Connie Hall.«

»Mrs. Hall. Bitte erzählen Sie mir von dem Abend, als Sir Ivan starb.«

»Ich hatte meinen kleinen Hund ausgeführt, wie jeden Abend vor dem Schlafengehen.«

»Verstehe«, sagte ich und nickte.

Beruhigt fuhr sie fort: »Als ich zurückkam – zum Nachbarhaus, meine ich – war Sir Ivan draußen auf der Straße, in Schlafanzug und Hausmantel, der Ärmste, und er war *außer sich,* anders kann man das nicht nennen. *Außer sich.*«

»Mrs. Hall«, fragte ich eindringlich, »weswegen war er außer sich?«

Sie legte ihre Nervosität ab und bekam Lust, mir ihre Geschichte zu erzählen.

»Es war so gar nicht seine Art, verstehen Sie? Ich meine, ich hatte ihn nicht im Kopf als jemand, der Schlafanzüge trägt wie jeder andere, und ich habe ihn auch gar nicht erkannt und ihm ziemlich unwirsch gesagt, er solle verschwinden und die Müllsäcke in Ruhe lassen, er hatte nämlich in den schwarzen Plastiksäcken herumgestöbert, und erst als er sich umdrehte, erkannte ich ihn, und er sagte: ›Ach, Mrs. Hall, wann kommt die Müllabfuhr?‹ Dabei war es doch schon nach zehn. Ich sagte ihm, daß sie montag-, mittwoch- und freitagmorgens kommt – daran sieht man schon, daß das hier eine bessere Wohngegend ist, nicht so ein Viertel, wo sie den Müll, wenn's gutgeht, einmal die Woche abfahren –, und er hat die Säcke mit den Fingernägeln aufgerissen... und reingeschaut... er war ja so *fertig...* und ich fragte ihn, ob ich ihm helfen könnte, und... und...«

Connie Hall schwieg von der Erinnerung bedrückt und trank ihr Glas aus.

Ich drehte mich um hundertachtzig Grad, gewahrte Chris dicht hinter mir und schnappte mir sein volles Sektglas.

»He!« protestierte er.

»Holen Sie sich ein neues.«

Ich wandte mich wieder Connie Hall zu und tauschte Chris' Glas gegen das leere in ihrer Hand aus.

»Sie machen mich noch beschwipst«, meinte sie.

»Was hat Sir Ivan in den Müllsäcken gesucht?« fragte ich.

»Hat er Ihnen das gesagt?«

»Das war schon seltsam«, erwiderte sie, »er hat die Säcke richtig ausgeräumt.«

Ich wartete zerstreut lächelnd, während sie trank.

»Er sagte, er sucht eine leere Schachtel.« Sie runzelte die Stirn. »Ich fragte ihn, was für eine, und er sagte, Lois müsse sie weggeworfen haben. Er war so furchtbar aufgeregt...«

»Was für eine Schachtel?«

»Für Papiertaschentücher, glaube ich. Ich meine, das hätte er gesagt. Aber warum sollte jemand so hinter einer Taschentuchschachtel her sein?«

Guter Gott, dachte ich. *Was hatte daraufgestanden?*

Ich sagte: »Haben Sie meiner Mutter davon erzählt?«

»Nein.« Sie schüttelte den grauhaarigen Kopf. »Ich wollte sie nicht aufregen. Sir Ivan hat den ganzen Abfall da einfach liegenlassen und ist wieder ins Haus – die Tür war offen. Er wolle in der Küche nachsehen, sagte er, und ich sagte ihm gute Nacht und bin mit meinem Hund rein, und als ich am nächsten Tag hörte, Sir Ivan sei tot, war das ein furchtbarer Schock.«

»Das glaube ich... hat Sir Ivan Ihnen vielleicht gesagt, *warum* er die Schachtel suchte?«

»Nein, aber er hat so mit sich selbst geredet. Lois würde immer alles verräumen oder so.«

»Sonst nichts?«

»Nein. Aber ganz beieinander kann er wohl nicht gewesen sein, der arme Sir Ivan, wenn er im Schlafanzug Müllsäcke durchwühlt, oder?«

»Tja... Danke, daß Sie es mir erzählt haben, Mrs. Hall. Mögen Sie geräucherten Lachs?«

Ich besorgte ihr einen Teller mit Leckereien und brachte sie mit einer anderen Nachbarin vom Park Crescent zusammen, doch später sah ich sie mit Patsy reden, schloß aus ihren Gesten und dem Eifer, mit dem sie dabei war, daß sie ihr die gleiche Geschichte erzählte, und empfand ein tiefes Unbehagen, ohne recht zu wissen, warum.

Surtees stand neben Patsy, hörte zu und warf mir, als er merkte, daß ich ihn ansah, einen so durch und durch feindseligen Blick zu, daß Chris mir »Himmel!« ins Ohr flüsterte.

Bis aufs Blut gereizt, dachte ich. Vernünftige und beherrschte Menschen sannen nicht auf Mord. Surtees mochte ein Narr sein, aber er wirkte auf mich zudem so instabil und explosiv wie Wasserstoff.

Auch Höchstselbst bekam den nackten Ausdruck unkontrollierten Hasses mit, gegen den Patsys Dauerfeindschaft direkt harmlos erschien, und fragte verblüfft: »Womit hast du das denn verdient?«

»Wahrscheinlich gefiel es ihm nicht, bei Emily im Stall eingesperrt zu sein.«

»Rückblickend ein ungünstiger Zug.«

»Mhm.« Ich zuckte die Achseln. »Nicht mehr zu ändern.«

»Stell mich deiner Freundin vor«, sagte mein Onkel, zu Chris schauend.

»Ach, ehm... Lord Kinloch«, sagte ich zu Chris, und zu meinem Onkel: »Christina.«

Höchstselbst sagte: »Guten Tag.«

Chris schüttelte stumm den Kopf, wenn er auch mit Schwung die Rüschenhand ausstreckte. Mein Onkel sah mich fragend an. Ich gab ihm ein Lächeln, aber keine Erklärung. Chris blieb hinter mir.

Nach und nach leerte sich der Salon bis auf diejenigen, die Ivan privat oder geschäftlich nahegestanden hatten. Eine förmliche Testamentseröffnung gab es nicht, da Ivans Verfügungen bekannt und bereits hinreichend erörtert worden waren – die Brauerei ging an Patsy, alles andere auf Lebenszeit an meine Mutter, nach deren Tod dann ebenfalls an Patsy. Entgegen ihren Befürchtungen war Ivan von dem, was er seiner Tochter versprochen hatte, nie abgekommen, auch wenn sie mir dafür jetzt nur eine Siegermiene zeigte, statt sich zu entschuldigen.

Oliver Grantchester, der es seiner lauten, gebieterischen Art entsprechend wie selbstverständlich übernommen hatte, die halb geschäftliche Besprechung zu organisieren, räusperte sich vernehmlich und sagte ein paarmal »Ruhe bitte«, bis alle zuhörten. »Ich schlage vor«, sagte er, »daß wir uns nun zusammensetzen und uns über die nahe Zukunft unterhalten.«

Alle nahmen den Vorschlag an, und ich blickte in die planlos auf Sofas, Sessel und Hocker verteilte Runde; auf meine Mutter, die Emily zur einen und mich zur anderen Seite hatte, auf Patsy mit Surtees (grimmig) und Xenia (zapplig), auf Margaret Morden und Tobe, auf Höchstselbst (allein, seine Gräfin hatte er mit James und dessen Frau weggeschickt), auf Oliver (präsidierend), auf Desmond Finch (blasiert lächelnd) und schließlich auf Chris neben mir.

Chris schlug die langen Beine in den schwarzen Strumpfhosen übereinander und ließ viel Schenkel sehen. Seine Füße steckten in schwarzen Pumps mit mittelhohen Absätzen (»Keine Sorge, ich kann damit rennen«, hatte er gesagt).

Oliver starrte ihn ungehalten an. »Sie können jetzt gehen«, sagte er.

Ich war drauf und dran, zu erwidern: »Ich möchte, daß er bleibt...«, biß mir bei dem »er« fast die Zunge ab und konnte es im letzten Augenblick noch in ein »sie« verwandeln. »Ich habe Christina gebeten, zu bleiben«, wiederholte ich. »Sie ist mein Gast im Haus meiner Mutter.«

Niemand wandte mehr etwas ein. Tobe hielt sich die Hände vors Gesicht. Sein Körper bebte.

Oliver sagte mit Genugtuung: »Wie wir alle wissen, ist die Vollmacht, die Ivan Alexander erteilt hat, mit seinem Tod erloschen. Alexander ist also nicht befugt, in Angelegenheiten, die Ivans Nachlaß betreffen, tätig zu werden. Patsy verbietet ihm das vielmehr.«

Patsy nickte heftig. Surtees grinste hämisch. Xenia, die zu jung war, um das Gesagte zu verstehen, verströmte Haß aus zweiter Hand.

Ich meinte freundlich: »Es gibt noch den Testamentsnachtrag –«

»Selbst wenn Ivan den geschrieben hat«, unterbrach Oliver, »er ist nicht auffindbar. Wir können davon ausgehen, daß er von Ivan wie angekündigt zerrissen wurde.«

»Er hat ihn nicht zerrissen. Er hat ihn mir in Verwahrung gegeben.«

»Das ist uns bekannt«, sagte Oliver ungeduldig, »und er hat ihn wieder zurückgefordert. Wir waren alle dabei. Sie mußten ihn ihm zurückgeben.«

»Er ist nicht hier im Haus«, sagte Patsy.

»Hast du ihn gesucht?« fragte ich interessiert.

Sie starrte mich böse an.

»Er ist nicht in meiner Kanzlei«, sagte Grantchester ungerührt. »Wir können getrost davon ausgehen, daß er nicht mehr existiert.«

»Nein«, sagte ich. »Ivan hat ihn mir später wieder anvertraut, und ich habe ihn jetzt dabei.«

Sowohl Patsy wie Grantchester waren wütend und aus dem Konzept gebracht. Meine Mutter nickte mit dem Kopf: »Ivan hat ihn Alexander zurückgegeben«, und den übrigen schien die Sache einerlei zu sein.

»Dann geben Sie ihn mir, und ich lese ihn vor«, sagte Grantchester.

Ich zögerte. »Vielleicht darf Tobias ihn vorlesen«, sagte ich höflich. »Wären Sie so nett, Tobe?«

Er hatte mit Mühe aufgehört zu lachen. Er stehe immer gern zu Diensten, sagte er.

Ich wandte mich Chris zu, der seine schwarze Lederhandtasche öffnete und das Kuvert mit dem Nachtrag herausnahm. Wie ich wußte, enthielt die Tasche auch ein parfümiertes Spitzentaschentuch, einen Lippenstift und einen ganz und gar ungesetzlichen Schlagring. Nicht nur Tobe hatte mit dem Lachen zu kämpfen.

Ich ging mit dem Kuvert zu Tobias und sagte: »Ivan hat

seinen Namen und das Datum zweimal quer über die zugeklebte Umschlagklappe geschrieben. Sie können sich überzeugen, daß ich es nicht angerührt habe.«

Ernst prüfte Tobias das Kuvert, gab bekannt, daß es intakt war, riß es auf und nahm den Bogen Papier heraus.

Er las die Einleitung vor, dann: »Ich vermache meine Rennpferde Emily Jane Kinloch, geborene Cox.«

Emily schnappte nach Luft, zu bewegt, um zu weinen.

Tobias fuhr fort: »Ich vermache den Pokal, der als King-Alfred-Goldcup bekannt ist, meinem Freund Robert Graf Kinloch.«

Höchstselbst verschlug es die Sprache.

Tobias las: »Ich ernenne meinen Stiefsohn Alexander Kinloch zu meinem Testamentsvollstrecker, in Verbindung mit den beiden bereits letztwillig von mir benannten Testamentsvollstreckern, nämlich Oliver Grantchester und Robert Graf Kinloch.«

Patsy stand steif vor Zorn auf und fragte: »Was heißt, er ernennt Alexander zum Testamentsvollstrecker?«

»Das heißt«, erklärte Höchstselbst mit unbeteiligter Stimme, »daß Alexander verpflichtet ist, den Nachlaß deines Vaters mit abzuwickeln.«

»Willst du damit sagen, er hat in den Angelegenheiten der Brauerei immer noch mitzureden?«

»Ja. Bis der Nachlaß deines Vaters geregelt ist.«

»Das darf doch nicht wahr sein!« Sie wandte sich an den Anwalt. »Oliver! Sagen Sie, daß er sich irrt.«

Grantchester sagte bedauernd: »Wenn der Testamentsnachtrag ordnungsgemäß aufgesetzt und unterschriftlich bezeugt wurde, hat Lord Kinloch recht.«

Tobias stand auf, ging im Zimmer umher und zeigte einem nach dem anderen den Nachtrag. »Er ist in Sir Ivans Handschrift abgefaßt.«

»Und die Zeugen?« wollte Patsy wissen, noch bevor er zu ihr kam. »Wer waren die?«

»Die Zeugen«, sagte meine Mutter, »waren sein Pfleger Wilfred und unsere Putzhilfe Lois. Ich habe gesehen, wie sie Ivans Unterschrift bezeugt haben. Es hat alles seine Richtigkeit. Ivan war sehr vorsichtig.«

Patsy starrte lange auf das Schriftstück. »Dazu hatte er kein Recht...«

»Es war sein gutes Recht«, sagte Höchstselbst. »Alexander wird mit Mr. Grantchester und mir gemeinsam alles tun, um die Angelegenheiten deines Vaters zu einem guten Abschluß zu bringen. Warum erkennst du nicht an, daß die Brauerei heute nur dank Alexanders Bemühungen noch existiert, dank seiner Zusammenarbeit mit Mr. Tollright und Mrs. Morden« – hier verneigte er sich leicht vor den Genannten –, »und warum siehst du nicht ein, daß dein Vater mit gutem Grund auf Alexanders Integrität vertraut hat...?«

»Laß es«, versuchte ich ihn zu bremsen.

»Für dich selbst sprichst du ja nicht, Alexander.«

»Und wenn schon.«

Ich mußte daran denken, daß Ivans Vertrauen ein wenig wankend gewesen war und daß er auch Norman Quorn vertraut hatte, aber als Argument, um Patsys Feindseligkeit entgegenzuwirken, war es vielleicht trotzdem nicht schlecht.

Grantchester kehrte elegant wieder zu seinem geplanten Überblick zurück und akzeptierte die Nachtragsbestimmungen jetzt als Tatsachen, was immer er persönlich davon hielt.

»Das Pferd Golden Malt...«, setzte er an.

»Läuft Sonntag in acht Tagen im King-Alfred-Goldcup«, sagte Emily mit fester Stimme.

Grantchester zog die Augenbrauen hoch. »Anscheinend weiß doch niemand, wo das Pferd ist.«

Surtees fuhr wie ein Springteufel in die Höhe und zeigte anklagend auf mich. »*Er* weiß, wo es ist!« Seine Stimme war unnötig laut. »Er soll es Ihnen sagen!«

»Nach der Testamentsbestätigung gehört das Pferd Emily«, schaltete sich Höchstselbst ein. »Bis dahin kann es mit Genehmigung der Vollstrecker Rennen laufen.«

»Es gehört der Brauerei!« rief Surtees störrisch. »Alexander hat's gestohlen. Dafür bringe ich ihn in den Knast.«

Selbst der Anwalt verlor die Geduld mit ihm. Er sagte: »Ganz gleich, ob das Pferd letztlich Mrs. Cox oder der Brauerei zugesprochen wird, die Testamentsvollstrecker dürfen es auf jeden Fall zum Rennen freigeben, da es, wenn es nicht läuft, an Wert verlieren kann, was wiederum auf die mit der Durchführung des letzten Willens Beauftragten zurückfiele. Wenn uns Mrs. Cox versichert, daß das Pferd allen rennsportlichen Bestimmungen gemäß in Cheltenham antreten kann, dann werden Lord Kinloch, Alexander und ich es nach dem Willen des Erblassers auch als Starter angeben.«

Alle Achtung, dachte ich.

Surtees kochte.

Emily meinte liebenswürdig, sie sei sicher, alle Bestimmungen einhalten zu können.

Surtees setzte sich, stumm wie ein verstopfter Vulkan, brodelnd, jederzeit zum Ausbruch bereit.

»Nun also«, schritt Oliver Grantchester majestätisch in der Tagesordnung weiter, »zu dem Ehrenpreis, dem King-Alfred-Pokal. Wo ist er?«

Niemand antwortete.

Meine Mutter sagte schließlich leise: »Ivan bringt nie – o je, hat nie den echten Pokal auf die Rennbahn gebracht. Der ist dafür viel zu wertvoll. Aber vor ein paar Jahren hat er einige kleinere Duplikate anfertigen lassen. Davon müßten noch ein oder zwei da sein. Der Besitzer des Siegers bekommt immer ein Duplikat.«

Desmond Finch räusperte sich und ließ das Silbergestell seiner Brille blitzen, während er bekanntgab, daß in der gesicherten Vitrine in Sir Ivans Büro noch zwei davon stünden.

»Damit wäre der Pokal vom Tisch«, meinte Höchstselbst vergnügt, doch Patsy fuhr ihn an: »Dein teurer Alexander hat sich das Original gekrallt. Sag ihm, er soll es herausgeben. Und ganz gleich, wie mein Vater das gesehen hat, der Pokal gehört der Brauerei. Er gehört *mir*.«

»Ich bin sicher«, sagte Höchstselbst mit weltgewandter Höflichkeit, »daß wir einen Weg finden, unsere Differenzen gütlich beizulegen. Hieltest du es nicht auch für unklug, unsere privaten Probleme in der Öffentlichkeit auszubreiten? Aus eben diesem Grund hat dein Vater auch über die schrecklichen finanziellen Verluste der Firma Stillschweigen bewahrt. Er würde mit Sicherheit nicht wollen, daß du aus Groll das hart erarbeitete Vermögen wegwirfst, das er dir übergeben hat.«

Ich sah Patsy nicht an. Ihr Haß auf mich trübte ihr Denkvermögen immer gewaltig. Im Lauf der Jahre hatte ich so viele Beleidigungen von ihr eingesteckt, daß mich die Zukunft der Brauerei jetzt nur noch wegen Ivans Andenken kümmerte. Ich wollte zurück in die Berge. Ich sehnte mich danach.

Oliver Grantchester spulte sein Programm ab, ein Ausschußmensch bis in die Fingerspitzen. Die Testamentsvollstrecker würden dies tun, die Testamentsvollstrecker würden das tun, und da mein Onkel nichts einzuwenden oder hinzuzufügen hatte, hielt auch ich mich zurück.

Tobias beendete die Sitzung schließlich, indem er einen zerkauten Zahnstocher ablegte und meine Mutter bat, ihn zu entschuldigen, er müsse zum Flugzeug, denn er wolle übers Wochenende nach Paris.

»Montag bin ich wieder da«, sagte er zu mir. »Ab Dienstag im Büro, falls Sie irgendeine Erleuchtung haben.«

Patsy, ganz Ohr, wollte wissen, was ausgerechnet ich für eine Erleuchtung haben könnte.

»Den Verbleib der verschwundenen Brauereimillionen betreffend«, sagte er und setzte, um ihr den gehässigen Mund zu verschließen, gleich hinzu: »Sie sollten beten, daß er da eine Erleuchtung hat, denn es sind jetzt Ihre Millionen, begreifen Sie das nicht? Wiederschaun.« Und er gab mir einen Klaps auf den Arm. »Spielen Sie nicht auf den Bahngleisen.«

Als Tobias gegangen war, fragte mich Chris, was er tun solle.

»Folgen Sie Surtees«, sagte ich sofort. »Ich will wissen, wo er ist.«

Chris schaute auf seine Kleider. »Er weiß, wie ich aussehe.«

»Gehen Sie zwei Etagen höher«, sagte ich. »Da oben rechts ist mein Zimmer. Nehmen Sie sich, was Sie brauchen. Auf der Kommode liegt Geld. Stecken Sie's ein.«

Er nickte und verließ unauffällig den Raum, und nur Emily, die neben mir auftauchte, schien es bemerkt zu haben.

»Schläfst du mit Christina?« fragte sie unverblümt. »Ihr kennt euch gut.«

Ich lachte beinah, machte aber ein Lächeln draus. »Ich schlafe nicht mit ihr und werde es auch nie tun.«

»Sie läßt dich nicht aus den Augen.«

»Wie geht's Golden Malt?«

»Gut. Du bist furchtbar.«

»Hat dich Surtees belästigt?«

Emily blickte auf die andere Seite des Zimmers, wo er sich mit Grantchester unterhielt und mit dem Zeigefinger Löcher in die Luft bohrte. »Er hat das Pferd nicht gefunden. Er findet es auch nicht. Ich war zweimal bei Jimmy Jennings. Da ist alles ruhig. Ich glaube sogar, daß die Ortsveränderung Golden Malt guttut. Vorgestern war er wirklich auf Draht.«

»Er gehört jetzt dir.«

Sie blinzelte mehrmals. »Wußtest du, daß Ivan das vorhatte?«

Ich nickte. »Er hat es mir gesagt.«

»Ich konnte ihn gut leiden.«

Es schien mir ganz natürlich, die Arme um sie zu legen. Sie drückte mich.

»Jimmy hat mir das Bild von dem Jockey gezeigt«, sagte sie. »Du hast ihm damit Mut gemacht, meint er.«

Ich küßte schweigend ihr Haar. Wir hatten alles Nötige gesagt. Sie löste sich ruhig von mir und ging zu meiner trostbedürftigen Mutter.

Aufbruchstimmung kam auf. Höchstselbst klopfte mir breit lächelnd auf die Schulter, sagte mir, daß er die nächsten zehn Tage noch in seiner Londoner Wohnung sei, bekräftigte seine Absicht, sich das Pferderennen in Cheltenham anzusehen, und nannte meine Mutter, die er zärtlich auf die Wange küßte, »meine liebe, liebe Vivienne.«

Emily winkte zum Abschied. Desmond Finch, immer hektisch, flatterte davon. Margaret Morden empfahl sich. Oliver Grantchester schloß gewichtig seine Aktentasche.

Chris Young kam leichtfüßig die Treppe hinunter, lief an der Salontür vorbei und verschwand rasch nach draußen.

»Wer war das denn?« fragte meine Mutter arglos, als sie durchs Fenster die Gestalt mit den kurzen hellbraunen Haaren, der weiten Jacke, den hochgerollten Jeans und den schlappenden, zu großen Turnschuhen sah, die sich im Laufschritt entfernte.

»Einer vom Gastroservice?« meinte ich beiläufig.

Sie verlor das Interesse. »Hast du mit Connie Hall von nebenan gesprochen?«

»Ja.«

Sie sah bedrückt aus. »Patsy hat mir gesagt, was Connie Hall ihr von Ivan und dem Durchstöbern der Müllsäcke erzählt hat.«

Typisch Patsy. Ich sagte: »Mrs. Hall wollte dich nicht aufregen.«

»Jetzt ist Patsy glaub ich in die Küche gegangen, um Lois danach zu fragen«, sagte meine Mutter unglücklich.

Ich schaute mich im Salon um. Surtees, Xenia, Grantchester noch, aber keine Patsy.

»Dann laß uns runtergehen«, schlug ich vor und nahm sie mit nach unten, wo Lois den Kopf zurückwarf, als wäre die leiseste Andeutung, ihre Arbeit könnte nicht vollkommen sein, schon eine Beleidigung. Edna sekundierte ihr, indem sie rhythmisch mit dem Kopf nickte.

Die Leute vom Gastroservice, über den ganzen großen Raum verteilt, packten ihre Ausrüstung zusammen. Ich fädelte mich zwischen ihnen durch, meine Mutter hinter mir, und kam bei Patsy an, als Lois gerade empört sagte: »... Natürlich habe ich die Schachtel weggeworfen. Da waren nur noch zwei Taschentücher drin, und die hab ich verbraucht. Dafür habe ich Sir Ivan eine neue hingestellt, was ist denn daran *falsch*?«

»Haben Sie nicht nachgesehen, ob auf der Unterseite etwas notiert war?«

»Natürlich nicht«, sagte Lois verächtlich. »Wer inspiziert denn leere Taschentuchspender?«

»Sie müssen doch gewußt haben, daß mein Vater auf den Schachteln immer Sachen notiert hat.«

»Woher sollte ich das wissen?«

»Sie haben ja seinen Notizblock immer auf den Schreibtisch geräumt, so daß er nicht dran konnte.«

Patsy hatte zwar recht, aber wie vorauszusehen (man kennt das aus der Gesetzgebung) erreichte sie das Gegenteil dessen, was sie bezweckte.

Allzusehr in ihrer Ehre gekränkt, zog Lois die Luft in

beide Lungen und warf sich in die nicht unbeträchtliche Brust. »Sir Ivan hat sich nie beklagt«, erklärte sie selbstgerecht, »und wenn Sie hier andeuten wollen, daß er wegen einer blöden Pappschachtel den Herzanfall bekommen hat und daß es meine Schuld ist, dann... dann gehe ich zu meinem Anwalt!«

Geübt warf sie den Kopf zurück. Es war allen klar, daß sie gar keinen Anwalt hatte. Nicht einmal Patsy war so töricht, darauf hinzuweisen.

Meine erschöpft wirkende Mutter sagte beschwichtigend: »Natürlich war es nicht Ihre Schuld, Lois.« Sie wandte sich zum Gehen, hielt dann inne und sagte zu mir: »Ich gehe hinauf in mein Zimmer, Alexander. Würdest du mir einen Tee bringen?«

»Klar.«

»Patsy« – meine Mutter zögerte –, »vielen Dank, daß du alles so gut arrangiert hast. Ich hätte das nicht gekonnt. Ivan würde sich sehr gefreut haben.«

Matt und bedrückt ging sie aus der Küche, und Patsy verdarb den Moment dadurch, daß sie mir den üblichen bösen Blick zuwarf.

»Los, sag schon«, sagte sie. »Du hättest es besser gemacht.«

»Nein. Es war eine vorbildlich gestaltete Beerdigung, und sie hat recht, Ivan wäre stolz auf dich gewesen.« Ich meinte es ehrlich, doch das nahm sie mir nicht ab.

Sie stolzierte davon und sagte säuerlich über die Schulter: »Deinen Sarkasmus kannst du dir sparen«; und Edna faßte mich am Arm und meinte freundlich: »Gehen Sie nur hoch, ich bringe den Tee für Lady Westering.«

Lois machte ihrem noch nicht verrauchten Ärger Luft, indem sie mit ein paar Töpfen klapperte. Sie war von Patsy angestellt worden und hatte sie vermutlich über mein Kommen und Gehen hier informiert, mußte jetzt aber wie jeder andere schließlich feststellen, daß Patsys Schönheit und ihr Charme nicht unbedingt ihren wahren Charakter spiegelten.

Als ich nach oben kam, verabschiedete sich meine Mutter gerade an der Tür von Oliver Grantchester und danach von Patsy, Surtees und Xenia.

Auf der Straße draußen rollte langsam ein Taxi vorbei. Chris Young sah nicht durchs Fenster zu uns herüber, doch ich erkannte deutlich sein Profil. Ich hätte keinen Schimmer gehabt, wie ich Surtees verfolgen sollte, aber wenn Chris sich an ihn hängte, verlor er ihn kaum jemals. Seit der Rauferei bei Emily war Surtees selten ohne Schatten aus dem Haus gegangen.

Ich ging in das Zimmer meiner Mutter hinauf, und bald kam auch sie, und Edna brachte ihr den Tee. Als Edna gegangen war, schenkte ich den Tee aus, träufelte ein wenig Zitrone hinein, wie sie es mochte, und reichte ihn einer müde und zerbrechlich wirkenden Frau, der man keine Fragen zu stellen wagte.

Sie sagte mir aber auch so, was ich wissen wollte.

»Du brennst darauf zu erfahren, ob ich gesehen habe, was Ivan auf diese vermaledeite Schachtel geschrieben hat. Meinst du wirklich, er hat sie so verzweifelt gesucht? Das ist mir unerträglich, Alexander. Ein Wort von ihm, und *ich* hätte danach geschaut. Aber wir hatten uns den Gutenachtkuß gegeben... und da war von der Schachtel keine Rede.

Er hatte mit Sicherheit nicht daran gedacht. Er war so viel besser dran... so viel ruhiger... du seist ihm eine Stütze, sagte er... wir waren wirklich glücklich an dem Abend...«

»Ja.«

»Connie Hall hat bis heute nichts davon gesagt, daß Ivan draußen auf der Straße war.«

»Das wäre dir auch zu nahe gegangen.«

Sie trank den Tee und sagte langsam, zögernd: »Was immer auf der Schachtel stand... ich habe es geschrieben.«

»Meine liebste Mama...«

»Aber ich weiß nicht mehr, was es war. Ich habe nicht weiter daran gedacht. Wenn ich nur gewußt hätte...«

Die Tasse klapperte auf der Untertasse. Ich nahm ihr beides ab und kniete neben ihr nieder.

»Wäre er nur hier«, sagte sie.

Ich wartete, bis der plötzliche Schmerz, in dem sie nichts trösten konnte, vorüber war. Jetzt, nach vier Tagen, wußte ich, daß er sie wie eine körperliche Schwäche erfaßte und sie zum Zittern brachte, um dann wieder abzusinken auf den Grund ihrer Trauer.

»Jemand rief an – eine Frau«, sagte sie, »und sie wollte Ivan sprechen, aber der war im Bad oder so, und ich sagte, er würde sie zurückrufen, und weil wieder mal kein Notizblock neben dem Telefon lag, schrieb ich ihre Nachricht hinten auf die Schachtel, wie Ivan es tut, und ich sagte ihm Bescheid... aber...« Sie schwieg, versuchte sich zu erinnern, schüttelte den Kopf. »Es schien mir nicht wichtig zu sein.«

»War es wahrscheinlich auch nicht«, sagte ich.

»Wenn er doch extra deswegen runter auf die Straße ist...«

»Nun... wann hat die Frau angerufen? Um welche Zeit?«

Sie dachte nach. »Morgens, als Ivan beim Ankleiden war. Er rief sie zurück, aber sie war wohl nicht da. Es meldete sich niemand.«

»Und Lois war beim Saubermachen?«

»Ja. Samstagmorgens kommt sie immer zum Aufräumen.« Sie trank Tee, überlegte. »Ich habe nur die Telefonnummer auf die Schachtel geschrieben.«

»Und du weißt nicht, wer sie war?«

Sie runzelte die Stirn. »Das wollte sie nicht sagen.« Ein paar Sekunden vergingen, dann rief sie aus: »Es hätte etwas mit Leicestershire zu tun, meinte sie.«

»Mit Leicestershire?«

»Ich glaube.«

Leicestershire bedeutete zu dem Zeitpunkt für mich Norman Quorn, und alles, was Norman Quorn betraf, würde Ivans Aufmerksamkeit erregt haben.

»Meinst du«, sagte ich langsam, »es könnte Norman Quorns Schwester gewesen sein, der wir in Leicester in dem Leichenhaus begegnet sind?«

»Die arme Frau. Sie konnte gar nicht aufhören zu weinen.«

Sie hatte gerade etwas ziemlich Schreckliches gesehen, dachte ich. Auch mir war dabei flau geworden. »Könnte sie es gewesen sein?«

»Ich weiß es nicht.«

»Weißt du zufällig noch, wie sie hieß?«

Meine Mutter sah mich verdutzt an. »Nein.«

Ich entsann mich nicht, ihren Namen überhaupt gehört zu haben, obwohl er sicher gefallen war. Vielleicht war Ivan erst beim Zubettgehen eingefallen, daß er Norman Quorns Schwester nicht zurückgerufen hatte, überlegte ich, und dann hatte er festgestellt, daß die Telefonnummer nicht mehr da war, und hatte nach der Schachtel gesucht... weil ihm etwas eingefallen war, das ihn schrecklich aufregte.

Wie sollte ich Norman Quorns Schwester finden, wenn ich ihren Namen nicht wußte...?

Ich rief die Brauerei an.

Fehlanzeige. Anscheinend wußte niemand, daß er überhaupt eine Schwester gehabt hatte.

Und nun?

Über die Telefonauskunft (denn noch eine andere Taschentuchbox war längst verschwunden) fragte ich mich nach Chefinspektor Reynolds durch. Dienstfrei. Seine Privatnummer war tabu. Ich solle es am Morgen noch einmal versuchen.

Wieder über die Auskunft rief ich das Leichenhaus an. Dort konnte oder wollte man mir nur den Namen des Bestattungsinstituts nennen, das Norman Quorns Leichnam abgeholt hatte. Ich rief den Bestatter an und fragte, wer die Beisetzung veranlaßt und die Rechnung bezahlt habe. Sir Ivan Westering, sagte man mir, habe sämtliche Unkosten mit einem Scheck beglichen.

Ganz seine Art, dachte ich.

12

Am Morgen erreichte ich Chefinspektor Reynolds. Er druckste herum, bat mich, in zehn Minuten noch einmal anzurufen, und dann sagte er mir, was ich wissen wollte.

Norman Quorns Schwester war eine Mrs. Audrey Newton, Witwe, wohnhaft Minton Terrace Nr. 4 in Bloxham, Oxfordshire, Rufnummer soundso.

Ich dankte ihm herzlich. Wenn ich etwas herausfand, was in seine Akten gehörte, sollte ich ihm Bescheid geben, meinte er.

»Zum Beispiel, wo Norman Quorn gestorben ist?« fragte ich.

»Zum Beispiel.«

Ich versprach es ihm.

Über das Mobiltelefon, das ich für alle meine Anrufe vom Park Crescent benutzt hatte, wählte ich die Nummer von Mrs. Audrey Newton, und sie war zu Hause. Ja, sie habe Sir Ivan Westering vor knapp einer Woche angerufen, bestätigte sie, doch er habe nicht zurückgerufen, habe vielleicht verständlicherweise nicht mit ihr reden wollen, aber er sei ja so freundlich gewesen, die Bestattungskosten zu tragen, deshalb habe sie über alles nachgedacht und, da ihr armer Bruder keine Schwierigkeiten mehr bekommen konnte, Sir Ivan etwas geben wollen, das ihr Bruder ihr anvertraut hatte.

»Was denn?« fragte ich.

»Einen Zettel. Eine Liste eigentlich. Ganz kurz. Aber Norman war sie wichtig.«

Ich räusperte mich, überging meine plötzliche Atemlosigkeit und fragte sie, ob sie die Liste auch mir geben würde.

Nach einer Pause sagte sie: »Ich gebe sie Lady Westering. Sie war ja so gut zu mir an dem Tag, als ich Norman identifizieren mußte.«

Ihre Stimme bebte bei der Erinnerung.

Ich sagte, ich würde mit Lady Westering zu ihr kommen, und ließ mir den Weg erklären.

Meine Mutter hielt nichts davon.

»Bitte«, sagte ich. »Der Ausflug wird dir guttun.«

Ich fuhr mit ihr in Ivans Wagen von London nach Nordwesten, und wir kamen zu einer größeren Ortschaft, einem Städtchen fast, unweit des ausgedehnten, geschäftigen modernen Banbury, wo man keine schöne Dame auf einem weißen Pferd mehr in die Nähe des Kreuzes lassen würde, auch nicht mit Glöckchen an den Füßen.

Minton Terrace erwies sich als eine Reihe kleiner strohgedeckter Häuschen, und die Tür von Nr. 4 wurde von der rundlichen Frau geöffnet, die wir aus dem Leichenhaus kannten.

Sie bat uns herein. Sie war nervös. Sie hatte Sherrygläser und einen Teller mit Gebäck auf gehäkelten Sets bereitgestellt, die nach mottenabweisendem Zedernholz rochen.

Audrey Newton, einfach und ehrlich, schämte sich für den Bruder, den sie jahrelang bewundert hatte. Viel Sherry, viel Gebäck war nötig, um sie dazu zu bringen, daß sie meiner Mutter nicht nur die Liste gab, sondern uns auch erklärte, warum Norman sie *ihr* gegeben hatte.

»Ich war für ein paar Tage bei ihm in Wantage zu Besuch. Ich bin immer mal zu ihm hin, wir hatten doch nur uns beide. Er hat ja nie geheiratet. Jedenfalls wollte er in Urlaub fahren, und er fuhr immer gern allein, und an dem Tag wollte er los, und ich sollte mit dem Bus und mit der Bahn hierher zurück.«

Sie hielt inne, um zu sehen, ob wir verstanden. Wir nickten.

»Er wollte mit dem Taxi zum Bahnhof Didcot, aber irgend jemand von der Brauerei glaub ich hat ihn vorher abgeholt. Wir standen beide gerade oben am Fenster, als der Wagen am Tor anhielt.« Sie runzelte die Stirn. »Norman war gar nicht begeistert. Es ist merkwürdig, aber im nachhinein würde ich fast sagen, er hatte Angst, obwohl ich damals nicht auf die Idee kam. Die Brauerei war doch sein Leben.«

Und sein Tod, dachte ich.

»Norman sagte, er müsse los«, erzählte sie weiter, »aber dann zog er plötzlich ein Kuvert aus der Jackentasche – da sah ich auch seinen Paß, denn er wollte wie immer zum Urlaub nach Spanien –, und er drückte mir das Kuvert in die Hand, das sollte ich für ihn aufheben, bis er sich meldete... und natürlich hat er sich nicht mehr gemeldet. Erst als ich nach der Beisetzung seine Wohnung auflöste, fiel mir das Kuvert wieder ein, und als ich dann wieder herkam, habe ich es aufgemacht, um zu sehen, was drin war, und die kleine Liste gefunden und mich gefragt, ob die was mit der Brauerei zu tun hat – ob ich sie Sir Ivan geben sollte, der so gut war, mir alles zu bezahlen, obwohl er dazu nicht verpflichtet war, zumal Norman ihm das ganze Geld gestohlen hat, was ich auch jetzt noch kaum glauben kann.«

Ich bahnte mir einen Weg durch den Wortschwall.

Ich sagte: »Sie haben das Kuvert mit nach Hause genommen –«

»Genau«, unterbrach sie. »Norman sagte, wenn das Taxi komme, das er bestellt habe, solle ich es nehmen, und er gab mir Geld genug, um damit heimzufahren – mit dem Taxi! Er war ja so großzügig; ich würde ihn niemals in Schwierigkeiten bringen, wenn er noch am Leben wäre.«

»Das wissen wir, Mrs. Newton«, sagte ich. »Erst vor acht Tagen haben Sie also das Kuvert geöffnet?«

»Ja, genau.«

»Und Sie haben Sir Ivan angerufen...«

»...ihn aber nicht erreicht.«

»Und Sie haben die Liste noch.«

»Ja.« Sie ging zu einem Sideboard und nahm ein Kuvert aus einer Schublade. »Hoffentlich tue ich auch das Richtige«, sagte sie, als sie es meiner Mutter gab. »Noch vor einer Stunde rief der Mann von der Brauerei an, ob Norman mir etwas dagelassen habe, und ich sagte, nur einen Merkzettel, nichts von Bedeutung, aber er meinte, den Zettel würde er am frühen Nachmittag von jemand holen lassen.«

Ich sah auf meine Armbanduhr. Punkt zwölf, Mittag.

»Hast du jemandem gesagt, daß wir hierherfahren?« fragte ich meine Mutter.

»Nur Lois.« Sie wunderte sich über die Frage. »Ich sagte ihr, wir würden zu Mittag nicht dasein, wir wollten eine Dame in Bloxham besuchen.«

Ich schaute sie und Audrey Newton an. Beide hatten nicht die leiseste Ahnung von der Tragweite dessen, was sie gerade gesagt hatten.

Ich wandte mich an Mrs. Newton. »In der Brauerei hieß es, Ihr Name sei nicht bekannt, man habe gar nicht gewußt, daß Norman Quorn eine Schwester hatte.«

Sie sagte überrascht: »Aber natürlich kennen die mich da. Norman hat mich manchmal auf die Vorstandsfeiern mitgenommen. Er war ja so stolz darauf, dort Finanzchef zu sein.«

»Wer von der Brauerei hat Sie heute angerufen?«

»Desmond Finch.« Sie verzog das Gesicht. »Den habe ich nie besonders gemocht. Aber er kennt mich bestimmt, und wenn's der einzige wäre.«

Ich nahm meiner Mutter das Kuvert ab und zog das Blatt Papier heraus; wie Audrey Newton gesagt hatte, war es eine kurze Liste. Sie bestand aus zweimal sechs Zeilen – eine Abteilung mit Zahlenreihen, eine mit den Namen von Personen oder Firmen. Ich steckte die Liste wieder ins Kuvert und hielt sie locker in der Hand.

Es entstand eine Pause, die mir sehr lang vorkam und in der ich rasend schnell überlegte.

»Ich könnte mir vorstellen«, sagte ich zu Audrey Newton, »daß es Ihnen großen Spaß machen würde, ein schönes langes Wochenende am Meer zu verbringen.« Dann, zu meiner Mutter: »Und ich fände es großartig, wenn du Mrs. Newton begleiten würdest, damit du mal für ein paar Tage von der Traurigkeit am Park Crescent wegkommst.«

Meine Mutter war perplex. »Ich möchte nicht wegfahren«, sagte sie.

»Wann verlange ich mal was von dir?« erwiderte ich. »Ich würde dich nicht darum bitten, wenn es nicht wichtig wäre.« Zu Audrey Newton sagte ich: »Sie bekommen von mir ein tolles Hotel bezahlt, wenn Sie gleich raufgehen und packen, was Sie für ein paar Tage so brauchen.«

»Das kommt aber so plötzlich«, wandte sie ein.

»Ja, aber was man spontan unternimmt, ist oft besonders schön, oder nicht?«

Sie sprach beinah wie ein junges Mädchen darauf an und ging mit einem Ausdruck erwachter Vorfreude nach oben, außer Hörweite.

Meine Mutter sagte: »Was soll denn das alles?«

»Es ist zu deiner Sicherheit«, sagte ich rundheraus. »Tu es, Mama.«

»Ich habe nichts zum Anziehen!«

»Kauf dir was.«

»Du bist wirklich exzentrisch, Alexander.«

»Das ist schon gut so«, sagte ich.

Ich nahm mein Mobiltelefon, gab die Nummer des Piepsers ein, den Chris immer dabeihatte, und hinterließ die Nachricht: »Hier ist Al, rufen Sie mich bitte sofort an.«

Wir warteten knapp dreißig Sekunden, dann kam der Rückruf: »Chris hier.«

»Wo sind Sie?«

»Vor Surtees' Haus.«

»Ist er daheim?«

»Vor fünf Minuten sah ich ihn herumlaufen, seine Pferde begutachten.«

»Okay. Kann man bei Young und Uttley auch einen Wagen mit Fahrer mieten?«

»Kein Problem.«

»Chauffeursmütze. Bequemer Wagen für drei Frauen.«

»Wann und wo?«

»Sind Sie noch nicht weg? Lassen Sie Surtees; der Chauffeur muß nach Lambourn, zum Stall von Emily Cox. Da treffen wir uns.«

»Dringend?«

»Dringendst.«

»Schon unterwegs.«

Meine Mutter wedelte mit den Händen. »Was ist dringendst?«

»Hast du zufällig eine Sicherheitsnadel?«

Sie sah mich verwirrt an.

»Hast du eine? Früher hattest du immer so ein Reise-Nähzeug dabei.«

Sie kramte in ihrer Handtasche und holte ein kreditkartengroßes Nähetui hervor, das sie aus lebenslanger Gewohnheit für den Notfall bei sich trug, und sprachlos klappte sie es auf und gab mir die kleine Sicherheitsnadel, die es enthielt.

Wie gewohnt trug ich Hemd und Pullover. Ich steckte Quorns Kuvert in meine Hemdtasche, heftete es mit der Nadel an den Stoff, damit es nicht herausfallen konnte, und zog den Pullover wieder darüber.

»Und Papier«, sagte ich. »Hast du was, worauf ich zeichnen kann?«

Sie hatte einen Brief von einer Freundin in der Handtasche. Ich nahm das Kuvert, trennte es auf und fand Zeit, mit dem Kugelschreiber meiner Mutter auf die unbeschriebene Innenseite neun kleine Porträtskizzen von mir bekannten Leuten – darunter Desmond Finch, Patsy, Surtees und Tobias – zu zeichnen, bevor Audrey Newton vergnügt und auf Ferien eingestellt mit einem Koffer herunterkam.

Ich zeigte ihr die Miniporträts. »Die Person, die Ihren Bruder an seinem ersten Urlaubstag abgeholt hat... war das jemand hiervon?«

Sie sah sich die Skizzen genau an, als wäre nichts Ungewöhnliches dabei, und zeigte mit dem Finger. »Der da«, sagte sie.

»Bestimmt?«

»Ganz bestimmt.«

»Fahren wir«, sagte ich.

Audrey Newton sperrte ihre Haustür ab, und wir fuhren los in Richtung Lambourn.

»Wieso Lambourn?« fragte meine Mutter.

»Ich möchte mit Emily reden.«

»Warum rufst du nicht an?«

»Ungeziefer«, sagte ich. »Wanzen.«

Freitag mittag. Wäre Emily zum Pferderennen gefahren, hätte das die Sache ein wenig kompliziert, aber sie war zu Hause in ihrem Büro bei Schreibarbeiten mit ihrer Sekretärin.

Ich könne sie mit nichts mehr überraschen, sagte sie. Und sie ließ gerne zu, daß ich ihren unerwarteten Gästen etwas zu essen machte und Wein einschenkte, weigerte sich aber entschieden, mit ihnen die Flucht aus Ägypten anzutreten. Sie sei nicht Moses, meinte sie.

Immerhin brachte ich sie dazu, mir in ihr Wohnzimmer zu folgen, und dort erklärte ich ihr die hochbrisante Situation.

»Du übertreibst«, wandte sie ein.

»Na, hoffentlich.«

»Und außerdem habe ich keine Angst.«

»Ich aber«, sagte ich.

Sie machte große Augen.

»Em«, sagte ich, »wenn jetzt jemand mit einem Messer hinter dir stünde und drohte, dir die Kehle durchzuschneiden, wenn ich mich nicht erschieße, und ich würde ihm glauben...« Ich zögerte.

»Was dann?«

»Dann«, sagte ich nüchtern, »würde ich mich erschießen.«

Nach einem langen Schweigen sagte sie: »Dazu kommt es nicht.«

»Bitte, Em.«

»Und meine Pferde?«

»Dein Futtermeister hat sicher Telefon. Du kannst ihn anrufen.«

»Von wo aus?«

»Das weiß ich noch nicht. Nimm auf jeden Fall dein Mobiltelefon mit.«

»Das Ganze ist Irrsinn.«

»Ich wünschte, ich wäre in Schottland«, sagte ich. »Ich wünschte, ich wäre am Malen. Aber ich bin hier. Ich wandere an einem Abgrund entlang, den außer mir anscheinend niemand sieht. Ich will nicht, daß dir was passiert.«

»Al...« Sie stieß einen langen Seufzer aus und gab nach. »Warum du?«

Warum ich?

Die ewige Frage.

Unbeantwortbar.

Was kümmerten mich Recht und Unrecht?

Warum war der Polizist Polizist?

Emily ging rasch aus dem Zimmer und ließ mich mit dem Gemälde allein, das ich ihr geschenkt hatte und das keine Amateurgolfrunde bei schlechtem Wetter zeigte, sondern die Unbeugsamkeit des menschlichen Geistes.

Kurz entschlossen löste ich Quorns Briefumschlag von meiner Hemdtasche. Ich nahm das Golfbild von der Wand, drehte es um und klemmte das Kuvert links unten auf der Rückseite zwischen Rahmen und Leinwand, so daß es nicht herausfallen konnte.

Ich hängte das Bild wieder an die Wand und ging hinaus, um zu sehen, was sich in der Küche tat.

Meine Mutter und Audrey waren zwar nicht von Natur aus Freundinnen, aber ausgesucht höflich zueinander, und sie unterhielten sich gerade darüber, wie man Geranienableger eintopft. Ich hörte zu wie der Mann vom anderen Stern. Jeden Augenblick konnte der Mann von der Brauerei das Haus in Bloxham stürmen. Man müsse den schräggeschnittenen Stiel kurz in Dünger tauchen, sagte Audrey, und ihn in einen Topf mit Pflanzerde stecken.

Ein großer Wagen rollte die Zufahrt herauf und hielt vor dem Küchenfenster. Der Fahrer, ein Chauffeur in marineblauem Anzug, flacher Mütze mit glänzendem Schirm und schwarzen Lederhandschuhen, stieg aus und schaute suchend auf das Gebäude, und ich ging zu ihm hinaus.

»Wo soll ich hin?« fragte er.

»Nach Torbay oder so. Fahren Sie zu einem guten Hotel mit Meeresblick. Machen Sie sie glücklich.«

»Sie?«

»Meine Mutter, meine Frau und die Schwester des Mannes, der das Geld der Brauerei gestohlen hat. Sie müssen versteckt werden.«

»Vor Surtees?«

»Und anderen Schlägern.«

»Ihre Mutter und Ihre Frau erkennen mich vielleicht.«

»Nicht ohne Perücke, Rouge, Wimperntusche, die hohen Hacken und die weißen Rüschen.«

Chris Young grinste. »Ich ruf Sie an, wenn ich sie abgesetzt habe«, sagte er.

»Wie heißen Sie heute?«

»Uttley.«

Als ich in die Küche zurückkam, telefonierte Emily, die sich ein Sandwich gemacht hatte, gerade mit ihrem Futtermeister.

»Ich bin übers Wochenende weg... nein, ich ruf Sie an...« Sie gab ihm Anweisungen bezüglich der Pferde. »Severence läuft morgen in Fontwell. Mit den Besitzern rede ich noch, vergessen Sie die Farben nicht...«

Sie sprach alles durch und legte auf; nicht ganz glücklich, nicht beruhigt.

»Meine Lieben«, sagte ich leichthin zu allen drei Frauen, »laßt es euch einfach gutgehen.«

»Aber wohin fahren wir denn?« fragte meine Mutter. »Ich verstehe nicht ganz.«

»Ehm... Emily weiß Bescheid. Es hat mit Geiseln, mit Geiselnahme zu tun. Eine Geisel gibt Macht. Geiseln dienen als Druckmittel. Wenn jemand von euch als Geisel genommen würde, müßte ich vielleicht etwas tun, was ich nicht will, deshalb sollt ihr in Sicherheit gebracht werden, und wenn sich das etwas weit hergeholt und melodramatisch anhört, ist das immer noch besser, als wenn man sich hinterher Vorwürfe macht. Also laßt es euch gutgehen... und sagt bitte *niemandem*, wo ihr seid, und wenn ihr telefonieren müßt, wie Emily gerade mit ihrem Futtermeister, dann tut das bitte über ihr Mobiltelefon, denn als Geisel genommen zu werden ist nicht besonders lustig.«

»Man kann die Kehle durchgeschnitten bekommen«, meinte Emily nebenbei, während sie ihr Sandwich kaute, und meine Mutter und Audrey Newton schauten zwar entsetzt drein, doch mit Emilys Worten war die Sache offenbar entschieden.

»Wie lange bleiben wir denn?« fragte meine Mutter.

»Bis Montag oder Dienstag«, sagte ich. Oder Mittwoch oder Donnerstag. Ich hatte keine Ahnung.

Ich umarmte meine Mutter zum Abschied, küßte Emily und drückte herzlich Audrey Newtons weiche Hand.

»Der Fahrer ist Mr. Uttley«, sagte ich ihnen.

»Unter Freunden C. Y.«, sagte er, zwinkerte mir zu und chauffierte sie vergnügt davon.

Ich saß in Ivans Wagen auf dem Parkplatz eines Einkaufszentrums und versuchte Margaret Morden telefonisch zu erreichen.

Sie sei in einer Sitzung, teilte ihr Büro mit, und man könne ihr auch keine dringende Nachricht übermitteln, die Sitzung sei außerhalb und Mrs. Morden erst wieder Montag zu erreichen, und auch dann habe sie den ganzen Tag Sitzung.

Zu liebenswürdig.

Tobias hatte gesagt, er wolle nach Paris – ab Dienstag wieder im Büro.

Ich haßte Wochenenden. Anderer Leute Wochenenden. Für mich waren Werk- und Feiertage normalerweise eins, die Arbeit ging weiter. Unschlüssig saß ich da, überlegte, was als nächstes zu tun sei, und schrak zusammen, als das Telefon in meiner Hand klingelte.

Zu meiner Überraschung war es Höchstselbst.

»Wo bist du?« fragte er.

»Irgendwo im Auto. Weiß der Himmel.«

»Und deine Mutter?«

»Auf einer Wochenendtour mit Freunden.«

»Na, wenn du allein bist, dann komm auf ein Glas vorbei.«

»In London, meinst du?«

»Natürlich in London.«

»Bin in ungefähr einer Stunde da.«

Ich fuhr nach Chesham Place, dem Londoner Wohnsitz des Grafen, und parkte an einer Parkuhr.

Höchstselbst hatte Malt-Whisky bereitstehen, ein Zeichen für gute Laune.

»Ein gelungener Abschied gestern«, bemerkte er und schenkte großzügig aus. »Hätte Ivan gefallen.«

»Ja.«

Nach einer langen Pause sagte er: »Woran denkst du, Al?«, und als ich nicht gleich antwortete: »Dein Schweigen kenne ich, also was gibt's?«

»Nun ...«, ich suchte nach einem Vergleich, etwas Anschaulichem, »es ist wie eine hohe Mauer, die sich in die

Ferne erstreckt und zu beiden Seiten einen Weg hat«, sagte ich, »und ich bin auf der einen Seite, und Patsy ist mit ein paar anderen Leuten auf der anderen Seite, und wir laufen alle in die gleiche Richtung, um den Topf voll Gold am Ende zu bekommen, und ich sehe nicht, was sie tun, und sie sehen nicht, was ich tue. Beiderseits der Mauer ist der Weg voller Schlaglöcher, und es wird kräftig gepatzt.«

Er hörte stirnrunzelnd zu.

»Gestern beim Leichenschmaus hat Mrs. Connie Hall, Ivans Nachbarin, mir erzählt, daß Ivan an dem Abend, als er starb, sehr aufgeregt war, weil er eine Taschentuchbox nicht finden konnte, auf der eine Telefonnummer stand. Die Schachtel war weggeworfen worden. Mrs. Hall, die Nachbarin, hat auch Patsy davon erzählt, und deshalb sind Patsy und ich jetzt, jeder auf seiner Seite der Mauer, unterwegs.« Ich schwieg. »Meine Mutter sagte mir, sie selbst habe die Telefonnummer auf die Schachtel geschrieben, und verband sie mit jemandem, den wir in Leicestershire kennengelernt hatten. Wegen Ivans Tod hatte sie bis gestern nicht mehr daran gedacht. Die Frau in Leicestershire war Norman Quorns Schwester, aber da ich nicht wußte, wie sie heißt, rief ich in der Brauerei an, um den Namen zu erfahren, was ein wirklich blöder Fehler war.«

»Aber Al«, sagte Höchstselbst, »wieso war das denn blöd?«

»Weil es irgendwo einen Alarm ausgelöst hat.«

»Was für einen Alarm?«

»Man mußte sich doch fragen, *warum* ich auf einmal den Namen und die Telefonnummer von Norman Quorns Schwester wissen wollte. Ich glaube, das hat auf Patsys Seite der Mauer zu einem regen Austausch von Informationen und Mutmaßungen geführt.«

Höchstselbst hörte schweigend zu.

»Heute morgen«, sagte ich, »habe ich über die Polizei in Leicestershire, wo Quorns Leichnam gefunden wurde, den Namen und die Anschrift von Quorns Schwester herausbekommen und bin mit meiner Mutter zu ihr gefahren, weil sie eine Liste besaß, die sie von ihrem Bruder bekommen und Ivan hatte geben wollen, die sie jetzt aber meiner Mutter geben wollte, und das hat sie auch getan.« Ich trank einen Schluck Whisky. »Auf der anderen Seite der Mauer, über die ich nur mutmaßen kann, kam jemand auf die Idee, Norman Quorns Schwester zu fragen, ob ihr Bruder ihr etwas zur Aufbewahrung gegeben habe, bevor er in Urlaub fuhr, und sie bestätigte das, aber es sei nicht weiter wichtig gewesen, nur eine kleine Liste.« Ich schwieg.

Höchstselbst sagte: »Was ist mit der Liste?«

»Ich glaube, sie ist der Wegweiser zu dem Topf voll Gold. Ohne sie wird man das Gold wohl kaum finden.«

Höchstselbst machte große Augen.

»Ich bin also hier, auf meiner Seite der Mauer, und auf der anderen Seite werden sie mittlerweile wissen, daß ich die Liste habe. Jetzt zerbreche ich mir den Kopf darüber, wie ich den Schatz sicher heben kann.«

»Aber Al...«

»Sie wissen, daß ich viel Übung darin habe, Sachen zu verstecken, angefangen beim Schwertgriff der Kinlochs.«

»Das tut mir wirklich leid. Daß ich mit Ivan darüber gesprochen habe, als Patsy uns hören konnte, meine ich.«

»Es ist nicht zu ändern.«

»Und hast du die Liste versteckt?«

»Gewissermaßen.«

»Und verstehe ich dich recht – du meinst, nur diese Liste führt zu dem verschollenen Geld der Brauerei?«

»Es könnte sein.«

»Aber ... Patsy braucht das Geld doch sicher, um die Brauerei wieder flottzukriegen?«

»Das Problem ist«, seufzte ich, »daß die Brauerei, zum Teil aufgrund meiner eigenen Bemühungen, auch ohne dieses Geld überleben wird. Die Kassen werden sich langsam wieder füllen, auch die Rentner werden wieder zu ihrem Recht kommen, die armen kleinen Witwen werden mit ihren Teebeuteln nicht mehr zu sparen brauchen, die Brauerei wird Arbeiter, die sie entlassen mußte, vielleicht wieder einstellen können, und das Geschäft wird wieder so brummen wie früher. Es gibt einfach keine Gewähr dafür, daß Patsy, oder wer sonst das Geld findet, die Schulden der Brauerei damit abzahlt.«

Höchstselbst sah entsetzt drein.

»Theoretisch«, sagte ich, »könnte nach ein oder zwei fetten Jahren die Brauerei aufs neue geplündert werden.«

»Al...!«

»Damit wäre dann die Brauerei am Ende, denn zweimal lassen die Gläubiger sich das nicht bieten.«

»Aber für so unehrlich hältst du Patsy doch wohl nicht?«

»Patsy vielleicht nicht, aber Surtees...? Viele Leute schlachten die Gans, die die goldenen Eier legt.«

»Hat Surtees den Grips dafür?«

»Er ist so beschränkt, daß er es für einen supertollen Einfall halten könnte.«

»Aber Patsy! Ich kann es einfach nicht glauben.«

Die Gutmütigkeit meines Onkels trübte ihm den Blick für das Schlechte im Menschen.

Ich sagte: »Patsy hat Helfershelfer. Sie hat Leute, mit denen sie redet, die von ihr hingerissen sind und sie bestärken. Sie hat Leute wie Desmond Finch, Oliver Grantchester und andere, die ihr immer alles recht machen wollen. Leute wie Lois, die am Park Crescent saubermacht. Patsy hat ihr den Job verschafft, und Lois war ihr treu ergeben, obwohl sie gestern, glaub ich, den Dolch hinter dem Lächeln hat aufblitzen sehen. Aber sie ist es gewohnt, Patsy Bericht zu erstatten, und wird das wohl zumindest eine Zeitlang noch tun, deshalb halte ich mich von Ivans Haus im Moment lieber fern.«

Höchstselbst sagte verblüfft: »Patsy muß doch klar sein, daß dir das Wohl der Brauerei am Herzen liegt!«

Ich schüttelte den Kopf. »Sie hat mich zwölf Jahre lang abgelehnt und befürchtet, ich wolle sie bei Ivan ausstechen, und auch wenn sie jetzt weiß, daß ich das nicht getan habe, wird sie nur zu gern annehmen, daß ich die Brauereimillionen lediglich suche, um sie mir unter den Nagel zu reißen.«

»Nicht doch, Al.«

»Wieso nicht? Sie erzählt überall, ich hätte den King-Alfred-Goldcup gestohlen. Ob sie das wirklich glaubt, weiß ich nicht. Aber ich bin sicher, daß man ihr einreden kann, ich sei hinter dem Geld her.«

»Wer sollte ihr das einreden?«

»Wer immer selbst danach sucht und möchte, daß ihre Aufmerksamkeit und ihr Unmut sich auf mich konzentrieren. Ein bißchen Ablenkung wie bei einem Zaubertrick – sieh auf meine rechte Hand, während ich mit meiner linken deine Brieftasche verschwinden lasse.«

Höchstselbst sagte stirnrunzelnd: »Warum erklärst du ihr das nicht mal?«

Ich lächelte. »Gestern habe ich ihr ein Kompliment wegen der vorbildlich organisierten Beerdigung gemacht. Sie nahm unwillkürlich an, ich sei sarkastisch. In ihren Augen bin ich ein Böser, da ist alles, was ich tue, suspekt.« Ich zuckte die Achseln. »An sich bin ich das gewohnt. Im Moment wirkt es sich nur sehr ungünstig aus.«

»Sie spinnt.«

»Nicht nach ihrer eigenen Einschätzung.«

Er schenkte Whisky nach.

»Du machst mich betrunken.«

»James meint, das ist für ihn die einzige Möglichkeit, dich beim Golf zu schlagen.«

Bloß spielte ich jetzt kein Golf. Es ist besser, ich bleibe nüchtern, dachte ich.

Ich lehnte das Angebot meines Onkels, bei ihm zu übernachten, ab und ging statt dessen in eines der hundert kleinen Hotels für die London-Urlauber. Ich aß einen Hamburger zu Abend und mischte mich im hellen Straßenlicht unter Europas Rucksacktouristen. Keine Dämonen. Ich kam mir alt vor.

Während ich bei den Brunnen und Bronzelöwen am Trafalgar Square saß, sprach ich über das Mobiltelefon mit Chris.

»Bin wieder zu Hause«, sagte er. »Meine Fahrgäste haben schöne Zimmer mit Seeblick in einem Hotel in Paignton in Devon.«

»Welches Hotel?«

»Das Redcliffe. Ins Imperial in Torquay wollte Ihre Mutter nicht, weil sie mit Sir Ivan dort war. Das Redcliffe liegt ungefähr drei Meilen weiter, hinter Torbay. Alle schienen ganz zufrieden. Es war von *Einkaufen* die Rede.«

»Meine Mutter hatte kein Gepäck.«

»Habe ich mitgekriegt. Also, was soll ich jetzt tun? Wieder Surtees beschatten? Das ist der unergiebigste Job auf Erden, ausgenommen die Suche nach den vier Schlägern.«

In den Boxhallen hatte er kein Glück. Auf seine Frage, ob mir eigentlich bewußt sei, wie viele es davon in Südostengland gebe, hatte ich gesagt, es tue mir leid.

»Sie kriegen die Stunden doppelt bezahlt«, versprach ich, »wenn Sie Surtees das ganze Wochenende beschatten.«

»Geht klar«, sagte er.

Lachend hatte er mir versichert, daß Surtees, selbst wenn er wider Erwarten das ganze Wochenende auf die Straße schaute, kaum zweimal die gleiche Person dort erblicken würde. Mal waren es Radfahrer mit verkehrt herum aufgesetzter Baseballmütze, mal Katasterbeamte bei Vermessungsarbeiten, auf den Bus wartende Hausfrauen oder gesetzte Herren, die ihre Hunde ausführten; mal Biertrinker, die vor der Kneipe weiter oben auf der Mauer saßen, oder Leute, die an der Mechanik diverser Mietwagen herumpfuschten. Den Skinhead und die Sekretärin bekam Surtees nie zu Gesicht.

Das Gestüt von Patsy und Surtees lag am Rand eines

Dorfs südlich von Hungerford. Ich war selbst nie dort gewesen, hatte aber von Chris' Berichten her das Gefühl, es gut zu kennen.

Ich versuchte Margaret Morden zu Hause zu erreichen, doch es meldete sich niemand. Am Morgen versuchte ich es noch mal und bekam Verbindung.

»Es ist Samstag«, monierte sie.

»Es ist immer Samstag.«

»Sie haben hoffentlich einen guten Grund.«

»Ich habe ein paar Zahlen und Namen, die Norman Quorn seiner Schwester gegeben hat.«

Nach einer Pause sagte sie: »Sprechen Sie von Ausgangspunkten und Empfängern?«

»Ich nehme es an.«

»Vor Montag können wir nichts machen.«

Verdammte Wochenenden, dachte ich.

»Meine Montagssitzungen kann ich nicht verschieben. Es wird also Dienstag.«

»Tobias wollte nach Paris und sagte, er sei auch erst Dienstag wieder im Büro.«

»Montag früh«, sagte Margaret, »mache ich mit Tobias' Büro einen Termin aus und hole auch den Chefbanker ran. Sagen wir, Dienstag um zehn in der Bank? Und Sie bringen die Zahlen mit?«

Resigniert willigte ich ein, obwohl mir die Verzögerung endlos lang und unendlich gefährlich schien. Das Wochenende erstreckte sich vor mir wie ödes Wüstenland, so daß ich direkt aufatmete, als Höchstselbst mich am frühen Nachmittag anrief.

»Wo bist du?« sagte er.

»In Little Venice, wo die Boote rufen und das Paddel winkt.« Ich dachte an die Berge, dachte ans Malen. Nun ja.

»Ich habe mich mit Patsy unterhalten«, sagte mein Onkel.

»Wer hat wen angerufen?« fragte ich.

»Sie mich. Was liegt daran? Sie wollte wissen, ob ich weiß, wo du steckst.«

»Was hast du ihr gesagt?«

»Du könntest überall sein. Sie schlug ganz neue Töne an, Al. Es hörte sich an, als wäre sie plötzlich aufgewacht. Ich sagte ihr, du hättest die ganze Zeit für sie und für die Brauerei gearbeitet, sie hätte dich falsch eingeschätzt; du hättest nie Unfrieden stiften wollen zwischen ihr und ihrem Vater, ganz im Gegenteil, und sie hätte dir all die Jahre bitter Unrecht getan.«

»Und was meinte sie dazu?«

»Sie sagte, sie wolle mit dir reden. Rede mit ihr, Al, das ist wenigstens ein Anfang.«

»Meinst du, am Telefon reden?«

»Zuerst mal. Sie sagte, sie sei den ganzen Tag zu Hause. Hast du ihre Nummer?« Er gab sie mir durch.

»Ich kann das gar nicht glauben«, sagte ich.

»Gib ihr eine Chance«, bat mein Onkel. »Ein Gespräch mit ihr kann ja nicht schaden.«

Ich sagte: »Nach jedem Ölzweig muß man greifen«, und zehn Minuten später sprach ich mit ihr.

Sie schlug, wie Höchstselbst gesagt hatte, ganz neue Töne an. Sie *entschuldigte* sich. Mein Onkel habe sie gehörig heruntergeputzt, weil sie nie begriffen habe, daß ich ihr nichts Böses wollte, und wenn ich jetzt zu einer Aussprache mit ihr bereit sei, stände dem nichts mehr im Wege. Wir könnten versuchen, den Streit beizulegen, und uns für die Zukunft vielleicht verständigen.

»Inwiefern verständigen?« fragte ich.

»Hm«, sagte sie, »einfach so, daß wir uns nicht dauernd zanken.«

Ich willigte in einen Waffenstillstand ein.

Ob ich Lust hätte, auf ein Glas vorbeizukommen, meinte sie schüchtern.

»Wo denn?« fragte ich.

»Na ja... hier.«

»Was heißt, hier?«

»Bei uns zu Hause«, sagte sie. Sie nannte den Namen des Ortes.

»Ist das dein Ernst?«

»Ach, Alexander, dein Onkel hat mir klargemacht, wie voreingenommen ich dir gegenüber war. Ich will mal anfangen, das hinzubügeln.«

Gegen halb sieben käme ich auf ein Glas vorbei, sagte ich, schaltete ab und wählte Chris' Piepser an. Er rief zurück.

»Sind Sie vor Surtees' Haus?« fragte ich.

»Aber immer.«

»Tut sich was?«

»Rein gar nichts.«

»Ich soll ein Glas bei Patsy trinken.«

»Tollkirsche? Eisenhut? Gin mit Fliegenpilz?«

Ich seufzte. »Wenn sie es aber ehrlich meint...«

»Sie sagten doch, das gäbe es bei ihr nicht.«

Ich war wirklich unentschlossen. »Ach, ich nehme die Einladung mal an«, sagte ich.

»Schlechte Entscheidung.«

»Und Sie kommen mit. Haben Sie die ›Sekretärin‹ zur Hand?«

»Im Auto, Sporttasche Nummer fünf.«

Ich lachte. »Was ist in Nummer eins, zwei, drei und vier?«

»Der Skinhead. Diverse Youngs, diverse Uttleys.«

»Und im Moment?«

»Sitze ich mit Jogginganzug in einem Mietwagen und studiere eine Karte.«

»Um halb sieben lese ich die Sekretärin an der Straße auf.«

»Na gut.«

Ein paar Stunden lang fragte ich mich, ob die große Wandlung bei Patsy wirklich eingetreten war. Ich konnte es glauben oder auch nicht. Ich konnte auf Frieden hoffen oder eine Falle befürchten.

Ich würde hinfahren und Chris mitnehmen, dachte ich. Friedensabkommen mußten schließlich irgendwo anfangen. Am Spätnachmittag fuhr ich also der Karte nach, und als ich in der Dämmerung in Patsys Dorf ankam, sah ich eine lange schwarzbeinige Gestalt mit erhobenem Daumen an der Straße stehen.

Ich hielt neben ihm an, und von Wolken teuren Parfums umweht stieg er ein und bog sich vor Lachen.

»Tut sich was?« fragte ich.

»Vor einer halben Stunde sind Surtees und seine Alte aus dem Haus gekommen, ins Auto gestiegen und die Straße langgefahren, und ich wollte Sie gerade anrufen, da sind sie eine halbe Meile von hier in eine Zufahrt eingebogen. Da im Garten hängen die Bäume voll bunter Lampions, und etliche Wagen stehen herum, das sieht nach einer Party aus. Wollen Sie also jetzt zum Haus von Surtees oder zu der Party?«

»Zum Haus«, sagte ich.

Ich ging dann von der Straße zur Haustür, Chris einen Schritt hinter mir, und klingelte. Eine junge Frau öffnete. Neben ihr stand Xenia, unversöhnlich wie gehabt, und dahinter zwei kleinere Kinder.

»Mrs. Benchmark erwartet Sie«, sagte die junge Frau, als ich mich vorstellte. »Es tut ihr sehr leid, aber als sie vorhin mit Ihnen sprach, hat sie nicht daran gedacht, daß sie und Mr. Benchmark auf eine Party wollten. Das ist am Ortsausgang, hinter der Gastwirtschaft, auf der rechten Seite, Sie können es nicht verfehlen. Das Haus ist mit Lampions geschmückt. Ich soll Mrs. Benchmark anrufen, sobald Sie hier sind, damit sie Sie auf der Party in Empfang nehmen kann.«

Ich dankte ihr und ging mit Chris zurück zum Wagen.

»Was halten Sie davon?« fragte ich.

»Ungewiß.«

Ich warf im Geist eine Münze, Kopf – gewinnst du, Zahl – verlierst du, und ich verlor.

13

Chris und ich fuhren die Straße entlang, an der Kneipe vorbei und kamen zu dem lichtumrankten Haus. Da die Zufahrt voller Wagen stand, hielten wir an der Straße. Beim Aussteigen stolperte Chris und brach sich den Absatz eines seiner hochhackigen Lackschuhe ab. Er fluchte, blieb stehen und sagte, er würde sich den anderen zum Ausgleich auch abbrechen. Ich lachte und ging ein paar Schritte vor ihm auf das Haus zu.

Es war, als stürzten sich die Büsche auf mich.

Gerade noch ging ich nichtsahnend daher, und im nächsten Moment war ich überwältigt, in Netzen und Stricken verfangen und wurde nicht zu dem hohen halbdunklen Haus hin gestoßen und gezerrt, sondern durch ein rustikales Tor an der Zufahrt zu einem Garten.

Auch der Garten, bekam ich undeutlich mit, hing voller Lichtgirlanden, und überall an den Bäumen waren große bunte Glühlampen befestigt, die nach oben strahlten und Baldachine aus beleuchtetem Ast- und Blattwerk bildeten; alles war ungemein theatralisch und prachtvoll anzusehen, eine gelungene Partykulisse.

Noch nie war ich auf einer Party gewesen, die damit anfing, daß einer der Gäste an den Stamm eines Ahornbaums gebunden wurde, dessen herbstrotes Laub, angestrahlt von einem Satz roter Glühlampen, sich als scharlachener Baldachin über seinem Kopf erhob. Der Stamm drückte mir in den Rücken. Straff angezogene Fesseln schnürten meine Hand- und Fußgelenke und, schlimmer noch, meinen Hals.

Noch nie hatte ich eine Party erlebt, zu deren Gästen vier mir bekannte Schläger zählten, von denen einer sich gerade Boxhandschuhe anzog.

Boxhandschuhe aus rotem Leder.

Die einzigen anderen Gäste waren Patsy und Surtees und Oliver Grantchester.

Surtees sah siegesbewußt aus, Grantchester ernst und Patsy verblüfft.

Ich schaute mich in dem Garten nach möglichen Fluchtwegen um und entdeckte herzlich wenig. Da war ein von Sträuchern gesäumter Rasen, zum Garten hin beleuchtet, dahinter dunkel. Ein Blumenbeet mit wuchernden Chrysanthemen. Ein Goldfischteich, gespeist von einem künstlichen Bächlein, das über einen Haufen Steine floß.

Das große Haus links lag weitgehend im Dunkeln, nur der auf den Garten blickende Wintergarten war hell erleuchtet.

Im Licht stand Oliver Grantchester.

Oliver Grantchester.

Mir hatte die entscheidende Information gefehlt, daß er eine halbe Meile von Patsy entfernt ein Haus auf dem Land besaß. In Ivans Adreßbuch stand nur eine Londoner Anschrift und Rufnummer von Oliver Grantchester.

Audrey Newton hatte ohne Zögern auf die Porträtskizze von Oliver Grantchester gezeigt, als ich wissen wollte, wer ihren Bruder abgeholt hatte am Tag, als er Wantage verließ, um in Urlaub zu fahren.

Ich hatte gewußt, *wer* mich im Visier hatte, aber nicht, *wo*.

Meine Dummheit war mit keinem Schimpfwort zu beschreiben.

Patsy würde sich nie ändern. Wie hatte ich das bloß annehmen können?

Ich hatte es glauben *wollen*. Ich hatte mir gewünscht, die sinnlose Fehde wäre vorbei.

Es geschah mir recht.

Grantchester baute sich drei Schritte von mir entfernt auf und fragte: »Wo ist der Schwertgriff der Kinlochs?«

Ich sah ihn verdutzt an. Wieso wollte er denn das nun wieder wissen? Er gab dem Mann mit den Boxhandschuhen ein Zeichen, und der versetzte mir einen schmerzhaften Schlag in den Unterleib.

Mein Hals zuckte nach vorn gegen den Strick. Gräßlich.

Grantchester sagte: »Wo ist der King-Alfred-Goldcup?«

Golftasche. Spind. Clubhaus. Schottland. Außerhalb seiner Reichweite.

Ein Schlag in die Rippen. Nachhaltig. Schon zuviel, und sehr wahrscheinlich erst der Anfang. *Scheiße.*

»Ivan hat Ihnen den Cup geschickt. Wo ist er?«

Frag Höchstselbst.

Wieder ein schneller, harter, gezielter Schlag. Durchrüttelnd.

Wo zum Teufel war mein Leibwächter?

Surtees stelzte an Grantchesters Seite.

»Wo ist das Pferd?« schrie er. »Er soll Ihnen sagen, wo er es hingebracht hat.«

Der behandschuhte Schläger war derjenige, der an der Hütte immer »Raus damit« gesagt hatte.

»Wo ist das Pferd?« fragte Grantchester.

Ich sagte es ihm nicht. Schmerzhafte Entscheidung.

Surtees sprang durch die Gegend.

»Bringen Sie ihn zum Reden. Schlagen Sie fester.«

Ich dachte nüchtern, daß ich lieber sterben würde, als mich Surtees zu fügen.

Oliver Grantchester hatte andere Prioritäten als Patsys Mann.

Er fragte mich: »Wo ist Ihre Mutter?«

In Devon, dachte ich; Gott sei Dank.

Wumm.

Wenn er meinte, ich würde ihm das sagen, mußte er verrückt sein.

»Wo ist Emily Cox?«

In Sicherheit. Dito.

Wumm.

»Wo ist Norman Quorns Schwester?«

Ich bekam kaum noch Luft. Es wäre mir schwergefallen, es ihm zu sagen, selbst wenn ich gewollt hätte.

Er kam auf einen Meter ran und sagte leise, aber eindringlich: »Wo ist die Liste?«

Die Liste.

Vermutlich war die ganze Prügelei nur ein Weichklopfen gewesen für diese eine, entscheidende Frage.

»Wo ist die Liste?«

Er hatte mich nie gemocht, weil ich der Bevormundung

Ivans im Weg stand. Er hatte Patsys zwanghaftes Mißtrauen mir gegenüber geschürt. Mir fiel ein, wie bestürzt und wütend er darüber war, daß Ivan mir und nicht ihm oder Patsy die Vollmacht erteilt hatte. Er wollte nicht, daß ich Einblick in die Geschäfte der Brauerei gewann. Er hatte zu Recht Angst davor gehabt.

Sein massiger Körper, seine Breitspurpersönlichkeit standen mir jetzt mit ungehemmter Bösartigkeit gegenüber. Ihn kümmerte nicht, wie sehr er mich verletzte. Er hatte Spaß daran. Wenn er auch nicht selbst zuschlug, wiegte er sich doch bei jedem Schlag wie in Trance. Er wollte, daß ich kapitulierte, aber nicht kampflos; wollte, daß ich zusammenbrach, aber mit Weile.

Ich sah ihm das Vergnügen an. Die vollen Lippen schmunzelten. Ich haßte ihn. Bebte vor Haß.

»Heraus damit«, sagte er.

Ich begriff, daß ihm an meiner Unterwerfung fast ebensoviel lag wie an der Liste selbst, und ich merkte, daß er sich völlig sicher war, beide Ziele zu erreichen. Wenn ich ihm das verwehren konnte, würde ich es tun.

»Wo ist die Liste?«

Die Boxhandschuhe landeten überall. Gesicht, Rippen, Bauch. Kopf. Ich verlor den Überblick.

»Wo ist die Liste?«

So ein hübscher Garten, dachte ich benommen.

Das Punchingballtraining hörte auf. Grantchester ging davon. Die vier Schläger standen wachsam um mich herum, als könnte ich mich aus ihren Schlingen und Knoten befreien, doch alles, was ich in der Richtung unternahm, war vergebens.

Patsys Gesicht tauchte dicht vor mir auf.

»Was für eine Liste?« fragte sie.

Das ergab keinen Sinn. Sie mußte doch wissen, welche Liste.

Sie kam mir beunruhigt vor. Sogar entsetzt. Aber sie hatte mich hierher gelockt. Mein Fehler.

»Wieso«, sagte sie, »wieso hat Oliver gefragt, wo deine Mutter und Emily sind?«

Ich brachte eine Entgegnung zustande: »Woher weiß er, daß sie nicht zu Hause sind?« Mein Gesicht fühlte sich steif an. Alles tat mir weh.

»Alexander«, sagte Patsy unglücklich, ohne auf meine Frage einzugehen, »was Oliver auch will, um Gottes willen gib es ihm. Das hier« – sie deutete auf meine Fesseln, auf die Schläger –, »das ist furchtbar.«

Da gab ich ihr recht. Und ich konnte nicht glauben, daß sie nicht wußte, was der gute Herr Anwalt aus ihrem Dorf wollte. Ich hatte Patsy lange genug geglaubt. Damit war endgültig Schluß. Schluß für den Rest meines Lebens.

Oliver Grantchester war hinter Millionen her, und Boxhandschuhe brachten ihn nicht weiter. Er kam vom Haus zurück und zog ein Grillgerät auf Rädern hinter sich her.

O Gott, dachte ich. O nein.

Das halte ich nicht aus. Ich werde reden. Ganz bestimmt. Es sind nicht meine Millionen.

Grantchester nahm den Rost vom Grill und lehnte ihn gegen eins der Räder. Dann ging er noch einmal in seinen Wintergarten und kam mit einem Sack Holzkohle und einer Flasche Grillanzünder wieder. Er schüttete Holzkohle in den Grill und goß dann die ganze Flasche Anzünder darüber. Er riß ein Streichholz an und warf es auf die Kohle.

Dröhnend schoß eine Flamme hoch, rot, goldgelb und ewig ungezähmt. Die Flamme spiegelte sich in Grantchesters Augen, so daß es einen Moment lang aussah, als schaute ihm das Feuer aus dem Kopf.

Zufrieden packte er den Rost mit einer langen Zange und setzte ihn auf das Gerät, um ihn zu erhitzen.

Ich konnte die Gesichter der Schläger sehen. Sie waren nicht überrascht. Einer zeigte Abscheu und Widerwillen, aber dennoch keine Überraschung.

Die haben das schon mal gesehen, dachte ich.

Sie hatten Norman Quorn gesehen.

Norman Quorn... brandverletzt in einem Garten, mit Grasschnitt an den Kleidern...

Patsy sah lediglich verwirrt aus. Surtees ebenso.

Die brennende Kohle verbreitete bald eine spürbare Hitze. Ich würde es ihm sagen, dachte ich. Es reichte. Mein ganzer Körper schmerzte bereits fürchterlich. Irgendwann mußte Schluß sein. Es gab altmodische Ideale wie das von der Unbeugsamkeit des menschlichen Geistes, und auf Bildern machten die sich auch vielleicht ganz gut, aber in hübschen Provinzgärten am zweiten Samstag im Oktober waren sie fehl am Platz.

Norman Quorn war bis auf die Rippen verbrannt und gestorben, und er hatte geschwiegen.

Ich war nicht Norman Quorn. Ich hatte keine Millionen zu verlieren. Die Millionen gehörten Patsy. Verflucht sollte sie sein.

Grantchester wartete mit freudiger Ungeduld auf das

Heißwerden des Grills, und als die Kohle rotglühend war, nahm er mit der Zange den Rost vom Feuer und ließ ihn auf den Rasen fallen, so daß er zischend das Gras versengte.

»Da liegen Sie gleich drauf, wenn Sie nicht reden«, sagte er. Es machte ihm Spaß. »Wo ist die Liste?«

Dickköpfig, rebellisch, stur... vielleicht war ich das alles von Natur aus; aber ich wußte, ich würde reden.

Die Kapitulation lag am Boden vor mir und schwärzte das Gras. Geld spielte keine Rolle. Die Entscheidung war eine Willenssache. Mehr noch eine Frage des Stolzes. Und hier kam der Stolz zu teuer.

Rede... es muß sein.

»Wo ist sie?« sagte er.

Ich wollte es ihm sagen. Ich versuchte es. Aber im entscheidenden Moment konnte ich nicht.

Also mußte ich braten.

Einige Narben werden zurückbleiben, aber ich kann sie nur sehen, wenn ich in einen Spiegel schaue.

Ich konnte jemand schreien hören und erinnerte mich an Surtees' Drohung, »nächstes Mal wirst du schreien«, aber der da schrie, war nicht ich; es war Patsy.

Sie schrie mit heller, verzweifelter Stimme.

»Nein! Nein, das dürft ihr nicht! Hört um Gottes willen auf damit! Oliver! Surtees! Das geht nicht! Hört auf damit! Hört auf, um Gottes willen...«

Der Laut, den ich von mir gab, war kein Schrei. Ich hörte ihn tief in mir, wie ein Knurren, das vom Bauch in die Kehle stieg, wie die uralte Antwort auf vorzeitliche Qualen, ich war eins mit ihm, es gab nichts außer ihm, alle Empfindungen, alle Nervenimpulse vereinten sich in ihm zu einem einzigen, elementaren Aufbegehren, und dieser Laut war ein tiefes Stöhnen.

Grantchester sagte wieder: »Wo ist sie? Wo ist sie?«

Belanglos.

Das Ganze dauerte wohl nicht viel länger als eine Minute. Vielleicht zwei Minuten.

Ein halbes Leben, gerafft.

Ich war nicht mehr fähig zu sprechen, als die Szene auseinanderflog.

Krachend, scheppernd und mit knirschendem Metall walzte das Fahrerhaus und die ganze vordere Hälfte eines großen Reisebusses den Zaun und das Tor zwischen der Zufahrt und dem Garten nieder. Eine Schar halbbetrunkener Fußballfans sprang auf den Rasen heraus, anscheinend alle in Orange, mit orangenen Halstüchern, schweren Stiefeln und versoffenen Stimmen.

»Wo ist das Bier? Her mit dem Bier!«

Immer mehr Träger orangener Schals kamen über den demolierten Zaun. Hooligangesichter. »Wo ist das Bier?«

Die vier Schläger, die meine Arme und Beine festgehalten hatten, beschlossen das Weite zu suchen und ließen mich los, so daß ich mich endlich von dem Rost herunterwälzen und bäuchlings im kühlen Gras liegen konnte; dann tauchten ein Paar lange Beine in schwarzen Strumpfhosen in meinem begrenzten Gesichtsfeld auf, und eine vertraute Stimme sagte von oben: »Herrgott, Al!«, und ich wollte sagen: »Wo waren Sie so lange?«, brachte es aber nicht heraus.

Der hell erleuchtete Garten füllte sich weiter mit Lärm,

orangenen Halstüchern und Rufen nach Bier. Surreal, dachte ich.

Chris ging weg, kam wieder und schüttete einen Eimer Wasser über mir aus, kauerte sich dann neben mich und sagte: »Ihr Pullover hat *geschwelt,* verdammt noch mal«, und ich stimmte schweigend mit ihm überein, daß Wasser unbedingt besser als Feuer war.

»Al«, sagte er besorgt, »geht's Ihnen gut?«

»Hm.«

Ein Goldfisch zappelte im Gras. Armer kleiner Tropf. Ein Goldfisch aus dem Teich. Von dort hatte Chris das Wasser geholt.

Goldfischteich. Kaltes Wasser.

Gute Idee.

Ich versuchte mich dorthin zu schleppen, und Chris, der mitdachte, löste mir die Fesseln von Armen, Beinen und Hals, schob mir seinen Arm unter die Achsel und stemmte mich hoch, so daß ich irgendwie über das kurze Rasenstück kam und mich der Länge nach in den kalten Teich legen konnte, mit den Ufersteinen als Kopfkissen, Seerosenblätter auf der Brust und unsagbar erleichtert.

»War das der Scheiß-Surtees?« fragte Chris wütend.

»Der Scheiß-Grantchester.«

Er ging davon.

Andere Leute kamen in den Garten. Polizisten. In Uniform. Die monströse Vorderhälfte des Busses überragte die Szene wie eine extragroße Verkörperung des Chaos, gelb, weiß und silbern, mit Fenstern wie Augen. Ich lag im Teich und sah den Fußballfans bei ihrer vergeblichen, in Randale mündenden Jagd nach Freibier zu und der Polizei, wie sie allem, was sich bewegte, Handschellen anlegte, einschließlich der vier Schläger, die ihre Fluchtmöglichkeiten überschätzt hatten, und ich sah, wie ratlos Patsy war und wie Surtees heillos schwankte zwischen Schadenfreude und Verständnislosigkeit.

Einer der Fußballfans sagte den Polizisten, ein *Mädchen* habe den Bus vor der Kneipe, in der sie einen heben wollten, gekapert und gerufen, auf der Party weiter unten gebe es Freibier; »eine dufte Biene«, »umwerfend«, und sie habe gesagt, wer im Garten zuerst bei ihr sei, dem würde sie zeigen, wie dufte.

Als sie abgewandert waren, kam Chris zurück.

»Ich habe den Scheiß-Grantchester erwischt, wie er sich durch die Garage verkrümeln wollte«, sagte er befriedigt. »Der geht erst mal nirgendwohin.«

»Chris«, sagte ich, »schwirren Sie ab.«

»Ist das Ihr Ernst?«

»Die Polizei sucht die junge Frau, die den Bus gefahren hat.«

Ein glänzender Gegenstand platschte mir auf die Brust.

Ein naß glitzernder Schlagring. Ich stieß ihn ins dunkle Wasser, wo er besser aufgehoben war.

Chris drückte mir die Schulter, und ich sah nur kurz noch einmal seine schwarze Gestalt, als er im Dunkel hinter den beleuchteten Sträuchern verschwand.

Die Farce ging weiter. Ein dicker Polizist in Uniform befahl mir, aus dem Teich herauszukommen, und als ich nicht gehorchte, verpaßte er mir Handschellen und stiefelte, taub für jegliche Erklärung, davon.

Nach und nach sah ich, daß einige Leute im Garten weder

uniformierte Ordnungshüter noch uniformierte Fußballfans waren, sondern Polizeibeamte in Zivil, sprich Tweedsakkos mit Lederflicken an den Ellbogen.

Der künstliche Wasserfall spritzte kühles Naß auf meinen schmerzenden Kopf. Ich hob die in Eisen gelegten Hände und lenkte das Wasser sachte über mein Gesicht.

Eine neue Stimme sagte: »Kommen Sie aus dem Teich.«

Ich öffnete die geschlossenen Augen. Die Stimme gehörte einem Kriminalbeamten. Direkt hinter ihm stand Patsy.

Der Mann war in mittleren Jahren, nicht unfreundlich, aber wie ich so im Teich lag mit meinen nassen langen Haaren, noch dazu mit Handschellen, wirkte ich vermutlich wenig einnehmend.

»Los«, sagte er. »Stehen Sie auf.«

»Ich weiß nicht, ob er kann«, sagte Patsy besorgt. »Sie haben ihn verprügelt...«

»Wer?«

Sie blickte zu den Scharen der düster im Gras sitzenden Handschellenträger hinüber. Kein Bier. Kein bißchen Spaß.

»Und sie haben ihn verbrannt«, sagte Patsy. »Ich konnte es nicht verhindern.«

Der Kriminalbeamte sah auf das Grillgerät mit der glühenden Kohle.

»M-m«, sagte Patsy und zeigte mit dem Finger. »Auf dem Rost da drüben.«

Einer der Uniformierten bückte sich, um den Rost aufzuheben, zog fluchend die Hand weg und saugte an seinen Fingern.

Ich lachte.

Patsy sagte wie erschüttert: »Alexander, das ist nicht *komisch*.«

Der Kriminalbeamte sagte: »Mrs. Benchmark, kennen Sie den Mann?«

»Natürlich kenne ich ihn.« Sie starrte auf mich herunter. Auf die üblichen Schmähungen gefaßt, erwiderte ich ausdruckslos ihren Blick. »Er ist... *er ist mein Bruder*«, sagte sie.

Das brachte mich einem Zusammenbruch näher als Grantchesters sämtliche Aufmerksamkeiten.

Sie sah es mir an und mußte weinen.

Patsy, meine Erzfeindin, weinte.

Sie wischte die Tränen energisch fort und bot dem Beamten an, meine Peiniger unter dem Fußballmob herauszusuchen, und als sie gingen, stellte sich Surtees ein, der von einem Sinneswandel weit entfernt war und das Programm vorhin offensichtlich genossen hatte.

»Wo ist das Pferd?« sagte er. Er grinste höhnisch. Seine Füße zuckten. Ich dachte, er wolle mir vor den Kopf treten.

»Surtees«, sagte ich drohend, »noch irgendein Scheiß von dir, und ich erzähle Patsy, wo du mittwochnachmittags hinfährst. Sie bekommt von mir die Adresse des Häuschens am Rand von Guildford und den Namen der Prostituierten, die da wohnt, und ich sage ihr, was für einen Sex du dir da holst.«

Völlig entsetzt riß er den Mund auf. Als er seine Stimme unter Kontrolle bekam, reichte es nur für ein Stammeln.

»Wo-wo-woher...? Das streite ich ab.«

Ich sagte lächelnd: »Ich habe dich von einem Skinhead beschatten lassen.«

Die Augen traten ihm schier aus den Höhlen.

»Du läßt mich also schön in Ruhe und hältst deinen Schnabel, Surtees«, sagte ich, »und wenn Patsy dich immer noch will, nehme ich ihr nicht die Illusionen.«

Er sah schlecht aus. Er wich buchstäblich vor mir zurück, als hätte ich ihm die Pest angehängt. Ich blickte friedlich in die bunt beleuchteten Bäume hinauf. Das Leben hatte auch seine schönen Seiten.

Niemand hatte gesehen, wie Oliver Grantchester in seiner Garage angegriffen und gefesselt wurde. Er war gleich bewußtlos geschlagen worden und hatte nichts mitbekommen. Als er das Bewußtsein wiedererlangte, wurden nicht nur eine Verletzung am Hinterkopf, sondern ein Nasenbeinbruch, ein Kieferbruch und erhebliche Verletzungen am Unterleib und im Genitalbereich bei ihm festgestellt, als sei er, während er bewußtlos war, mit Fußtritten traktiert worden.

Aber, aber! Wer tut denn so etwas?

Die Polizei brachte ihn in ein Gefängniskrankenhaus und besorgte ihm einen Arzt.

Patsy bewies wieder ihr Organisationstalent.

Sie brachte mich in einer auf Verbrennungen spezialisierten Privatklinik unter, bei einer älteren Ärztin, die auch an einem Samstagabend mit allen Eventualitäten fertig wurde.

»Du meine Güte«, sagte sie. »Übel. Tut sehr weh. Aber Sie sind ein gesunder junger Mann. Das wird schon wieder.«

Sie legte mir biosynthetische Brandwundendeckung und

einen breiten Schutzverband an und erkundigte sich auf ihre großmütterliche Art: »Ein paar gebrochene Rippen haben wir anscheinend auch, hm?«

»Anscheinend.«

Sie lächelte. »Dann wollen wir mal sehen, daß Sie schlafen.«

Mit Hilfe ihrer Medikamente schlief ich bis um sechs Uhr früh, dann wählte ich Chris' Piepser an und bekam fünf Minuten später seinen Rückruf.

»Wo zum Teufel sind Sie?« fragte er gekränkt.

Ich sagte es ihm.

»Das ist doch eine reine Millionärsklinik«, wandte er ein.

»Dann holen Sie mich raus. Bringen Sie mir was zum Anziehen mit.«

Er kam mit den Sachen, die er sich drei Tage zuvor von mir ausgeliehen hatte, um von dem Leichenschmaus am Park Crescent wegzukommen, und er sah mich am Fenster stehen und das Heraufdämmern des neuen Tages auf dieser gefährlichen Erde bewundern.

»Krankenhausnachthemden«, meinte er, als ich mich umdrehte, um ihn zu begrüßen, »sollte man selbst den Verdammten nicht zumuten.«

»Meine Sachen haben sie mir gestern zerschnitten.«

»Verklagen Sie sie.«

»Mhm.«

»Offen gestanden«, sagte er fast verlegen, »ich hätte nicht gedacht, daß Sie auf den Beinen sind.«

»Angenehmer«, meinte ich knapp. »Das mit dem Bus, wenn ich so sagen darf, war hervorragend.«

Er grinste. »Wirklich wahr, hm?«
»Jetzt erzählen Sie mir mal alles.«
Er stellte die Tragetasche mit den Kleidern ab und trat mit vergnügtem Gesicht zu mir ans Fenster. Hohe Backenknochen, hellbraunes Haar, glänzende braune Augen, von Natur aus koboldhafter Ausdruck. Feierlicher Ernst paßte nicht zu ihm, und er konnte mir nicht erzählen, was passiert war, ohne unbeschwert darüber zu scherzen.

»Die Schläger, die da aus dem Gebüsch gesprungen kamen und Sie gepackt haben, waren harte Knochen. Brutalos. Eindeutig die, die ich suchen sollte. Und ehrlich gesagt, Al, gegen die vier konnte ich allein sowenig ausrichten wie Sie.«

Ich nickte verstehend.

»Das Beste schien mir daher«, sagte Chris, »herauszufinden, wieviel Mann gebraucht würden, um die Bande hochzunehmen, wie man sagt, also bin ich an dem hohen Holzzaun lang, der den Garten umschließt, bis ich zu einer Stelle kam, wo man durchs Gebüsch sehen konnte. Hell genug war es ja... und dann sah ich, wie Sie von den vier Starken an den Baum gefesselt und bearbeitet wurden, und da waren noch drei Leute, zusammen also sieben, und mit sieben konnte ich es nicht aufnehmen...«

»Nein«, sagte ich.

»Einer war die große Fettbacke, der Anwalt Ihres Stiefvaters.«

»Ja«, sagte ich.

»Und Scheiß-Surtees...«

»Ja«, sagte ich wieder.

»Und seine Frau.«

Ich nickte.

»Also mußte ich Verstärkung holen«, sagte Chris, »und ich lief zurück zu der Kneipe und rief die Bullen an, es sei ein Krawall im Gang, und die Jungs meinten, samstagabends gäb's Krawall an jeder Ecke, also wo genau, und der Wirt sagte mir, das Haus mit der Festbeleuchtung gehöre dem bekannten Anwalt Oliver Grantchester, und ich sagte es den Bullen, aber die kamen nicht, es kam kein Schwein, und ehrlich, Mann, so langsam wurde ich ganz schön nervös.«

Wäre mir auch so gegangen, dachte ich.

»Und dann«, sagte Chris, »stürmte auf einmal die Riesenbusladung orange herausgeputzter Irrer den Schuppen, und ich dachte, die schickt der Himmel, lief raus zu ihrem Bus, weil die Hälfte noch drinsaß, und rief, auf einer Party weiter unten gäbe es Freibier; dann habe ich mich kurzerhand ans Steuer gesetzt, den Jumbo gestartet und bin geradewegs durch den Zaun in Grantchesters Garten gedonnert.«

»Damit war es geschafft«, meinte ich lächelnd.

»Ja, aber... mein Gott...!«

»Am besten vergißt man's«, sagte ich.

»Das vergesse ich nie«, erwiderte er, »und Sie auch nicht.«

»Hauptsache, Sie sind noch gekommen.«

»Gekommen sind ja schließlich auch die Bullen noch. Sogar zu viele.«

»Und was«, fragte ich zufrieden, »haben Sie mit Oliver Grantchester angestellt?«

»Dem habe ich so einige Male in die Eier getreten.« Chris hatte spitze Lackschuhe getragen, erinnerte ich mich, die auch ohne Hacken weh tun konnten. »Und ich habe ihm das

Gesicht mit dem Schlagring poliert. Ich meine, es gibt Böse und Böse. Boxhandschuhe sind eine Sache, aber Leute zu braten... das ist bestialisch. Ich hätte ihn umbringen können. Er hat Glück gehabt.«

»Die Polizei«, sagte ich, »wollte von mir wissen, wer ihn gefesselt hat. Was fragt ihr mich, meinte ich, ich lag da im Teich.«

Chris lachte. »Sie können jederzeit wieder zu mir kommen«, sagte er. »Grantchesters Behandlung geht extra.«

Patsy kam leise herein, als ich in Hemd und Hose auf der Bettkante saß, zerschlagen, mit hängendem Kopf. Sie war die letzte, von der ich in diesem Zustand gesehen werden wollte.

»Geh weg«, sagte ich, und sie ging, und die nächste, die zur Tür hereinkam, war eine Schwester, die mir eine Dosis Erleichterung brachte.

Mitte des Vormittags bekam ich Besuch von einem Inspektor Vernon, den ich, wie sich herausstellte, von dem Garten her kannte.

»Mrs. Benchmark sagte, Sie seien angezogen«, bemerkte er, ohne mir die Hand zu bieten.

»Kennen Sie sie gut?«

»Sie unterstützt den Wohltätigkeitsfonds der hiesigen Polizei.«

»Oh.«

Er kam zu mir ans Fenster. Tieftreibende Wolken waren am Himmel. Ein guter Tag für die Berge.

»Mrs. Benchmark sagt, daß Mr. Grantchester, auch einer

unserer Förderer, vier Männer angewiesen hat, Sie zu mißhandeln.«

»So könnte man es ausdrücken«, stimmte ich bei.

Er war ein stämmiger, untersetzter Mann mit grauen Schläfen. Allzuhoch würde er bei dem Rang, in dem Alter, nicht mehr aufsteigen; aber vielleicht war er deshalb ein um so nüchternerer, hartnäckigerer Ermittler.

»Können Sie mir sagen, warum?« fragte er.

»Da müssen Sie Mr. Grantchester fragen.«

»Der hat einen schlimm gebrochenen Unterkiefer. Er kann noch nicht sprechen. Auch am Unterleib ist er ernsthaft verletzt. Er liegt krumm. Alles ist blau und grün.«

Vernon fragte mich noch einmal, ob ich wisse, wer ihn angegriffen habe. Ich hätte im Teich gelegen, wiederholte ich. Das sei ihm bekannt.

Hilfsbereit wies ich jedoch darauf hin, daß die gleichen vier Schläger mich vor einiger Zeit in Schottland verprügelt hatten, und nannte ihm die Dienststelle, bei der ich ausgesagt hatte. Außerdem empfahl ich ihm, sich vielleicht einmal mit Chefinspektor Reynolds von der Kripo Leicestershire über Leute, die auf einem Bratrost auf gemähtem Gras verbrannt wurden, zu unterhalten. Vernon schrieb gewissenhaft alles mit. Falls es meine Verfassung zulasse, sagte er, würde er mich gern am nächsten Morgen noch auf der Wache sprechen. Ein neutraler Wagen könne mich abholen, bot er an.

»Dann sehen wir uns auf dem Revier«, hätte Chris vielleicht gesagt, aber ich brachte nur ein »Ist gut« heraus.

Irgendwie gingen der Tag und die Nacht vorbei.

Die blauen Flecke kamen. Die Rippenbrüche waren alle auf der rechten Seite: Linkshänderarbeit.

Die Verbrennungen wurden noch einmal untersucht. Keinerlei Entzündungen. Ausgesprochenes Glück, sagte man mir, da Goldfischteiche selten keimfrei seien.

Montag früh beendete ich gegen den Rat der Ärzte meinen Krankenhausaufenthalt. Ich hätte zuviel zu tun, sagte ich.

Ein Wagen der Kripo brachte mich zu Vernons Dienststelle, wo ich sogleich gebeten wurde, durch ein Fenster in einen hell erleuchteten Raum zu schauen und zu sagen, ob ich von den acht Männern dort schon einmal welche gesehen hatte.

Kein Problem. Die Eins, die Drei, die Sieben und die Acht.

»Sie bestreiten, Sie angerührt zu haben.«

Ich warf Vernon einen empörten Blick zu. »Sie haben sie doch selbst in dem Garten gesehen. Sie haben sie festgenommen.«

»Ich habe nicht gesehen, daß sie sich schwerer Körperverletzung schuldig gemacht haben.«

Ich schloß kurz die Augen, atmete tief durch, um meinen schmerzbedingten Ärger unter Kontrolle zu bringen, und sagte: »Nummer drei trug Boxhandschuhe und hat mir die Gesichtsverletzungen beigebracht, die Sie sehen. Er ist Linkshänder. Die anderen haben zugeschaut. Alle vier haben mich gezwungen, auf dem heißen Rost zu liegen. Und alle vier haben mich vor meinem Haus in Schottland überfallen. Ich weiß nicht, wie sie heißen, aber ihre Gesichter kenne ich.«

Schon früher hatte ich den Eindruck gewonnen, daß sich die große britische Polizei nicht nur niemals entschuldigt, sondern eine Entschuldigung auch niemals für nötig hält, doch Inspektor Vernon führte mich immerhin höflich in einen kahlen Vernehmungsraum und bot mir Kaffee an, und das fiel bei ihm sicher schon unter zärtliche Fürsorge.

»Mrs. Benchmark konnte sie nicht zweifelsfrei identifizieren«, bemerkte er.

Ich fragte ihn, ob er mit Sergeant Berrick in Schottland und Chefinspektor Reynolds in Leicestershire gesprochen habe. Sie hätten dienstfrei gehabt, sagte er.

Verdammte Wochenenden.

Ich bat, telefonieren zu dürfen.

Wen ich anrufen wolle? Ferngespräche seien gebührenpflichtig.

»Einen Arzt in London«, sagte ich.

Wunderbarerweise erreichte ich Keith Robbiston; hellwach, auf dem Sprung.

»Hätten Sie noch mal eine Handvoll Schmerztabletten für mich?« fragte ich.

»Was ist passiert?« fragte er.

»Ich bin wieder verprügelt worden.«

»Wieder Rowdies?«

»Dieselben.«

»Oh... so schlimm wie letztes Mal?«

»Eigentlich schlimmer.«

»Wieviel schlimmer?«

»Rippenbrüche und Verbrennungen.«

»*Verbrennungen?*«

»Heißes Pflaster hier.«

Er lachte und sprach mit Inspektor Vernon und sagte, meine Mutter würde ihn umbringen, wenn er mich hängenließe; in den nächsten zwei Stunden bringe ein Motorradbote die Tabletten vorbei.

Wenn den Inspektor etwas beeindruckte, dann war es das schnelle Handeln von Keith Robbiston. Er ging nach draußen, um zu telefonieren. Der Kaffee kam in einer Kanne, auf einem Tablett.

Ich wartete unendlich lange Zeit und dachte nach. Als Vernon wiederkam, sagte ich ihm, daß Nummer sieben bei der Gegenüberstellung eine goldene Armbanduhr getragen hatte, die aussah wie die meines Vaters, die mir in Schottland gestohlen worden war.

»Außerdem«, sagte ich, »war Nummer sieben von dem Grillen nicht begeistert.«

»Das entschuldigt ihn nicht.«

»Nein, aber wenn Sie ihm etwas dafür bieten, erzählt er Ihnen vielleicht, was mit einem gewissen Norman Quorn passiert ist.«

Der Inspektor fragte nicht: »Mit wem?« Er ging wortlos hinaus. Ein Polizist in Uniform brachte mir ein Mittagssandwich.

Meine Tabletten kamen. Besserung trat ein.

Nach weiteren zwei Stunden kam Inspektor Vernon wieder, setzte sich mir gegenüber an den Tisch und teilte mir mit, daß die bevorstehende Unterhaltung nicht stattfinde. Nicht ein Wort davon. Es sei ein persönliches Dankeschön. Abgemacht?

»Abgemacht«, sagte ich.

»Können Sie zunächst mal die goldene Uhr Ihres Vaters beschreiben?«

»Sie hat eine Gravur auf der Rückseite, ›Für Alistair von Vivienne‹.«

Vernon lächelte verhalten. Erfreuter zeigte er sich in der ganzen Zeit, die ich bei ihm war, nicht.

»Wir können die Nr. 7 aus der Gegenüberstellung Bernie nennen«, sagte er. »Wie Sie gemerkt haben, hat Bernie Kummer. Versprechen Sie mir, daß das hier unter uns bleibt? Kann ich mich auf Sie verlassen?«

»Unbedingt«, sagte ich und meinte es auch so. »Aber«, fügte ich an, »wozu ist diese Geheimhaltung erforderlich?«

Er überlegte einen Moment, dann sagte er: »Sie wissen vielleicht, daß man in Großbritannien mit Personen, die eines Verbrechens beschuldigt werden, keinen Handel eingehen darf; jedenfalls wissen Sie es jetzt. Man kann nicht im Austausch für Informationen einen milden Richterspruch zusichern. Das ist ein Märchen. Man kann inoffiziell jemandem zureden, daß er sich eines geringfügigeren Vergehens schuldig bekennt, hier zum Beispiel der *einfachen* Körperverletzung statt der *schweren,* die viel härter bestraft wird und eine lange Haftstrafe nach sich ziehen kann. Aber manchmal stellen sich die Behörden quer, und wenn vermutet wird, daß ein Handel im Spiel ist, bringen sie es fertig, allen einen Strich durch die Rechnung zu machen. Können Sie mir folgen?«

»Ja.«

»Außerdem ist die Frage der Beweismittel – welche zulässig sind und welche nicht – das reinste Minenfeld.«

»Davon habe ich gehört.«

»Hätten Sie mir nicht geraten, Bernie nach Norman Quorn zu fragen, wäre ich nicht darauf gekommen. Aber Bernie hat ausgepackt, und jetzt beglückwünschen mich meine Vorgesetzten und wollen zur Staatsanwaltschaft gehen – die ja entscheidet, ob Anklage erhoben wird –, aber nicht wegen schwerer Körperverletzung in Ihrem Fall, sondern mit einer Anschuldigung gegen Oliver Grantchester wegen Totschlag. Totschlag an Norman Quorn.«

»Ach du Schreck.«

»Ab so einem Punkt achten die Strafverfolger dann immer strikt darauf, wer wieviel weiß, damit der Wert der Zeugenaussagen nicht beeinträchtigt wird. Sie dürften Bernies Geständnis nicht hören. Es könnte die Sache gefährden. Ich sage Ihnen also, was er erzählt hat... aber ich dürfte es nicht.«

»Sie dürfen.«

Dennoch blickte er vorsichtig um sich, als wären unsichtbare Lauscher eingetreten.

»Bernie sagte«, begann er schließlich, »daß sie – die vier von Ihnen so genannten Schläger – regelmäßig in eine Ostlondoner Boxhalle gehen, die Oliver Grantchester in den letzten Jahren immer mal zum Fitneßtraining aufgesucht hat. Grantchester geht aufs Laufband, hebt Gewichte und so weiter, ist aber kein Boxer.«

»Nein.«

»Als er dann jemand zum Zausen brauchte, hat er Ihre vier Schläger angeheuert. Bernie war willig. Der Vorschuß war gut. Die zweite Rate ebenso, wenngleich die Sache schiefging.«

»Quorn starb.«

Vernon nickte.

»Grantchester«, sagte er, »ließ sie zu seinem Haus auf dem Land kommen. Es sei in dem-und-dem Ort, und sie würden es an der Weihnachtsbeleuchtung über der Zufahrt erkennen, die würde er anschalten, obwohl es Tag und obwohl es nicht Weihnachten sei. Grantchester kam mit einem älteren Mann, nämlich Norman Quorn, zu seinem Haus und führte ihn durch das Tor in den Garten. Die vier Schläger fesselten den Mann – seinen Namen wußten sie noch nicht – an den gleichen Baum wie später Sie, aber ihn haben sie nicht verprügelt. Grantchester zündete den Grill an und sagte Quorn, er würde ihn aufs Feuer legen, wenn er nicht mit irgendwelchen Daten rüberkomme.«

Vernon sprach nach einer Pause weiter. »Bernie wußte nicht, um was für Daten es ging, und weiß es immer noch nicht. Quorn habe sich in die Hose gemacht, sagt er, und Grantchester habe den Grill ganz heiß werden lassen, dann den Rost aufs Gras geworfen und gesagt, Quorn werde so lange darauf liegen müssen, bis er mit der Sprache herausrücke. Quorn wollte ihm sofort alles sagen, aber Grantchester ließ ihn trotzdem von den vier Schlägern auf den Rost drücken und festhalten und genoß es offenbar, wie er schrie und immer wieder schrie, er würde reden, und als er ihn dann aufstehen ließ, fiel Quorn tot um.«

Vernon hielt inne. Ich hatte in gebanntem Entsetzen zugehört.

»Bernie mußte sich beinah übergeben, als er das erzählte«, sagte Vernon.

»Das überrascht mich nicht.«

»Grantchester war wütend. Da lag die Leiche, und er hatte nicht herausbekommen, was er wissen wollte. Bernie und die anderen mußten Quorn in die Garage schaffen und in den Kofferraum seines Wagens verfrachten, und dann holte er sich ihre Fingerabdrücke, indem er ihnen im Haus etwas zu trinken anbot, und drohte ihnen, wenn sie jemals über das, was sie gesehen hatten, reden würden, wären sie geliefert. Dann gab er ihnen ihr Geld und schickte sie weg. Bernie weiß nicht, was Grantchester mit Quorns Leiche gemacht hat.«

Nach einer Weile sagte ich: »Haben Sie Bernie nach Schottland gefragt?«

Vernon nickte. »Grantchester hat sie auch dafür bezahlt, zu Ihnen nach Schottland zu fahren und Sie weichzuprügeln, bis Sie etwas herausgeben würden, was sie dann ihm geben sollten. Worum es sich handelte, erfuhren sie nicht. Die sollten nur sagen: ›Raus damit!‹, dann wüßten Sie schon Bescheid. Bernie sagt, Sie haben nichts herausgerückt, und Grantchester war fuchsig und meinte, die hätten Sie kaltmachen sollen, bevor sie Sie den Abhang runterwarfen.«

»So, so«, sagte ich.

»Angeblich hat Bernie ihm vorgehalten, Mord sei etwas anderes als Leute zusammenzuschlagen, und Grantchester riet Bernie mit Hinweis auf die Fingerabdrücke, zu tun, was ihm gesagt werde.«

»Bernie ist einfältig«, meinte ich.

Vernon nickte. »Uns kann das nur recht sein. Jedenfalls war die Bezahlung gut, und als Grantchester sie vorgestern wieder zu seinem Haus bestellte, tanzten sie an.«

»Ja.«

»Grantchester sagte ihnen, daß Sie kommen würden und daß sie Sie an denselben Baum binden sollten wie Quorn, nur war diesmal nicht vom Grillen die Rede.« Er schwieg. »Der mit den Boxhandschuhen nennt sich Jazzo. Jazzo fand, man hätte Sie in Schottland zu schnell ausgeknockt. Sie hätten sicher noch die Nase voll, meinte er zu Grantchester. Er werde Sie nicht bewußtlos schlagen, und er garantiere, daß Sie alle Fragen beantworten würden.«

Ich hörte schweigend zu.

»Nur lief es dann ja nicht so«, sagte Vernon. »Also holte Grantchester wieder seinen Grill raus, weil der sich schon mal bewährt hatte, und an dem Punkt bekam Bernie, wie er sagt, die Flatter.«

»Das hat ihn aber nicht gehindert, sich auf meine Beine zu setzen«, bemerkte ich ironisch.

»Davon hat er nichts gesagt.«

»Sieh einer an.«

»Er sagte, daß Mrs. Benchmark da war und immerfort schrie, Grantchester solle die Sache beenden, daß er aber nicht darauf gehört hat. Ich fragte Bernie, ob Sie auch geschrien haben.«

»Das ist verdammt unfair.«

Vernon sah mich von der Seite an. »Er sagte, Sie hätten nur so was wie ein Stöhnen von sich gegeben.«

Reizend, dachte ich.

»Und da ist dann der Bus in den Garten gedonnert.« Vernon schwieg und sah mir ins Gesicht. »Ist Bernies Darstellung korrekt?«

»Soweit es mich betrifft, ja.«

Vernon stand auf und ging zweimal durch das Zimmer, als beschäftigte ihn etwas.

»Mrs. Benchmark«, sagte er, »hat Sie als ihren Bruder bezeichnet, aber das sind Sie doch nicht, oder?«

»Ihr Vater war mit meiner Mutter verheiratet. Er starb vor einer Woche.«

Vernon nickte. »Mrs. Benchmark ist erschüttert über das, was in dem Garten passiert ist. Sie versteht es nicht. Die Arme ist ganz außer sich.«

Auch dazu schwieg ich.

»Sie sagte, Ihre Freundin sei dort gewesen. Wir haben die Fußballfans gestern ziehen lassen, aber der halbe Verein hat übereinstimmend ausgesagt, daß der Bus von einer jungen Frau vom Gastwirtschaftsvorplatz zu dem Garten gefahren wurde. War das Ihre Freundin?«

Ich sagte: »Es ist eine Bekannte. Sie ging ein paar Schritte hinter mir, als die Schläger mich in den Garten zerrten. Sie blieb unbemerkt. Als sie sah, was passierte, lief sie in die Kneipe und rief die Polizei, wie sie mir gestern erzählt hat. Dann kam der Bus mit den fröhlichen Zechern, und sie nutzte ihn zu der Rettungsaktion, für die ich ihr ewig dankbar sein werde.«

»Mit anderen Worten«, sagte Vernon, »Sie möchten sie nicht in Schwierigkeiten bringen.«

»Ganz recht.«

Er sah mich lange an. »Und ihren Namen und ihre Adresse bekommen wir auch nicht?«

»Sie ist mit einem Mann zusammen«, sagte ich, »der sie ungern vor Gericht sehen würde. Sie brauchen sie doch nicht unbedingt, oder?«

»Wahrscheinlich nicht.«

»Sollte der Bus beschädigt sein«, sagte ich, »komme ich dafür auf.«

Vernon ging zur Tür, öffnete sie und rief nach Tee. Als er zurückkam, sagte er: »Wir haben gestern einen Durchsuchungsbefehl für Grantchesters Haus bekommen.«

Da er darauf wartete, daß ich fragte, ob sie etwas Brauchbares gefunden hatten, fragte ich.

Er antwortete nicht direkt. Er sagte: »Die Kripo in Schottland hat uns heute die Zeichnungen gefaxt, die Sie am Tag des Überfalls vor Ihrem Haus von den Tätern angefertigt haben. Bernie fiel fast um, als wir ihm die zeigten. Auch die Liste der Ihnen gestohlenen Sachen wurde uns zugefaxt. Bei Grantchester fanden wir vier Gemälde von Golfplätzen.«

»Ach nein!«

Vernon nickte. »Ihr Sergeant Berrick von der schottischen Kripo sagte, die Bilder hätten Aufkleber auf der Rückseite, und wenn die überklebt seien, würde beim Durchleuchten dennoch Ihr Name zu sehen sein. Also haben wir die Aufkleber heute nachmittag durchleuchtet.« Er lächelte beinah. »Ihr Sergeant Berrick sagte, Sie hätten ihm versprochen, seine Frau zu porträtieren, wenn er Ihnen hilft, die Gemälde wiederzufinden.«

»Stimmt. Und es bleibt dabei.«

»Malen Sie meine auch?« fragte Vernon.

»Mit Vergnügen«, sagte ich.

14

Dienstag früh fuhr ich nach Reading zu dem Treffen in der Bank und wurde in einen kleinen separaten Konferenzraum geführt, in dem der Bankdirektor, Margaret und Tobias bereits mit Kaffeetassen vor sich an einem Tisch saßen. Als ich eintrat, standen sie auf.

»Behalten Sie Platz«, sagte ich verlegen. »Bin ich zu spät?«

»Nein«, antwortete Tobe.

Alle setzten sich wieder. Ich nahm den noch freien Stuhl.

»Haben Sie die Liste dabei?« sagte der Bankier.

Ich trug ein offenes weißes Hemd ohne Schlips und hielt eine Jacke in der Hand. Aus einer der Jackentaschen zog ich Norman Quorns Kuvert und gab es Tobe.

Die drei sahen mich groß an.

»Entschuldigen Sie die blauen Flecke«, sagte ich mit einer Handbewegung zu meinem Gesicht. »Ich habe wieder mal Prügel bezogen. Sehr unvorsichtig.«

Tobias sagte: »Und ich habe mit Chris gesprochen. Er hat mir von... Grantchesters Grill erzählt.«

»Oh.«

Offensichtlich hatte Tobias das von Chris Erzählte auch an den Bankier und Margaret weitergegeben. Alle waren verlegen. Ich auch. Sehr britisch.

»Tja«, sagte ich, »können wir das Geld finden?«

Daran zweifelten sie nicht. Erleichtert, eifrig und zufrieden reichten sie einander den Zettel mit dem von Quorn hinterlassenen Rätsel; schon bald stellte sich heraus, daß die Namen und Zahlen sich zwar auf Bankkonten bezogen, daß aber der Finanzchef der Brauerei dem Papier nicht anvertraut hatte, welches Konto zu welcher Bank gehörte. Die Liste hatte ihm als Gedächtnisstütze gedient. Ihre Entschlüsselung durch Dritte war nicht vorgesehen.

Nachdenklich tippte jeder für sich die ganze Zahlen- und Namensliste ab. (Kein Fall für den Bürokopierer, meinte der Bankmann; die Information sei so heiß, daß sie diesen Raum nicht verlassen dürfe.)

Sie hatten jeder einen PC mitgebracht, der mit nichts anderem verbunden und auf den kein Zugriff von außen möglich war. Jeder steckte in seinen Computer eine Diskette mit den ihm bekannten Informationen. Die Bank hatte speziell für diese Gelegenheit ein Faxgerät bereitgestellt.

Es wurde still im Raum bis auf die Eingabegeräusche und nachdenkliches Fingertrommeln, wenn die Lösungen sich nicht gleich einstellten.

Ich wartete geduldig. Sie kannten das Metier und ich nicht.

Tobias und der Banker trugen ihre Berufskleidung, dunkle Anzüge, vertrauensbildend und gediegen. Margaret war in geblümter Wolle erschienen, zartes, entwaffnendes Rosenrot tarnte den messerscharfen Verstand. Lächerlich, dachte ich, daß Männer eine Frau in ihren Reihen oft nur akzeptieren konnten, wenn sie sich schutzbedürftig gab. Margaret amüsierte mich. Sie merkte, wie ich sie ansah, erriet meine Gedanken und zwinkerte. Die Angst der Männer vor den Frauen ist berechtigt, schloß ich: Noch in jeder schlummert die Hexe.

Hexen wurden verbrannt... Gnade Gott ihren Feinden.

Ich rückte steif auf meinem Stuhl herum, beugte mich vor, legte die Ellbogen auf den Tisch, atmete flach. Schnell gelernte Körperbeherrschung.

Auf der Polizeiwache am Abend zuvor hatte mir Inspektor Vernon mitgeteilt, daß Ivans Wagen (mit dem ich zu der Party gefahren war) von Mrs. Benchmark identifiziert und von der Polizei abgeschleppt worden sei und mittlerweile draußen auf dem Polizeiparkplatz stehe.

»Heißt das, ich kann ihn mitnehmen?« hatte ich überrascht gefragt.

»Wenn Sie sich zutrauen zu fahren.«

Die Wagenschlüssel hatte ich neben anderem in der Tasche meiner von Chris zurückgebrachten Jeans.

Fahrtüchtig oder nicht, jedenfalls war ich nach Lambourn gefahren, hatte Emilys zweiten Hausschlüssel an seinem alten Nagel in der Sattelkammer gefunden, mich an ihrem Whisky vergriffen und angezogen auf der Seite liegend eine unruhige Nacht auf ihrer Wohnzimmercouch verbracht, ohne einen Funken Energie, zittrig und elend.

Am Morgen hatte ich mich ins Bad hinaufgeschleppt, einen Einmalrasierer gefunden, mir die Haare gekämmt und den Mund ausgespült. Tja, hatte ich mir gesagt, du bist selbst schuld an deinem Zustand; finde dich damit ab. Schluck die Tabletten und sei froh, daß es nicht schlimmer ist.

Ich hatte Chris angerufen, der sagte, er habe vergeblich versucht, mich über mein Mobiltelefon zu erreichen.

»Das liegt im Auto. Wahrscheinlich ist die Batterie leer.«
»Dann laden Sie sie bloß auf.«
»Tu ich.«
»Geht's Ihnen gut, Al? Und wo sind Sie?«
»In Lambourn. Könnten Sie nach Paignton fahren und dann hierherkommen?«
»Heute? Die drei Frauen abholen?«
»Wenn's geht. Ich rufe das Hotel an.«
»Es lebe der Chauffeur. Sporttasche neun.«

Wir hatten lachend aufgelegt. Ich hatte das Redcliffe angerufen und Nachrichten für Emily und meine Mutter hinterlassen. Dann hatte ich Quorns Liste aus ihrem Versteck hinter dem Golfbild herausgeholt und mich auf den Weg nach Reading gemacht.

Um Mittag waren die Fachleute dem Ende des Regenbogens noch kein Stück nähergekommen.

Sie ließen Sandwiches holen, und dazu gab es Kaffee.

»Das Problem ist«, erklärte mir der Banker, »daß wir hier drei Variablen haben. Wir müssen die Kontonummern mit einem Namen auf der Liste und mit einer uns schon bekannten Bankleitzahl verbinden und uns mit dieser Kombination dann an die fragliche Bank wenden in der Hoffnung, daß uns die Existenz dieses Kontos bestätigt wird. Bis jetzt ist uns das noch nicht gelungen. Einmal haben wir zwar eine Kontonummer mit der richtigen Bank zusammengebracht, das Konto aber dem falschen Namen zugeordnet, und gerade hat uns die Bank zurückgefaxt, daß sie wegen unvollständiger Angaben auf unsere Anfrage nicht eingehen kann. Niemand zeigt sich hilfsbereit. Und obendrein sind die Kontonummern verdreht.«

Ich sagte: »Wie meinen Sie ›verdreht‹?«

»Alle Zahlen auf der Liste enden mit zwei Nullen. In der Regel *beginnen* Kontonummern mit zwei Nullen. Wir haben es mit den umgekehrten Zahlen versucht, aber bis jetzt ohne Erfolg. Ich bin immer noch überzeugt, daß die Zahlen die umgekehrte Reihenfolge haben, aber wenn Quorn noch mehr daran verändert oder sie zum Beispiel mit zwei multipliziert hat, sitzen wir in der Tinte.«

Tobias und Margaret nickten bedrückt.

Tobias sagte: »Quorn kann das Geld auf eine Rundreise geschickt haben, die alle diese Nummern einschließt – wie die Badetücher auf den Liegestühlen –, oder er kann es von Panama direkt auf ein bestimmtes Konto geleitet haben, aber bis jetzt fehlt jede Spur davon. Ich bin davon ausgegangen, daß irgendeine dieser Nummern oder Namen der Global Bank in Panama etwas sagen muß, aber sie bestätigt das nicht.«

»Alle Banken tun geheim«, sagte der Bankchef. »Wir ja auch.«

»Nicht verzweifeln«, tröstete mich Margaret, »wir finden das Geld. Es dauert nur länger, als wir gehofft hatten.«

Gegen Ende des Nachmittags ließen sie jedoch selbst die Köpfe hängen; für den nächsten Tag wollten sie sich eine neue Strategie ausdenken. Der Zeitunterschied allein komplizierte die Sache. In Reading war es schon vorgerückter Nachmittag, wenn die Bank in Panama gerade ihre Schalter öffnete.

Jedes Stückchen Fax und beschriebenes Papier kam in den Aktenvernichter, und Norman Quorns Liste wurde in den Privatsafe des Bankdirektors eingeschlossen. Ich fuhr ein wenig niedergeschlagen zurück nach Lambourn, wo knapp fünf Minuten vor mir Emily, meine Mutter und Audrey Newton eingetroffen waren.

C. Y. Uttley war beim Gepäckausladen.

Ich drückte meine Mutter, küßte Emily und setzte ein Küßchen in die Luft neben Audrey Newtons Pausbacke.

»Wir hatten ein wunderschönes Wochenende«, sagte sie strahlend. »Herzlichen Dank auch. Sie haben blaue Flecke im Gesicht, wissen Sie das?«

»Bin gegen eine Tür gelaufen.«

Emily brachte Audrey und meine Mutter ins Haus, und Chris musterte mich abschätzend.

»Sie sehen übel aus«, sagte er. »Schlimmer als am Sonntag.«

»Danke.«

»Ihre Freundin, die buskapernde Grantchester-Ausschalterin, existiert nicht mehr«, versicherte er mir. »Ich habe sie auf der Fahrt nach Devon heute stückchenweise in Mülltonnen verschwinden lassen.«

»Kluger Zug.«

»Was halten Sie von blonden Ringellocken und Atombusen?«

»Von so einer würde ich mich nicht retten lassen.«

»Den Humor hat Ihnen der Advokat wenigstens nicht ausgetrieben.«

»Nah dran.«

»Kann ich sonst noch was für Sie tun?«

»Fahren Sie Audrey Newton heim nach Bloxham.«

»Und danach?«

Wir starrten uns an.

»Freunde fürs Leben?« schlug ich vor.
»Sie bekommen meine Rechnung.«

Emily schlug meiner Mutter und mir vor, über Nacht in Lambourn zu bleiben, und stieß auf wenig Widerstand.

Das Telefon läutete, während wir an dem großen Tisch in der Küche saßen und zusahen, wie Emily im Kühlschrank nach Eßbarem suchte. Sie nahm den Hörer ab und sagte im nächsten Moment überrascht: »Ja, der ist hier. Vivienne auch.« Sie hielt mir den Hörer hin. »Höchstselbst ist dran. Er sucht dich.«

»Mylord«, meldete ich mich.

»Al, wo hast du gesteckt? Ich hatte den ganzen Tag Patsy in der Leitung. Sie hört sich regelrecht hysterisch an. Sie will mit dir reden. Sie sagt, du bist aus einer Klinik weg, in der sie dich untergebracht hat. Warum sie dich dahin gebracht hat, will sie mir nicht sagen. Was zum Teufel ist passiert?«

»Ehm... ich habe eine Tür gerammt.«

»Ach komm, Al.«

Meine Mutter und Emily konnten hören, was ich sagte. Ich überlegte fünf Sekunden schweigend und fragte: »Kann ich morgen abend gegen sechs auf ein Glas bei dir vorbeikommen?«

»Natürlich.«

»Gut... bitte sag Patsy nicht, wo ich bin. Frag sie, ob sie sich morgen nachmittag um zwei auf dem Parkplatz der Gläubigerbank in Reading mit mir treffen kann. Und sag ihr...« Ich hielt inne. »Danke ihr dafür, daß sie mir geholfen hat.«

Emily sagte, als ich auflegte, verblüfft: »Patsy hat dir geholfen?«

»Mhm.«

Da sie es ohnehin erfahren mußten, eröffnete ich ihnen so ruhig wie möglich, daß Oliver Grantchester versucht hatte, die verschwundenen Brauereimillionen an sich zu bringen. »Entweder hat er sich von Anfang an mit Norman Quorn zusammengetan, um das Geld zu stehlen, oder er wollte es ihm hinterher abnehmen«, sagte ich. »Das muß sich noch rausstellen.«

»Doch nicht Oliver!« wandte meine Mutter ungläubig ein. »Den kennen wir seit Jahren. Er war schon immer Ivans Anwalt und Anwalt der Brauerei...« Sie brach ab. »Ivan hat ihm vertraut.«

Ich sagte: »Ivan hat auch Norman Quorn vertraut. Quorn und Grantchester... das waren zwei normale Männer, gute Arbeiter, die sich verhängnisvoll von einem scheinbar zum Greifen nahen Topf Gold angezogen fühlten – und damit meine ich jetzt nicht den goldenen King-Alfred-Cup, den Grantchester abstauben wollte, um sich über den Verlust der fetteren Beute hinwegzutrösten. Grantchester mag ein guter Anwalt gewesen sein, aber als Gauner taugt er nichts. Er hat weder den Goldpokal noch das Geld der Brauerei, und Patsy ist klargeworden, daß der liebe gute Onkel Oliver alles darangesetzt hat, *sie* zu schröpfen, da ihr die Brauerei jetzt mitsamt deren Schulden gehört.«

Meine Mutter hatte ihre eigenen Sorgen. »Du bist gar nicht gegen eine Tür gelaufen, nicht wahr, Alexander?«

Ich lächelte. »Ich bin gegen Grantchesters starke Jungs gelaufen. Sehr unvernünftig.«

»Und niemand hat Geiseln genommen«, meinte Emily nachdenklich, als würde ihr einiges klar.

Wir gingen schlafen. Emily erwartete mich zwischen ihren Laken und sagte es auch, aber mir fehlte einfach die Kraft für das älteste aller Spiele.

Sie fragte mich, was unter dem Verband sei, das mich so ins Schwitzen bringe.

»Der Lohn des Stolzes«, sagte ich. »Schlaf schön.«

Am Morgen fuhr ich meine Mutter nach Reading, brachte sie zum Zug nach London und versprach ihr, nach meiner 6-Uhr-Verabredung mit Höchstselbst den Abend und die Nacht am Park Crescent zu verbringen.

Vom Kummer gezeichnet, zeigte meine vornehm zurückhaltende Mutter mir mit einer einzigen zittrigen Umarmung auf dem Bahnsteig, wie nah wir beide am Zerreißpunkt waren. Plötzlich wurde mir klar, daß ich von ihr gelernt hatte, Angst, Schmerz und Demütigung zu verbergen, und wenn es mir gelungen war, diese Fähigkeit auf äußere Dinge wie Schwertgriffe, Pokale und brisante Listen auszuweiten, so konnte als Vorbild dafür doch ihr stets beherrschtes Gesicht gelten, von dem ich mein Leben lang auf Gefühlskälte oder wenigstens Gefühlsarmut geschlossen hatte.

»Ma«, sagte ich auf dem Bahnhof Reading, »ich hab dich lieb.«

Leise, schnell näher kommend, fuhr ihr Zug ein.

»Alexander«, sagte sie, »mach dich nicht lächerlich.«

In der Bank studierten Tobias, Margaret und der Direktor trübsinnig die elektronischen Nachrichten aus dem einen Gerät, das über Nacht auf Empfang geblieben war.

Brauchbare Informationen rund um den Globus: null.

Die Fachleute hatten neue Wege gesucht und ausprobiert, um das Problem zu lösen, doch nichts davon fruchtete. Gegen Mittag hieß es, sie könnten nur diesen Nachmittag noch auf die Suche verwenden, da sie andere bindende Verpflichtungen hätten.

Als ich fragte, ob ich zur Nachmittagssitzung Patsy mitbringen könne, hieß es, das stehe mir frei, doch Tobias, der angestrengt einen Zahnstocher kaute, fragte, ob ich mich erinnerte, was vor vier Tagen mit mir passiert sei, als ich ausnahmsweise an ihre guten Absichten geglaubt hätte.

Ich saß nach vorn gebeugt, die Ellbogen auf dem Tisch, die Tabletten vom Morgen wirkten kaum noch. Ich erinnerte mich, sagte ich, und ich würde darauf zählen, daß Tobias mich vor der Dame beschütze.

Scherzen Sie nur, meinte er, aber denken Sie auch an die Sirenen, die mit ihren lockenden Gesängen einfältige Teerjacken in Tod und Verderben reißen.

Nicht hier in der Bank, sagte ich.

Ich traf sie wie vereinbart auf dem Parkplatz.

»Tag«, sagte ich.

»Alexander...«

Sie war unsicher. Verlegen. So hatte ich sie noch nie erlebt.

Sie trug Bluse, Strickjacke, einen langen Rock, flache Schuhe; leger und gepflegt.

Ich erklärte ihr, sie solle mit mir in die Bank gehen, um

zu hören, welche Schwierigkeiten bei der Suche nach den Brauereimillionen aufgetreten waren.

Dafür, daß sie gut zwölf Jahre in der Furcht gelebt hatte, ich würde es irgendwie schaffen, ihr alles wegzunehmen, schien sie am Erfolg der Suche wenig interessiert.

»Ich kann dir versichern«, sagte ich, »daß sie ihr möglichstes tun, um dein Geld zu finden.«

»Das Geld meines Vaters«, sagte sie. »Du hast das alles für ihn getan, nicht wahr?«

»Mag sein.«

»Für mich hättest du es niemals getan.«

»Die Brauerei war sein Leben«, sagte ich. »Er hat sie aufgebaut. Sie war sein ganzer Stolz. Norman Quorns herzloser Treuebruch hat ihn zutiefst getroffen, ja ich glaube, er hat ihn umgebracht. Ivan zuliebe und meiner Mutter zuliebe hätte ich alles getan, um die Sache ins Lot zu bringen. Ich habe es versucht. Es ist mir nicht gelungen. Jetzt sollen die Leute von der Bank dir sagen, daß ich dir nichts wegnehmen will. Ich versuche wiederherzustellen, was Ivan aufgebaut hat.«

»Alexander...«

»Dein Friedensangebot vom Samstag«, sagte ich, »schien mir wirklich ernst gemeint zu sein. Du wußtest hoffentlich nicht genau, wo du mich da hingelockt hast. Daß du den kleinen Scherz mit dem Grill verhindern wolltest, weiß ich. Ich habe dich schreien hören. Und ich weiß, daß du mir Hilfe besorgt hast. Also«, schloß ich, da mir die Luft ausging, »kommst du nun mit in die Bank?«

Sie nickte wortlos und begleitete mich in den Konferenzraum, wo ihr Aussehen und ihr angeborener Charme natürlich sofort den Bankmann umwarfen, der sie noch nicht kannte. Flugs besorgte er ihr einen Stuhl und bot ihr Kaffee an, und sie dankte es ihm mit einem reizenden Lächeln.

Alle setzten sich an den Tisch. Der Bankmann gab entgegenkommend einen Überblick über alle bisher zur Rettung der Brauerei getroffenen Maßnahmen und erklärte, daß sie nun anhand der Liste bemüht seien, die verschwundenen Millionen zu finden.

»Die Liste!« wiederholte Patsy leise. »Was steht auf der Liste?«

»Zeigen Sie ihr die nicht!« sagte Tobe unvermittelt.

»Wieso denn nicht?« fragte der Banker.

»Weil ein hoher Preis dafür gezahlt wurde, daß sie jetzt hier ist. Al sitzt zwar hier stundenlang mit uns am Tisch und tut so, als wäre nichts dabei, aber die meiste Zeit ist er nah am Zusammenklappen...«

»Nein«, widersprach ich.

»Doch, doch.« Er schwenkte den Zahnstocher zu mir hin. »Es war garantiert Oliver Grantchester, der Patsy bewogen hat, Ihnen die Waffenruhe anzubieten und Sie in den Garten zu locken. Jetzt ist er zwar im Kittchen, aber irgendwann kommt er auch wieder raus, und er weiß vielleicht einen Zugang zu der Liste, auf den wir noch nicht gekommen sind, und da er ihr gesagt haben könnte, worauf sie achten muß, sollte man sie ihr nicht zeigen.«

Eine angespannte Stille folgte.

Patsy erhob sich langsam.

»Es stimmt, Oliver hat mich benutzt«, sagte sie. »Es ist nicht leicht, das zuzugeben. Ich wußte nichts von irgendeiner Liste, bis Oliver versucht hat, Alexander zu ihrer Herausgabe zu zwingen. Zeigen Sie sie mir nicht. Ich will sie nicht sehen.« Sie schaute mich an und sagte: »Es tut mir leid.«

Auch ich stand auf. Sie warf mir einen langen Blick zu, nickte und ging.

Am Ende dieses Nachmittags, an dem außer ratloser Enttäuschung nichts herausgekommen war, fuhr ich nach London zum Chesham Place und erzählte meinem Onkel bei einem Glas Malt-Whisky, daß drei gewiefte Finanzfachleute zwei volle Arbeitstage darauf verwendet hatten, Norman Quorns Kontenliste zu knacken, aber auf keinen grünen Zweig gekommen waren.

»Dann schaffen sie es morgen«, meinte er tröstend.

Ich schüttelte den Kopf. »Sie haben es aufgegeben. Sie haben jetzt anderes zu erledigen.«

»Du hast alles versucht, Al.«

Ich saß nach vorn gebeugt, die Unterarme auf den Knien, mein Glas in beiden Händen, bemüht, nicht so erschöpft zu reden, wie ich mich fühlte. Ich erzählte ihm, daß Patsy mit zur Bank gekommen war und jetzt einsah, daß Oliver Grantchester vorgehabt hatte, die Brauerei zu prellen. »Aber zwischen ihm und Norman Quorn«, sagte ich, »ist das dumm gelaufen. Die Millionen sind futsch. Ich bin froh, daß Ivan nichts davon wußte.«

Nach einer Weile fragte Höchstselbst: »Was hast du im Krankenhaus gemacht? Patsy wollte mir das nicht sagen.«

»Geschlafen habe ich hauptsächlich.«

»Al!«

»Nun... Grantchester war es, der die Schläger zu mir geschickt hatte, weil er dachte, du hättest mir den King-Alfred-Goldcup in Verwahrung gegeben. Er hatte ihnen nicht genau gesagt, um was es ging, wahrscheinlich weil er Angst hatte, wenn sie wüßten, wie wertvoll das Ding ist, könnten sie es für sich behalten. Als er dann erfuhr, daß ich die verdammte Liste hatte, aus der keiner schlau wird, sollten die gleichen Schläger mich dazu bringen, sie herauszugeben, aber da ich die Herren und ihren Auftraggeber nach wie vor nicht mochte, habe ich mich geweigert.«

Er sah entgeistert aus.

»Ich habe ein paar angeknackste Rippen. Grantchester ist in einem Gefängniskrankenhaus. Patsy und ich schließen eines Tages vielleicht doch noch Frieden. Du machst mich betrunken.«

Meine Mutter und ich aßen ein von Edna zubereitetes Abendbrot und spielten anschließend Scrabble.

Meine Mutter gewann.

Ich nahm eine Tablette vor dem Zubettgehen, schlief stundenlang durch und war verblüfft, als ich zum Frühstück nach unten schlurfte, Keith Robbiston auf der Treppe zu begegnen.

»Kommen Sie mal hier rein«, sagte er und winkte mich in Ivans verwaistes Arbeitszimmer. »Ihr Onkel und Ihre Mutter machen sich Sorgen um Sie.«

»Weswegen?«

»Ihre Mutter sagt, sie hat Sie beim Scrabble geschlagen, und Ihr Onkel meint, Sie erzählen ihm nur die halbe Wahrheit.« Er sah mir prüfend ins Gesicht, aus dem die Schwellungen und blauen Flecke weitgehend verschwunden waren, das aber zugegebenermaßen angespannt, grau und erschöpft aussah. »Von Verbrennungen haben Sie den beiden nichts gesagt.«

»Weil sie sich zu leicht aufregen.«

»Wo sind denn diese Verbrennungen?«

Ich zog mein Hemd aus, und er löste den Schutzverband. Sein Schweigen schien mir nichts Gutes zu bedeuten.

»Angeblich ist nichts entzündet«, sagte ich, »und es heilt gut ab.«

»Das stimmt.«

Er fragte mich nach der Rufnummer der Klinik und machte über Ivans Telefon die großmütterliche Ärztin ausfindig. Ihr hörte er eine ganze Weile zu, ohne den langsam schärfer und dunkler werdenden Blick von mir zu wenden.

»Danke«, sagte er schließlich. »Vielen Dank.«

»Sagen Sie meiner Mutter nichts«, bat ich ihn. »Sie ist noch nicht über Ivan hinweg.«

»In Ordnung.«

Er sagte, die Hautabdeckung werde er nicht anrühren, und wickelte mich von den Achseln bis zur Taille wieder ein.

»Sie haben in der Klinik mehrere Morphiumspritzen bekommen«, sagte er. »Und die Tabletten, die Sie von mir haben, enthalten ebenfalls Morphium.«

»Die kommen mir auch ziemlich stark vor.«

»Sie werden davon süchtig, Al. Und das sage ich nicht zum Spaß.«

»Darum kümmere ich mich später.«

Er gab mir Tabletten für weitere vier Tage. Ich dankte ihm von Herzen.

»Nehmen Sie davon nicht mehr als nötig. Und vom Autofahren«, bemerkte er, »wird alles nur schlimmer.«

Ich rief in Tobias' Büro an und erreichte ihn nicht. Er war übers Wochenende verreist.
»Es ist doch erst Donnerstag«, wandte ich ein.
Wahrscheinlich sei er Montag zurück.
Verflucht sollte er sein.
Margaret war »leider nicht erreichbar«.
Der Bankhäuptling hatte mir eine Nachricht hinterlassen. »Sämtliche Kosten für die Durchführung des King-Alfred-Goldcups werden von der Bank getragen, in Absprache mit Mrs. Benchmark, die jetzt die Organisation des Renntags in Cheltenham übernommen hat.«
Bravo, Patsy. Große Tiere waren Wachs in ihren Händen.

Ich ließ den Morgen ruhig angehen, aß einträchtig mit meiner Mutter zu Mittag und fuhr am Nachmittag nach Lambourn, wo ich mitten im Trubel der Abendstallzeit eintraf.

Emily, ganz in ihrem Element, ging selbstbewußt in ihrer gewohnten braunen Reithose den Stall ab, zünftig und elegant, instruierte die Pfleger, befühlte Pferdebeine, teilte Klapse, Liebkosungen und leckere Möhren aus und zeigte allenthalben ihre Zuneigung zu den großen, glänzenden Geschöpfen, die als Antwort ihre Nasen an ihr rieben.

Ich beobachtete sie eine Zeitlang, ehe sie mich bemerkte, und wieder einmal wurde mir lebhaft bewußt, daß sie voll und ganz in diese Welt gehörte, daß dieses Leben für ihr inneres Gleichgewicht unerläßlich war.

Noch während ich in Ivans Wagen saß, kam ein Pferdetransporter in den Hof gefahren und lud Golden Malt aus.

Mit zitternden Muskeln kam er an die Rampe, setzte vorsichtig die Hufe auf, eckig und unsicher Halt suchend; sowie er aber unten war, bewegte er sich in einem Fluß, mit federnden Schritten, das rote Fell von der Abendsonne entflammt, die Arroganz großer Vollblüter in jedem Zurückwerfen seines Kopfes.

Unmöglich, davon nicht angerührt zu sein. Zweimal hatte er sich vertrauensvoll von mir in nebelhafte, unbekannte Fernen führen lassen. Bei dem herrlichen Anblick des Heimkehrers fragte ich mich, woher ich den Mut dazu genommen hatte.

Ich stieg aus dem Wagen. Emily sah mich und kam herüber, und gemeinsam schauten wir zu, wie das Pferd ein paarmal um den Hof geführt wurde, damit seine Beinmuskeln sich nach der beengten Anreise lockern konnten.

»Er sieht toll aus«, sagte ich.

Emily nickte. »Der kleine Tapetenwechsel ist ihm gut bekommen.«

»Und Samstag?«

»Er wird sich nicht blamieren.« Wohlerwogene Worte, in denen aber die schwer zu zügelnde Erregung eines jeden Trainers mitschwang, der den Sieg in einem großen Rennen für möglich hält.

Wir gingen ins Haus, und sie brachte es einfach nicht fertig, an diesem Abend ganz normal etwas zu kochen. Auch mir fehlte die Energie dazu.

Wir aßen Brot und Käse.

Um zehn ging sie wie gewohnt noch einmal hinaus in den

Stall, um sich davon zu überzeugen, daß alle ihre Schützlinge für die Nacht bereitgemacht waren. Ich folgte ihr, blieb unentschlossen im Hof stehen und blickte zu den Sternen und dem aufgehenden Mond hinauf.

»Em«, sagte ich, als sie zu mir kam, »leihst du mir ein Pferd?«

»Was für ein Pferd?« fragte sie verwirrt.

»Irgendeins.«

»Aber... wozu?«

»Ich möchte...« Wie sollte ich das erklären? »Ich möchte hinauf in die Downs reiten... allein sein.«

»*Jetzt?*«

Ich nickte.

»Selbst für deine Verhältnisse«, sagte sie, »warst du heute abend sehr still.«

»Ich muß über einiges nachdenken«, sagte ich.

»Getreu nach Psalm 121?«

»Was?«

»Ich hebe meine Augen empor zu den Bergen«, sagte sie, »denn von dort kommt mir Hilfe.«

»*Em!*«

»Und statt deiner Berge müssen jetzt die Downs genügen.«

Ihr Verständnis machte mich sprachlos.

Ohne Fragen, ohne Diskussion ging sie zur Sattelkammer hinüber und kam mit Sattel und Zaumzeug wieder. Dann ging sie zu einer Stallbox und schaltete das Licht darin an.

Ich ging zu ihr.

»Das ist auch ein Pferd von Ivan. Taugt nicht viel, ist aber ein gutmütiger alter Kerl. Er gehört jetzt wohl mir... und als Ivans Testamentsvollstrecker bist du vollauf berechtigt, ihn zu reiten... aber sieh nach Möglichkeit zu, daß er dir nicht abhaut.«

»Gut.«

Sie sattelte das Pferd fachgerecht und zog den Gurt an.

»Warte«, sagte sie, ging schnell noch einmal ins Haus und kam mit der blauen Sturzkappe und einer Parka zurück. Auf mein Baumwollhemd blickend, sagte sie: »Es wird kalt sein da oben.«

Sie half mir in die Jacke. Obwohl sie achtgab, tat es weh.

»Oliver Grantchester soll in der Hölle braten«, sagte sie.

»Em... woher weißt du?«

»Margaret rief mich heute an, um zu hören, wie's dir geht. Sie hat's mir erzählt. Sie dachte, ich wüßte Bescheid.«

Sie zäumte das Pferd und warf mich gelassen rauf. Hielt mir die Kappe hin, machte aber kein Aufhebens, als ich den Kopf schüttelte. Sie wußte, daß ich lieber ohne ritt, und ich wollte ja nicht galoppieren.

»Danke, Em«, sagte ich.

Sie wußte, es war ein umfassendes Dankeschön.

»Schieb ab«, sagte sie.

König Alfred, dachte ich, hatte vielleicht an der gleichen Stelle auf seinem Pferd gesessen, an der ich nach einem langsamen Bergaufritt hinter Lambourn anhielt.

Es war einer der höchsten Punkte der Downs, und ich schaute nach Osten, wo das Hügelland zur Themse hin abfiel, die zu König Alfreds Zeiten noch kein großer Schifffahrtsweg gewesen war, sondern eher eine lange, gewundene Entwässerungsanlage von den Cotswolds bis zur Nordsee.

König Alfred war Gelehrter gewesen, Diplomat, Dichter, Krieger, Stratege, Geschichtsschreiber, Erzieher und Gesetzgeber. Ich wünschte, ich hätte ein wenig von seiner Klugheit mit der Luft einatmen können, doch er war vor über elfhundert Jahren durch dieses Land geritten, als es zwar auch schon Niedertracht gab, sonst aber kaum etwas so war, wie es heute ist.

Seltsam, dachte ich, daß sich ausgerechnet das Bier am wenigsten geändert hat. Die nach dem König benannte Brauerei produzierte noch immer das Getränk, das schon den Durst seines Volkes stillte.

Ivans Pferd, von mir zu keinem bestimmten Ziel geführt, ging langsam stapfend weiter.

Der klare Himmel und das schwache Mondlicht waren Millionen von Jahren alt. Kalter Wind strich mir durchs Haar. Im Blick auf die Zeit kann jedes Fieber abkühlen, wenn man es zuläßt.

Man kann vielleicht lernen, Fehlschläge hinzunehmen, sich damit abzufinden, daß man alles getan hat und es doch nicht genug war.

Ich kam zu einem alten, umgestürzten Baumstamm, den viele Trainer auf den Downs dazu benutzten, Jungpferde ans Springen heranzuführen. Ich saß ab, damit Ivans Pferd rasten konnte, und hockte mich auf den Baumstamm, wobei ich das Pferd, das gelassen den Kopf beugte, um zu grasen, locker am Zügel hielt. Seine Anwesenheit war eine Wohltat für sich, eine anspruchslose Verbindung zur ganzen Natur.

Ich hatte mir selbst mehr Leid zugefügt, als ich eigentlich verkraften konnte, und ich mußte mich damit abfinden, daß es umsonst gewesen war.

Vor nunmehr fünf Tagen hatten sie mich in Grantchesters Garten gezerrt. Vor fünf Tagen hatte der Schläger namens Jazzo mit seinen Boxhandschuhen und seiner versierten Technik mir die Rippen gebrochen und mich so vehement bearbeitet, daß ich bei der Erinnerung daran noch genauso zusammenzuckte wie unter den verbliebenen Schmerzen. Ich hatte mich nicht wehren oder den Schlägen ausweichen können, und die Hilflosigkeit hatte das Übel nur verstärkt.

Jetzt konnte ich ihn ein Schwein schimpfen.

Schwein.

Das half überhaupt nichts. Gebrochene Rippen sind wie Messer, die immer mal wieder zustechen. Husten läßt man besser sein.

Was den Grill betraf...

Ich schaute über die zeitlos ruhigen Downs hin.

Selbst mit den Tabletten als Notbehelf bewegte ich mich schon zu lange auf einem ganz schmalen Grat normalen Verhaltens. Ich wollte nicht sinnlos vor mich hindämmern, bis die Haut geheilt war, aber die Versuchung war groß. Ich wollte nicht vergessen, ich wollte Kraft. So viel Kraft war schwer aufzubringen.

Das Pferd kaute knirschend, sein Zaumzeug klirrte.

Was ich getan hatte, war unvernünftig gewesen.

Ich hätte Grantchester sagen sollen, wo die Liste war.

Allerdings gab es keine Gewähr dafür, daß ich den Garten unversehrt hätte verlassen können, selbst wenn ich es ihm gleich gesagt hätte. Ich entsann mich an den widerlich vergnügten Ausdruck auf seinem Gesicht... ich wußte von Bernies Geständnis her, daß Grantchester Norman Quorn hatte braten lassen, obwohl der zu Tode geängstigte Finanzchef alles gesagt hätte, um dem Feuer zu entgehen. Die Lust Grantchesters, Quorn möglichst lange leiden zu sehen, hatte direkt zu dessen plötzlichem Tod geführt, sei es durch Herzversagen, Hirnschlag oder Schock. Grantchesters Vergnügen hatte ihn selbst um die begehrten Informationen gebracht. Das einzig Erfreuliche an dem ganzen Schlamassel.

Der arme Norman Quorn, ein nicht gewalttätiger Unterschlager, war fünfundsechzig und vor Angst außer sich gewesen.

Ich war neunundzwanzig und vor Angst außer mir und unvernünftig gewesen... und ich war dem Tod entronnen.

Ich war mit vielfachen Verbrennungen ersten, zweiten und dritten Grades davongekommen, die heilen würden.

Ich kam nicht um die Erkenntnis herum, daß ich umsonst gebraten hatte, denn was immer Norman Quorn seiner Schwester mit dem vermaledeiten Kuvert anvertraut haben mochte, es gab keinen Aufschluß darüber, was mit dem Geld der Brauerei passiert war.

Ich konnte mir eingestehen, daß ich aus Stolz gebraten hatte.

Nicht so leicht konnte ich mich damit abfinden, daß es sinnlos gewesen war.

Aber ich mußte mich damit abfinden – und dann weitersehen.

Steif stand ich auf und führte das Pferd eine Zeitlang zu Fuß.

Wäre ich in Schottland gewesen, wäre ich in die Berge

hinaufgegangen und hätte die Pfeifen des Dudelsacks den nackten Kummer ausdrücken lassen, wie sie es in der turbulenten Geschichte des Landes immer getan haben. Aber genügte das? Ein Klagelied, ein Pibroch, beweint den Verwundeten, und ich brauchte mehr – etwas Härteres brauchte ich. Etwas, das mir sagte, na schön, Pech gehabt, heul nicht, du hast dir das selbst zuzuschreiben. Hol die Farben raus.

Wenn ich wieder in die Berge kam, würde ich einen Marsch pfeifen.

Ich ritt und ging abwechselnd eine Zeitlang durch die trostspendende Nacht, und als das erste Grau am dunklen Himmel aufschien, wandte ich das Pferd nach Westen und ließ es gemächlich laufen, bis wir zu Geländepunkten kamen, die uns beiden zeigten, daß es heimwärts ging.

15

Freitagmorgen, Lambourn, bei Emily.
Ich rief Margaret Morden an.
Nein, sagte sie, niemand sei auf einen neuen Dreh gekommen, um das Geld zu finden. Wenn der Schlüssel in der Liste liege, müßten sie sich eigentlich schämen, aber...
»Es war eine Illusion«, sagte ich. »Verlorene Liebesmüh. Vergessen Sie's. Geben Sie auf.«
»Reden Sie nicht so!«
»Das ist schon in Ordnung. Wirklich. Kommen Sie zu dem Pferderennen?«
»Wenn Sie mich einladen...«
»Natürlich laden wir Sie ein. Ohne Sie fände das Rennen nicht statt.«
»Ohne *Sie*.«
»Wir sind Spitze«, meinte ich lachend, »aber niemand gibt es zu.«
»Sie hören sich schon besser an.«
»Klar, mir geht's gut.«
Die Wirkung der letzten Tablette. Nun, manchmal mußte es sein.
Inspektor Vernon rief an. »Oliver Grantchester«, sagte er.
»Was ist mit ihm?«

»Jemand hat ihn vorigen Samstag in seiner Garage fürchterlich zugerichtet, wie Sie wissen.«

»Der Ärmste.«

»Hat Ihre Bekannte ihn da zusammengetreten?«

»Inspektor«, gab ich zu bedenken, »ich lag doch in dem Teich. Woher soll ich das wissen?«

»Vielleicht hat sie Ihnen ja gesagt, wer es war.«

»Nein – und ich gebe auch nicht weiter, was man mir erzählt.«

Nach einer Pause sagte er: »Na gut.«

Ich lächelte. Er hörte es an meiner Stimme. »Ich hoffe«, sagte ich, »daß es dem armen Mr. Grantchester noch richtig schlecht geht.«

»Im Vertrauen«, sagte er streng, »kann ich Ihnen mitteilen, daß die Unterleibsverletzungen, die er erlitten hat, sich als irreparable Zerreißungen erwiesen haben, so daß die Hoden, ehm... operativ entfernt werden mußten.«

»Ach du Schande«, sagte ich zufrieden.

»Mr. Kinloch!«

»Meine Bekannte ist ins Ausland gegangen, und sie kommt nicht zurück«, sagte ich. »Sparen Sie sich die Suche. Sie würde bestimmt niemandem etwas zuleide tun.«

Vernon klang zwar nicht überzeugt, doch abgesehen davon, daß es keine Zeugen gab, hatte er offenbar auch keinerlei Anhaltspunkte. Es sah aus, als käme der unbekannte Angreifer ungeschoren davon.

»Wie furchtbar«, sagte ich.

Wenn Chris dahinterkam, kostete mich die Entmannung Oliver Grantchesters wahrscheinlich einen Aufpreis. Gut angelegtes Geld.

»Wünschen Sie Grantchester frohes Fisteln von mir«, sagte ich zu Vernon.

»Das ist herzlos.«

»Was Sie nicht sagen.«

Die Tablette verschaffte mir drei oder vier Stunden Schlaf. Draußen im Stall lief der Betrieb wie gewohnt, und gegen Mittag war ich wieder voll in die alte Rolle des Laufburschen zurückgefallen, besorgte dies und das im Dorf, brachte Blutproben zum Tierarzt, holte Sattelzeug aus der Reparatur.

Emily und ich aßen zusammen zu Abend und gingen miteinander ins Bett, und obwohl ich diesmal unschwer die nötige Begeisterung aufbrachte, lag sie danach in meinen Armen und sagte mir, es breche ihr das Herz.

»Was denn?« fragte ich.

»Wie du auf Ehemann machst.«

»Ich bin ja dein Mann.«

»Nein.« Sie küßte mich über dem Verband auf die Schulter. »Du weißt, daß du nicht hierhergehörst. Komm einfach ab und zu vorbei. Das genügt.«

Patsy hatte den Renntag organisiert. Patsy hatte mit dem Zeltverleih und dem Gastroservice gesprochen, die bemüht waren, ihr alles recht zu machen. Auf Anweisung Patsys bekamen die gut hundert geladenen Gäste – Gläubiger, Zulieferer, Vertragswirte – einen großen Empfang, freie Getränke und Rennprogramme, Lunch, Nachmittagstee, Ausweise für die ganze Anlage und wurden für die Presse fotografiert.

Cheltenhams stets vorausschauende Rennbahnleitung hatte zum Andenken an Ivan für die King-Alfred-Brauerei, den Hauptsponsor einer ihrer bestbesuchten Veranstaltungen zu Saisonbeginn, den roten Teppich ausgelegt. Der ganze Rennvereinsvorstand lag Patsy zu Füßen; ihre gesellschaftlichen Talente waren unbezahlbar.

Für Patsy hatte man die Sponsorenloge auf der Haupttribüne reserviert, die zweitbeste nach der Luxussuite für gekrönte Häupter und andere Fürstlichkeiten.

Patsy hatte in der Sponsorenloge einen Lunch im Familienkreis für meine Mutter, ihre Stiefmutter, arrangiert, damit Ivans Witwe dem Geschehen beiwohnen und doch für sich sein konnte.

Ich traf mich mit meiner Mutter am Clubeingang und ging mit ihr gemeinsam in die Loge, wo Patsy sie formvollendet mit einem Kuß empfing. Patsy trug Dunkelgrau zum Zeichen der Trauer um ihren Vater, dazu aber ein buntseidenes Halstuch von Hermès. Sie sah ernst und geschäftsmäßig aus, als hätte sie den Tag gut im Griff.

Hinter ihr stand Surtees, der mir nicht in die Augen sehen konnte. Er trat von einem Fuß auf den anderen, gab meiner Mutter ein zerstreutes Küßchen auf die Wange und benahm sich ganz so, als wäre er lieber woanders.

»Tag, Surtees«, sagte ich, um ihn zu ärgern.

Er warf mir stumm einen frustrierten Blick zu und wich zwei Schritte zurück. Wie ausgewechselt, dachte ich, gegenüber früher.

Patsy sah verwundert zu uns herüber, und später am Nachmittag fragte sie mich: »Was hast du mit Surtees gemacht? Man kann nicht mit ihm über dich reden. Sobald ich deinen Namen sage, dreht er sich um und geht, ich verstehe das nicht.«

»Surtees und ich«, sagte ich, »haben ein Abkommen getroffen. Er hält den Mund, und ich halte den Mund.«

»Worüber denn?«

»Ich über sein Verhalten im Garten von Oliver Grantchester.«

»Was er gesagt hat, war nicht so gemeint.«

Ich wußte noch genau, wie Surtees Jazzo gedrängt hatte, härter zuzuschlagen, obwohl der schon nach Kräften hinlangte. Surtees hatte das sehr wohl ernst gemeint: Seine Rache dafür, daß ich ihn bei Emily dumm hatte aussehen lassen.

Ich sagte: »Eine ganze Zeitlang dachte ich, Surtees hätte diese Schläger wegen des King-Alfred-Pokals zu mir nach Schottland geschickt.«

Sie war bestürzt. »Aber wieso denn?«

»Weil er gesagt hat: ›Nächstes Mal wirst du schreien.‹«

Ihre Augen verschleierten sich. »Da hat er sich geirrt.«

Ich zuckte die Achseln. »Du hast ja überall erzählt, ich hätte den Pokal gestohlen. Surtees glaubte das natürlich.«

»Du stiehlst nicht.«

Ich hörte die Gewißheit in ihrer Stimme und fragte, Bitterkeit unterdrückend: »Wann ist dir das aufgegangen?«

Sie antwortete indirekt, aber ehrlich, und eröffnete mir damit einen Zugang zu ihren jahrelangen unseligen Ängsten. Sie sagte: »Er hätte dir alles gegeben, was du verlangt hättest.«

»Ivan?«

Sie nickte.

Ich sagte: »Ich hätte nie etwas genommen, was dir gehört.«

»Das dachte ich aber.« Sie schwieg. »Du warst mir verhaßt.«

Mehr gestand sie nicht ein, und sie entschuldigte sich auch nicht, aber in dem Garten hatte sie mich ihren Bruder genannt, und in der Bank hatte sie gesagt: »Es tut mir leid.« Vielleicht, ja vielleicht hatte sich doch wirklich etwas geändert.

»Ich nehme an, es ist zu spät...«, begann sie. Sie sprach den Satz nicht zu Ende, aber er war hinnehmend, nicht bittend gesagt.

»Schwamm drüber«, sagte ich.

Als Höchstselbst und seine Gräfin eintrafen, um meiner Mutter Gesellschaft zu leisten, ging ich nach unten, um zu sehen, wie es im Festzelt lief, und stellte fest, daß die Stimmung trotz der Sorgen der Brauerei heiter, beschwingt und versöhnlich war.

Margaret Morden begrüßte mich mit einer Umarmung, die in jedem Büro verfehlt gewesen wäre, der Ausgelassenheit eines Renntages aber angemessen schien. Dezent blau gekleidet, mit einem zuverlässig wirkenden Mann an ihrer Seite, meinte sie, sie verstehe zwar nichts von Pferden, werde aber auf Golden Malt setzen.

Sie folgte meinem Blick nach der anderen Seite des Zeltes, wo Patsy, flankiert nicht von Surtees, sondern von der idealen Stütze Desmond Finch, zukunftsfreudigen Optimismus verbreitete.

»Wissen Sie«, sagte ich zu Margaret, »Patsy wird die Brauerei mit großem Erfolg leiten. Sie ist die geborene Managerin. Besser als ihr Vater. Er war ein gewissenhafter, guter Mensch. Sie kann Leute lenken und manipulieren, um ihre Ziele zu erreichen... und sie bringt die Brauerei vermutlich schneller von der Bankrottgefahr weg, als Sie für möglich halten.«

»Wie können Sie ihr bloß verzeihen?«

»Ich sage nicht, daß ich ihr verziehen habe. Ich sagte, sie sei ein guter Manager.«

»Es war herauszuhören.«

Ich lächelte in ihre klugen Augen. »Finden Sie für mich raus«, sagte ich, »ob die Unterschlagung von Oliver Grantchester ausging oder ob er bloß zufällig darauf gestoßen ist und zugepackt hat. Nicht, daß es wirklich darauf ankommt, ich wüßte es nur gern.«

»Das kann ich Ihnen gleich sagen. Es war von Anfang an Grantchesters Idee. Dann hat Norman Quorn sich was einfallen lassen, wie er die Beute allein kassieren könnte, und hat die Stärke und Brutalität seines Partners unterschätzt.«

»Woher wissen Sie das?« fragte ich fasziniert.

»Desmond Finch, dieser Heimtücker, hat's mir gesagt. Ich brauchte ihn nur ein bißchen unter Druck zu setzen. Als Geschäftsführer hätten ihm die Unregelmäßigkeiten in der Finanzabteilung auffallen müssen, sagte ich, und schon erzählte er mir, daß Norman Quorn sich praktisch bei ihm ausgeweint hat. Ich glaube – aber ich weiß ehrlich gesagt nicht, wie wir das beweisen sollen, wenn Grantchester kein Geständnis ablegt, und wie ich den kenne...«

»Er ist nicht der Mann, der er mal war«, murmelte ich.

»Ich glaube«, sagte Margaret, die den Einwurf nicht hörte oder zumindest nicht verstand, »daß Norman Quorn Ivans treuem Freund und Anwalt einfach mal ohne Hintergedanken gesagt hat, wie leicht man sich im Zeitalter der elektronischen Überweisungen bereichern könnte. Ich glaube, sie haben das zusammen ausgetüftelt, und als dann mit dem Probelauf alles glattging, haben sie Ernst gemacht, und Quorn wollte im letzten Moment aussteigen.«

»Er hat das Geld gestohlen«, stellte ich klar. »Er wollte seinen Partner übers Ohr hauen.«

Sie stimmte traurig zu. »Das wollten sie jeweils beide.«

Wir tranken Sekt. Süßlich. Patsy war keine leichtsinnige Verschwenderin.

Ich seufzte. »Wäre schön, wenn auch Tobe hier wäre.«

Margaret zögerte. »Er kommt nicht darüber hinweg, daß wir das Geld anhand der Liste nicht finden konnten, wo Sie doch so dafür gelitten haben.«

»Er soll sich nicht so anstellen.«

Sie beugte sich vor und küßte mich unerwartet auf die Wange. »Daß er sich anstellt«, sagte sie, »kann man Alexander Kinloch weiß Gott nicht nachsagen.«

Höchstselbst und ich als zwei der Testamentsvollstrecker, in deren Namen das Pferd lief, standen bei den Sattelboxen und sahen zu, wie Emily Golden Malt den Rennsattel auflegte.

Höchstselbst sagte im Plauderton zu mir: »Es spricht sich herum, weißt du.«

»Was denn?«

»Was Oliver Grantchester mit dir in seinem Garten gemacht hat.«

»Vergiß es.«

»Wie du meinst. Aber es zieht Kreise, und aufhalten läßt sich das nicht mehr.«

(Er hatte insofern recht, als ich kurze Zeit später eine Postkarte von Andrew aus seinem Internat bekam: »Stimmt es, daß Du an einem kalten Abend im Oktober in voller Montur in einem Goldfischteich gelegen hast?« – worauf ich ihm als Antwort nur ein Wort zurückschrieb: »Ja.«)

Komischer, verrückter Alexander. Wen kümmerte es? Manch einem wird das Komischsein aufgedrängt.

»Al«, sagte Höchstselbst, »hättest du dich auch für den Schwertgriff der Kinlochs aufs Feuer legen lassen?«

»Ich habe es nicht wegen der Liste getan«, sagte ich.

Er lächelte. Er wußte Bescheid. Er war der einzige, der voll und ganz verstand.

Wir standen im Führring bei Emily und sahen zu, wie Golden Malt von seinem Pfleger herumgeführt wurde.

Emilys Jockey kam zu uns, gekleidet in Ivans Farben, gold-grün kariert, goldene Kappe.

Emily war ganz geschäftsmäßig, ohne erkennbare Erregung, bis auf ihren flachen Atem. Sie wies den Jockey an, sich möglichst in der vierten Position zu halten und ihn erst nach dem Schlußbogen anzufassen, wenn es bergan auf die Zielgerade ging.

»Denken Sie dran«, sagte sie, »daß er im Bogen nicht beschleunigt. Warten Sie, auch wenn's schwerfällt. Dann kommt er. Bergan ist er ein großer Kämpfer.«

Als die Pferde auf die Bahn gegangen waren, gingen Höchstselbst, Emily und ich zu meiner Mutter in die Sponsorenloge.

Ganz in Schwarz und mit der weißen Rose am breitkrempigen Hut wie bei Ivans Beerdigung, schaute meine Mutter über die herbstliche Rennbahn hin und sehnte sich nach ihrem verlorenen Gefährten, dem treuen, nicht allzu leidenschaftlichen Mann, der ihr alles gegeben hatte, was sie von einem Lebenspartner brauchte.

Es war Ivans Rennen. Ivans Tag. Nichts konnte sie trösten.

Patsy erschien mit Surtees. Patsys Verhalten ihm gegenüber war gereizt: Sie sah ihren Mann mit neuen, kalten Augen, ohne Illusionen. Ich gab dieser Ehe höchstens noch ein Jahr. Surtees' Aussehen konnte die Leere im Innern auf Dauer nicht wettmachen.

Golden Malt sah auf dem grünen Rasen herrlich aus, aber er stand vor keiner leichten Aufgabe: Der hohe Geldpreis und die Aussicht, den renommierten King-Alfred-Goldcup mit nach Hause zu nehmen, sei es auch nur als Kopie, hatte die Elite angelockt. Unter den neun antretenden Steeplern, die ihre Schnelligkeit bereits bewiesen hatten, wurde Golden Malt generell nur als Vierter oder Fünfter eingestuft.

Höchste Anspannung. Emily beobachtete den Start durchs Fernglas, ohne zu zittern. Außer ihr hätte das wahrscheinlich keiner in der Loge gekonnt. Emily stand fast die ganzen zwei Meilen hindurch wie ein Fels.

Es war eines dieser Rennen in Cheltenham, bei denen das Feld weder durch die Hindernisse noch die welligen Bögen auseinandergezogen wird; die neun Starter blieben zusammen, nicht einer fiel, die Zuschauer auf der Tribüne tobten und übertönten den Bahnsprecher, und Golden Malt kam als Vierter aus dem Schlußbogen und lief bergan dem Ruhm entgegen.

Emily ließ ihr Fernglas sinken und sah atemlos zu.

Höchstselbst schrie aus Leibeskräften. Meine Mutter hielt beide Hände aufs Herz.

Patsy sagte leise: »*Komm* doch...«

Drei Pferde gingen gemeinsam durchs Ziel.

Mit bloßen Augen war nicht zu sehen, wer die Nase vorn hatte.

Wir gingen alle hinunter zum Absattelplatz für die ersten drei, und niemand in der kleinen Gruppe konnte verhehlen, wie quälend das Warten aufs Zielfoto war.

Das Ergebnis verkündete dann die unpersönliche Stimme des Bahnsprechers.

»Erster, Nummer fünf.«

Nummer fünf: Golden Malt.

Alle küßten sich. Patsy schenkte mir ein unkompliziertes, gar nicht bitteres Lächeln. Emilys Augen strahlten mehr als die Sterne.

Patsy hatte bestimmt, daß meine Mutter als Ivans Frau dem Besitzer des Siegers den Pokal überreichen sollte, und so kam es, daß Emily im Blitzlichtgewitter unter allgemeinem Jubel die Kopie des King-Alfred-Goldcups aus den Händen meiner Mutter entgegennahm.

Ivan hätte sich gefreut.

Als meine Mutter und ich gemütlich frühstückten und die Glückwunschartikel in der Zeitung lasen, rief aufgebracht mein Onkel Robert an.

»Laß alles stehn und liegen. Jed hat mich gerade alarmiert. Er kocht vor Wut. Die Denkmalschützer sind mit Pickeln, Spaten und Metalldetektoren in die Hütte eingedrungen und nehmen alles auseinander. Er hat ihnen gesagt, das sei Landfriedensbruch, aber umsonst, sie ziehen nicht ab, und Zoe Lang überwacht das Ganze mit Feldherrenblick, als wäre es ein Kreuzzug.«

»Hat Jed gesagt, daß sie jetzt da sind?«

»Klar«, antwortete mein Onkel. »Sie wollen den ganzen Tag bleiben und graben rings um die Hütte den Boden um. Ich soll sofort hinkommen.«

»Soll ich dich begleiten?«

»Was denn sonst?« blaffte er. »Komm nach Heathrow, Terminal 1, so schnell du kannst.«

Ich erklärte meiner Mutter, daß ich wegmußte. Iß wenigstens deinen Toast, bat sie mich resigniert.

Ich lachte und umarmte sie und fand ein Taxi, das auch an einem Sonntagmorgen nach Heathrow fuhr.

Höchstselbst marschierte auf und ab, ein schwer beeindruckender Anblick. Wir nahmen eine Maschine nach Edinburgh, wo uns der Hubschrauberpilot abholte, der sich schon einmal auf das Plateau vor der Hütte gewagt hatte.

Unsere Ankunft erschreckte die Leute an der Hütte und ließ sie auseinanderstieben wie mit Insektenvertilger besprühte Ameisen. Als der Rotor stehenblieb, kamen die Ameisen zurück, Jed vorneweg, aber Zoe Lang dicht hinter ihm.

»Was fällt Ihnen ein?« schleuderte Höchstselbst der fanatischen Dame entgegen.

Sie straffte sich, wie um ein paar Zentimeter größer zu

werden. »Diese Berghütte«, behauptete sie, »wurde mit dem Schloß zusammen dem Volk vermacht.«

»Wurde sie nicht«, entgegnete mein Onkel wütend. »Die Hütte fällt unter die Rubrik Privatwohnung.«

Hinter dem Rücken der beiden zog Jed die Brauen himmelwärts.

Die Gerichte würden den Fall entscheiden, dachte ich, aber im Augenblick richteten die Denkmalschützer an meiner Wohnstatt fast genauso ein Chaos an wie seinerzeit die vier Schläger. Überall waren Löcher im Boden. Neben jedem Loch lag ein Häufchen leerer Coladosen und anderer Schrott.

Im verfallenen Teil der Hütte, wo die Mülleimer standen, war die Backofenecke einen Meter tief ausgeschachtet, und der Backofen lag in der Grube. Im Unterstand fürs Auto waren aus der quasi umgepflügten Erde alte Schraubenschlüssel und noch ältere Maschinenteile ans Licht befördert worden.

Verblüfft über die rabiate Wühlerei überließ ich Höchstselbst seinem Wortgefecht mit Zoe Lang und ging ins Haus, um nachzusehen, wieviel Schaden im Innern angerichtet worden war.

Zu meiner Überraschung und Erleichterung sehr wenig. Jed hatte meinen Dudelsack wieder hergebracht. Die Wohnung sah ordentlich aus. Das Bild stand in sein Laken gehüllt auf der Staffelei. Anscheinend hatten sich die Sucher den Angelpunkt der Suche für zuletzt aufgehoben.

Ich ging hinaus, um mich bei Zoe Lang über das Treiben ihrer eifernden Freunde zu beklagen, von denen immer noch etwa zehn nach allen Seiten Löcher aushoben, doch als ich auf sie zuging, summte das Mobiltelefon, das ich jetzt aus Gewohnheit mit mir herumtrug, leise in meiner Hand und verlangte Beachtung.

Wegen des schlechten Empfangs in den Bergen, des Jaulens der Metalldetektoren und des Gebrülls der Denkmalschützer ringsum hörte ich aus dem Apparat nur Knistern und ganz leise im Hintergrund eine Stimme.

Um wenigstens einen Teil des Lärms auszusperren, nahm ich das Telefon mit in die Hütte und schloß die Tür.

Laut sagte ich in den Hörer: »Wer Sie auch sind, schreien Sie!«

Ich hörte geballtes Knistern und nur ein Wort: »Tobias.«

Ungläubig rief ich: »Tobias?«

Knistern.

Seine ferne Stimme sagte: »Ich habe es gefunden.«

Ich traute meinen Ohren nicht. Er sagte: »Sind Sie noch da?«

Ich brüllte: »Ja. Und wo sind Sie?«

Knister, knister. »In Bogotá. Kolumbien.«

Ich konnte es noch immer nicht glauben. Plötzlich legten sich die Nebengeräusche, und er war deutlich zu verstehen. »Das Geld ist hier. Ich habe es durch Zufall gefunden. Das Konto hier lief unter drei Namen, nicht nur einem oder zweien. Ein Personenname und zwei Firmennamen. Versehentlich habe ich die alle auf ein Antragsformular gesetzt, und wie auf Knopfdruck tut sich eine Tür auf und man fragt mich, wo das Geld hinsoll. Nächste Woche ist es wieder in Reading.«

»Ich fasse es nicht. Ich dachte, Sie seien übers Wochenende verreist.«

Er lachte. »Ich war in Panama. Elektronisch kamen wir ja nicht weiter. Ich wollte mal auf den Tisch hauen... und die Spur führte nach Bogotá.«

»Tobe...«

»Auf bald«, sagte er.

Das Knistern kam wieder. Ich schaltete das Telefon ab und merkte, wie ich die berühmten »weichen Knie« bekam, die ich immer für bloßes Wortgeklingel gehalten hatte.

Nach einer Weile nahm ich die Umhüllung von dem Bild, und auch für mich erfüllte seine Aussagekraft den Raum.

Ich hatte geglaubt, ich würde zeitlichen Abstand brauchen, um zu beurteilen, was es wert war, doch alles daran stimmte, als hätte sich meine Idee verselbständigt und mir die Hand geführt. Es war vielleicht kein »schönes« Bild, aber man würde es nicht vergessen.

In den letzten Wochen hatte ich dieses Bild gemalt, das Geld der Brauerei gesucht, das jetzt wiederaufgetaucht war, und ich hatte erkundet, wo meine eigenen Grenzen lagen.

Ich hatte Tobe und Margaret und Chris kennengelernt.

Ich hatte wieder mit Emily geschlafen und würde mit ihr verheiratet bleiben, so lange sie wollte.

Ich hatte mich mit Patsy versöhnt.

Es gab nicht vieles, was ich hätte ungeschehen machen wollen.

Zittrig verließ ich die Hütte und ging mit meinen weichen Knien zu Höchstselbst und Zoe Lang, die einander mit ziemlich unvornehmer Wut vor der Nase herumfuchtelten.

Höchstselbst hielt plötzlich inne, stutzte über etwas in meinem Gesichtsausdruck.

»Was hast du?« fragte er.

»Das Geld ist aufgetaucht.«

»Welches Geld?« wollte Zoe Lang wissen.

Höchstselbst antwortete ihr nicht. Er schaute allein mich an in der Erkenntnis, daß wie durch ein Wunder doch nicht alles umsonst gewesen war.

Zoe Lang, die annahm, ich hätte dort irgendwelche Schätze entdeckt, ging an mir vorbei zur Hütte und verschwand im Innern.

»Tobias hat das Geld in Bogotá gefunden«, sagte ich.

»Anhand der Liste?«

»Ja.«

Seine Freude glich der meinen; still, herzerwärmend lag sie nur in den Augen und drückte sich nicht in Triumphgeschrei aus.

»Prinz Charles Edwards Schwertgriff«, sagte er, »ist belanglos.«

Wir blickten zu den resoluten Suchern um uns herum. Im Moment suchte zwar keiner an der richtigen Stelle, aber wenn sie dranblieben, kamen sie mit ihren Metalldetektoren vielleicht noch hin. In Reichweite war der Schatz schon gewesen; sie hatten ganz in der Nähe gegraben.

Immerhin, dachte ich, würde dieser Verein mich nicht aufs Feuer legen, um herauszubekommen, wo man suchen mußte. Zoe Lang würde kein Streichholz anreißen. Ich hätte sie mir nicht als Grantchester gewünscht.

»Finden sie ihn, Al?« fragte mein Onkel.

»Würde dir das viel ausmachen?«

»Natürlich. Es wäre ein Triumph für die Frau.«

»Wenn sie lange genug dranbleibt«, sagte ich, »findet sie ihn.«

»Nein, Al«, protestierte er.

»Ich habe ihn vor Einbrechern versteckt«, sagte ich, »nicht vor einer Fanatikerin mit einer Mission. Wenn ihre Leute aufgeben, strengt die ihren Kopf erst richtig an. Bis jetzt glaubt sie, sie hat es bei uns mit zwei schlichten Gemütern zu tun. Sie leidet an der Überheblichkeit der Supergescheiten. Sie meint, an sie kommt keiner ran.«

»Du bist alles andere als ein schlichtes Gemüt.«

»Das weiß sie nicht. Und mehr Verstand hat sie schon. Sie findet den Schwertgriff. Wir können höchstens abhauen, um nicht mitzukriegen, wie sie jubelt.«

»Das Feld räumen?« Er war empört. »Wenn die Niederlage unvermeidlich ist, dann tragen wir sie mit Stolz.«

Gesprochen wie ein echter Kinloch, fand ich und mußte an flammende Grillkohle denken.

Zoe Lang trat aus der Hütte und kam auf uns zu, in der Hand noch einen Metalldetektor – im Prinzip ein Schaltkasten mit einem langen schwarzen Stab und einer flachen weißen Scheibe vorn. Als sie bei uns war, ignorierte sie Höchstselbst und wandte sich direkt und eindringlich an mich. »Sie werden mir jetzt die Wahrheit sagen«, begann sie mit ihrer alten Stimme. »Sie können sicher sehr gut lügen, aber jetzt sagen Sie bitte die Wahrheit.«

Ich antwortete nicht. Sie nahm das, wie es gemeint war, als Einwilligung.

Sie sagte: »Ich habe das Bild gesehen. Haben Sie das gemalt?«

»Ja.«

»Haben Sie auch den Schwertgriff der Kinlochs versteckt?«

»Ja.«

»Ist der hier ... in Ihrer Hütte? Und würde ich ihn finden?«

Nach einer Pause sagte ich: »Ja – und ja.«

Mein Onkel öffnete empört den Mund. Zoe Lang warf ihm einen Blick zu und drückte ihm den Metalldetektor in die Hände.

»Sie können den Schwertgriff behalten«, sagte sie. »Ich suche ihn nicht mehr.«

Höchstselbst sah verblüfft zu, wie sie einen ihrer Helfer bat, die Leute zusammenzurufen; es sei Feierabend.

»Aber Dr. Lang...«, wandte der Helfer ein.

»Der Griff ist nicht hier«, sagte sie. »Wir fahren nach Hause.«

Wir sahen zu, wie sie ihre Spitzhacken, Spaten und Metalldetektoren nahmen und zu ihrem kleinen Transporter hinüberwanderten, und als sie fort waren, sagte Zoe Lang zu Höchstselbst: »Verstehen Sie nicht?«

»Offen gestanden, nein.«

»Er hat das Bild noch nicht gesehen«, sagte ich.

»Oh.« Sie blinzelte. »Wie heißt es? Hat es einen Titel?«

»Porträt von Zoe Lang.«

Tränen traten ihr in die Augen und liefen an ihren runzligen alten Wangen hinunter, wie Jeds Frau Flora es vorausgesehen hatte.

»Mit Ihnen streite ich nicht«, sagte sie zu mir. »Sie haben mich unsterblich gemacht.«

Höchstselbst sah sich das Bild lange an, als Zoe Lang mit ihrem kleinen weißen Auto davongefahren war.

»Unsterblich«, meinte er nachdenklich. »Ja?«
»Die Zeit wird es zeigen.«
»Der verrückte Alexander, der mit Farben herumkleckst.«
Ich lächelte. »Ein bißchen Verrücktsein hilft fast immer, auch wenn man einen Schatz versteckt.«
»Stimmt«, sagte er. »Wo hast du ihn?«
»Nun«, sagte ich, »als du mir vor Jahren den Griff gegeben hast, damit ich ihn verstecke, dachte ich als erstes an Metalldetektoren, weil die Dinger Gold schneller aufspüren als jedes andere Metall. Ich brauchte also ein Versteck, das vor Metalldetektoren sicher ist, und das ist eigentlich kaum zu machen, außer man gräbt zwei Meter tief – und unter Wasser nützt auch nichts, da schlägt der Apparat durch.«
Er unterbrach mich. »Wie funktioniert ein Metalldetektor?«
»Na ja«, sagte ich, »in der flachen weißen Scheibe sitzt eine Spule aus feinstem Draht. Wenn man die Batterien in dem weißen Kasten anschaltet, entsteht in der Spule ein Hochfrequenz-Wechselstrom, der wiederum ein oszillierendes Magnetfeld erzeugt, das in jedem erreichbaren Metall den gleichen Strom auslöst, was wiederum auf die Spule zurückwirkt, deren verstärkte Erregung sich als ein Heulen deuten läßt – um es einfach auszudrücken.«
»Das ist mir zu hoch«, sagte Höchstselbst.
»Ich mußte es nachsehen«, stimmte ich zu. »Es ist etwas kompliziert.«
Er blickte auf die Häufchen wertlosen Metalls ringsum.
»Jaja«, grinste ich. »Ich habe eine Menge Zeug zur Irreführung verbuddelt.«

»Wirklich, Al.«

»Das Kind im Mann«, sagte ich. »Ich konnte nicht anders. Das ist fünf Jahre her. Jetzt würde ich's vielleicht nicht mehr machen.«

»Und wo ist der Schwertgriff?«

»Da, wo ich ihn versteckt habe, als du ihn mir gabst.«

»Ja, aber wo?«

»Alle reden vom Schätzevergraben...«, sagte ich, »also habe ich ihn nicht vergraben.«

Er starrte mich an.

»Das Metall, das einen Detektor am stärksten durcheinanderbringt, ist Aluminiumfolie«, sagte ich. »Zunächst mal habe ich also den Griff locker in mehrere Lagen Alufolie gewickelt, bis es ein unförmiges, etwa kissengroßes Bündel war. Dann nahm ich ein Stück Sackleinwand – das Material, auf dem ich male – und grundierte es mehrmals mit Kreide, um es steif und wasserundurchlässig zu machen, und dann strich ich es mit gebrannter Umbra ein, das heißt, mit dunkelbrauner Acrylfarbe, die ebenfalls wasserdicht ist.«

»Komm«, sagte er, als ich innehielt. »Was dann?«

»Dann habe ich das Folienbündel in die Leinwand gewickelt und mit Superkleber verleimt, damit es nicht aufgeht. Dann habe ich mit Superkleber Granitstückchen auf das Ganze geklebt.« Ich deutete auf den grauen Steinboden des Plateaus. »Und dann – weil ein Metalldetektor um so mehr ins Schleudern kommt, je mehr Metall man ihm vorsetzt – habe ich das Bündel praktisch mitten in Metall versteckt...«

»Aber«, wandte er ein, »den alten Backofen haben sie doch ausgehoben, und da war kein Schwertgriff drin...«

»Wie gesagt, den habe ich ja auch nicht vergraben. Ich habe ihn mit dem Fels verleimt.«

»Du hast was?«

»Ich habe ihn mit seinem Granitmantel auf Granit geklebt und mit noch mehr Granitstückchen zugepappt, bis er mit dem bloßen Auge nicht mehr vom Fels ringsum zu unterscheiden war. Ich kontrolliere das öfter mal. Da löst sich nichts.«

Er sah auf den Metalldetektor in seinen Händen.

»Dreh ihn um«, sagte ich.

Er drehte ihn um und schwenkte die flache runde Scheibe in der Luft.

»Jetzt schalte ich ihn an«, sagte ich. Ich drückte auf den Knopf. »Und jetzt, Mylord«, sagte ich förmlich, mit einem Lachen, »folgen Sie mir.«

Aber ich ging nicht, wie er offensichtlich erwartete, den Berg hinauf, sondern in meinen mit Wellblech gedeckten Wagenunterstand.

Der umgedrehte, schwankende Metalldetektor heulte ununterbrochen.

»Wenn du zur Rückwand gehst und dich dorthin stellst« – ich zeigte mit dem Finger –, »wirst du das nicht zu ortende Geräusch der Ehre der Kinlochs hören, die sich an der Verbindungsstelle zwischen Dach und Berg auf dem Dach des Unterstands befindet. Wenn du da stehenbleibst, hast du das Zeremonialschwert von Prinz Charles Edward Stuart direkt über deinem Kopf.«

*Bitte beachten Sie auch
die folgenden Seiten*

Dick Francis
im Diogenes Verlag

Todsicher
Roman. Aus dem Englischen von
Tony Westermayr

Daß der Sturz des Jockeys Bill Davidson Zufall war, will sein Freund Alan nicht glauben. Zu gut kennt er die Welt des Rennsports, zu gut ist er mit den düsteren Machenschaften hinter den Kulissen der Rennbahn vertraut. Alan vermutet Sabotage und macht sich auf die Suche nach den Verantwortlichen...

Rufmord
Roman. Deutsch von Peter Naujack

Was treibt Art Mathews dazu, sich in aller Öffentlichkeit zu erschießen? Wer hat Grant Oldfield derart zugesetzt, daß er dringend die Hilfe eines Psychiaters benötigt? Und warum droht Peter Cloony von einem Berg von Schulden erdrückt zu werden? Viele gute Jockeys stecken in der Krise – auffällig viele. Robert Finn bekommt unerwartet seine große Chance, als sich auch noch der Vorjahreschampion ein Bein bricht. Als Ersatzmann kann er endlich beweisen, was in ihm steckt. Alles läuft glänzend, bis auch für ihn eine Pechsträhne beginnt...

Nervensache
Ein Sid-Halley-Roman. Deutsch von
Tony Westermayr

Skrupellose Geschäftemacher bedrohen die Existenz des Rennplatzes Seabury. Immobilienschwindel? Privatdetektiv Sid Halley, einst erfolgreicher Jockey, soll dies aufklären. Dabei trifft er auf einen Gegner, der keine Skrupel kennt: Howard Kraye – ein Mann ohne Vergangenheit. Und dann ist da noch die ebenso schöne wie eiskalte Doria. Ihre Gelüste bringen Held und Gegenspieler gleichermaßen auf Trab...

»Großartig: Zügig erzählt, authentische Milieuschilderung, atemberaubendes Ende.«
The Daily Telegraph, London

Blindflug
Roman. Deutsch von
Tony Westermayr

Billy Watkins und Henry Grey sind sich spinnefeind. Nur weil Henry ein Lord ist? Dabei steht er seinen Mann, auch als er sich in den Netzen von Verbrechern und Spionen wiederfindet: Auf einer seiner Flugreisen macht er eine unvermutete Entdeckung, die ihn in tödliche Gefahr bringt.

Schnappschuß
Roman. Deutsch von Norbert Wölfl

Gene Hawkins, Geheimagent Ihrer Majestät der Königin von England, ist ein ausgesprochener Experte, wenn es gilt, einen ›Unfall‹ zu arrangieren – deshalb schöpft er augenblicklich Verdacht, als er Zeuge eines solch gekonnten Arrangements wird, und besteht auf einer sehr eingehenden Untersuchung.
Ein wertvoller Zuchthengst ist verschwunden. Ein junges Mädchen und ein junger Mann verbringen einen gefährlichen Nachmittag in einem Boot auf der Themse... – Hawkins drängt sich die Vermutung auf, daß diese beiden örtlich weit voneinander entfernten Ereignisse zueinander in Beziehung stehen. Eine Vermutung, die sich bestätigt und die dafür sorgt, daß sein dreiwöchiger Jahresurlaub turbulenter wird als erwartet.

Hilflos
Roman. Deutsch von
Nikolaus Stingl

Sportreporter James Tyrone ist spezialisiert auf Pferderennen: ein Mann mit eisernen Nerven. Doch seit dem Tag, an dem sein Freund Bert Checkov auf dem Pflaster der Fleet Street starb, sieht Ty überall Gespenster. Denn dieser Todesfall macht aus einer Reportage den Funken, der ein Pulverfaß internationaler Wettbetrügereien hochjagt.

Hilflos wurde 1969 in Amerika mit dem ›Edgar Allan Poe Mystery Prize‹ für die beste Kriminalgeschichte ausgezeichnet.

Peitsche
Roman. Deutsch von
Nikolaus Stingl

Wenn ein Jockey seine Lizenz verliert, ist er erledigt. Um so mehr, wenn ihm Betrug im Rennen vorgeworfen wird. Kelly Hughes läßt sich nicht einfach vom Turf verjagen. Er weiß, daß er reingelegt worden ist, und versucht auf eigene Faust herauszufinden, warum. Seine Untersuchung fördert eine Intrige zutage, die die konservative britische Rennwelt in ihren Grundfesten erschüttern würde.

Rat Race
Roman. Deutsch von Michaela Link

Charterpilot Matt Shore hat in seinem Leben schon größere Herausforderungen gemeistert, als betuchte Pferdebesitzer, Spitzenjockeys und -trainer von einem Rennplatz zum anderen zu befördern. Dachte er zumindest. Aber dann explodiert eine Bombe – zum Glück erst nach der Landung, die Betroffenen kommen mit dem Schrecken davon. Weitere Attentate folgen, und Matt Shore begreift: Da spekuliert jemand auf den Schrecken und schraubt die Spirale der Gefahr höher und höher.

Knochenbruch
Roman. Deutsch von
Michaela Link

Neil Griffon, der sich vorübergehend um die Rennställe seines Vaters kümmert, wird erpreßt: Ein Herrensöhnchen soll am bevorstehenden Derby einen Favoriten reiten können. Doch die Erpresser haben kein leichtes Spiel: Obwohl sie Neil – und nicht nur ihm – schon mal einen Knochen brechen, setzt dieser alles daran, ihre Pläne zu vereiteln.

»In *Knochenbruch* zeigt sich Dick Francis von seiner besten Seite: Nervenkitzel, Menschenkenntnis und scharfe Beobachtung, alles zusammengeschweißt von Meisterhand.« *The Observer, London*

Gefilmt
Roman. Deutsch von
Malte Krutzsch

Edward Lincoln, ein berühmter Schauspieler, ist außerhalb der Filmstudios nichts als ein zufriedener Familienvater und gewöhnlicher Bürger. Südafrika, der Drehort seines neuen Films, ist nun allerdings nicht gewöhnlich. Dort lauern die Gefahren nicht nur vor der Kamera... Seine beste Rolle spielt Lincoln ohne Drehbuch, fern der klimatisierten Filmstudios in der sengenden Afrikasonne. Und diesmal ist es kein Spiel.

»Wenn es Dick Francis eines Tages einfiele, eine eigene Privatdetektei zu gründen oder dem British Intelligence Service beizutreten, dann könnten die anderen Kriminalschriftsteller endgültig einpacken.«
Time Magazine, New York

Schlittenfahrt
Roman. Deutsch von Jobst-Christian Rojahn

Auf der Rennbahn von Øvrevoll in Norwegen verschwindet der britische Jockey Bob Sherman mitsamt den Tageseinnahmen. Als er wieder auftaucht, ohne das Geld, aber mit einem Betonklotz am Bein und tot, ist David Cleveland, Chefermittler des Jockey Club in London, bereits tief in diesen mysteriösen Fall verstrickt.

Galopp
Roman. Deutsch von Ursula Goldschmidt und Nikolaus Stingl

Ex-Jockey Randall Drew wird in einer delikaten Mission nach Moskau geschickt. Ein mysteriöses Wesen mit Namen ›Alyosha‹ bedroht einen königlichen Kandidaten an den Olympischen Spielen in Moskau. Der Auftrag ist vage, der Gegner unsichtbar, und die Hindernisse sind eigentlich unüberwindlich...

»Die Bücher von Dick Francis haben die Grenzen des Krimis längst überschritten.«
Süddeutsche Zeitung, München

Handicap
Ein Sid-Halley-Roman. Deutsch von Jobst-Christian Rojahn

»Ein häßlicher Skandal schüttelt den Jockey-Club. Aber Ex-Jockey und Privatdetektiv Sid Halley überlistet den sadistischen Buchmacher und sticht die feldführenden Killer aus. Handicap packt einen wie ein junger todesmutiger Jockey ein durchgehendes feuriges Pferd.« *The Guardian, London*

Reflex
Roman. Deutsch von Monika Kamper

Ein zäher junger Jockey mit einer rauhen Vergangenheit und einer erfolgversprechenden Zukunft stolpert über Erpressung und manipulierte Rennen und erledigt gemeine Verbrecher mit Heldenmut und fotografischer Hexerei!

Fehlstart
Roman. Deutsch von
Malte Krutzsch

Als Physiklehrer weiß Jonathan Derry das verräterische Quietschen auf den Musikkassetten, die ihm sein Freund mit auf den Heimweg gegeben hat, sofort zu deuten: ein raffiniertes Computersystem, mit dem man die gesamten Pferdewetten Englands knacken – und gewinnen kann. Als nach kurzer Zeit ein gewisser Angelo bei ihm auftaucht und die Kassetten mit höchst unfeinen Methoden zurückfordert, kommen Jonathan seine Talente als Olympiascharfschütze sehr zustatten.

Banker
Roman. Deutsch von
Malte Krutzsch

Tim Ekaterin, Vorstandsmitglied einer angesehenen Handelsbank, ist für einen Fünfmillionenkredit verantwortlich, der Oliver Knowles den Kauf des Rennpferdes ›Sandcastle‹, Gewinner der berühmtesten Rennen Englands, zu Zuchtzwecken finanzieren soll. Und die Prämien für die Deckung einer Stute bringen das Geld, den Kredit zurückzuzahlen. Eine einfache Rechnung – wenn nichts dazwischenkommt…

Gefahr
Roman. Deutsch von
Malte Krutzsch

Alessia Cenci, Italiens erfolgreichste Rennreiterin, wird entführt. Andrew Douglas, Mitglied einer privaten Anti-Kidnapping-Beratungsfirma, wird auf diesen Fall angesetzt. Er hat nur zwei Anhaltspunkte: ein Gesicht, das ihm nicht gefällt, und – Pferde…

»Als Jockey schlug Dick Francis alle weit ab. Dasselbe läßt sich heute von ihm als Kriminalautor sagen.«
Daily Mirror, London

Weinprobe
Roman. Deutsch von
Malte Krutzsch

Man vermenge eine Flüssigkeit mit Schießpulver und zünde sie an – wenn das Gemisch mit ruhiger blauer Flamme brennt, beweist dies, daß die Flüssigkeit mindestens 50% Alkohol enthält. Dem Weinhändler Tony Beach genügt ein simpler Zungentest, um festzustellen, daß in den Flaschen mit dem teuren Bordeaux und dem noblen Scotch gepanschte Brühe schwimmt. Doch seine Entdeckung erweist sich als nicht weniger explosiv als der Alkoholtest nach alter Väter Art...

»Alkohol und Schießpulver ist das explosive Gemisch in diesem Buch, und das Ergebnis ist 100%iger Grand Cru Dick Francis.«
The Wall Street Journal, New York

Ausgestochen
Roman. Deutsch von
Malte Krutzsch

Blutsbande können sich manchmal als Fesseln erweisen. Der erfolgreiche Hindernisreiter Kit Fielding kann davon ein Lied singen. Dennoch springt er seiner Zwillingsschwester bei, als deren Mann, ein geschätzter Pferdetrainer, von der Regenbogenpresse in die Mangel genommen wird. Doch als Fielding gegen die Schmierenjournalisten und deren Hintermänner vorgehen will, gerät er selbst in Gefahr.

»Francis ist einer der Großen des zeitgenössischen Kriminalromans.« *Jochen Schmidt/FAZ*

Festgenagelt
Roman. Deutsch von
Malte Krutzsch

»Eine wunderbare Geschichte, die in den Trainingsställen von Newmarket angesiedelt ist. Dieser Autor schafft es, mehr über Menschlichkeit auszudrücken, als die Hälfte der modernen Schriftsteller überhaupt weiß.« *The Times, London*

Gegenzug
Roman. Deutsch von
Malte Krutzsch

»Seelisch verwahrloste Millionärskinder, knurrige Polizisten und überdrehte Luxusweibchen machen sich in diesem Roman prächtig vor der Kulisse der Rocky Mountains, die der Zug mit seiner zwei- und vierbeinigen Fracht ums Haar nicht überwunden hätte, wären da nicht Agent Tor Kelsey und die Phantasie seines Schöpfers gewesen.«
Wilhelmine König/Der Standard, Wien

Unbestechlich
Roman. Deutsch von
Jobst-Christian Rojahn

»Ich habe das Leben meines Bruders geerbt und dabei fast das meine verloren...«

»Auch in diesem Roman verfügt der Brite Francis über jenen lakonischen Tonfall des ›Understatements‹, der alle seine Romane auszeichnet und denen der besten ›hartgesottenen‹ Amerikaner ähnlich macht.«
Jochen Schmidt/FrankfurterAllgemeine Zeitung

Außenseiter
Roman. Deutsch von
Gerald Jung

John Kendall, Verfasser von Ratgebern für Überlebenstraining, nimmt das Angebot an, die Biographie eines Pferdetrainers zu schreiben. Dabei muß er erfahren, daß die düsteren Vorfälle im lieblichen, ländlichen England den Gefahren des Dschungels in nichts nachstehen.

Comeback
Roman. Deutsch von
Malte Krutzsch

In der Tierklinik des aufstrebenden jungen Tierarztes Ken McClure sind kurz nacheinander vier vollblütige Gold-Cup-verdächtige Pferdepatienten auf unnatürliche Weise jämmerlich verendet. Es scheint in der Familie zu liegen, denn Kens Vater, ebenfalls Tierarzt und in undurchsichtige Machenschaften verwickelt, bezahlte für seine Geschäfte mit einem hohen Preis: seinem Leben.

Sporen
Roman. Deutsch von
Malte Krutzsch

Seit ein Sturz seine Jockeykarriere jäh beendet hat, betreibt Freddie Croft ein Pferdetransportunternehmen in Südengland. Eines Tages nehmen seine Fahrer einen Anhalter mit; am Ziel ist er tot. Die Leiche macht Freddie in den Augen der Polizei verdächtig, zumal kurz darauf ein ihm anvertrautes Rennpferd auf mysteriöse Art verendet.

Lunte
Roman. Deutsch von
Malte Krutzsch

»Wie in den meisten Francis-Romanen tritt auch in *Lunte* ein Jockey auf den Plan. Nur daß er diesmal weiblich ist, reinrassig, blaublütig, besessen, kühn, reizbar und gefährlich – wie die ganze restliche, nicht nur noble Familie –, ein Siegertyp und nicht immer ganz ehrlich. Der Leser erreicht die letzten Seiten adrenalingeladen und mit pochenden Schläfen wie ein Rennpferd das Finish.« *Miami Herald*

Zügellos
Roman. Deutsch von
Malte Krutzsch

Der junge Regisseur Thomas Lyon besucht den schwerkranken Rennsportjournalisten Valentine in Newmarket. Der Sterbende legt vor Thomas seine letzte Beichte ab. Was der Regisseur dabei erfährt, ist so befremdend, daß er es zunächst gar nicht ernst nimmt – bis er damit beginnt, Nachforschungen für seinen neuesten Film anzustellen...

Favorit
Ein Sid-Halley-Roman. Deutsch von
Malte Krutzsch

Ausgerechnet Ellis Quint, der beliebte Talkmaster, soll ein Tierquäler der übelsten Sorte sein? Auch Sid Halley fällt es schwer, das zu glauben, denn er kennt Ellis schon seit seiner Jugend, als sie beide Pferderennen ritten. Nun, Jahre später, treten sie wieder gegeneinander an. Ein ungleicher Kampf, ist sich Ellis doch der Gunst der ganzen Nation gewiß.

»Das Verrückteste: Der alte Francis wird immer besser!« *Peter Münder/Hamburger Rundschau*